区域文化与
文学研究集刊

Studies of Regional Culture and Literature

周晓风　杨华丽　凌孟华◎主编

第 6 辑

中国当代文学研究会区域文学委员会
重庆师范大学区域文化与文学研究中心
重庆师范大学文学院
主办

中国社会科学出版社

图书在版编目（CIP）数据

区域文化与文学研究集刊. 第 6 辑／周晓风, 杨华丽, 凌孟华主编.
—北京：中国社会科学出版社，2019.12
ISBN 978 - 7 - 5203 - 5334 - 2

Ⅰ.①区…　Ⅱ.①周…②杨…③凌…　Ⅲ.①区域文化—中国—文集
②中国文学—文学研究—文集　Ⅳ.①G122 - 53②I206 - 53

中国版本图书馆 CIP 数据核字(2019)第 221643 号

出 版 人　赵剑英
责任编辑　慈明亮
责任校对　张依婧
责任印制　戴　宽

出　　　版　中国社会科学出版社
社　　　址　北京鼓楼西大街甲 158 号
邮　　　编　100720
网　　　址　http://www.csspw.cn
发 行 部　010 - 84083685
门 市 部　010 - 84029450
经　　　销　新华书店及其他书店

印　　　刷　北京明恒达印务有限公司
装　　　订　廊坊市广阳区广增装订厂
版　　　次　2019 年 12 月第 1 版
印　　　次　2019 年 12 月第 1 次印刷

开　　　本　710×1000　1/16
印　　　张　25
插　　　页　2
字　　　数　348 千字
定　　　价　99.00 元

本刊学术委员会名单

本刊编委会人员名单

目　录

会议综述

稿　约

前　言

晚年康德在著作《学科之争》（1798）中指出，教授"一同构成一种自治的（因为只有学者才能对学者本身作出判断）学术共同体，即所谓的大学（或者高等学校）"①。的确，理想的大学就应该是独立自主、学术自由、追求真理的学术共同体。学术才是大学安身立命之本。事实上，学术研究也一直是现代大学的基本职能之一。学术研究成果的表达和传播主要有两种方式，一是借助声音，诉诸讲台，在课堂（会场）和学生、同行交流，二是形成文字，著书立说，通过纸媒（网络）与读者、公众见面。其中，各类学术期刊就是展示大学教师学术研究成果的前沿窗口，就是开展对外学术交流的首要平台。在这个意义上，编辑出版学术期刊，可谓大学教师从事学术研究工作的内在需求。与此同时，新世纪的中国大学教育已进入"学科评估"时代，《第四轮学科评估指标体系》之第 16 项三级指标"社会服务特色与贡献"就明确包含"举办重要学术会议，创办学术期刊，引领学术发展"。由此可见，是否创办学术期刊，引领学术发展，也是评估大学各类学科（包括文学）服务社会之特色与贡献的客观标准。这也使得我们这份《区域文化与文学研究集刊》有了一个更为冠冕堂皇的理由。2018 年 12 月全国第五届"区域文化与文学"学术研讨会在重庆师范大学顺利召开，各位与会专家的高论则是本期《区域文化与文学研究集刊》编辑出版的直接

---

① 《康德著作全集》第 7 卷，李秋零译，中国人民大学出版社 2008 年版，第 13 页。

缘由。

　　本辑所收入的 20 余篇论文，主要是从与会专家的论文中精选出来的，同时还有栏目主持人精心组织的稿件，可谓代表了区域文化与文学研究的新收获，既保持了本刊一贯的学术性与专业水准，又显示了本刊重整后的新气象和未来格局。六位栏目主持人对相关文章已有精要的介绍与中肯的点评，这里就不再赘述。其中知名学者张光芒教授是唯一的校外主持人，慨然赐稿组稿，给了我们莫大的支持和信心，在此特别鸣谢！

　　本刊是区域文化与文学研究的"自己的园地"，也是编者、作者与读者进行学术交流的"公共的空间"，一贯秉持"开放""开拓"之精神，不故步自封，不画地为牢，即使有的成果观点相左，理解有别，我们也本着学术至上、文责自负的原则予以刊布。这从周晓风教授、郝明工教授对我们所理解的"区域文化与文学"的概念、个案与方法的反复阐发，从本刊数位作者关于"区域文化与文学研究"之"困境""限度""疑虑"的学术讨论，以及本刊主编"热切希望古代文学界、比较文学与世界文学界乃至语言学界同行的加入，共同推进区域文化与文学研究的开拓和创新"（本刊第 3 辑前言）之坦诚呼吁等，都不难看出。我们所理解的"区域文化与文学"，虽然仍"没有得到学界应有的足够关注，引起必要的相当规模的讨论"（本刊第 1 辑，王学振语），但我们仍会继续思考研究和撰文发声，也欢迎同道加入，一起合唱或争鸣。

　　由于本辑要在 2019 年内出版，实现一年之内出版两辑的布局，时间仓促，篇幅有限，编委会的一些设想尚未落实，会议论文集中的一些优秀成果尚未编入，只有等待半年后的第 7 辑了。期待得到师友与读者诸君一如既往的大力支持。

　　本辑是在周晓风教授主导下，主要由杨华丽教授编定的，这篇前言，本应由他们撰写。忝列主编之一，领提携之情，感君子之风，勉力写下个人的点滴感受，力不从心处，颇有"犬耕"之慨。惟愿与同道共同努力，把《区域文化与文学研究集刊》继续办下去，办出水平，办出特色！

凌孟华

2019 年 8 月 7 日七夕节

区域文化与文学理论研究

作为"反—反本质主义"的区域文学研究[*]

贾　玮[**]

内容提要： 在当代语境中，文化往往被视为可以涵盖"人为的一切"之概念，因此有着失去其有效性的危险。倘若在此情况下，文学还只是被视为一种文化现象，又将陷入本质主义的窠臼。"区域文学与文化研究"将文学与文化进行了并列，其实也在暗示两者的差异。因此，在经过后现代洗礼之后的当下，借助"区域"的反抽象普遍性，继续区分文学相对于其他文化现象的特殊性，有助于反—本质主义文学研究的落实，进而促动真正的反本质主义式的文学观念的深化。

关键词： 文学；区域；反本质主义；反—反本质主义

将文学与文化并列，就意味着在我们所有的研究视域中（在此指区域文化与文学研究所形塑的研究空间），两者有着足够的距离，以至于可以进行至少是相对明确的区分。但事实上，经过后现代思潮的洗礼，"文学"一语所指涉的范围，自 20 世纪 60 年代之后，就一直在争议中趋向

  * ［基金项目］2014 年国家社科基金青年项目"梅洛－庞蒂现象学文论研究"（14CZW002）、2016 年重庆市研究生教育教学改革研究项目"后理论时代文学理论类研究生课程改革研究"（yjg20163049）、2016 年国家留学基金委项目。
  ** ［作者简介］贾玮（1979—　），男，重庆师范大学文学院教授，硕士生导师，研究方向为文学理论与美学原理。

于扩大化，尤其是在明显的反"抽象的非语境意义上"①，关于文学的定义与其得以可能的语境发生了不可否认的联系。加之文化研究等的侵扰，文学与文化之间曾经明确的界限已然模糊不清。

一　趋同

首先，由于众多的理论工作者接受了后现代思潮的反基础主义、反本质主义等思维方式，对于文学固有的内涵进行了解构性反思，深刻但又令人信服地揭橥了过往文学定义内涵的形而上学立场及由此带来的专断，从而使得"文学是什么"彻底成为某种不合时宜的追问。在"反唯一本质"的反本质主义的启示下，文学依据"什么是文学"保全了自身的知识谱系，但是，这种改变已经使得文学的内涵与指涉有可能突破自身的极限，直至蔓延到可以用来指称涵盖所有人为产物的"文化"。

2011 年，美国学者哈罗德·布鲁姆出版的著作《影响的剖析》就以"文学作为一种生活方式"② 为副标题。对于文学有着近乎宗教般虔诚的哈罗德·布鲁姆，已然将文学视为一种形塑其思想乃至人生整体的力量。毫不夸张地说，哈罗德·布鲁姆及其追随者经过不懈努力，借助莎士比亚、惠特曼、爱默生、叶芝、弥尔顿等人的作品，建构起一个神圣的文学世界，并且将其推崇为一种生活"启示录"。由此，一种在文学先贤们引导下的生活，也就得以落实。事实上，其道不孤，宋人黄庭坚早在千年前所言的"士大夫三日不读书，则礼义不交于胸中，便觉面目可憎，言语无味"，从另一维度见证了这种生活方式的可能与必然。虽然，哈罗德·布鲁姆的目的在于挽救文学、文学批评与重现"文学之美"，但是在 21 世纪的第一个十年之后，将文学视为一种"生活方式"，无意间还是向四十年前的雷蒙·威廉斯对于"文化"的经典定义进行了某种致敬。即使与布鲁姆的界定有着指向上的不同，但雷

---

① ［斯洛文尼亚］斯拉沃热·齐泽克：《欢迎来到实在界这个大荒漠》，季广茂译，译林出版社 2015 年版，第 63 页。

② ［美］哈罗德·布鲁姆：《影响的剖析》，金雯译，译林出版社 2016 年版。

蒙·威廉斯确实是在 20 世纪六七十年代就明确推崇将文化视作"一种特殊的生活方式"①的做法。

尽管依然存在些许争议，但中外学界还是习惯于将 20 世纪 60 年代兴起的英国伯明翰学派视为"文化研究"的开始，尤其是该学派的几位代表人物颇具唯物主义倾向的阐释，使得文化终于"大众化和社会化了"②。更为关键的是，雷蒙·威廉斯以"理想的""文献的""社会的"三层次扩充并重新界定了文化的内涵，从而与传统精英主义的文化立场发生了颇为彻底的决裂。文化研究的跨学科、多学科乃至无学科的研究特性，更是与现有的文学研究发生了直接冲突，因为，学院派式的文学研究长期以"经典"名义捍卫着文学，坚定相信文学具有不同凡响的高贵之美。

吊诡之处也正是尴尬所在。布鲁姆及其追随者是将文学视为一种生活方式，还是在坚持文学经典的价值，但这同时意味着，他们所坚持的文学已经被雷蒙·威廉斯等人所说的文化纳入其中。生活方式，也就表明了文学与文化得以沟通的可能。首先，生活方式，意味着文学与文化都会趋向于某种具体化，也就是背离哈贝马斯所说的现代性的普遍性而认同于地方性，因此，这种内涵指向具有了某种后现代气质。面对现代性通过普遍理性（universal reason）主导的"全球化"，后现代主义更乐意倡导某种回归具体地域的趋向，换言之，倘若关于文学与文化的理解更为接近地方性而非"世界性"，无论如何都与后现代主义形成了殊途同归之势。因此，一种"区域性"的文学与文化，至少在名目上具有反全球化的后现代驱力，与后殖民主义乃至新殖民主义等有了互动配合的可能性。

由此，文学与文化在"区域"中获得了高度统一。但是，倘若将文学与文化都视为生活方式，其实又是一种令人不察的本质主义做法。因

---

① ［英］雷蒙·威廉斯：《关键词：文化与社会的词汇》，刘健基译，生活·读书·新知三联书店 2005 年版，第 106 页。

② ［英］斯图亚特·霍尔：《文化研究：两种范式》，罗岗、刘象愚主编《文化研究读本》，中国社会科学出版社 2000 年版，第 53 页。

此，"反对一切本质主义"的"反本质主义"又会及时出场，迫使我们审视两者的非一致性。

对于哈罗德·布鲁姆而言，文学之所以是一种生活方式，就在于经典的文学遗产能够使其生活发生某种改变，甚至可以是某种彻底的改变。例如，我们可以大胆推断，对于将莎士比亚视为神明的布鲁姆而言，没有这些伟大经典的影响就没有耶鲁大学文学系教授哈罗德·布鲁姆。况且哈罗德·布鲁姆自称始终相信塞缪尔·约翰逊（Samuel Johnson）的名言"只有傻瓜才为钱以外的事情写作"，因此对于以文学研究与批评为生的布鲁姆而言，信仰文学还有着坚实的唯物主义基础。但即使如此，对于哈罗德·布鲁姆而言，文学依然是经典作家尤其是经典英语作家组成的影响谱系，而不是习惯上所说的通俗文学或者流行读物。

对于文化研究者而言，文化是一种生活方式。这也就意味着文化可以具体落实为衣食住行。因此，哈罗德·布鲁姆几乎不屑一顾的"哈利·波特"等，取得了与莎士比亚同样的地位。我们当然可以想象，哈罗德·布鲁姆乃至诸多对经典作家作品有着特殊喜好的学者，面对如此趋向感到愤恨难平，但是，坚定的文化研究者往往很难对这种愤恨保持足够的同情，因为相对于与社会有着更为广泛联系的大众文化（mass culture）与流行艺术（pop art），与工人阶级颇为隔阂的莎士比亚实在有种难以接近的"反动性"。

二　区分

《哈姆雷特》《李尔王》与《哈利·波特》有了同样的地位，带来的冲击虽然还不至于算是什么终极性的威胁，但其中难堪之处颇为醒目，尤其是在大学建制中依托莎士比亚们确立其崇高地位的文学专业受到了极大的挑战，更不用说此举带给有关从业者的挫败感：倘若研究莎士比亚与研究乔安妮·凯瑟琳·罗琳（J. K. Rowling）获得了同样的地位，那么首先要解决的困难就在于何以平衡突如其来的落差。更大的挑战在于"哈姆雷特"与真人秀或者私密空间的个人行为（甚至可能是极端无聊到令旁人感到恶心的行为），不再存在足以清晰区别的本体论依据，以至于在很多人在无奈的愕然之中不得不默许作为其元叙事的"后现代鄙视"①。例如，风靡一时的韩国神曲《江南 style》，只有简单粗糙的节奏和并无实质性内容的歌词，至多也就引发一种不断重复所致的抽搐性快感，但却在全球范围内获得了普遍响应。事实上，在中国，这种情况更为普遍易见，风靡大江南北的"神曲"如《最炫民族风》《小苹果》《海草舞》等，几乎可谓前赴后继、长久不衰。这种阿多诺、伊格尔顿、齐泽克等人都批评过的后现代景观，恰恰是在挑衅着莎士比亚们的存在依据。说得更为直白一点，时至今日，倘若莎士比亚们只是学者们自娱自乐的对象，我们还需要莎士比亚吗？如果可以更为坦诚一点，几乎可以说，哈罗德·布鲁姆的责难，并不是一种盛气凌人的愤怒，相反其中有着特殊的价值：如果时间都交给了《哈利·波特》《江南 style》等②，莎士比亚还有多大的生存空间？没有阅读者，岂不是文学遭遇的最大危机？米兰·昆德拉的小说就表达过类似的困惑或者担忧：在一个没有人阅读《少年维特之烦恼》的时代，约翰·沃尔夫冈·冯·歌德还会作为文学家存在吗？

因此，当我们意欲在同一论域中对文学与文化展开研究时，首先遭遇的可能不是一种人人乐见的和谐共处的预设。恰恰相反，两种在日常语境中看似相近的人为产物，或许存在着尖锐到不可能和解的冲突。

事实上，就文学研究的内在传统而言，下探至通俗读物，或者坚持"销量为王"，从来都不是什么金科玉律。因此，也很难刺激学者产生研究冲动，对这些流传甚广的"文学"进行集体性的深度审视。例如，面对当下中国销量与阅读量都堪称巨大的《读者》《家庭》《知音》《故事会》等，大多文学从业人员似乎都很难有所注目，因此这些新时期的"四大名著"，依然如同柳郎词一般，虽歌唱者云集却终不入晏殊等人的

---

① ［斯洛文尼亚］斯拉沃热·齐泽克：《欢迎来到实在界这个大荒漠》，季广茂译，译林出版社 2015 年版，第 98 页。

② 参见《"你读了哈利·波特和斯蒂芬·金这些三流作品，就没有时间读一流作品"——专访哈罗德·布鲁姆》，《南方周末》2017 年 6 月 22 日文化版。

法眼。问题的关键不在于如今的文学从业者中到底有多少真正的晏殊，亦或者说研究体制惯性所致的厚此薄彼等原因，而是在于应该明确追问：横亘在文学研究内部且早已出现的泾渭分明之分野，已然拒绝了将一切文字现象归入文学的"原始"冲动，在铲平一切的后现代式叫嚣中，它是否还应该矢志不渝地继续顽强存在？

从某种角度而言，经典就是文学自我确认的必须。换言之，文学必然要通过经典在学科（学理依据）专业（市场就业）等层面确立其自主性。因此，确认经典并保证其合法性乃至进一步维护其权威，就成为文学研究的基础。换言之，在与《哈利·波特》《延禧攻略》等的比较中，我们必须发现《俄狄浦斯王》《诗经》《楚辞》《哈姆雷特》等的显著独特之处。

确立经典，也就意味着间接承认有一类文学作品具有某种独特之处，以至于能够从众多的文学作品乃至文化产品中脱颖而出，亦即拥有本体论依据。因此对于文学经典的确立而言，有关于文学作品的本体论研究必不可少。被誉为"西方文论史上对文学作品作出本体论思考的第一人"①的波兰美学家罗曼·英伽登，其有关研究就成为可资借鉴的理论资源，尤其是其所区分的"文学作品"和"文学的艺术作品"，极大推进了文学作品的本体论研究，为文学经典的确立提供了直接证据。英伽登所谓的"文学的艺术作品"是指具有审美特质的文字成品，即习惯所说的"文学性文本"，而文学作品则泛指一切文字成品。因此，所谓的"文学的艺术作品"显然是一种特殊的"文学作品"，将前者从后者之中进行区分，在思路上雷同于将经典文学从文化中进行区分，加之英伽登所引以为证的作品至少也是一些优秀之作，因此如此设想理应会对有关研究产生深远的启发。

从文学研究发展的大致脉络而言，英伽登在 20 世纪初所做的工作，对于从作家中心论转向作品中心论起到了极大的推动作用。尤其是所谓

---

① 吴子林：《罗曼·英伽登的文学作品结构理论新解》，《温州大学学报》（社会科学版）2011 年 05 期。

的四层次论——语音层、语义层、图式化观相层和再现客体层，及其四者联合产生的复调和谐效果及"形而上学质"，对于认识文学性作品的独特性有着特殊价值。

作为胡塞尔的学生，英伽登虽然欣赏并坚持着胡塞尔的现象学方法，但并不赞同胡塞尔的超验自我预设，而是坚持实在论立场，利用意向性概念，将文学作品视为"一个纯粹意向性构成，它存在的根源是作家意识的创造活动，它存在的物理基础是以书面形式记录的本文或通过其他可能的物理复制手段"①。英伽登试图通过将文学作品视为介于物质实体与观念客体之间的纯粹意向客体而凸显其特殊性。从某种角度而言，这种定位表明了文学作品作为"主体间际的意向客体"，虽然有着诸如声音、白纸黑字等明显的物质性，但是却必须需要意向性活动才能实现自身。

但即便如此，四层次说的理论疑难也显而易见：所谓的四层次，究竟是文学的艺术作品所特有的，还是文学作品可以共有的，因为即使一份关于微波炉的说明书，基本也具有这四个层次。进一步而言，既然四层次说无法将文学的艺术作品从"文学作品"中区分出来，那么英伽登关于文学的艺术作品的本体论陈述就很难真正确立。

三　回溯

在中国学界产生长久影响的"韦勒克化的英伽登"② 现象，虽然是个明显的错误，但却能更为彻底地暴露出其理论的困难。韦勒克在与沃伦合作的《文学理论》中看似错误地将"形而上学质"单独列为一个层次，从而使得英伽登的四层变成了五层，更有意思的是，韦勒克还对此展开了极为严肃的批评，认为无须如此单独列出。若干年后，英伽登激烈地回应了韦勒克的将错就错，表达了极大的不满。仔细思量，韦勒克的错

---

① ［波］罗曼·英加登：《对文学的艺术作品的认识》，陈燕谷、晓未译，中国文联出版公司 1988 年版，第 12 页。

② 张永清：《问题与思考：国内英伽登文论研究三十年》，《文艺研究》2011 年第 2 期。

误不无启示性。英伽登认定形而上学质及复调谐和是文学的艺术作品之所以成立的关键，但是，所谓的形而上学质究竟如何存在？它是文学作品本身就固有的特质，还是需要依赖于其他因素与条件才可能存在？事实上，韦勒克的"错误"不只在于将"形而上学质"看作一个层次，他还认为"图式化观相层"与"形而上学质""也许不必单独列出"（may not have to be distinguished as separable）①，完全可以归并入"再现客体层"，由此英伽登的四层次说就被简化为三层。更为重要的则是，按照韦勒克的理解，语音层形成语义层，再由语义层形成"再现客体层"。由此，极大地简化了英伽登略显含糊的分层及界定，语音指向意义，语义层建构出一个世界，这个世界就包括了超越直接意指的内涵。在韦勒克看来，这是用索绪尔语言学解释文学艺术作品层次的产物，或者说，按照索绪尔语言学可以如此理解英伽登的理论：语音与意义的连接暗中等同于"能指"（声音）与"所指"（心理）的结合，两者的结合成为语言符号，从而指涉出一个世界②。

经过韦勒克的解释，英伽登的四层次说竟然直接变成了"形式—内容"论的某种巧妙变体，从而再次回到了两千多年前由贺拉斯开启的传统，即在古罗马时代就已经存在的对于作品的简单化解释。具体而言，不过是对于"内容—形式"论进行了某种平行化处理，并在此基础上充分细化各个部分：在形式层面，给予语音层以独立位置，不再刻意强调其为其他层次服务的功能；将内容细化为"图式化观相层"等。由此，四层次说及其错误，也就了无新意、"古已有之"。

事实上，将语音层视作其他层次的基础，才是"韦勒克化的英伽登"内蕴的最大误差。因为，英伽登明确指出所谓的语义层是核心层次，也是其他层次的基础。但是，即使附和这一观点，四层次说的困难也无法就此解决。按照英伽登的论述，"语义层"是由句子构成，那么句子就成

---

① Rene Wellek and Austin Warren, *Theory of Literature*, London: Jonathan Cape, 1954, p. 152.

② Ibid., pp. 153 – 154.

为制造意义的基本单位。在英伽登看来，"语义层"的统一性是由"某一时期同一个民族的语言"① 作为交流前提进行保障。换言之，文学作品必须在使用同一种语言的读者群体中才能实现，获得主体间性，由此，句子、句群支撑起语义。

问题就回落至语义层的意义来源，因为正是通过语义层才能规定并塑造其他层次，也只有厘清其意义来源，才能进一步讨论其他层次与语义层的关联。在英伽登的论述中，这些答案集中于符号与观念对象发生关联的过程。既然语义层是由句子组成的，那么，依据语词、句子、句段组成的语义层，图式观相层和再现客体层才可能确立。但是，英伽登的理论却并不支持这种意义生成理论。因为，在其设想中，语音层又被单独罗列而出。韦勒克确实忽视了这一点：他将语音层看作没有独立价值、只为促成语义层的存在。按照德里达的说法，西方传统，正是如此将语音视作意义的替补。换言之，韦勒克的错误之一在于直接将英伽登的理论简化为名副其实的德里达文字学意义上所批判的语音中心主义，即将声音落实在语言就是语音——视为承载逻各斯—意义的载体，从而使其隶属于后者。

不过，为难之处就在于，韦勒克所犯的错误恰恰正是英伽登的层次说之中的"应有之义"，后者的理论确实有着逻各斯中心主义之嫌。换言之，语音层的独立并没有实际意义，即使通过语音的特殊组合，可以产生韵律、节奏等具有特殊效果的关联物，但是语音层终究需要依赖于语义层，因此其独立性只能停留于表面。况且，旁逸斜出的语音层，至多只是组成审美现象的一个部分，单列而出后，不但为韦勒克式的误解提供了依据，而且破坏了四层次说的整体性及其解释效应。

语音层与图式化观相层、再现客体层等既然都需要以语义层为基础，也就意味着，意义先于各个层次而存在。由此，意义如何发生，亦即赋意行为，就成为英伽登对于文学的艺术作品的思考首先需要回应的问题。

---

① ［波］罗曼·英加登：《对文学的艺术作品的认识》，陈燕谷、晓未译，中国文联出版公司1988年版，第36页。

换言之，韦勒克的误解其实促成了一个新的议题，英伽登的四层次说所依赖的赋意行为究竟是什么，如何支持却又限制了其思考。问题依然要归结为文学的艺术作品作为"观念客体如何得以可能"。英伽登确实发现了文学作品一定的独特性，即作为纯粹意向性客体，有着不同于意向性客体的特质，从而在一定程度上避免了胡塞尔先验自我在意向性客体构成过程中的绝对主导性。但是，抛开"意识建构过程"分析"意向性客体"，究竟在多大程度上可以切中意向性客体，尤其是"文学的艺术作品"这样复杂现象的完全或者说更大的独特性，在此只能产生出更多的疑惑。

胡塞尔认为意识客体是高级意识的对象，但是高级意识的对象最终相关于更低层次的，先于陈述的知觉客体。胡塞尔进一步指出，有两种方法可以用来尝试着发现两者之间的关联：从低级到高级或者从高级到低级追问意识的建构过程①。

英伽登的思路明显属于从高级到低级进行追问，但是非常不恰当地忽视了一个逻辑上在先的建构过程，直接针对已然呈现的文学现象即意识对象进行分析。事实上，英伽登也承认，只有当文学作品有了审美特质与形而上学质才成为文学的艺术作品，那么，所谓的"四层次说"所说的各个层次，也就是对于一种意识活动的最终结果进行划分得出的部分。四层次说，究竟只是针对经过英伽登个人文学能力（卡勒语）建构的"文学的艺术作品"进行划分的结果，抑或是能够以点概面式地蕴含普遍性？根据其论著中的举例及其说明进行判断，不难发现英伽登事实上将其所针对的范围限制在较小的范围，因而面临着类似"从批评家自己的文本阅读中衍生出读者的'叙事'"②的质疑，换言之，四层次说个人体验的意味过于强烈，缺乏了某种本应具备的学理客观性。更为重要

---

① Kirk M. Besmer, *Merleau-Ponty's Phenomenology*, London：Continuum International Group，2007，p. 21.

② ［英］理查德·约翰生：《究竟什么是文化研究》，罗岗、刘象愚主编《文化研究读本》，中国社会科学出版社2000年版，第35页。

的则是，四层次说是将整体拆解为部分，然后又以"层次"冒名顶替"部分"，再对整体进行说明，而且在英伽登的论述中，这些部分又有着冒名顶替为建构步骤的嫌疑。这种思路及其漏洞，根本无法保证作品存在的真实得以显现。

既然承认文学的艺术作品需要审美质，那就意味着，文学的艺术作品"是其自身"的过程与审美活动的建构须臾不可分离，从而需要从审美活动来反思四层次说究竟能否成立。因此，对于"白纸黑字"之物如何变成文学的艺术作品的过程，就成为需要进行先行反思的问题。20 世纪 60 年代兴起的接受美学，对于先行结构等主题的研究，顺延至乔纳森·卡勒所探究的"文学能力"等，完全可以视为顺应这一思路对于"四层次"说乃至作品本体论的前提性补足。以审美活动为不可或缺的前提展开研究，就需承认英伽登所反对的俄罗斯形式主义等在专注研究的"语言陌生化"及其"文学性"等理论主张的优先性。

四　启示

事实上，即使以"文学性"的有关研究思路作为补足，也不可能彻底弥补四层次说的缺陷，使得"文学的艺术作品"完全从"文学作品"中脱颖而出，因为，上述种种思路都各自针对文学预设了一个本质，但严格说来，它们之间基本无法相融。因此，类似佛克马、易布斯等人希冀将形式文论与接受美学进行融合促动文学研究的主张，实在缺乏实践的立论基础。例如，两种在 20 世纪影响最甚的研究思路——一种以俄罗斯形式主义、英伽登的四层次说等可以归为作品中心论的理论主张，相信文学文本有一种本质使其区别于其他语言现象，另一种则是接受美学等拥护读者中心论立场的流派，将文学作品的实现视为读者审美能力运作的结果，虽然曾被学者尝试着加以结合，但终究还是无法超越文学文本的文学性究竟自足于自身还是必须依靠读者的悖论。

但是，这一追溯还是带来了足够深远的启示，尤其是针对文学经典与所有文字现象乃至所有文化产品之间的区别，虽然很难说是立竿见影，但是种种对于文学特殊性的强调，都在试图凸显文学作为一种特殊的语言现象，拥有并坚持着形而上之追求。当然，考虑到西方文学理论与主张的哲学背景，这种观点难免让人联想到是借助文学之名贩卖哲学私货的企图。事实上，必须承认，这些观点也只能算是承上启下，对于文学（诗）的追问与规定，虽然在西方源远流长，但大多却是由哲学家代劳的结果。即使有华兹华斯等诗人亲自操刀，试图对诗歌（文学）进行重新界定，但其界定中对柏拉图、亚里士多德等人主张的引证，再次说明哲学固有的强大影响力。这就注定了西方传统对于文学的定义不仅需要符合形而上学的臆测，而且只能以超越性确证其特殊性。

如果对文学进行定义，都是源自形而上学传统或者具有形而上学意味的企图，那么古今中外对于文学有着类似的界定也就不足为奇了。但是，如果考虑到中国并无类似于西方的形而上学传统，那么这种相似就具有特别的价值。换言之，无论柏拉图—亚里士多德确立的"摹仿说"及其理论后裔，还是孔夫子所谓的"兴观群怨"以及影响长远的"文以载道"传统，对文学不同于其他文化活动的特质的解读究竟有着怎样的差异，其实都无关紧要。真正重要的事实在于，这种对文学特殊性的审视，殊途同归地表明文学不甘于向现实俯首帖耳的特殊姿态。因此，决不能因为所谓的形而上学嫌疑就弃若敝屣，而应当在避免形而上学的诱惑的同时，充分肯定其中的形而上努力。也就是说，即使站在流行的反形而上学立场之上，对于确立文学乃至经典的本质的危险有所顾忌，也不能轻易否定其中的形而上冲动及其能力，尤其是这种能力之于文学的特殊意义。

站在所谓"反一切本质"的"反—本质主义"立场，当然可以直接以"本质主义"之名确认各种具有形而上学意味之理论的必然失败。但是，这种"反—本质主义"的思路与方法，只能发现这些理论确实有着本质的企图，无法彻底证明人类何以始终拥有着形而上的热情及其后者对于文学的特殊价值。事实上，反一切本质也就意味着"逢本质必反"，那么，这种方式自身同样是一种本质主义，因而与身处20世纪的众多理论工作者一样，还在继续着前人的"错误"。

先哲赫拉克里特曾言：人不可能两次踏入同一条河流。但是纵观追问诗—文学的历史，对于文学的形而上学特质乃至本质的凸显与强调，可谓数见不鲜。值得思考的问题不仅仅止于这种源远流长的追问到底得到了什么，其实还需思考追问何以能够持续，是否还需要继续。事实上，本质主义最大的失误之处就在于抽象于具体的时空，尤其是否定并且背弃了经验的流动性，因而可以说是一种"共时性"的谬误。因此，理应补足一种历时性追问，或者激活梅洛－庞蒂所说的有着内在延续性的历史性，即"过去借助持续的变化在我们身上找到的、带给我们的生命"①。所谓的形而上学质，规划出了关于文学的一般本质，如崇高、恐惧、热烈等，虽然具有日常经验难以企及的成分，不过还是属于西方美学传统已经预设的范畴，很难说具有新意。但在这种显而易见的悖论之上，类似的理论探索都在表明文学确实说出了不可说之物。对几千年文论史漫长的但却尚不完美的证明过程，恰恰表明我们感觉到文学的特殊超越性并且需要它。所谓的"反本质主义"就此成为这种历时性的感受延续自身的动力。换言之，追寻文学本质的历史，最终表明文学本质的非单一化，是"家族相似性"（维特根斯坦语）的"星丛"（本雅明语）。这也意味着，各种本质言说存在着相互支持且竞争的复杂关联，因此反本质主义也就在历史中落实为"反对唯一本质"的反本质主义实践。

"家族相似性"暗示着需要某种使得各种本质能够相互促动的健康环境，如清除其中的"近亲繁殖"式的重复言说、非本质冲动等，打破一切关于文学本质都有合理依据与存在必要的假设，从而实现"反本质主义"。也就是说，借助"反对一切本质"的"反本质主义"冲动，可以理解到任何一种捕捉文学本质的方法都很难算是高明之举，但是，于此恰恰表明"反本质主义"只能是在对于本质的追寻中带出的某种期待，因为任何一种对于文学本质的追求，本身就在反对此前或者同时代的其

---

① ［法］莫里斯·梅洛－庞蒂：《世界的散文》，杨大春译，商务印书馆2005年版，第80页。

他对于文学本质的思考与言说，因此，继续这种追问历史才是反本质主义得以深化的真正可能。

结语　接受失败作为开始

区域文学的逻辑起点只能是接受文学研究截至目前（当然也极有可能长久如此）所负担的"挫败感"，换言之，区域文学，不应是也不可能是"区域＋文学"的简单组合，因为区域本身就是反普遍性的结果，所以区域与文学并非处于某种并列位置，也绝不止于相互依存的辩证关系，而是理应继续以追问文学本质的方式，促动文学观念在反本质主义之后得以真切浮现，因而具有"反—反本质主义"的意义。区域文学与区域文化，因此不能统一于"一种生活方式"之后停滞不前，区域对于文学观念在反本质主义之后的激发，就意味着有关研究必须促动区域文学始终保持对于该区域文化的疏离态度。据此，区域文学也才能获得成其自身的存在论依据。换言之，文学与文化在"区域"的风云际会本身就是一种后现代式的因缘，有关的研究只能存在于两者看似趋同实则分离的倾向之中，因为这就是其得以存在的始基。

区域文化与抗战文学研究

主持人：周晓风

主持人语：

"区域文化与抗战文学"一直是本刊的重要特色栏目，先后刊发过多篇有影响的论文。这主要是因为抗战①文学本身正是典型的区域文学研究对象。国统区、解放区、沦陷区还有外国租界，日本侵略者的占领和中国人的抵抗把一个完整的中国人为地切成了几大块，没法形成统一的中国现代文学，也没法用统一的理论去解释这不同区域的文学。所以我对目前整齐划一的中国现代文学史教材颇有疑虑。抗日战争对中国现代文化和文学的深刻影响仅在区域的分割这一点上，就远比我们想象的要深刻复杂得多。这或许也正是许多研究者在这一领域耕耘不辍的原因之一。

本期刊发的几篇论文均保持了本栏目的学术水准且富有新意。首先值得提到的是杨姿教授的《抗战建国中的科学问题》，所讨论的其实是当年大后方知识界发生的一件值得关注的事，也是抗战文化研究者忽略已久的一件事。当年在抗战陪都重庆出版的《读书月报》曾经用了不少篇幅讨论此话题。该话题之所以重要，不仅在于科学对于抗战建国具有一般意义上的重要性，而且上承五四"赛先生"的启蒙精神，是在新的历史语境下五四新文化运动精神的继承和发展。杨姿教授此文可以说发掘了被忽略的问题，从而拓展了抗战文化研究的空间。已故的方敬教授是中国现代文学史上有影响的诗人，也是重庆诗歌界的前辈。此前已有不少有关方敬诗歌创作的研究。熊辉教授的《论方敬抗战时期的诗歌创作》对方敬抗战时期在大后方的诗歌创作做了集中梳理和论析，填补了方敬抗战时期诗歌创作研究的空缺。付雪丽、徐纪阳两位青年学者的《抗战时期永安文坛研究》一文所提及的抗战时期福建永安文坛一直受到抗战文学研究界的重视，但相关史料的收集整理研究仍然有待进一步深入推进。此文对抗战时期永安文坛创作和翻译情况的论述，以及对永安文坛

———————————

① 如无特别说明，本书中"抗战"均指 1937 年开始的全面抗日战争。

的内部斗争和外部交流等的梳理，都有一些新的材料和评论，值得我们关注。马晶博士的《城市空间体验与战时陪都剧作中的文学地理景观》则在战时陪都重庆这个特定的区域文学空间讨论文学地理话题，不仅丰富了抗战文学的研究，而且可以引起我们对区域文学与文学地理学之间关系的深入思考。

抗战建国中的科学问题[*]

杨 姿[**]

内容提要：科学在抗战建国中被重新认识，是知识分子对科学话语的再次建构。新科学的提倡，是对启蒙科学缺乏民众基础的补充，以此完成科学大众化的宗旨，但是，知识共同体所生产的科学理念作为革命指导思想的方式，却面临科学逻辑的断裂。从表面看，科学在实验室发挥效用与科学在社会各个领域发挥效用产生了冲突，但实际上，革命时期科学与政治的复杂联系，将打开启蒙视域中科学被遮蔽的力量，科学在完成战争使命和社会任务的过程中，也打开了全部的价值面相。

关键词：抗战建国；科学；科学化；新启蒙

引言 科学革命与革命中的科学

抗战建国①革命运动的全面展开，带来对五四启蒙的科学清算，"赛

---

　*　［基金项目］国家社科基金重大招标项目"抗战大后方文学史料数据库建设研究"（16ZDA191）。

　**　［作者简介］杨姿（1982— ），女，文学博士，重庆师范大学文学院教授，硕士生导师，从事中国现当代文学研究。

　①　抗日战争全面爆发以后，随着正面战场的败绩扩大，国民党内部和其他各界人士纷纷呼吁国民党制定全国上下一致遵守的政治纲领。蒋介石于1938年3月29日至4月1日在汉口召开国民党临时全国代表大会，检查全国抗战以来的工作，确立了政治路线等问题，制定并通过了一份指导抗战的纲领性文件，即抗战建国纲领，视为"抗战建国"时期的开端。"抗战"针对日本帝国主义的侵略的顽强抵抗，"建国"指在抗战的过程中担负现代化强国的艰巨使命，两者是合二为一的。从世界历史发展来看，任何一个被压迫民族，要想建成为自由、独立、统一的近代国家，都需要打倒异族侵凌的同时实现民族复兴。在中华民族"抗战建国"时期，政治、经济、军事、文化、教育、工业、农业等方方面面都以"抗建"为宗旨，努力争取建设与战争共同的胜利。本文的"抗建"，均为"抗战建国"的简称。

先生"的支持者也被视为"是一些热衷于用科学及其方法的价值观和假
设来诘难、直至最终取代传统价值主体的知识分子"①。一方面，新启蒙
者试图通过对辩证法唯物论的中国化来实现大众对科学的共享，提高社
会的科学化程度，另一方面，自然科学工作者也以中国化视角重新发现
科学，从科学的研发到科学的应用，都强调民族国家的主体地位。学界
对此的理解也基本遵循"救亡说"，因为科学作为启蒙的旗帜已经从兴民
智转向为战争服务，但事实上，如果回到"抗建"的社会史实，会发现
自然科学家的学科诉求和专业诉求从未间断。这关系到如何看待科学与
启蒙、科学与救亡，以及科学与社会转型的种种问题，所以应当回到科
学内部去思考，放弃一直以来以科学为名义的思路。

理性是科学革命的起源，所以启蒙也是对理性的崇奉，但同时，科
学的果实也会被非理性利用，变为战争的催化剂。"抗建"要求对科学进
行新启蒙，本质上也是对理性的重新审视。科学参与革命的方式，一是
自身形成一种革命的效应，如达尔文的进化论就作为纯粹知识性的革命
作用于整个观念领域；二是革命过程中，哲学家们用理性逻辑来揭露旧
世界缔造新世界，进而激活大众改革的情感和欲望，抗战建国时期便是
如此。无论是自然科学还是人文科学都不会先在地属于启蒙或者救亡，
"抗建"的要求不是单方面地抬高科学地位，或者，反过来要求科学的献
身。科学自身的成长与壮大总是以科学为本位，但是，科学家的生存、
实验室的存在包括研究成果的使用，无不受到社会革命进程的牵制。正
是在这个背景中，我们反思科学在"抗建"中的实施、实效及实际命运，
从而更全面地了解科学在现代中国的发展问题。

一 1939 年：钱雨农事件中的"科学"与"抗建"

1939 年 3 月 1 日出版的《读书月报》第 1 卷第 2 期上，钱雨农等所
写的《抗战期自然科学家的实践问题》公开发表。该文中，钱雨农等提

① ［美］郭颖颐：《中国现代思想中的唯科学主义（1900—1950）》，雷颐译，江苏人民出
版社 1998 年版，第 1 页。

出："凡与抗战有关而为自然科学家所能尽力的问题，希望能提交自然科学家，自然科学家应立即去研究，解答。然而本身的研究工作，可不能放弃；放弃本身研究工作就会使自己使国家都要落伍，是很危险的。"随后，该刊物的第 7 期上刊载了梁原熊、徐尧照、黎愿、何廷去等的反对文章，他们主张"自然科学家应该把研究的工作建立在抗战建国之下，自动地去开举自然科学的新园地，并使这个开举工作，在抗战建国的过程中，创造更多的新的抗战建国的力与自然科学发展的园地来。"① 编者在徐尧照等人的文章后面做了附记，认为双方的意见并无本质的差异，但仍旧选登出来，意在引发自然科学家对这个话题更多的兴趣和讨论，呼吁读者积极参与这次探讨。《读书月报》后来没有再持续地跟进这个论辩，但是，杂志登载了一系列关于自然科学与教育、哲学、经济、文学等多学科的关系的探究文章，并吁请社会科学者多多与自然科学者团结合作，提高对自然科学的关注度。可见，钱雨农所谈的问题并不是孤立的。这个事件关涉多个相互勾连、相互影响的问题：其一，抗战建国的背景下，自然科学的发展是否与人文学科走相同的道路？其二，自然科学与社会科学中的"科学"是否面临相同的考验？其三，科学道路的选择究竟是与科学本身发生联系，还是由社会任务来决定？所以，不能仅仅以编辑最后界定的"误会"作为定论，而应重新进入当时的争辩以及周边话题的梳理，以期对"科学"作为时代命题进行准确的判断和定位。

钱雨农等人的那篇文章是同人心声。他与同是中国科学社的张真卫、裴季衡，以及中研院的王仲济、伍献文、陈世骧等人，在面对"抗战时期科学家应去参加抗战工作，不应当再在实验室中研究你的本行的科学了"这样的社会舆论时，感到必须做出回应，以此来争取自然科学家的研究空间，因为此舆论中的两个信息——"抗战工作"与"'本行的科学'工作"，在一般人看起来是对立冲突的两种工作，而钱雨农他们所强

① 梁原熊、徐尧照、黎愿、何廷去等：《读〈抗战期自然科学家的实践问题〉后的疑问——就正于钱雨农诸先生》，《读书月报》第 1 卷第 7 期，1939 年 8 月 1 日。

调的却是两者在差异中的一致性。我们知道，抗战建国纲领颁布以来，国统区各行各业都在积极实施纲领要求，从军事、法制、水利、统计、地方自治、土地改革、民德，甚至到禁烟、节约运动，等等，无不与抗战建国统一步调。比如教育，不但因为战时的特殊性而制定了"普通军国民的课程准备""军国领袖的课程准备"和"专门人才的课程准备"①这种特殊分类的抗战建国学制，而且还针对性地拓展了难童教育、乡村教育、青年人格教育、社教等教育门类。在突出抗战建国历史特殊性的前提下，各专业人士都进入这个时代命题，上述舆论就是强调"抗建"意识对专业的覆盖性的一种反映。可是，钱雨农等人坚持意识性和专业性的不同作用，尤其是在自然科学领域，他们认为科学的专业性理应得到独立，而非被含括。首先，他们以欧战中法国大炮因为使用新型润滑油更加精准而胜过德国大炮的威力与射程为例，说明法国强大的军事作战能力建立于本国自然科学研究基础之上的道理，进而提出植物学家加强本职工作研究的必要性。其次，他们阐述了自然科学研究过程的长期性，认为其与作为"抗战"目的的"建国"一样，都离不开时间的积累。最后，他们指出自然科学能够直接应用于抗战是有限的，因为纯粹科学的研究比应用技术的研究更广泛也更基本。仔细分析就能发现，钱雨农等陈述的三条理由，是严格遵循科学逻辑来演绎的，也就是说，他们不是在情感、心理和态度上来表明自然科学与抗战的脱离，而是遵循科学思维的特征，把自然科学研究的职业特性和战时特点做了联系。

徐尧照等人反对钱雨农等人的观点主要有二。第一点是以战争属性来决定工作属性："这次的半殖民地的反帝的民族解放战争，是全民一致的战争，"所以"全国各阶层的人民都应为着完成它而斗争"，第二点是以生活状态来决定工作状态："自然科学研究的本身，不过是生活的一个部分"，所以生活随军事而变化，工作自然也要为军事而服务。显而易见，徐尧照等和钱雨农等并没有形成真正的"科学对话"。可是，《读书

---

① 陈科美：《抗战建国的学制发凡》，《教育通讯》第 2 卷第 9 期，1939 年 3 月 4 日。

月报》的编者认为"钱先生等是说明了'学以致用'的意义不能太狭窄，而其主张自然科学研究要配合抗战建国的实践，则与徐君等的意见似乎并无太大的距离"。在论者看来，这才是真正的"误解"：他们的距离不但很大，而且内在的分歧还未得到揭示。徐尧照等把钱雨农等的观点归结为是"为科学而科学"，"并不是真的有不能应用于抗战建国的自然科学，而是自然科学研究者的沉迷，强把研究与实践分离开来"。从表述上来看，徐文是抽象的、空洞的，无论是对抗战建国的任务的把握，还是对自然科学的技术的掌握，起码不是在一种科学认识观念上来厘清这个理论与实践的问题。徐文一开始就说"广东连县文化落后及交通梗阻的关系，三月一日重庆出版的刊物，至六月初旬才能读到"，文中自称他们这些农科、医科的入门人不满于钱雨农那些见解，所泄露的其实是一种很大的焦虑：身在战乱中国的边远小城，在血与火的斗争中，他们希望能够发挥一己之力。这种意愿已经足以压倒个人职业的、思想的、甚至是肉体的主体性。实质上，他们的焦虑不只是属于自然科学群体的焦虑，而是战时中国的焦虑的表现。

恰恰是在这个主体性的表达上，钱雨农他们提供了另一种答案。当时全国的医、农、工技术专家和理科科学家一共约二万人，这个数字的统计是科学自觉性的反映。正如他们所说，战争的爆发使得刚刚起步的中国自然科学研究遭到破坏，研究的客观条件已然受限，倘若再从人力、精力上浪费掉有限的资源，于科学研究就是双重的阻遏。他们从未想卸下"抗建"的重担，但在他们看来，为更有效地完成抗战建国的任务，自然科学工作者有必要被作为"图书馆里的参考书籍"一样对待。为此，钱雨农列举了法国科学家攻克蚕茧疾病提高吐丝率筹得巨款帮助国家渡过难关，中国科学家森林科考的胡桃木研究解决铁轨枕木的铺设问题，以及棉麦种子、无线电等具体事项的研究最终协助战争中应急事件的处理等例子。为了更好地阐明对"应急"的理解，钱雨农又举述欧战中的兵役制度来争取"实验室"的保障，"德法各国国民皆有服兵役之义务，所以科学家有的竟当了士兵，有的作机关枪手，有的作炮手，因此在初期战争中科学家牺牲极大；待到战争后期，需要科学家效力的时候，国家方感觉到以前将科学家送上前线为大大的失策"。其参照物表面看起来是欧洲，而本质上是科学发达的地区，意味着中国的自然科学家在当时的内忧外患中，首要考虑的仍旧是科学作为一个"整体"，在不破坏这种"总体性"的前提下来求得科学实效的最大化。

在全体的焦虑之中，钱雨农等人所坚守的科学岗位意识，与徐尧照等人的主张显得格格不入。如果说，徐尧照等人的观点呼应了时代的正题，富有行为的合法性，因而以道德层面的正义出现，那么，钱雨农等人的坚守则是在一种知识秩序中来理解社会和社会的转型，无论是人为的战争还是非人力所能抗拒的天灾，在他们看来，都应纳入知识结构的发展中一并认识。换句话讲，钱雨农他们之所以有那次夜谈并撰文详述，是他们意识到了自然科学家的专业危机与同样肩负的民族危机之间的冲突，而他们的应对策略，是以专业危机来解决民族危机。这在徐尧照看来就是"先后"失当，是在逆行。我们今天来回顾这个事件，绝不应像《读书月报》的编辑一样给个是非判断即可。在他们的认识错位中，科学的被遮蔽以及遮蔽的方式，才是我们探索的起点。

二　由"科学"至"科学化"的变化

自 19 世纪末初现的"科学"一词，至"抗建"时代已经经过了数次的指代转换。目前学界对近代以来出现的"科学"已经有了比较清晰的溯源，① 无论是刘禾为代表的"跨语际"对"科学"实现从无到有的创造，② 还是汪晖为代表的"理学"与"科学"的相互确立，③ 都是一种后设之观，便于研究者对"科学"流变的脉络有一个谱系认识，但任何概

---

① 参见金观涛、刘青峰《从"格物致知"到"科学"、"生产力"——知识体系和文化关系的思想史研究》，《"中研院"近代史研究所集刊》2004 年第 46 期。

② 刘禾：《跨语际实践——文学、民族文化与被译介的现代性（中国，1900—1937）》，宋伟杰等译，生活·读书·新知三联书店 2000 年版，第 67 页。

③ 汪晖：《"赛先生"在中国的命运——中国近代思想中的"科学"概念及其运用》，陈平原、王守常、汪晖主编《学人》（第 1 辑），江苏文艺出版社 1991 年版，第 64 页。

念的社会化影响都不是一次性完成的，所以外来名词进入本土视线时出
现的交叠重合、不断反复的现象，就需要做更多的"局部的澄清"工作。
"科学"在现代中国的复杂性非本文篇幅就能够全面承载，而且也不是讨
论的核心，因而，本文主要还是以自然科学为重点，来观察它。事实上，
在"科学"众多的意义中，自然科学这一部分的指代相对还算明确，社
会科学家们在使用"科学"时，往往意识不到应将自然科学独立出来，
大多数时候仍旧是借来传递人文方面的信息，具有代表性的诸如王国维。
"自近世历史为一科学，故事实之间不可无系统；抑无论何学，苟无系统
之智识者，不可谓之科学。"① 他的说法重在为中国输入日本的实证史学
观念；又如蔡元培在《学堂教课论》中提倡从"分科之学"到"专门之
学"，其用意在于以科学来为宗教寻找资源；再如杜亚泉强调以"格致算
化农商工艺诸科学"作为"艺术"基础②，着眼点在将科学技术转化为
生产力。总体上看，科学从表面的知识传播和常识普及，本质上已经转
换为思想革新和精神革命的指代。一言以蔽之，科学的地位恰如胡适在
1923 年所言"几乎全国一致的崇信"③，但对其本意的探究却笼统含混，
常常仅指向大而无当的西学。"科学"被引入的过程中，饱含着知识分子
对其附加的使命感，从反对传统的文化、政体，到改变普通国民的行为
方式，再到被视为情感、道德、信仰的角色。"科学不但无所谓向外，而
且是教育同修养最好的工具，因为天天求真理，时时想破除成见，不但
使学科学的人有求真理的能力，而且有爱真理的诚心。"④ 于是，作为科
学研究之本质的"物我两分"，在中国本土化的过程中被传统文化延续的
"天人合一"所替代，科学思维方式也被伦理化的哲学性和功利化的政治

　　① 王国维：《〈东洋史要〉序》，姚淦、王燕编《王国维文集》第 4 卷，中国文史出版社
1997 年版，第 381 页。
　　② 杜亚泉：《〈亚泉杂志〉序》，许纪霖、田建业编《杜亚泉文存》，上海教育出版社 2003
年版，第 230 页。
　　③ 胡适：《科学与人生观·序》，丁文江等《科学与人生观》，亚东图书馆 1923 年版。
　　④ 丁文江：《玄学与科学》，丁文江等《科学与人生观》，亚东图书馆 1923 年版，第 20—
21 页。

性所遮蔽。

随着"九一八"事变、"七七"事变的相继爆发,战事不断恶化,"科学"的多元形态被压缩,思想界流露出来的观点,以"我们现在所遭受的空前未有的危机,也就是由'科学'的进步而带来的,因此'科学'是值得歌颂,但也应该诅咒的"① 为典型。因为科学不但与战争中的军事装备相关,也关系着工事、交通、给养乃至防毒、防疫,所以现代战争所要求的新式武器、机械化部队、农业、工业、医药等一切物质建设都被纳入"科学"的麾下。1938 年 3 月,国民党在武汉召开临时全国代表大会,面对全面抗战的新形势,提出了"抗战建国"方略,认为"科学的探讨与设备,为抗战持久及抗战胜利之决定因素"②。因之,这种集中于"自然科学"的科学认识并不看重纯粹的系统知识、技术方法,而是在国家战略层面来确立科学的作用。鉴于科学力量成为中国是否能坚持抗战并取得最终胜利的决定性因素,整个社会对科学的要求,就转变为"使科学与社会联成一气,使科学能送到社会,而社会能接受科学",一句话,"科学社会化"与"社会科学化"结合的"科学化运动"。③

五四后的中国社会一方面大力推进科学宣传力度,以中国科学社创办《科学》杂志为中心,刊登了大量文章为国民补课,较为全面地分析讨论了科学的本质、科学的方法、科学的研究、科学的精神及科学的社会功用等,使人对科学的基本概念、方法、研究、精神、功用及科学伦理等方面有了认知;另一方面也不自觉地继承了维新派的"科学万能"思想,因为科学的研究尚处于起始阶段,"赛先生"不是真正的实验室科学,而是一种缔造新世界的手段,作为隐形的"科学化"在社会的方方面面起作用。以"抗战建国"为目的的中国社会,在直接动力中原本应该让实验室科学发挥效力,但因为民族国家的实际任务,"赛先生"进化为显形的"科学化"。已有研究的思维定势中,现代中国由"启蒙"转向

"救亡"成为通行解释模式，如果按照这样的后观理论，钱雨农、徐尧照等人的冲突，就会被放置在"启蒙"与"救亡"的矛盾叙述中。可是，通观两次"科学化"的发生，都不是单纯的启蒙或救亡可以概括的，而是关系到对科学的理解与界定。中国科学化运动在抗战建国的带动下，活动范围变得极其广阔，从具体措施来看，其一，要造成科学空气，其二，要改良科学教学，其三，要增进行政效率①，这些都不是针对自然科学家的特殊规定。

为什么自然科学家对专职的尽守，在同行看来，却成为对科学的背离？

从表面看，是纯粹科学与应用科学的殊异。顾毓瑔说："我们纯粹科学的提倡，结果使我们的少数学者在世界科学界上有所贡献，与世界科学界愈近，与中国落后的社会愈远；应用科学的提倡，结果使少数的都市及通商海口的产业振兴了，而都市的畸形发展，反映出广大农村的衰落，整个的讲，科学在近年来相当的发达，而尚不能与中国的社会、中国的文化发生密切的关系。"② 依照吴承洛的说法便是："中国最大的毛病是'个人'与'国家'相距太远，'乡村'与'城市'相距太远。科学化工作就要使其如何接近起来。"③ 这种距离的拉近正符合"社会科学化"，它兼顾的是各行各业的共同利益，从空间上升华为全民族根本利益的卫护。

从深层看，是民族主义的局限性所导致的。"我们的科学家在这时候应该选择一条途径：还是准备做世界的科学家，为世界科学界有所贡献？还是愿意降低些个人的荣誉，做一个为中国解决当前各种科学问题的科学家？愿做上述第一种的人物，那么不论国家如何，民族如何，科学的兴趣与荣誉高于一切，结果可以做一个无国籍的诺贝尔奖奖金获得者，

---

① 魏学仁：《中国科学化的意义及其推行途径》，《教育通讯》第 2 卷第 15 期，1939 年 4 月 15 日。
② 顾毓瑔：《科学与科学化》，《教与学》第 3 卷第 11 期，1939 年 1 月 31 日。
③ 吴承洛：《科学化运动与长期抗战》，《教育通讯》第 2 卷第 36 期，1939 年 9 月 16 日。

而在今日抗战的中国是不需要的。我们要求从事科学的学者都能降低个人的荣誉与愿望，做第二种人物。"① 这就完全破坏了科学无国界的认识，"科学社会化"在根本上无法实现科学精神的普及，仅从时间上追求立竿见影的效果。

无论是"科学方法"的运用，还是"科学知识"的掌握，都弱化了自然科学的研究内核，追求的是现时收益，而创造性诉求被悬搁起来。科学化运动的初衷是"使科学化的工作，免去各界间的脱节，发生连系。"② 吴承洛所指的联系的加强，是以肯定各个部分存在为前提的，可是，当徐尧照指责钱雨农据守"实验室"的行为，成为"自然科学的研究与社会的生活及需要分离开来"的"脱节"现行，其中的各个部分也不再维持原有的存在。在某种意义上，"科学化"以对自然科学的重提为起点，但是却走向了对自然科学的界限的消解。

三　作为五四遗产的"科学"

为了完成旧中国的改造任务，社会管理方面必须结束长幼尊卑的等级制度，同时，思想认识上要改变"唯上不唯真"的定势，就必须采纳以"普遍性、公有性、无私利性、合理质疑"为规范结构的"科学"。③ 从古代社会向现代文明转型中的中国，选择了"民主"与"科学"作为实现现代化的基本纲要，正如陈独秀把科学与民主比作舟车之两轮，确立了两者的密切关系。不过，这对宛如孪生的新文化结晶，在"抗建"时代却受到了极大的挑战。

首先是受众群体的限制。"五四所提倡的'民主'和'科学'，没有把大众做对象在五四时代自有它的社会原因，仍不失它的历史价值。不过现在大众仍过着愚昧生活，毫无科学的常识，这确是抗战建国中成为

---

① 顾毓琇：《科学与科学化》，《教与学》第 3 卷第 11 期，1939 年 1 月 31 日。
② 吴承洛：《科学化运动与长期抗战》，《教育通讯》第 2 卷第 36 期，1939 年 1 月 31 日。
③ 默顿于 1942 年完成《论科学与民主》（后更名为《科学的规范结构》），该文提出了科学活动的四个特性，并阐述了民主与科学的内在联系。参见徐飞《科学文化另面观——赛先生为何要与德先生同行》，《科学与社会》2017 年第 7 卷第 2 期。

一个极严重的问题，也不得不说是五四运动所留下来的缺陷。我们的责任是赶速到大众里去提倡'科学'来完成比五四更远大的工作。"① 在纪念五四的活动中，"科学"被指称为是少数人的专有物，于是导致了"民主"的不彻底。

其次是文化属性的偏差。由于五四时期"没有革命性的机械论，没有把握着客观的唯物辩证法真理，"大行其道的是"布尔乔亚的社会科学和哲学"，所以，"'五四'运动所提倡的科学是不正确的，有许多是错误的，所以不能打倒玄学，玄学鬼后的玄学后来就又起来了"。② "科玄之争"的未果成为"科学"在资产阶级文化中未完成的佐证，由此引申出对科学文化内涵及演进的哲学资源再认识。

以上两个缺失的列举并不完全如实，都有从本阶级出发的立场限制，但这种思想倾向也形成了"抗建"中新启蒙运动推广的现实基础，于是"科学大众化"成为反对"科学人格化"的重要举措。抗战以来，文化的大众化成为最显著的潮流趋势，具体的措施包括扫除文盲、普及教育，这都为科学运动的推进和科学教育的变革打造了较好的民众根基。张申府、陈伯达、胡绳、何干之、艾思奇等发动的新启蒙运动，是区别于五四"科学"的前提下而提出的"新科学"。"根据现代观点重组织了的科学，而非过去资本主义社会资产阶级的科学。但看伦敦大学物理学教授柏崂博士 J. D. Bernal 的新著《科学的社会职分》（*The Social Function of Science*），便可知晓。"他们的依据是"帝国主义是资本主义的尖端，乏惜思主义是帝国主义的末路。反乏惜思主义却暗许资本主义，未免太忽视了逻辑了！"③ 这对外来主义解决中国问题有了感性的反思，也促进了"中国化"的本位思考。以"继承五四、超越五四"为指南的新启蒙者，将新启蒙运动定位在爱国主义运动—自由主义运动—理性主义运动—新文化运动的四位一体，而中国化则是整个运动的主线和灵魂。科学大众

① 薛丹英：《抗战建国与科学运动》，《青年科学》第 1 卷第 1 期，1939 年 7 月 15 日。
② 陈唯实：《新人生观与新启蒙运动》，民族革命出版社 1939 年版，第 93 页。
③ 张申府：《新启蒙运动与青年运动》，《战时文化》第 2 卷第 3 期，1939 年 4 月 10 日。

化则是对"赛先生"皮毛的欧化的就正，具体地看，包括。

第一，要改变直接搬运西方现成科学果实的做法。通过配置科学方法、科学精神、科学态度和科学脾气，"使科学影响一般人生，改变人的心习思想。"① 也就是要从日常的科学行为入手。张申府就明确反对将"钻故纸堆的汉学""造就些驯服的机器"作为科学的目的。

第二，突出理性在科学中的主导作用。张申府反复强调："科学法的特点是切实，是唯物，是客观，是数量的，解析的（或说分析的），反对的是笼统幻想，任凭感情冲动"，"理性的极致是辩证与解析。唯物，客观，辩证，解析，便是现代科学法的观点与内容"②，总体上，就是肯定理性对个人的限制，实现理性作为一切统治的根本。

第三，对自然科学和社会科学重新加以组织、重新作出估价，找到科学与社会结合的途径，这一点相比于第一条和第二条更为根本。"五四时候已晓得了马克思。但全国读过资本论的也还没有一个。就是马克思的其他著作，除了共产党宣言以外，恐怕也是全国没有读过的。那时知道称道唯物史观了。但唯物辩证法或辩证唯物论也是全国没有一个人晓得。"③ 由是，新启蒙运动对五四运动的扬弃就在于此，要制造一种潮流使自然科学与辩证法、唯物论充分地开展。

面对生死存亡的民族战争，新启蒙者最直接地想到要用科学来建立新的思想体系，对政治、经济、文化等重新作出判断。回首国民革命，正是因为缺乏科学的方法论，所以才对中国社会运动的性质、动力、联合形式以及转变前途等问题缺乏准确认识，产生了"中庸和犹豫的思想政策"④。要更好地发挥科学在世界观和方法论层面的作用，辩证唯物主义得到了空前的研究和传播。追溯这一科学观的发展，要回到1936年《读书生活》第4卷第9期发表的《哲学的国防动员——新哲学者的自己

---

① 张申府：《什么是新启蒙运动》，《月报》第1卷第7期，1937年7月15日。
② 张申府：《五四纪念与新启蒙运动》，《认识月刊》创刊号，1937年6月15日。
③ 张申府：《五四的回忆》，《读书月报》第1卷第4期，1939年5月1日。
④ 何干之：《何干之文集》，中国人民大学出版社1989年版，第373页。

批判和关于新启蒙运动的建议》。在该文中，"新哲学"即为"辩证唯物论"。陈伯达非常鲜明地指出："应该打破关门主义的门户，在抗敌反礼教反独断反迷信的争斗中，以自己的正确理论为中心，而与哲学上的一切忠心祖国的分子，一切民主主义者，自由主义者，一切理性主义者，一切唯物主义的自然科学家，进行大联合阵线。"这种联合看起来是营造了各种思想交融汇合的活泼局面，不过，很快地就出现了思想的紧缩。1937 年 12 月，何干之在上海生活书店出版了《近代中国启蒙运动史》，书中从曾国藩、李鸿章的洋务运动说起，依次清算了"康梁的维新运动""辛亥革命的三民政策""五四时代的文化运动""国民革命时代及其以后的新社会科学运动"，进而提出："目前在理性运动面前，以公正的姿态，批判一切非理性的东西。"那么，什么才是理性的表现呢？他解释说："无论一篇科学论文，或是一篇文学作品，只要它是现实的反映，对于我们认识目前的局势有好处，那就可以说是爱国主义。并不是什么东西，开口闭口都不离爱国这两个字。我试举一个例子来说明一下。科学与艺术原来是两门不同性质的学问，科学是抽象地反映或表现现实，而艺术却是具体地反映或表现现实。一篇论文，不论是历史、经济、哲学都用分析方法，有条不紊地把世界解剖了，但是一篇创作，不论是小说、戏剧、诗歌，却用具体的事实来表现这个世界的面貌。然而无论是抽象的或具体的，他们都是客观世界的反映，使人们认识这个世界原来是这个样子。"这样一来，理性就被转述为在爱国语境中的一切客观反映，科学也成为讨论马克思主义哲学的保障。

　　李慎之先生在《不能忘记的"新启蒙"》一文中回忆说："'新启蒙运动'造成了马列主义在中国的强有力的传播。""随着读的书越来越多，马列主义在我思想里的地位也越来越崇高。"[①] 被毛泽东称为"第二条战线"的新启蒙运动，以科学为手段，推动了马克思主义的中国化，同时，科学也成了目的，实现了科学的中国化。五四运动之后，中国人有从

---

　　① 李慎之：《不能忘记的"新启蒙"》，《炎黄春秋》2003 年第 3 期。

"世界人"中被挤出的忧惧，因而整体的科学目标也是"世界化"的，而"抗建"时代来临后，陈伯达就说德赛二先生需要"旧瓶装新酒"①，赋予"新哲学"以合理性。"今天，我们所说的是新的科学哲学方法论，科学的社会主义，德赛二先生已经不复像当年那样幼稚，而长成经验丰富学问渊博的大人了。"② 在中国化的过程中，"科学"不再被视为绝对真理或绝对正确，物理化学作为主体被更替成哲学作为主体，科学仍旧脱离了其应有之意涵，最终不过是科学文化的另一种失衡。

四 重提"科学"的启示

新启蒙运动把五四文化体系中的"科学"归为供特定人群、特定阶层所掌握和使用，以此确立了重塑"科学"的合法性，可他们也始终是在知识分子的视域内来规定"科学"的大众化。尽管这种理论宗旨启蒙了毛泽东《新民主主义论》关于"民族的、科学的、大众的文化"的思想论述，但是，在后来漫长的无产阶级运动里面，科学并没有走向大众，成为为民服务的对象，反而成为知识分子的身份表达，而且，在那种身份描述的过程中，知识分子也没有因为科学而更加独立与自主，科学的重提慢慢变为一种话语策略。

随着新民主主义革命深入展开，理论研究和实际斗争的结合也获得了过去所不具备的条件，马克思主义作为科学的化身在指导中国革命的实践中进一步中国化。首先，理论是科学的，"精确地揭发了人类社会发展的规律，这些规律在现实事物中间，在具体的国家和民族中间，虽然要以各种不同的特殊形式表现出来，然而并不因此减少了它的一般的正确性，相反地，一切它的特殊的表现的存在，正证明它的一般的适用性，正证明在各种特殊的条件之下都能发现它的规律的作用"③。因此，科学

---

① 陈伯达：《真理的追求》，新知书店 1937 年版，第 13 页。
② 清流：《五四答客问》，《青年生活》（重庆）第 8、9 期合刊，1939 年 6 月 16 日。
③ 艾思奇：《论中国的特殊性》，《艾思奇全书》第 2 卷，人民出版社 2006 年版，第 775 页。

的中国化就是要"理解、精通、应用"马克思主义的理论。其次，方法是科学的，"它给我们一种看事情的基本正确的观点，提示出来研究的基本方向"，因此，科学的中国化就是要"用辩证法唯物论的既成的方法和理论经济学的既成方法，来研究中国的生产关系及其发展"。① 然而，这种理论与方法的正确，都是从一种绝对信念的立场出发而免去了验证，无论是认识"精确""正确"的先在性，还是接受者对"既成方法"的坚持，都没有真正应用到中国的革命实践中，其宗旨只是树立马克思主义的科学形象，而且这种形象会在无产阶级的革命行动中发挥作用。"凡是有了无产阶级及无产阶级运动的国家和民族，也就有产生和发展马克思主义的可能性和必然性。"② 那么，马克思主义的解释者就具备了科学的权威，受到推崇的辩证法思想也同样具有领导政治革命的先进性。

革命战争需要科学技术做支撑，这是"抗建"时代毋庸置疑的需求，而思想领域的科学化浪潮，直指革命的指导理论。这其中有一个潜台词，即科学比政治更高级，由此，政治学说才在科学的名义下得到认可和充实。革命过程中的政治，是亟待理性处理的直接经验，或者是主观行为，而科学是精确性和确定性的知识。只有通过科学的进化，才能使政治上升为系统化、普遍化的科学的状态，这变为无产阶级的一个奋斗目标。而且，为了使这一目标更具实践性，艾思奇强调："真正的辩证法唯物论，不存在于名词的琢磨、公式的引用、'纯逻辑'的空'理论'里，而存在于无产阶级与广大人民的革命行动的正确指导中，如果脱离了实际问题的解决，那末，无论说一千百万个辩证法唯物论的名词，也不能成其为真正的辩证法唯物论。"③ 基于此，科学的大众化从理论层面出发，经过实际生活和工作的经验总结，才回到理论层面，这是从逻辑上最为

---

① 艾思奇：《论中国的特殊性》，《艾思奇全书》第 2 卷，人民出版社 2006 年版，第 777 页。

② 同上书，第 778 页。

③ 艾思奇：《怎样研究辩证法唯物论》，《艾思奇全书》第 2 卷，人民出版社 2006 年版，第 721 页。

完备的设计。可是，在辩证法唯物论的广泛传播过程中，从参与论证和辩论的史实来看，所有的讨论都是高度知识分子化的。或许用列宁的看法更接近历史实貌："无论在政治著作中还是在哲学著作中，列宁都明确指出无产阶级不可能是科学的媒介。只有在'哲学实践'中经历了苦炼的知识分子才能获得和扩展客观的或科学的知识。唯有知识分子能够在一个必要的高度抽象的层面上把握事物之间的相互关系、一般和个别的同一性、对立面的统一等等。正如我们所看到的那样，人民群众被限制在未经思考和难以证明的主观认识的狭窄范围内。"① 知识分子推动科学的大众化，其目的在于"对于科学进步有预言力量与指导力量的哲学，也应更予以发扬"，但按照马克思在《共产党宣言》中的概述，他们自身便能够对具有预测力的发展规律的表达，所以，起点也是终点，他们中止在自身，发起大众化运动，最终又代替了大众化。不仅如此，还对唯物主义哲学中的部分问题，如胡绳对"动的逻辑"的演绎做了更多的意义附加，"任何一门科学，如果将其中某个原理绝对化，就会导致形而上学"。② 从根本上来讲，为了保证科学的威信，大众始终在知识分子的外围，而这一场科学大众化运动也没有真正深入人民大众的精神基层。

虽然恩格斯说最早的希腊哲学家也是自然科学家，但是在中国现代知识分子中间，人文知识分子与科技知识分子面对科学、接受科学的逻辑有一定的差异。社会科学工作者倾向于在一种形而上的层面理解科学，他们也希望自己能够对所有问题都提供科学的观点，而自然科学工作者更多地在本专业内进行科研的探索。新启蒙者却不满于此，"科学是产生机器的。但科学却不是机器，尤不应使人变成机器"。③ 尤其是在"抗建"的任务下，对于自然科学家的要求，就会出现徐尧照那样的意见。一般地讲，科学对社会来说，主要有两种用途，一是产生实际的应用，二是制定和执行公共政策，但这种实际价值的判定，是一个比较有伸缩

---

① ［英］尼尔·哈丁：《列宁主义》，张传平译，南京大学出版社 2014 年版，第 267 页。
② 冯契：《逻辑思维的辩证法》，华东师范大学出版社 1996 年版，第 235 页。
③ 张申府：《张申府文集》第 1 卷，河北人民出版社 2005 年版，第 174 页。

性的标准，既可以基于科学自身的内在标准来形成，也可以通过外在标准来判断，或者内外兼具。回到钱雨农事件，他的同行是一种外在标准下的非议，而钱雨农是在方法、技术、成果的培养中来实现科学精神的建立，是一种内在标准的显现。但如果究其内里，钱雨农以实验室为本位的态度就意味着他对现有研究的不足有清醒认识，即便是科学的，也依然保持对其进行合理质疑的品质，承认科学的有限性。这本身也是科学精神的一部分，反倒是内外兼具的标准体现。相对来讲，徐尧照身为自然科学家，却是人文科学的态度，只要是与科学有关，潜意识里就认为一定正确，混淆了科学精神与科学技术两个概念。特别是在社会科学不断技术化的作用下，把马克思主义作为科学知识整合进新启蒙文化中，这种分歧更加突兀。正是在这个背景下，徐尧照与钱雨农的冲突才有了"科学"的意义。

　　一个社会，如果有人将科学用于扶乩，那么会被嘲笑和批判①，因为这是直接与科学对立的迷信。但是，一群自然科学家声称只做对一个国家一个时代有益的研究却得到认同，内含的对科学的迷信却无人揭穿。究竟是什么原因驱使？表象上看是自然科学家的社会化，可这种人文化在三四十年代的出现，并不是简单的时势所造，而是其来有自。1912年至抗战爆发，"自然科学者"扮演的社会角色极其模糊，"最初，凤毛麟角的几个'学成归国'的科学博士，一回国来不到实业、交通、工程等事业中去贡献他们的专场，因为中国这事业根本就不发达，不需要他们进去，于是博士们一入国门，把科学的渐渐去掉，一部分跑上政界了，另一部分不得意的便做做教书匠，也有的进了养老院式的'研究院'，更有的是改行了去做洋行买办的 Clerk，更倒霉的是'实守嘉兴府'，在家吃老米饭。""未出洋的大学理工农科毕业生，在本国的'销路'更不堪设想。"② 这种苦闷使整个自然科学界遍布消沉的情绪，在主观上他们少

---

　　① 《电声周刊》1939 年第 8 卷第 12 期对《欢喜冤家》在南京大戏院公映时天一公司的老板邵醉翁向科学灵乩取决事件进行了嘲讽，而且，这样的事件并不是个别。

　　② 沈志远：《献给自然科学者》，《读书月报》第 1 卷第 2 期，1939 年 3 月 1 日。

能积极投身于社会事业，随着现代战争对科技的需求，拉近了他们与社会和国家的关系，于是试图通过社会角色的重新定位，实现自然科学的再定位。对自然科学工作者而言，他们非常清楚自己与其他学科的不同，但是，在追求自己专业性的过程中，又不得不（或者是不自觉地）牺牲专业性。1939年的《新青年》上发表了许多讨论学科关联性的文章，赵曾珏《自然科学·社会科学·与工程科学研究之比较观》很有代表性。他一方面呼吁科学工作者各安其职，另一方面又流露出共同为"抗建"这一目的而奋斗的意愿。

结语　谁来拯救"赛先生"？

"抗建"时代的来临，虽然客观上给科学的发展提供了新的历史契机，为科学摆脱"赛先生"意识形态化作出具体要求，自然科学家也获得更多的工作机遇和职业信任，可是，这个历史条件的形成也包含着科学从五四传统中被剥离出来。首先，科学从无国别走向了有国籍，这种本土意识的凸显，既与民族战事的自卫心理相关，也是思想建设的迫切需求；其次，科学从方法变为目的，尽管包括军事在内的各行业对科学有多层次的借助和利用，但在根本上，过程都被结果所弱化。之所以要有意识地构建一种不同于启蒙视野中的科学，最直接的原因是抗战建国成为每一位国民的现实生存的目标，无论是倡议人还是响应者都会以完成这一目标作为唯一的参照。

钱雨农等人在1939年所坚持的科学独立性，包括科学的原创性诉求、科学家的主体性完整，等等，从逻辑上看，符合提升国民科学素质的科学化运动理念，然而，却被看轻和否定；张申府等人提倡的"新科学"，从大众中来再到大众中去的理性追求，扩大了辩证法唯物论的影响，然而却中止在知识分子的接受层面，对"社会的科学化"和"科学的社会化"，仍旧是"旧酒新瓶"。按说，现代时期对科学的高扬是继五四启蒙之后唯一的一次，应当有更丰硕的科学成果，但从这里开始，科学实践日益艰难，由此我们就看到了科学与政治的结合的必要性和复杂性。

　　1942 年夏衍发表了剧作《法西斯细菌》，日文《改造评论》杂志
1946 年翻译了此作，夏衍正好在同一期上看到了一篇"关于上海自然科
学研究所"的座谈会记录。记录中，一位从事植物学研究的御江久夫说：
"今天回头来想想，最使我痛切感觉得的，就是我们在日本的时候，老以
为学问和政治分离，可以和政治没有关系，可是到了中国，才知道学问
一定要受政治的影响，我们在中国的失败，一切都是受到了外交关系的
影响……不论你建立了什么计划，一定会有政治上的原因，使你不能实
现，我于这点最为遗憾，而日本对于这一点是常常不理解的。"夏衍说御
江久夫的话是对他的创作最好的注解，而当时的批评家大都误解了《法
西斯细菌》。他感慨"何年何月，我们才能不受任何干扰地从事于科学的
研究？何年何月，我们研究的成果，才能一点一滴的服务于人类社会的
进步？"[①]《法西斯细菌》的创作相距钱雨农事件三年，御江久夫的发言
相距钱雨农事件七年，大多数自然科学家一直都有着钱雨农的诉求，而
最终都做出了俞实夫的抉择，这也是科学的现代命运。

　　无论是初来中国的"赛先生"，还是长大成人的"赛先生"，都被作
为从五四到"抗建"时拯救中国的救世主，于是，科学经历了从形而上
学的普及，再到全民化的需要，最后又进入另一种科学理想主义，科学
始终都没有完全回到自己的本来角色，那么，谁来拯救科学的脱轨？可
行之路或许唯有科学的自救。只是这种自救并非简单地纯化科学，封闭
科学，而是参与革命运动中，积极发挥技术性和精神性的作用。科学在
完成政治使命的过程中，以科学为出发点的努力，会因为任务的长期性
而延宕，导致科学受到政治倾轧的表象产生，但实际上，科学在接受广
度和研究深度的积累中，终究会实现科学的回归。

---

　　① 夏衍：《科学与政治》，《清明》（上海）第 3 号，1946 年 7 月 16 日。

论方敬抗战时期的诗歌创作[*]

熊　辉^{**}

内容提要： 方敬是中国现当代诗歌史上创作成就较为突出的诗人，尤其是他在抗战时期创作的作品更有别于普通的抗战诗歌。方敬的抗战诗歌立足于大后方，是对抗战大后方民众抗战激情的书写；作为南迁的知识分子，方敬的抗战诗歌关注到了迁居大后方的逃难人群的漂泊情感；作为有社会理想的年轻人，方敬作品是对黑暗社会现实的鞭挞，同时也是对新社会的吁求。因此，方敬的抗战诗歌承担着双重历史使命，一是积极争取民族的独立与解放，二是面对黑暗现实而抱定解放底层人民的伟大理想。

关键词： 方敬；抗战大后方；诗歌创作；社会理想

　　方敬（1914—1996）毕业于北京大学外语系，早年积极参加民族解放战争和民主解放运动，是抗战以来中国著名的诗人、散文家、文学翻译家，也是优秀的学者和教育家。从1933年开始诗歌创作到20世纪末，方敬先后出版了《雨景》《声音》《行吟的歌》《受难者的短曲》《拾穗集》《飞鸟的影子》和《花的种子》等诗集，其中《声音》《行吟的歌》

---

　　* ［基金项目］重庆市社会科学规划抗战工程重点项目"抗战大后方翻译文学史料整理与研究"（2018ZDKZ08）。

　　** ［作者简介］熊辉（1976—　），男，四川邻水人，文学博士，西南大学中国新诗研究所教授，博士生导师，主要从事中国现代诗学研究。

以及《受难者的短曲》三部写于抗战期间。方敬先生在抗战爆发后辗转来到大后方，而且在成都四川大学借读期间接受了建设新社会的理念，因此他的抗战诗歌具有丰富的时代内容和鲜明的个体特色。

一　大后方的抗战激情

方敬在成都、昆明和桂林等大城市以及小村庄的生活，让他对战时的大后方有了充分的理解和认识，他的抗战诗歌也多写大后方人民的抗战激情和积极支持前方抗战的具体行动。

方敬用诗篇刻画出大后方各类人群为声援抗战而辛勤忙碌的身影。那群"奔忙于熙攘的街头"的儿童，他们"身旁挂着募捐袋"，"手里拿着收据册"，不停地"问难于每个过路的人"，将"群众珍贵的血汗钱"计算好后放进袋子里，这些募捐的费用可以为前线的战士购买生活必需品，也可以让那些没有走上前线的民众尽到抗战的义务。但最可贵的或许还不是后方儿童的募捐行动，而是他们将"节约的糖果费"首先投入到募捐袋里，在民族危难的紧要关头舍弃对美食的贪恋，知道如何为抗日战争贡献自己微薄的力量。或许真如当年摄影记者抓拍到的镜头一样，大后方儿童的形象被定格为抗战时期"值得夸耀的中国的幼年代"（《儿童》）。除了儿童之外，社会各阶层的人民都在为前方的抗战忙碌奔走，就如诗人在《伐木》中称赞物尽其用的那样："健壮的松树"可以制成弹箱，"结实的柏树"可以制成刀柄，"坚韧的杉树"可以制成枪托，就是那"年老的槐树"也可以让"跑警报的孩子／在浓荫下躲躲，歇歇"。以物喻人，每个人都可以为保卫祖国发挥自己的能量，前线的战士和后方的民众都在为民族解放而投入地工作。就连昔日闭塞的乡村农民也开始投入抗战的行列中。方敬潜居大后方古老的小城，当他看到小河边的水磨"终日不倦地转"的时候，便想到了白石桥上汽车"巨大的橡皮轮子"，由水磨"古老的调子"想到了车轮"唱着时代的歌"，同时"古老的小城"和"淳朴的居民"开始领略到时代的旋律，开始在日本人的枪炮声中觉醒并意识到肩负的历史使命。驶向远方的汽车"带走了我们的愿望"，它们带着后方人民对抗战胜利的渴望奔赴前方的战场（参见《古城的歌》）。

方敬身处大后方而心系民族的抗战，因而生活中不经意间发生的事情或偶尔出现的事物都会勾起他对抗战的感慨。由于战时条件的限制，方敬在消息封闭的大后方只能从报纸中了解抗日战争的最新情况，每次读报都会让他热血沸腾或思绪万千，日军血腥的侵略行为警惕着他，无数国人为自由而不懈斗争的行为吸引着他，战场上反抗的烽火不断地燃烧着他。不同的读报人面对相同的消息会产生各种不同的情感和思考，但他们无一例外地会生出抗日的激昂情绪，这种情绪汇聚成一股强大的精神力量，支撑着中国人民与日本侵略者进行不屈不挠的斗争，直至民族最后的胜利和解放。正是从这个角度讲，抗战时期的记者和作家为民族解放战争做出了不可替代的贡献，他们以笔墨为武器，唤醒了更多的人参与抗日战争的洪流中（参见《报》）。空中忙碌的飞机也让诗人生出很多感叹。在《飞》这首诗中，诗人赞美和平的蓝空，赞美蓝空中翱翔的"铁鹰"，它们可以在一朵朵白云的陪伴下替中国人"去侦察，巡逻，/去守着天际，保卫山河"。方敬同时也赞美蓝空中"年轻的飞行师"，他们可以"把一切来捣乱的扑灭"，还可以用"戴上望远镜的眼光，/透过辽阔的视野，/取直径的距离，/替地上痴心的人们，/看看胜利的远景。"因此，该诗抒发了诗人在抗战语境下的真实愿望，他喜欢蓝空源于他对抗战胜利讯息的期盼，源于他对民族独立和自由的期望。

大后方是前线战场的坚强后盾，只有后方人民的精神鼓励和物质供应，才能保证前方兵士无所顾虑地英勇杀敌。诗人总会触景生情地想到在前线作战的战士，他看到在九月的田野里收割庄稼的"粗壮的手"，就会想到"正在扳拨着枪机，/在这成熟的季节里，/冲锋的战号/捷报着丰收。"在诗人看来，后方人民和前线战士都在为拯救民族做着自己力所能及的事情，"流一滴生产的汗"和"流一滴战斗的血"都是在保家卫国，都是在"安慰养育我们好多代的/大地母亲"，只有全国人民一致对敌，才能回报养育我们的中华大地。方敬在《丰收》中首先勾画出一幅祥和惬意的丰收图景，然后再想到战争以及"肥美的土地""先后沦为战区"，前后画面的巨大反差，不仅衬托出战争的罪恶，而且也表达了诗人内心对安宁生活的呼唤。《光》这首诗通过"光"巧妙地将大后方民众辛劳地支持抗战的光辉形象与前线战士勇敢战斗的英雄形象连接在一起，一场声势浩大的全民参与的抗战运动便呈现在读者眼前。在严寒的冬夜，"针的光""剪刀的光"缝纫出后方群众对前线战士的"慰问"和"祝福"；而"枪的光""刺刀的光"拼杀出全民族的"生存""自由"和"解放"。诗人选取"严寒的冬夜"和"光"作为整首诗的主体意象，而且在每一节诗行中反复出现多次，足以见出这两个意象具有深刻的寓意：前者指日本侵略下的中国大地如同寒冷的冬夜，后者指在前方战士的搏杀和后方民众的声援下必然会迎来的胜利之光。

大后方民众除了在物质和精神上支持前方外，在情感上也体现出对前线战士的牵挂。冬天来了，诗人希望"水车轮子旋转得更急些"，"我们的手足工作得更快些"，因为"前线战士的衣裳还单薄呢"，而且每次激烈的战斗之后他们鲜红的伤口也需要棉花和纱布的包扎。《棉花机》这首诗体现出诗人对前线战士的关怀之情，表明大后方人民辛勤的劳动对支持前线抗战的重要意义。《木筏》这首长诗通过岷江上运送军用物资的木筏将一系列的人物串联起来，并通过他们的所见所闻道出了战争时期的不幸遭遇，最后大家齐心协力将物资按期运送到目的地。在诗人的笔下，抗战时期的岷江发生了翻天覆地的变化："放筏的老翁"将自己的青春岁月留在了江上，船夫的号子声成为岷江上永不停息的"壮阔的歌声"，护送军火的兵士背后有着传奇的故事，太平岁月"运烟运酒运药材"的木筏如今"平安地运军粮运废铁"，同时将军火运送到前线。这首诗进而表达了前后方民众团结抗敌的相同心愿："前线的兄弟正在拼命，／正需后方群众贡献力量，／前后方像人身上的血脉一样，／息息相通。"

方敬的抗战诗歌总能站在大后方的立场上去刻写战时的人事。比如《战时赠友三章》的第一章是写给深入敌后打游击战的朋友。友人从成都出发，翻山越岭到了西北黄土高原的游击区，在北国的冰天雪地里因为慰劳的诗篇和物质而感受到了温暖。越是深入敌人的后方就"越知道敌人的无能与狂妄"，就越能体味到祖国土地的广袤和温暖，方敬希望友人能化为"正义，光明，自由"等美丽的花朵，迎接祖国的和平与解放。该诗的第二章是写给流散到大后方的朋友。有朋友自北方南来，如同"来自北方的田庄，／身上发着泥土的幽香，／荞麦和苜蓿花的幽香"。但他的家乡如今被踩在日本侵略者的铁蹄下，于是"随着南迁又西迁的学校"而"不能不来到后方"。在异域的天空下呼吸着相同的"反抗的空气"和"斗争的空气"，朋友最后决定要再度北还，"回到我的家乡后方／打游击，打游击……"该诗的第三章是写给从前线南来的"武装的诗人"。友人从山西东南敌占区来到西南大后方，他用相机拍摄了很多战地的实景，作为上前线慰劳战士的诗人，他自己也应该受到人民大众的慰劳。中国人民的抗战还得到了海外华侨的支持，《月台》这首诗抒发了跨越国界的战争情感。诗人善于抓住南洋各国的气候和物产特色，选取有代表性的事物作为抒发情感的载体，比如：

> 从马来亚带来的伞是沉默的，
> 从新加坡穿来的裙是沉默的，
> 从缅甸拖来的皮屐是沉默的，
> 沉默地诉说着同一悲伤的故事。

日本军国主义在构建"大东亚共荣圈"的幌子下迅速扩张殖民领土，将战线拖延到南洋群岛，使南洋诸国的人民也饱受战乱之苦，他们与中国人一样都有一段难以诉说的"悲伤的故事"。诗人接下来继续写侨居海外的中国人在抗日战争爆发后对祖国的回报之情，他们不仅"坚强地生长在异域"，而且在日本入侵中国之后"不顾一切扑向自己的祖国"，国内人民"打开心房"亲如兄弟般地欢迎他们回国抗战或避乱。

在抗战最艰苦的时期，大后方以它特有的包容姿态容纳了大批诗人和作家，最大限度地从物质上帮助他们度过了战乱岁月。美国人凯普（Robert A. Kapp）在《中国国民党与大后方：战时的四川》一文中对四川在整个抗战时期的重要性作了这样的分析："在战时，四川在这个国土泰半沦丧的国家中的主要功能，是供应一切必要的人力物力以维持中央政府于不坠。虽然在1938年末期以后，就很少有大的战争，但沿着日军前线的军队仍然要补充，给粮、给饷；大量入川避难的政府官员亦需要给予薪水，维持温饱；流亡的大学教职员生也需要养活；而且在1940年后，在大后方的都市人口更加需要便宜的事物以对付人为的短缺现象及都市市场上高涨的粮价。"① 当然，大后方的重要性不只是停留在人力和物力上，在文化上也有体现。比如大量高等院校的师生员工和作家队伍来到后方，这里既成了他们的避难所，又成了给他们提供生活必需品的"给养场"，在"教室里放不下一张安静的书桌"的烽火连天的岁月里，大后方给诗人作家们提供了相对安定的写作环境，一大批诗人和作家的重要作品得以在抗战时期诞生。但与此同时，大后方落后的交通条件给内迁作家的生活带来了不小的阻碍，诗人坐在"一辆破敝酒精卡车"上看到修路的"石工"时，感慨"中国正需要宽大的公路"才能很快去"捕捉人类的豺狼"。诗人内心永远都充满了浪漫主义情愫，方敬在崎岖狭窄的山路上鼓励修路的工人、行军的新兵以及托运的骡群不停地前进，他希望"一切都前进着，/每条路都通到胜利，/通到南京、北平、东北……"（《路》）只要全国各阶层人民团结抗战，沦陷区的收复和祖国的解放便指日可待。

从大后方各阶层人民的抗战激情到前方战士与后方民众的紧密协作，从大后方对前线的支持到对流散人群的包容，方敬的抗战诗歌对大后方在战时扮演的角色进行了充分的表达和书写，这让他的诗作呈现出更为鲜明的情感特质。

---

① 凯普：《中国国民党与大后方：战时的四川》，张玉法主编《中国现代史论集·八年抗战》，经济出版事业公司1982年版，第222—223页。

二 内迁人群的漂泊情感

随着日本侵略势力的扩张和中国人民生存空间的缩减，国民政府、民族工业、高等院校、报纸杂志和难民等纷纷迁往大后方，形成了中国文化史上罕见的内迁潮流。很多作家和学生随着这股潮流迁徙到大后方，他们在离乱的年代里远离故土家园，生活在陌生的城市或乡村里难免产生思乡情结和漂泊感受。

不断地迁徙和漂泊成为抗战时期逃难人群的生活常态。"兽有窟。鸟有巢。人有家。/多少人失掉了家，/多少人抛弃了家，/为了人类历史铸成的错"（《赞歌》），可日本人发动的非正义战争让很多中国人失去了家园，很多人背井离乡，在颠沛流离中辗转迁徙，流浪的日子似乎没有尽头："公路多尘土，卡车多劲风，/人生是没有止境的奔波，/它的路正通向无穷。"流浪途中村民们好客的举动给漂泊者莫大的安慰，睡上一个好觉之后，明日又是"一个新的黎明的前程"，他又将行走在漂泊的旅途中（《夜宿》）。在一个由北方气息和南方气息混合的世界里，那些走过的路和翻越过的山"始终是他乡"。诗人看到骡车这个"风尘的远客"后产生了很多思考，它的劳作"给我们添一分舒息，/像战士的一颗子弹，/给我们添一份自卫的力量"（《骡车》）。我们就像是这远行的骡车一样行走在"无尽的路"上。当日本侵略者越过长江而逼近桂林的时候，之前逃难到桂林的人群不得不再度流浪。那些载着逃难者的火车不知道要开向何方，每一节车厢都载满了中国人民的痛苦和仇恨，"北宁、陇海、浙赣的旧仇/铸成湘桂、黔桂的新恨"（《出桂林》）。战争时期的"乱离""穷病""杀戮"以及"死亡"让山上的鲜花失去了香气，让小溪的泉水失去了光泽，让蔚蓝的天空不见了晴朗。在这个死寂的战争阴云笼罩下的生活现场里，诗人留下了"期待的眼泪"，他希望祖国能够战胜恶魔，民族能够迎来新生。

书写大后方逃难人群的乡愁是方敬抗战诗歌的重要内容。从北方南迁的人群碰见从故乡来的朋友就会询问老家的情况，甚至看见熟悉的事物就会产生浓厚的离愁。比如《骆驼群》一诗中，那些原本生活在北方的骆驼因为战争而来到南方"运送着粮秣军械"，初春的和风中吹来的驼铃声让被迫"流浪四方"的逃难者产生了缕缕乡愁。骆驼群似乎是"远来的信使"，使内迁到西南大后方的流散人群好像闻听到了"乡园的近讯"，尽管骆驼沉默不语，但他们"仿佛听见自由的消息/而感到了慰藉"。这是一首抒发抗战时期流落他乡者浓郁乡愁的诗篇，生活中的一草一木都会勾起他们思乡的情愫，但他们为什么会流浪，为什么会有如此深重的离愁？日本人发动的侵华战争无疑是造成他们背井离乡的元凶，因此该诗与其说是在抒发流浪者的离乡愁绪，毋宁说是在控诉战争的罪恶，只有将日本人赶出中国土地，流浪的人群才能复归家园。人们总是厌倦漂泊的生活，纷纷渴望早日找到生根的地方。抗战爆发后，诗人随着逃难的人群来到大后方，从此过上了居无定所的日子，他不知道自己接下来将去向何处，也不知道自己的家最终会在哪里？"寒带是红枣的家乡，/热带是菠萝的家乡，/蜜柑，葡萄都有自己的乡土"，可是一大批逃难的人群却不知道何去何从。《根》这首诗诉说了当时迁移到西南大后方的流散人群的集体心声，他们在艰苦的环境里看不到生活的希望，在兵荒马乱的年代找不到安身立命之所，无根的漂泊感成为这群人的主体感情。

流浪的旅途不仅让流浪者充满了忧伤，而且生动地展示了全民族战时生活的心酸画面。饱受流浪和思乡之苦的人们开始追问痛苦的根源，开始痛恨并控诉战争的罪恶，比如《受难者之歌》就是对战争引发的流亡之苦的控诉，"受难者"指的是在日本侵略下不断辗转迁徙的人群或饱受了战争之苦的整个中华民族。从 1937 年全民族抗战爆发到 1945 年抗战的胜利，很多人在整整八年的时间里都处于流浪和漂泊的状态，"带血的双足"走过"小的村庄与大的都会"，在无数个充满"风霜的深夜，/穿过凄凉的街头巷尾，/去哀求最后一家旅店的/紧闭的寒扉"。战争带来的不仅是一段漫长的流浪之旅，更是一段没有目的和尽头的逃难之旅："当我们一举步的时候，/就想起到今天为什么还要逃难，/要逃，又将逃往何乡，/我们的诅咒应该向谁掷去，/又把希望安置在什么地方？"这样的转徙和流浪固然充满了艰辛，但更让诗人感到心酸的却是流浪途中的见闻：有人为了逃难而"抢爬上车顶"、被挤下月台的孩子的"血染红了枕木"、冷酷的车门"向一个喃喃哀恳的老人关住"、怀抱"嗷嗷待哺的婴儿的弱妇/绝望地凝视着最后的列车开出"，还有那在"道旁的畜栅下，/痉挛着忍受流产的疼痛"的妇女。正是这些苦难的人群让诗人义无反顾地为着心中"伟大的理想"向前进发，而不过问山高路长。

　　漂泊到大后方的作家队伍因为生活的压力和情感的孤独而对抗战时有疏离。作家"和现实生活隔离，生活自然平凡，便难于写出有血有肉的作品，就是勉强写了，也未免失之于概念化。因为在前方的许多事情，是我们在后方的人无法理解的"。① 大后方与前线消息的阻塞是造成作家远离战争的原因之一，加上后方物质生活条件的限制，让很多作家在生存和写作中徘徊，方敬创作的《古怪的城》这首诗便是大后方知识分子内心真实想法的写照。他们曾经活跃在"火炬游行的行列里"，或者是"群众大会的会场里"，但有时候他们难免逃离现实而关注自我生活的小天地。方敬有时候也会陷入犹豫和徘徊的"迷失"境地，与外在世界完全脱节而令现实环境变得陌生和"古怪"，他找不到朋友和亲人的"足迹"，找不到熟悉的街景和人群。在黑夜中痛苦挣扎之后，诗人决定明天让自己的"足迹要签到/在火热的斗争里"，移居抗战大后方的知识分子只有汇入到全民族的抗战洪流中，才能找到存在的价值和意义。

　　战争引发的漂泊感不仅仅体现为浓厚的思乡情绪，更包含了无法释怀的逃难情结和一个民族深刻的心灵创伤，它让中国人体味到了民族独立和自由的可贵，认识到了中国大地的安宁与丰收是最美的图景。

三　建设新社会的理想情怀

　　抗日战争时期，中国大地被迫划分为解放区、国统区和沦陷区三个

---

① 雷蕾（整理）：《一九四一年文艺运动的检讨（座谈会记录）》，《文艺生活》第 1 卷第 5 期，1942 年 1 月 15 日。

部分，大后方主要是国民党控制的区域。对于进步的知识分子而言，他们在大后方承担着双重历史使命，一是积极争取民族的独立与解放，二是面对黑暗的现实而抱着解放底层人民的伟大理想。

　　狭义的大后方主要指西南地区，这里群山起伏且丘陵重叠，整体上显得落后而封闭。作为一名具有大众情怀的进步知识分子，方敬的诗篇对后方人民的艰苦生活作了形象的诠释。组诗《村庄》生动地表现了抗战时期大后方农村的各个侧面。与前面抒发抗战情怀不同的是，这组诗主要表达了诗人对底层人生活的关注，对社会的不公正进行了深入的思考：《村景》刻画了丰收时节忙碌而又美丽的乡村景色；《自耕农》写出了对底层劳动人民生活的担忧与同情；《赶街子》刻画出乡村赶集时节的热闹场面，不断上涨的物价和紧缺的物资间接表达了战争给人民生活带来的影响；《农妇》写出了乡村妇女的美丽与生活的陈旧；《劳心与劳力》通过对比村姑生活的艰苦与女学生性情的烂漫，表达了对穷苦人民命运的担忧；《插秧》写农村女性从十二三岁就开始起早贪黑地劳动，辛苦劳作的岁月消损了她们美丽的容颜，生活的压力让他们没有"伤逝的闲情"。又比如《日午》写的是在炽阳高照的中午，一个挑着箩筐的老妇人的那双小脚，让诗人不禁想起了母亲以及与之相关的"凄苦"的影子，她们"年迈的脚/每一步都含着痛苦"。与此同时，大后方人民在抗战时期还要经历战争带来的痛苦，比如《轰炸季》写敌机的轰炸让很多人失去了住房，也让很多人失去了亲人，他们的生活总是充满艰辛而又多灾多难。

　　透过大后方人民劳作的画面，方敬看到了积极向上的精神和淳朴高尚的劳动品质，因此他赞美劳动人民以及他们的劳动行为。《劳力》一诗认为，乡下人用劳力种下了树、开掘了井、耕耘了田野，倘若生活中我们认为树很高、井很深、田野很阔的话，那势必表明劳力才是世界上最为高尚、深远和辽阔的东西。这首诗是诗人对乡下人劳动力的赞美，劳力在他眼中堪比高远的"天空"和辽阔的"大海"。因此，每当他看到那些忙碌的身影时，心底生起的更是一种敬仰之情。比如《挑夫》是对大后方山区揹夫辛苦劳动的赞颂。在交通不便的山区，揹夫就是那些"终年走着的背篓苦力"，他们从这座山到那座山之间搬运着石头，"让壮丽的建筑纪念你"；搬运着煤块，"让熊熊的炉火感激你"；搬运着军械的重压，"让辽远的战争解放你"。又比如双手"粗"而"脏"的女仆让他体会到了劳动对人生的"提炼"和"洗涤"（《女仆》）。方敬感谢劳动人民让他体味到了存在的意义，他在清早起床后被窗外劳动的声响和忙碌的身影感染，"清晨鲜美的空气"让他感受了自己的存在和活着的意义，他于是感谢那些辛苦劳作的人们，"在追求美满生活的路途上，／我应该隶属于你们，／你们使我感到人类的体温"（《窗外》）。

　　与关注民生疾苦和赞美劳动相对的是诗人对社会黑暗的鞭挞。在大后方的生活经历让方敬对底层人的生存现状有了更多的接触和了解，也让他对社会现实的黑暗面有了更清晰的认识，更让他对社会主义革命有了理性的方向。《不安的夜》为我们展示了社会的病态："走私的、奸细的、鸱枭的影子"，"那些抽搐着的被损害的灵魂"以及"比夜还黑的妓院、监狱、赌窟"等构成了夜晚的"秘密"。紧接着，诗人向读者展示了政府机构的腐败："保险柜上是贪污的手""印玺上是枉法的手""车盘上是敲诈的手"。前方的官兵正在紧张地和侵略者作殊死的搏杀，而后方却出现了令人发指的腐化，这确实让人长吁唱叹。"夜"既是诗歌表现诗情的时间，也是诗人营造的特殊空间，它喻指当时的社会就像黑夜一样，很多人明目张胆地在"黑夜"中徇私枉法。面对这样的社会现实，诗人希望能有一个"再生的天堂"，涤荡尽一切不公正的肮脏行为，让劳苦大众过上健康的幸福生活。现实社会充满了过重的"负担"，生或死都让人体会到生活中有很多无法承受之重；现实社会吞噬着无辜群众的生命："你瞧，一些无辜的灵魂，／冻死了的，饿死了的，／敌人打死了的，／白白折磨死了的"。"无辜的灵魂"当指普通的苍生百姓，为什么会有人冻死或者饿死？这与战争带来的民不聊生有关，也与社会财富分配不均有关。被"敌人打死了的"当指前线的抗日兵士；而被"白白折磨死了的"又指哪些人呢？应当专指那些反抗当局统治的社会主义革命者，他们被投入大牢后受尽百般折磨而英勇牺牲。作为社会主义革命事业的参与者，诗人在鞭挞现实社会的黑暗和不公时，也为那些被折磨致死的同志感到惋惜。社会如此残酷无情，诗人只有号召人们"决绝地向着旧日告别。／让新的爱属于我们的心，／新的路属于我们的脚步，／新的世界属于我们的肩头"（《送葬曲》）。很显然，方敬诗歌中的"旧日"指的是国民党统治下的旧社会，"我们"在一定意义上已经包含着阶级成分的划定和革命阵营的形成，诗人追求的新生活是普适性的大众关怀，是沿着革命党人的脚步向前迈进的新社会，是无产阶级和劳苦大众共同拥有的社会主义"新世界"。

　　因为广大群众挣扎在生存的边缘，因为社会现实充满了黑暗与邪恶，才会有人去思考中国的命运和人民的出路，才会有人站出来引导和参与改造旧社会的社会主义革命。作为年轻的知识分子和进步人士，方敬在深入了解中国社会现实之后，心中更加坚定了革命的理想和建设新社会的信念。人生的道路充满创伤和失败，充满"饥寒、死灭、失望"等"灾祸的重担"，但我们不会因此而失去前行的动力，毕竟还有很多不幸的同行者和远处微亮的理想之光陪伴左右："我们，一条路上的不幸者，／今夜又会合在一起，／让脚走完这蜿蜒的黑路，／眼光凝聚在那点亮处，／绝望的爱便在心里复甦。"（《路》）"一条路上的不幸者"应该指的是像诗人那样苦闷彷徨的年轻人，"那点亮处"隐喻的应该是社会理想，表明诗人要与很多志同道合的年轻人为伍，为着共同的社会理想而充满了奋斗的豪情。从个体生命的角度来讲，诗人爱"深山的幽静""漠野的孤烟""夜里的一盏灯"，但人毕竟生活在现实世界里，应该"耐得住全世界的寂寞，／又能接受一切人的声音"（《爱》）。正因为人存在的最高意义是其社会性，所以诗人才会放弃自我而"爱人生与斗争"，才会放弃对审美世界的歌吟而走向民族和人类的解放斗争。

　　大后方的生活坚定了方敬的社会主义信仰和革命方向。诗人在暴风雨大作的夜里思考人生和真理："我想起了一个伟大人格的成长，／我想起了真理，更想起了／为真理而百般受折磨的灵魂，／无辜的迫害，逮捕，监禁，与死亡，/我更看见了把人类从苦难中/拯救出来的不朽的光焰。"
（《风雨夜》）诗人的思考远远超越了抗日战争解救民族于侵略之中的目
标，而上升到解救人类于水深火热的现实中，并为了实现"把人类从苦
难中拯救出来"的远大目标而不畏眼前的暴风雨，不畏面临更多的敌人
和憎恨。全民族抗战爆发后，方敬跟随流亡的人群到了大后方，他先后
在成都、昆明、桂林以及重庆居住过，于 1938 年在成都加入中国共产党，
从此在思想上和信仰上有了新的方向。诗人在共产主义事业的道路上不
断鞭挞和反省自己，他愿意为了真理和理想披荆斩棘，哪怕是迫害、逮
捕、监禁或死亡都在所不惜。同时，为了肩负起解放人类的重任，革命
者必须牺牲自我情感。方敬为了钟爱的事业而长年漂流在外，年迈的母
亲和多年未曾祭扫的父亲的坟墓成为他心中难以释怀的惦念。在大雪纷
飞的冬季，诗人猜想母亲独自守着家乡的小屋，"手里停住了针线"，因
为牵挂儿子的缘故而"眼角缀着期待的泪珠"。他希望写信给远方的母
亲，"让它在凄凉的屋子里/烧起炉火温慰"母亲的心。诗人"不能早回
来"探望母亲，因为他的"旅程还没有尽期"，于是在情感的煎熬中他写
下了这样的诗句：

> 我没有抒情的眼泪，
> 嚼着粗粝的现实的果实，
> 靠着对于真与美的憧憬，
> 我流浪了一季又一季。
> ——《游子谣：呈母亲》

　　这首诗写于 1944 年冬天，那时抗日战争的形势已经开始向着中国
胜利的方向逆转，很多知识分子也计划着北归或东还的学习生活，胜利
的曙光已然出现在古老的东方国度，但诗人为什么还是执意认为"我
的旅程还没有尽期"呢？又是什么"真与美的憧憬"让他能放下对母
亲的牵挂而行走在无尽的奋斗路途上呢？显然这时候的诗人已经投入了

社会主义革命的伟大事业中,解救受苦的大众、解放全人类成为他追求的真理。

有了坚定的革命理想之后,方敬开始变得积极而乐观,不再惧怕生活中的苦难。旷日持久的抗日战争消磨了很多人的意志力和自信心,但诗人坚信中国人民一定能够凭借不屈的战斗精神赢得最后的胜利。战争给人们带来了无尽的苦难,而苦难又吞噬了"这个女人的丈夫,/那个女人的儿子",还有"这片田园,那家庐舍",战争带来的"深度与阔度"不可测算,但中国人具有不朽的精神,它可以"叫受尽折磨的人踊跃,/为了新生的喜乐"(《苦难》)。人生就像是在攀登高山一样"蜿蜒而又曲折",在迷茫或徘徊的时候更应该坚定地行走在自己选择的道路上:"在无路的荒山,/每步都是一个先驱,/不怕草莽与乱石,/勇敢地放下脚去,/一条新的路,/一个新的世界,/便闪烁在心里。"在追求真理的道路上,在寂寞而漫长的人生旅途中,我们应该具有坚忍不拔的意志,"用有限的步履/去探寻那无极的峰顶"(《山道》)。诗人具有积极向上的情怀,他力图"让每个日子/都像一片灿烂的阳光",并且希望将自己"意志的旗帜"传递到"翱翔着的鹰翅上""坚贞而巍峨的岩石上""伟大而壮丽的海洋上"以及"绚烂而崇高的太阳上"。

收入《受难者的短曲》中的有些诗篇写于抗战胜利之后的民主解放战争时期,比如《春天》《夏天的都市》《江之歌》《冬歌》《母亲》《黑夜》等,这些诗篇要么述说了下层人生活的艰辛,要么述说了在国民党统治下人民生活的艰难,吁求新社会的到来。

四 抗战语境下的诗歌观念

抗日战争全面爆发后,被疏散到大后方的文艺工作者开始调整创作方向,努力让自己的作品融入民族的解放事业中。作为北京大学外语系的学生,方敬在北平陷落之后辗转来到成都四川大学继续求学,并很快加入了中华全国文艺界抗敌协会,成为一名年轻而有活力的抗战诗人。

抗战时期的方敬主动摒弃了之前诗歌创作中的"现代性"体验,从内在的孤独苦闷转向外在的斗争反抗。方敬 1941 年 8 月在昆明整理抗战前创作的诗歌时，认为自己早期的诗作与现实有较大距离，那些在"孤寂而狭小"的天地里产生的诗篇让他感到十分陌生："这幽微的音调竟使我惊讶。我对它为什么那样生疏。我好像从未听聆过。更不相信曾是亲手的抚弄。"① 短短几年的时间里，方敬对诗歌创作的认识为什么会有如此大的反差？这当然与方敬自觉的时代担当意识有关。流落到大后方的诗人耳濡目染了抗战时期各行各业人士为民族解放所做的努力，"到处都是血与肉的搏战，反抗的呼声，对自由、解放和光明迫切的渴求。到处呈现着生命，呈现着力"。作为处身抗战洪流中的年轻诗人，方敬自然受到了时代精神的感染并开始改变自己的创作路向，他甚至直接宣告抗日战争的到来开启了自己诗歌创作的新阶段："新的时代有力地在我的情感上划了一条界线，分明了它的两种不同的时期。"② 方敬认为时代的声音盖过了诗人内心自我情感的声音，即便是诗人有意识地追求诗歌的现实意义，"个人的声音不过是群体当中极渺小的一份，而应该与其合致，增强其力量与音响"。③ 这也是方敬用"声音"来命名他抗战时期创作的第一本诗集的原因。

方敬认为抗战时期的诗歌是一种斗争的武器，应该发挥其战斗的功能。"在现世界的罪恶与黑暗之夜，且让我们都拔出这闪烁的正义之剑来吧。以一个战士的姿态挺身而出，诗人应该挥动他犀利的武器——诗歌，去对准丑恶的现实袭击，为群众的利益而高呼，鼓动和激励他们面向着斗争。"④ 正因为方敬先生将诗歌作为抗日的武器，因此他认为"个人哀乐的讴歌与乎身边琐事的抒写，显然早已被否定，一切不良的倾向与感伤成分已为无情的暴风雨冲洗开去"⑤，时代需要诗人高举自由的旗帜并吹起民族解放的号角。从这个时候开始，方敬在抗战大后方的诗歌创作

---

① 方敬：《雨景·后记》，《方敬选集》，四川文艺出版社 1991 年版，第 34 页。
② 同上书，第 34 页。
③ 方敬：《声音·序》，《方敬选集》，四川文艺出版社 1991 年版，第 38 页。
④ 方敬：《谈诗歌》，《方敬选集》，四川文艺出版社 1991 年版，第 879 页。
⑤ 同上书，第 880 页。

摆脱了自我生命的"阴晦"和"无边的空虚",他在"朗阔的天地里"演奏出了"快活""健壮"而又"热忱"的时代之音,将自己的诗歌创作汇聚到抗日战争的时代洪流中。

方敬先生认为抗战时期的诗歌应该走"民间"的道路,诗人只有将自己的创作和人民大众的审美习惯和语言方式结合起来,才能写出有生命力的作品。"把自己置身于人民大众当中,学着使用他们生动的语言,从活的语言的宝藏中,去寻找,采取,创造那些最明确,最响亮,最有生命力的去描写大众的情感,思想和意志,而且只有用这种语言所写来的东西才能为大众所明白所爱护。"① 正是基于这样的诗歌艺术观念和语言观念,方敬的诗歌创作具有十分鲜活的语言表现方式,而且他的有些诗篇专门采用西南大后方民间的俚俗语言,比如《赶街子》这首诗中的商品名称用的是当地人的俗称,诗中人物的对话也采用的是当地的方言,使整首诗显得既俏皮又生动,把抗日战争时期人们生活的艰辛和乐观表现得淋漓精致。又比如《木筏》这首长诗中,放筏子的老人与押送军用物资的兵士的对话也多采用方言,这样更能凸显出岷江两岸淳朴的民风,以及人们对抗日战争的支持与豪爽的气度。

方敬的诗歌创作持续了半个多世纪,历经不同的政治体制和社会风云,最终在中国现当代新诗史上留下光辉的印迹,足以表明其诗歌具有很强的艺术性和思想性。本文仅仅探讨了方敬抗战时期的诗歌创作,对其文学创作的丰富性和独特价值还有待学术界作进一步研究。

---

① 方敬:《谈诗歌》,《方敬选集》,四川文艺出版社 1991 年版,第 884 页。

抗战时期永安文坛研究[*]

付雪丽　徐纪阳^{**}

内容提要：抗战时期福建省政府内迁永安后，一批知识分子在艰苦的条件下发行报刊、出版书籍，促进了永安抗战文艺的繁荣，使之成为战时东南地区的文艺中心。永安抗战文艺既有自身鲜明的特色，又融入整个中国抗战文艺体系。它一方面与永安文坛内部的国民党顽固势力及文化保守势力斗争，自觉承担"抗战建国"的使命；另一方面积极参与全国文坛的文艺论争，与重庆、桂林、昆明、香港等地遥相呼应，成为当时大后方文学中非常重要却为学界所忽略的一环。考察抗战时期永安文坛的形成、其复杂的内部状况及独特的外部文化交流，有助于进一步拓展中国抗战文艺研究的空间。

关键词：抗战；永安文坛；内部斗争；外部交流

1937 年日本帝国主义发动全面侵华战争，东南沿海遭受日寇的侵袭和蹂躏，福建的厦门、福州相继沦陷。在此情况下，国民政府福建省政府内迁至闽西北的永安，形成了一个以永安为中心的向周边辐射延及长

---

　*［基金项目］福建省高校新世纪优秀人才支持计划资助项目"闽台区域文学的互动关系研究（1895—1949）"。

　**［作者简介］付雪丽，女，闽南师范大学文学院硕士研究生，主要从事两岸文学关系研究；徐纪阳，男，闽南师范大学文学院副教授，文学博士，硕士生导师，主要从事台湾文学及两岸文学关系研究。

汀、建瓯等地的抗战后方。随着大批政府机关、工厂、学校的不断内迁，永安的人口急剧增加，"生活在这里的男女青年迫切的需要新的文化食粮，这事影响抗战前途很大，无论如何，我们不应当轻易看过。"① 在这一背景下，随着黎烈文、王西彦、章靳以、许杰、许钦文、邵荃麟、葛琴、羊枣、王亚南、赵家欣、谢怀丹、李达仁、李力行、陈启肃、谷斯范、卢茅居、林舒谦、董秋芳等知识分子的先后到来，逐渐形成了一支力量强大的抗日文化队伍，他们通过积极创办学校、组建文学艺术团体、出版报刊、编写剧本、演戏剧、出壁报、印行图书、开展社会科学研究工作等方式，在永安掀起了一场轰轰烈烈的救亡图存的文化运动。永安也因此被誉为"东南文化的绿洲"，成为与重庆、桂林、昆明并重的抗战文艺中心之一。

一　永安文坛的形成

抗战时期，除西南大后方的桂林、重庆、昆明之外，东南地区也出现多个小型文艺中心，如金华、丽水、永安等。其中永安持续时间最长，影响也最深远，尤其是在抗战后期，一跃而成为东南地区的文艺中心。武汉、南京陷落后，王西彦、章靳以、许粤华、周学普、徐君藩、卢茅居等部分知识分子辗转来到永安，长期投身东南地区的文艺建设。黎烈文、董秋芳、李达仁、李力行、杨潮等人则是其中受福建省政府邀请而来的知名学者、出版家、编辑家。邵荃麟、葛琴、覃子豪等在永安短暂停留的作家，也为永安的抗战文艺做出了贡献。此外，胡风、郭沫若、艾青、巴金等人虽身处外省，却在永安的文艺刊物上发表文章，支持永安的文艺建设。他们共同构成了永安进步文化界的中坚力量。正是在这些文艺工作者的共同努力之下，交通闭塞、文化落后的小山城永安逐渐变为东南抗战文艺的中心，成为全国抗战文艺中的一个独特存在。

作为抗战时期福建省的临时省会，不少行政机关、大中专院校以及

---

① 黎烈文：《我们的希望》，《改进》创刊号，1939 年 4 月 1 日。

文化团体等陆续向永安迁移并向附近山区疏散，这为繁荣抗战文艺创造了有利条件。永安的地理环境决定了这里文化、经济的落后，但是又为进步文化活动的开展提供了安定的保障。尤其是当时福建的两任省政府主席陈仪和刘建绪实行了开明的执政方略，在一定程度内容纳进步的言论和刊物，并邀请一批国内著名的进步文化人士到永安参加文艺建设工作，为永安进步活动的开展提供了相对宽松的政治环境。

陈仪曾留学日本，是国民党开明派官员，1934—1941 年主政福建。在闽期间，他注重于招揽人才，致力于兴办文化教育事业。内迁永安后，又积极延聘左翼文化人士在文化、教育界任职，如扶持黎烈文在永安创办改进出版社，大胆延请有共产党"嫌疑"的卢茅居等人担任改进出版社编辑。1940 年，因浙江金（华）衢（州）党组织被破坏，时任中共东南文委的邵荃麟与其夫人葛琴遭到通缉，辗转来到永安，也得到陈仪的特准，被安排在改进出版社工作。陈仪主政福建期间，在政治上表现出的开明举措，吸引了各地沦陷区的爱国文化人士来福建从事抗日文化活动。1941 年，陈仪调任国民政府中央行政院秘书长，由刘建绪接任福建省政府主席。刘建绪任用程星龄为省政府秘书长，谌震为随从秘书，程、谌二人都是进步人士。程星龄在重庆战地党委会任职期间，曾到解放区考察，受到朱德、刘伯承等的接见，对解放区的风气印象深刻，因此劝说刘建绪："今后应当一反以前所作所为，为国家民族积蓄一点力量，爱护青年，爱护革命人士，犯不着再与共产党为敌，为蒋介石效劳。"① 刘建绪采纳了程星龄的建议，保留了陈仪原来的人事班底，采取了一些改良措施，政治上包容进步文化人士和爱国人士。在文化上，支持谌震创办东南出版社和《建设导报》。永安的抗战进步文化活动能够持续七年，与刘建绪继承陈仪的开明执政方针是脱不开关系的。陈仪、刘建绪二人有着不同的政治背景和从政经历，在福建都推行了开明的政治举措，虽然带有各自的政治目的，但他们都支持文化建设。他们在国民党的内部

---

① 中共福建省委党史研究室编：《永安抗战进步文化活动》，海峡文艺出版社 1994 年版，第 5 页。

派系中都属于边缘人物，与蒋介石嫡系矛盾较深，希望在远离重庆的福建培植自己的势力，积累政治资本。得益于国民党内部这种复杂的政治权力斗争，抗战时期的福建有着相对民主和开明的氛围，永安的进步出版活动在这种夹缝中蓬勃发展，成为轰轰烈烈的全国抗战文化活动的重要一环。

除了上述较为宽松的环境之外，永安的进步文化活动繁荣还得益于众多知识分子的共同努力。在前期，围绕着改进出版社、以黎烈文为核心的知识分子在一穷二白的基础上，秉承"推重车上峻坡"的精神，希望通过文化的改进和建设来支持抗战和建国，期望在东南地区建设一个"理想社会"。在这一时期，仅改进出版社就陆续发行了《改进》《现代文艺》《现代青年》《现代儿童》《战时民众》《战时木刻画报》六种刊物，针对青年、儿童、文化工作者、普通民众等不同的读者群体，采用不同的表现形式，争取在最大程度上在社会各阶层中产生影响。对于当时的情况，董秋芳说道："目前我们在内地建设文化，目的不在于造成'文化的王国'，而在提高内地民众社会的与精神的文化水准，使每个国民都可能并且愿意做到'有钱出钱，有力出力'的地步，而成为支持全面的持久抗战到底一个健强的成员。"① 将抗战和建国作为时代赋予自己的任务，知识分子们通过创办刊物抒发自己的政治理想，同时致力于提高民众的素质，对民众进行政治和精神动员。这些活动对于当时几乎是文化荒漠的永安有极大的意义。他们以笔为武器，创作小说、诗歌、散文，剖析国民党内部的腐败和国统区的黑暗，如王西彦的《静水里的鱼》《死在担架上的担架兵》等系列小说；揭露日本侵略者的恶行和阴谋，用文字激发民众的抗日热情，坚定抗战必胜的决心，如邹荻帆、郭风的歌颂抗战的诗歌等。黎烈文还采取办刊物和出图书并重的办社方针，除刊物外，还发行了"改进文库""现代文艺丛刊""世界大思想家丛书"等八大丛书。除此之外，为了满足长期抗战的文化需要，这些知识分子还

---

① 董秋芳：《怎样建设内地的国防文化》，《闽政与公余旬刊》第32—34号合刊，1938年8月10日。

致力于学术的建设，他们一方面"尽量选载国内通儒硕学的著作"，另一方面"努力翻译介绍世界权威学者和前进作家的文章"，希望通过他们的"翻译和介绍的工作可使中国在思想学术各方面迅速地赶上欧美先进国家，可使中国迅速地现代化"。① 据统计，"黎烈文时期的《改进》中一共发表了683篇文章，其中有270篇是翻译自英、法、美、苏、日等国，占全部文章数的39.53%。大量优秀翻译作品，让《改进》具备了自己的特色，同时也给知识分子们一个放眼世界的机会。"② 黎烈文本人更是翻译了梅里美的《掷骰戏》、霍尔发斯的《第三帝国的兵士》等。

1941年陈仪离任，改进出版社日趋没落。东南出版社在新任省主席刘建绪的支持下成立，之前在改进出版社从事文化工作的知识分子，转入东南出版社继续从事工作，依然致力于东南地区的文化建设。他们以《联合周报》及《国际时事研究》周刊等为平台，分析关于抗战的国内外形势，大力介绍苏联、美国参战对中国的影响与帮助，为普通大众勾画了中国抗战的光明前景。而以王亚南为核心的福建省社会科学研究所则注重学术的发展，从政治、经济、文化、民生等多个方面分析中国抗战的现状，对福建本省状况也保持了关注。东南出版社与改进出版社的发展轨迹有相当大的差异，侧重点也不相同，但是这些进步知识分子和文化工作者的理想追求却始终如一，宣传抗战救国，反对内部倾轧，弘扬民主，提高民众素质，对民众进行政治和精神上的动员。

大量报刊的创办与发行，为文学创作提供了广阔的园地，作家们通过创作与抗战有关的作品来推动全民族抗日情绪的觉醒。表现中国人民英勇的抗战生活，激发广大军民的爱国热情也是这一时期文学创作的主旋律。许杰、王西彦、碧野、谷斯范、赵家欣、卢茅居等人的小说和散文，对抗日的现实都有极好的表现，彭燕郊、邹荻帆、高崗、郭风等人的诗歌，也唱出了民族的心声。他们甚至创造出诗画结合的独特表现方

① 黎烈文：《我们的希望》，《改进》创刊号，1939年4月1日。
② 林梅：《困难当头中的"理想追求"——抗战时期永安知识分子与改进杂志》，硕士学位论文，厦门大学，2009年，第34页。

式，如 1944 年画家萨一佛和诗人覃子豪联合举办的"纪念永安劫后的诗画大联展"，巧妙地将永安遭轰炸的惨烈画面和人们的悲痛之情表现出来，对激励抗战信心起到了重要作用。抗战时期永安的戏剧活动也特别活跃，广大戏剧家们致力于创办刊物，创作剧本，其中影响较大的有邵荃麟的四幕剧《麒麟寨》。同时，他们也组成话剧团、巡回团、歌咏团等十多个戏剧团体，除在永安的定期公演外，他们深入农村，走向战地，在发动民众和激发爱国情怀方面发挥了积极的作用。

尤其值得注意的是永安异常兴盛的翻译活动。文艺工作者在创作大量反映现实的作品的同时，也很重视对世界文学作品的译介，表明永安文坛并非一个封闭的存在。这些翻译文学，涵盖苏联、法国、德国、英国、美国、捷克、日本等国的作品，以反法西斯主题为主，起到了鼓舞士气的作用。这些作品大多发表在《改进》《现代文艺》等刊物上，其中改进出版社、东南出版社也发行了一些译作的单行本，如黎烈文译的《第三帝国的兵士》，许天虹译的《军事学讲话》《希特勒与国社党》《国际现势抉微》，陈占元译的《马来西亚的狂人》，孙用译的《甲必丹女儿》[1] 等。

二　永安文坛的内部斗争

永安文化的发展过程却并非一帆风顺，进步力量与顽固势力的抗争与博弈从未中断。七年中，国民党顽固势力对永安进步文化人士严密监视，严禁宣传、出版与共产党有关的言论和书籍，打击进步刊物，伺机镇压抗日民主革命力量。1938 年后，国民党先后颁布《抗战期间图书杂志审查标准》《战时图书杂志原稿审查办法》《修正抗战期间图书杂志审查标准》《国民党"图书杂志查禁解禁暂行办法"》《战时图书杂志原稿审查办法》等，以打压进步文化力量。永安图书杂志审查委员会就是在这种背景下成立的，通过这一组织，国民党顽固派对杂志、图书进行严

---

① 现通译《上尉的女儿》，作者普希金。

格的控制和审查。从《现代文艺》《现代青年》等刊物的"编者按""编后记"等可知改进出版社发行刊物遭受了不少刁难和阻挠。① 这对永安的进步文化事业造成了极大的破坏。

对永安的抗战文化摧残最为严重的,当属"永安大狱"事件。发动"永安大狱"是国民党顽固派对永安进步文化界一次蓄谋已久、精心策划的大清洗,"永安大狱"事件发生后也标志着抗战时期永安进步文化活动的终结。随着抗战的节节胜利,永安进步文化活动也呈现一片欣欣向荣的景象,但国民党顽固派却积极镇压民主力量,为配合发动全国范围内的内战做准备。在这一背景下,"周璧被捕"事件成了"永安大狱"的导火索。1945 年初,盟军打算在我国东南沿海攻击日占区,急需日军情报。美国新闻处东南分处处长兰德要求谌震派人前往新四军浙东游击纵队联系,共同发动对日作战。因此,周璧携未婚妻彭传玺持美国新闻处的证件,在进步青年刘文铣的陪同下,前去与新四军交涉,在得到游击队无权与美新处建立直接联系的答复后被礼送出境,而刘文铣则留下参加了游击队。周璧有感于根据地人民高昂的抗日情绪与国统区的黑暗统治的鲜明反差,行前在当地韬奋书店购买了《整风文献》等十几种进步书籍和几十份《浙东新报》带回。五月初,周璧和彭传玺在返闽途经浙江龙泉时受到国民党特务的盘查和软禁,随后被送到江西铅山第三战区长官部直属联络站进行秘密审讯。

围绕着周璧的人际关系,国民党顽固派在永安展开了一次全面的大搜捕,逮捕了进步人士羊枣(杨潮)、谌震、董秋芳、赵伯衡、陈耀民(夏侯)、曾列明(戈扬)、姚勇来、毕平非、杨学修等 31 人。东南出版社和《国际时事研究》周刊被视为"中共地下党的联络机关"而遭查封,东南出版社董事长江子豪被扣留审查,省政府秘书长程星龄也被蒋介石

---

① 参见资料《编后记》,《现代文艺》第 1 卷第 2 期、第 1 卷第 6 期、第 1 卷第 4 期;编者《创刊词》,《联合周报》第 1 卷第 1 期,1944 年;中共福建省委党史研究室编《永安抗战进步文化活动》,海峡文艺出版社 1994 年版,第 183 页;王西彦《我所认识的黎烈文》,《新文学史料》1981 年第 4 期。

骗到重庆软禁起来了。永安进步文化界遭到了前所未有的打击，进步文化活动被迫停滞。"永安大狱"事件的发生，激起了爱国人士的义愤，社会各界都对国民党的专制统治表达了不满。1946 年 1 月，羊枣被虐死于杭州监狱，消息一经传开，国内外新闻界大为震惊。羊枣之死，引起了全国各界对国民党统治的不满，在全国的抗议声中，国民党当局迫于压力，陆续开始释放在永安大狱中被捕的进步人士。震惊中外的"永安大狱"以羊枣之死结束，永安进步文化界遭受重大打击。知识分子为躲避追捕，陆续离开永安，同时，也因为抗战的胜利和福建省政府迁回福州，各种文化机构也相继撤出永安，永安的文化事业就此萧条，这个曾经的东南文艺中心也就不复存在了。

三　永安文坛的外部交流

福建省政府内迁之后，作为临时省会，永安的邮电业务也繁忙起来。永安邮局由一个二等乙级局升级为三等甲级局，邮政业务也在之前的普通信函、挂号信、包裹的基础上增加存储和汇兑等业务，同时筹建了永安邮政汽车站，主要沟通"南平—永安—长汀"一带，"使闽北和闽西连成一线"，确保了省内通信的顺畅。同时，永安还建立了无线电台和无线电话，"机关单位尚有自备的专用电台，可直接与四川、贵州、江西、云南、浙江、湖南等省通讯"。经省电政管理局允许，"每日十二时至十三时联络一次，由永安电台负责播发各省通电"。① 正因为这些渠道的存在，使得黎烈文向各地的作家约稿成为可能，也为各种进步书刊、信件的寄递提供了很大便利，极大地丰富了永安的文化生活。

"在敌人海陆包围下的整个东南地区，直至今日，交通尚称相当便利，特别是闽赣两省，汽车逐日通行，联系非常密切。以永安、赣州为两大据点，向各方延伸，可以构成一个广大的文化网。交通比较不大便利的地区，各省级驿运组织也可能协助输送，在东南地区内，书刊的寄

---

① 永安市政协文史资料委员会编：《永安文史资料》第 8 辑，内部资料，1989 年，第 87—90 页。

递是不成问题的。"① 因此各地的稿件和书信能够源源不断地向永安涌来，不仅使永安的各种文艺刊物办得有声有色，也大大促进了永安的战时文化建设。此外，对于东南区域之外的寄递，主要采用空运，因为在当时的连城建成了飞机场，所以有许多作家的来稿都是采用航空快信的方式，如"黑丁先生的《军渡》……是从重庆航空快信寄来的，同时寄来的还有曾克先生的《宋二刁子》"②。通信和运输的发展，大大增加了永安与外交流的便利，方便了黎烈文等人向外约稿，大量的投稿随之而来，为永安的文化建设提供了丰富的资源。在约稿之外，他们还利用官方背景，订阅一些外文周刊，"趁创办出版社的机会，通过种种渠道，利用官方关系，又订阅到一批英、法、俄文的报刊"③，为读者提供新材料和最新的翻译作品。后期的羊枣也是利用美新处永安分处特约顾问的身份，"阅览美新处送来的英文电讯、报刊和参考书籍"④，利用这些资料，放眼世界，撰写关于国际形势和国内最新时事的论文。

永安在新闻、出版、发行方面与西南的业务往来相当频繁。商务印书馆、中华书局等相继在永安成立中华书局永安分局、商务印书馆永安支馆，这些出版机构在重要县均设有分店和分售处，很容易将永安的进步的文艺刊物销往各地。另一方面，改进出版社、东南出版社及其他出版机构也纷纷在重庆、桂林等地设立门市部，这些举措使得西南文艺界注意到永安的存在。改进出版社在桂林等地设有分销处，以衡阳为中转站行销西南大后方⑤，亦将西南后方的刊物输送到永安来，这一状况一直持续到1944年湘桂战役失利而导致的"西南交通枢纽的衡阳沦陷"⑥。而东南出版社则在重庆设立分社，经由分社经理林一青的努力，郭沫若的

---

① 赵家欣：《东南文化工作者的新任务》，中共福建省委党史研究室编《永安抗战进步文化活动》，海峡文艺出版社1994年版，第188页。
② 编者：《编后记》，《现代文艺》第2卷第2期，1940年11月25日。
③ 王西彦：《我所认识的黎烈文》，中共福建省委党史研究室编《永安抗战进步文化活动》，海峡文艺出版社1994年版，第310页。
④ 谢怀丹：《在白色恐怖的日子里》，《羊枣事件》，厦门大学出版社1992年版，第84页。
⑤ 编者：《编后记》，《改进》第9卷第4期，1944年6月25日。
⑥ 徐中玉：《建立东南文化工作的据点》，《联合周报》第2卷第19期，1944年。

《少年维特之烦恼》《先秦学说述林》先后在永安付印，产生了很大影响。东南出版社还接受重庆中外出版社、桂林文化供应社等代印书籍的业务。"还开办门市部，同重庆、桂林进步书店联系，交换进步书刊、进入大批马列主义书籍，向东南各重点地区、大学发售，产生了积极影响。"① 通过互设分支机构，增加了永安对外文化交流的途径，扩大了永安的进步文艺在西南乃至全国的影响。

当时很多报纸和刊物都开辟了文化消息专栏，刊登西南地区抗战文艺的信息，通报各地文化活动及一些文人、作家的动向。《现代文艺》首开刊登文化消息的先河，设有"作家短简""战时作家生活""重庆的作家"等专栏对各地的文化消息、文学动态、理论建设加以关注。王西彦后来曾提及开辟这一专栏的目的："我们考虑到偏处东南一隅的读者渴望知道远在大后方的作家们的消息，就想出了这个主意，有选择地刊登一些朋友们的短简。"② 在第 1 期上就刊登了胡风、艾青、靳以、唐弢、萧军等人的信件，介绍战争在各地造成的灾难。这些刊物也不断与外地作家通信，刊登的回信表明外界对于永安抗战文艺建设的支持，尤其是张天翼、欧阳凡海、艾芜等人都曾在《现代文艺》上发表文章，乃是对《现代文艺》功绩的肯定。为了实现读者了解东南之外的作家消息的愿望，《现代文艺》在第 2 卷开辟了"战时作家生活"栏目，陆续刊登了艾芜的《我的近况》、欧阳凡海的《我底生活纪程》、艾青的《夏日书简》、靳以的《雾城远简》、邹荻帆的《从鄂中出来》等，介绍重庆、桂林等地的战时生活。此外，《现代文艺》还通过各种形式向读者传递西南大后方的文化消息，后来成为永安刊物的一个优良传统。在改进出版社的出版物停刊后，进步文化活动一度趋于沉寂，但很快就迎来了第二次高潮。《民主报》副刊"十日谈"是继《现代文艺》之后的一个文艺旬刊，它

---

① 叶康参、赵家欣、王一帆：《羊枣与永安大狱》，中共福建省委党史研究室编《永安抗战进步文化活动》，海峡文艺出版社 1994 年版，第 453 页。

② 王西彦：《野火的联想》，艾以、沈辉等编《王西彦研究资料》，知识产权出版社 2009 年版，第 77 页。

专门开辟一个小专栏"文坛简讯"来介绍文坛情况。同时，由东南出版社接手的《联合周报》，也专门开辟"文化消息"的特色栏目，从第 1 期直至最后一期，对各地的教育、出版社、出版物、中外文化交流、文艺协会的最新动态进行全方位的报道，从未中断。虽然福建文化界的文艺工作者们偏居于闽西北的一角，但他们始终关心着全国的抗战形势和文艺形势，在交通不便的情况下，仍努力向西南看齐，始终对西南地区的各种文艺活动保持高度关注，融入全国抗战文艺事业。

永安与内地保持着一定的文化联系，也表现在永安文坛积极参与全国性的文艺论争。抗战爆发以后，文艺界爆发了多次关于抗战的文艺论争，偏居东南一隅的永安文化界也积极参与了这些论争。1938 年 12 月，梁实秋的"与抗战无关论"引发文坛争论后，《改进》在创刊号上就以"稿约"之形式表明该刊之立场："本刊各栏均收外稿，尤以与抗战建国有关之著作，特别欢迎。"① 此后又特别刊登启事重申该刊的创作宗旨是"尽量提供一切抗战有关的材料。"② 王西彦则在《现代文艺》上发表文章，对"忠于艺术"的、为文艺创作自由而献身的"第三种人"提出了批判，讽刺他们的同党"正在喊着写'与抗战无关'的'艺术作品'"，文章还以周作人的堕落和苏汶的附逆为例，警示那些热衷于写"与抗战无关"的作品的"纯艺术家们"不要重蹈二人的覆辙。③ 但反对"与抗战无关论"并不意味着认可梁实秋所批评的"抗战八股"，这场讨论在永安的深入正表现在一些知识分子能够看到"抗战八股"产生的原因，并指出："开拓文化发展的客观广开道路，深刻研究并运用新的科学方法，这是解决'抗战八股'问题的正确途径，同时也是我们文化工作者目前重要的课题。"1940 年，昆明西南联大教授陈铨、林同济等人在昆明组织"战国策"派，宣扬"历史重演说"，鼓吹"强权政治"，推崇"国家至上、民族至上"，"意志集中，力量集中"，散布法西斯思想和称赞特务统

---

① 《稿约》，《改进》创刊号，1939 年 4 月 1 日。
② 《启事》，《改进》第 2 卷第 2 期，1939 年 10 月 16 日。
③ 杨洪（王西彦）：《关于形式主义者》，《现代文艺》第 1 卷第 2 期，1940 年 5 月 25 日。

治。在《现代文艺》等刊物上，永安的进步知识分子对"战国策"派的理论表达了不同的意见，措辞激烈而恳切。有代表性的如《现代文艺》第5卷第3期谷虹的书评《有毒的〈野玫瑰〉》，对陈铨的剧本《野玫瑰》进行深刻剖析，揭露"战国策"派的法西斯思想的本质。1940年，国统区与解放区掀起关于"民族形式"的争论，文艺界在"民族形式的核心是什么"、旧形式与新形式、文艺大众化与五四新文学的模式选择等问题上产生分歧，并由此衍生出对民族文学遗产的继承、对五四文艺的评价、对外国文学的借鉴等问题的讨论。关于文艺的"民族形式"的问题，也是在永安持续最久、探索最深入的一次讨论。首先发声的是文龙，他在《现代文艺》的创刊号上发表短论《文艺大众化的核心问题》，揭开了永安文艺界关于这一问题讨论的序幕。文龙强调把内容与形式统一起来，注重创造大众化的、老百姓喜闻乐见的、充满中国气派和中国作风的文艺。[①] 莫荣对此表示赞同[②]。石滨则进一步将形式与内容、民族传统与世界遗产结合起来讨论，加深了探讨的理论深度。[③] 杨洪（王西彦）认为"创造民族形式的基础是在于作者的深入生活及对于变革世界的实践态度"，并不是简单地将新内容装进旧形式就可以了。[④] 张天翼则强调只有在借鉴、继承的基础上学会融会贯通，才能创作出具有民族形式的作品，才能"更真实的、深刻的、确当的表现我们的中国内容"[⑤]。《现代文艺》上关于文艺的民族形式的讨论，对于内容与形式的问题、旧形式与新形式的关系，对民间文艺与世界遗产的继承等问题都有涉及，充分认识到文艺的民族形式的创造离不开表现中国现实，做到形式和内容的统一。永安文坛在这些论争中表现出的进步立场和积极态度是对进步文艺界的有力支持，是全国文艺界关于诸种问题大辩论的重要组成部分。

---

① 文龙：《文艺大众化的核心问题》，《现代文艺》第1卷第1期，1940年4月25日。
② 莫荣：《还是生活第一》，《现代文艺》第1卷第2期，1940年5月25日。
③ 石滨：《民族传统与世界传统》，《现代文艺》第1卷第4期，1940年7月25日。
④ 杨洪：《〈新水浒〉》，《现代文艺》第1卷第5期，1940年8月25日。
⑤ 张天翼：《关于文艺的民族形式》，《现代文艺》第2卷第2期，1940年11月25日。

结　语

东南地区的永安、长汀等地长期被隔绝在主要文化中心之外，往往是被忽略的存在。黎烈文曾对这一状况有过描述："我们的抗战文艺运动依然局促于少数大都市，如重庆、桂林、香港、上海等处，很少有人想到在东南前线尚有一片如此广大的土地。"[①] 但正是在黎烈文等一批进步文艺工作者的努力下，永安才成为桂林、重庆、昆明之外另一个产生较大影响力的抗战文艺中心，构成中华民族抗战文化不可遗忘的一部分。遗憾的是，永安文坛的抗战文艺长期以来一直未引起研究者的足够重视，对其进行系统的考察将有助于进一步拓展中国抗战文艺研究的空间。

---

① 编者：《发刊词》，《现代文艺》第 1 卷第 1 期，1940 年 4 月 25 日。

城市空间体验与战时陪都剧作中的
文学地理景观

马　晶[*]

内容提要： 抗战时期的陪都重庆是一个独特的地理空间。旅渝剧作家以个体生命感受着这座城市的独特，在居住空间方面产生了强烈的拥挤感，同时还有政治空间上的压抑感、不自由感乃至疏离感。这种最强烈的空间感和地方感融入了剧作家的作品中，建构起了一系列独具特色的文学地理景观。一方面，旅渝剧作家作品中出现了大量狭窄、拥挤、阴暗的人居景观，另一方面，不同阶层人物地理感的强烈对比使人居景观中浮现出意识形态色彩。

关键词： 城市空间体验；抗战时期；陪都；戏剧文学；文学地理景观

抗战时期的陪都重庆是一个独特的地理空间。这个城市在抗战之前远离国家的中心区域，地处西南边陲，相对落后。无论是人口数量还是当地居民的思想状态，都与其他中心城市相去甚远。全面抗战后，重庆城升级为战时首都，大量人口的涌入悄然改变了这座城市的面貌。各地的难民、各行各业的民众、各党各派的代表短时间内从全国各地涌来，山城狭小的空间遭受到前所未有的冲击。摩登与落后、

---

　　[*] 马晶（1980— ），女，长江师范学院文学院副教授，文学博士，主要从事文学地理学、抗战戏剧文学研究。

抗战与倒退、富裕与贫困在这里同时并存，各种矛盾、危机和斗争在陪都这一地理空间统一呈现。就剧作家来说，在陪都进行创作并产生较大影响的几乎全都是内迁作家。他们在这座城市过着战时生活，以个体生命感受着这座城市的独特地理，用剧作反映并建构着战时重庆独特的文学地理景观。

一 个体生存空间压缩出现的空间拥挤感

山城重庆有独特的自然地貌和特殊的气候条件。"这座山城的房屋全都建筑在山上或山腰，行路几乎没有平道。陡峭的崖坡，一路石板阶梯，爬上去是很吃力的。特别是在北方大平原长大的人，谁会想到中国有这样高的山、这样陡的路呢？"① 崖坡、窄巷构成了重庆城中常见的居住环境，本不适宜过多的人口居住。但随着抗战的爆发，各地逃难来的人纷纷涌入重庆，此地的人口密度大增，当时人们甚至夸张地说："不但满坑满谷，可说满山顶也是人了。"② 老舍先生在北碚五个月没进城，进了城总感觉"仿佛乡下的狗来到闹市那样，总有点东西碰击着鼻子——重庆到底有多少人啊，怎么任何地方都磕头碰脑的呢，在街上走，我眼晕！"③陪都人口的拥挤状态用摩肩接踵来形容应该不为过。

人口太多，人口密度自然增大，人与地理空间的张力加剧。到了重庆，最头疼的就是找到一个合适的住地，以便一路逃难奔波的辛苦可以得到暂时的缓解。但是，由于重庆人口大增，住房供不应求，很多人无法找到住处。"后来者几无立锥之地，城内外各街道，终日满挤行人，热闹异常。"④ 即使安顿下来，也是将就着在某个角落里安个窝而已。人对一个地方的认同首先来自住处。当我们要安顿漂泊的身心时，理想的居住之地应能给人舒适和温暖，能为身体遮风挡雨，能为心灵拂去尘埃。

① 田涛：《散忆重庆》，《作家在重庆》，重庆出版社1983年版，第120页。
② 邵一民：《闲话重庆》，《礼拜六》复刊第3期，1945年10月27日。
③ 老舍：《入城》，《老舍全集》第15卷，人民文学出版社1999年版，第487页。
④ 友藩：《我国今日之首都——重庆》，《冲锋》第23期，1938年9月24日。

然而抗战时期重庆的普通居住空间是完全不能达到这种要求的。跻身在重庆的作家们不得不栖身陋室，忍受拥挤、阴暗、潮湿、污秽的空间环境。

吴祖光曾谈到自己 1942 年在重庆写《风雪夜归人》时的情景："我住在重庆，没有准定的住处，就在中央青年剧社的小黑屋子里头写的。那黑屋子小得只够摆两张床，我在里面临时搭了一张床之后，就剩下很窄的地方，人挤进去都困难。"① 老舍先生刚到重庆时，只能暂住在青年会的小机器房里，他对那个机器房的体验是："很黑，响声很大。"② 后来在搬到"文协"办公处的一间小屋子里时，拥挤狭小仍然是常态。据当时经常出入"文协"的作家回忆："老舍当时住的房间，如果同时进去两个来访者，就很难转身。"③ 到了北碚后，老舍住在林语堂先生留下的一座小洋房的楼上靠近楼梯的一间房屋里，其特点仍然是小。"一床一桌，才可容身。"④ 老舍也自嘲似的在文章中说到自己在北碚的住处，"我的卧室兼客厅兼饭厅兼浴室兼书房的书房"。⑤ 空间的拥挤导致的不舒适感由此可见一斑，也难怪老舍会做着"住"的梦了："我梦想着抗战胜利后我应去住的地方。"⑥ 沈浮写《重庆二十四小时》的时候，就住在一家又脏又乱的小旅馆里，在不到两米见方的昏暗的小屋内，只有一张床和一个小木桌。没有窗户，只有透着缝隙的板墙。而板墙的隔壁，往往住着娼妓或浪荡痞子。⑦ 连郭沫若在文工委的住处也是破烂不堪："我现在住在这天官府街上一座被空袭震坏了的破烂院子的三楼，二楼等于是通道。"⑧ 徐昌霖之所以对重庆屋檐下的生活体验那样深刻，也是因为他在重庆的

① 吴祖光：《〈风雪夜归人〉的前前后后》，《吴祖光自述》，大象出版社 2004 年版，第125 页。
② 老舍：《八方风雨》，《老舍全集》第 14 卷，人民文学出版社 1999 年版，第 390 页。
③ 方殷：《入川出川》，《作家在重庆》，重庆出版社 1983 年版，第 58 页。
④ 梁实秋：《关于老舍》，《梁实秋杂文集》，中国社会出版社 2004 年版，第 191 页。
⑤ 老舍：《文牛》，《老舍全集》第 15 卷，人民文学出版社 1999 年版，第 479 页。
⑥ 老舍：《"住"的梦》，《老舍全集》第 15 卷，人民文学出版社 1999 年版，第 462 页。
⑦ 沈德才、沈德利：《萤火与炬火：沈浮传》，人民文学出版社 2005 年版，第 55 页。
⑧ 郭沫若：《小皮箧》，《郭沫若全集·文学编》第 10 卷，人民文学出版社 1985 年版，第295 页。

生活状况不过是"在重庆屋檐下租一间薄板芦席顶的斗室,坐落在民生路月宫饭店厨房后面的一个大杂院里。屋檐下拥挤着四五十家人家"。①宋之的1939年底随作家访问团归来时,也只能在大轰炸后的断壁残垣间,寻找"那被'五·三''五·四'敌机大轰炸的弹片掀去了屋顶,只剩下房架子而且有些歪斜的'家'"。②

在抗战时期物质条件极度匮乏的时代里,重庆的剧作家们居住的房屋空间基本都处于这样一种状态。尽管人的舒适感并不是简单地与空间的大小成正比,但黑暗、潮湿、狭小的空间所带来的不舒适感,终究使这些剧作家们真正拥有了社会底层人的空间感受。

二　政治阶层对立引起的空间压抑感

在重庆这个都市空间中,普通人的生存空间极度压缩,剧作家们在居住上的拥挤感正是他们在这都市空间中被挤压,受压制的社会状态的体现。与拥挤感密切相连的是在陪都空间中的压抑感。因为"空旷具有容许自由的感觉。在空间中的自由,表示有力量在足够的范围内活动"。③当没有力量在足够的空间中活动,不自由感油然而生,甚至会产生一种压抑感。居住空间的狭窄,让不少剧作家感到战时生活空间的挤压,行动的不自由,更使他们生发出一种苦闷与压抑。重庆陪都政治活动空间比起其他城市空间更具有特殊性。这里既是国民党统治区的战时首都,所有中央党部的集中地,同时又是中共中央南方局的所在地,生活在这两重政治空间的交叉地带,许多剧作家感觉到行动上的不自由。"空间,是所有动物的生物需求,但亦是人的心理需求,社会身份地位的特殊需求。"④

---

① 徐昌霖:《〈重庆屋檐下〉在重庆——怀念史东山导演》,《徐昌霖文集》,文汇出版社2010年版,第75页。

② 宋时:《〈雾重庆〉在重庆》,中国人民政治协商会议重庆市委员会文史资料委员会编《重庆文史资料》第39辑,西南师范大学出版社1993年版,第23页。

③ [美]段义孚:《经验透视中的空间和地方》,潘桂成译,编译馆1998年版,第47页。

④ 同上书,第53页。

可以说，当时的剧作家一方面在忍受着后方艰苦生活条件带来的肉体痛苦，另一方面也在不断地感受到这座城市空间带来的压抑感、不自由感乃至疏离感。以左翼剧作家为主的剧作家群体在陪都遭遇各种各样的刁难和钳制，致使他们在这座城市中会产生一种恐惧感。"那时的山城是个特务世界，有人在雾里永远消隐不见了。国民党特务身上好象是有什么'派司'（通行证）的，可以到处钻，横行霸道。他们在青木关、海棠溪等等通道关口上把守抓人，教你休想离开这个城市。"① 这种表述中可以看出政治高压在陪都空间中弥漫，人对自身身体的身不由己。吴祖光在《牛郎织女》的写作构思前也经历着同样的苦闷。"所谓'灵感'，实际是一种苦闷。……尽管特务横行，消息封锁，但不断传来华北平原解放区广大人民惨遭杀戮的消息。……身在大后方的人们看不到出路，看不到国家的前途。"② 可以说，空间中的政治气氛对剧作家的影响是很大的，这种政治气氛催生出一系列的城市景观，这些又反过来更增加剧作家们对这座城市的负面体验。

在陪都，民不聊生的惨状和官商勾结的黑暗不断从其城市景观中渗透出来，使得旅渝剧作家们几乎无法呼吸。宋之的在 1939 年底随作家战地访问团赴晋东南抗日前线访问回来后，就对陪都这后方中心城市里的一幕幕景观体验颇为深刻。"半个月来，看到的和听到的都令人失望：大街小巷残破的房舍依然支撑着歪斜的身子，不少地方的路旁还保留着炸弹的深坑，冻馁的百姓在阴冷的天气里瑟缩着，而那些达官贵人们不是跑运输、囤货物，就是飞香港、搞投机，大发国难财。"③ 从前线到后方的这种空间转换，使宋之的对陪都城市空间的特点体验更为深刻，在后来他写完《戏剧春秋》后甚至形容过那种心境："在象雾城的暮色一样灰

① 徐迟：《重庆回忆》，《作家在重庆》，重庆出版社 1983 年版，第 28 页。
② 吴祖光：《〈吴祖光剧作选〉后记》，《一辈子：吴祖光回忆录》，中国文联出版社 2004 年版，第 274 页。
③ 宋时：《〈雾重庆〉在重庆》，中国人民政治协商会议重庆市委员会文史资料委员会编《重庆文史资料》，西南师范大学出版社 1993 年版，第 23 页。

暗的心境"①，也有如凌鹤形容老舍先生当时的心境，"为了强烈的正义感在胸中燃烧，当可憎的现象呈现在我们眼前的时候，我们的心怎么能平静如止水呢?"② 可见，陪都空间的种种光怪陆离的景象，在旅渝剧作家心中投下了深深的暗影，增加了城市空间生活的压抑感。

这座城市底层人民人居空间的狭小阴暗和达官贵人享有空间的空旷形成鲜明对比，而在拥挤感和压抑感的体验中，不少剧作家开始思考这背后的缘由。

在谈到《风雪夜归人》的写作时，吴祖光就说到自己对这种空间体验的认识："抗日战争开始之后，我流亡西南，在所谓神圣抗战的大后方，朦胧地感到了阶级对立的矛盾。"③ 这种由空间体验上升出来的对空间深层意识的认识，会自然而然渗透文学地理景观深层意义的表达当中。

三　陪都剧作中人居景观的建构

旅渝剧作家的空间体验，成为他们剧本中地理景观建构的基础。从他们实际创作出来的剧作来看，这些文学地理景观是多样的、立体的。

首先出现的是与拥挤感相应的大量狭窄、拥挤、阴暗的人居景观。在人居地理景观的建构中，这些剧作家对其人居地域特点风格的展现并不明显，也不着重其他特点的渲染，而是对战时首都民居的破烂、狭小、阴暗、潮湿等特点多加表现。

如宋之的《雾重庆》写的是一群逃难到重庆的大学生，贫病饥寒，挣扎在生存的边缘。而剧中为这样一群人所塑造的地理景观与他们的生活环境密切相关，沙大千和林卷妤在重庆的租住房就是这一类空间的体现。宋之的为全剧设计了一间依山而建的独具重庆特色的房子：依山势

---

① 宋之的：《〈戏剧春秋〉一解》，宋时编《宋之的研究资料》，解放军文艺出版社 1987 年版，第 197 页。

② 凌鹤：《老舍的风趣》，《联合周报》1944 年 8 月 5 日第 4 版。

③ 吴祖光：《〈吴祖光剧作选〉后记》，《一辈子：吴祖光回忆录》，中国文联出版社 2004 年版，第 273 页。

的高低，不同的楼层和不同的地方平行。"这屋子也算是二层楼，其实是和上海弄堂房子的阁楼差不多的。这二层楼和大街上的马路平行，因之，有一小块窗子是开在马路边上，不时有煤灰甚至行路人的痰吐进来。透过那小窗，可以看见马路上急邃的行人的脚。"① 重庆依山而建的房子本来别具特色，但是却因为和马路平行，不时有煤灰和行路人的痰吐进来，让人感到整个房子透出的污秽之气，加上那"一小块窗子"的渲染，舞台上所展现的这间重庆民居早已给人一种狭小晦暗的气息。随着剧作家接下来的场景描绘，更加直接地把雾重庆中普通民居景观的特点展示了出来。

> 这台阶很狭，而且很暗。我们舞台上这屋子，几乎一年到头都见不到阳光，倒是有时候，雾会从那儿辗转地涌进来，使得本来已经阴暗的屋子里更显得潮湿。——这屋子是阴暗而且潮湿的，甚至连墙上都大胆地滴着水。②

在这一段景观的展现中，整体表现出的是这里的狭窄、晦暗、潮湿和阴冷。狭窄的台阶，很暗，尤其是终年不见太阳，这和前面剧作家们在重庆居住的普遍体验相关。加上浓雾的侵入，这间房子阴暗潮湿，甚至"大胆地滴着水"，宋之的在对这间房子的塑造中，既融入了他对居住空间的感知，更把对重庆气候的体验也融入进去，使整个景观的塑造既符合当地的环境条件，也符合在此环境中的人的地理感。作家的空间体验不知不觉地渗入剧本中地理景观的表现中，当人开始和景观发生联系时，宋之的做了这样一种表述："一个人走进了这个黑暗而且孤寂的屋子。"③ "黑暗"和"孤寂"两个词语是对这间屋子的形容，同时也是人

---

① 宋之的：《雾重庆》，曹禺主编《中国抗日战争时期大后方文学书系》第 7 编第 2 集，重庆出版社 1989 年版，第 797 页。

② 同上书，第 797 页。

③ 同上书，第 798 页。

对屋子感受的表达。尤其"孤寂"是一个明显地用来形容人的体验和感受的词语，因为房子本身是没有这种意味的，从这种用语中可以很明显感受到作家的地理感，是人对房子的整体感受。

另外，对雾重庆中人居空间的狭小而不空旷，剧作家还有一段描绘：

> 屋子里空空落落的。没有床，铺盖就铺在地上。一个皮箱躺在铺盖的后面，开了盖，翻得乱七八糟的。唯一的点缀是一张竹制的方桌，却只有一个矮脚的凳子，用麻绳绑了放在一端；另一端，一只箱子竖在那里，上面且铺了点什么，想来也是当凳子用的。桌子上有几本破书，和碗、筷等堆在一起。①

尽管宋之的想展现出屋子里陈设的简陋，用来表现逃难到重庆的大学生们的家居环境，但是提笔便提到"屋子里空空落落"，这次的"空空落落"却不是真正的空旷体验，恰恰相反，屋子给人的感觉完全不是空旷感，而是一如前面所描绘的：狭窄、拥挤，因为房子窗外所面对的台阶被描写成狭窄和阴暗的，整体的氛围也是这样的，所以，几个片段的描写一以贯之的仍然是对拥挤感和不舒适感的表现。这就是重庆的人居景观，一间一年到头都见不到阳光并且还充满着潮气的屋子在重庆贫民中早已习见，这种景观的表达正是旅渝剧作家独特地理感的表现。

同样的地理景观也出现在其他旅渝剧作家的作品中。沈浮《重庆二十四小时》也是展现的重庆流民们的生活状态。租住在重庆一房子的租户们为了王太太生孩子凑钱的事而引发了一些矛盾争吵，这间租户房也同样是战时重庆底层百姓的最常见居住建筑。

> 房子的样子在重庆很多见，轰炸时受了震动，遍体鳞伤。
>
> 房子的主人就是薛蓼，她的几件简单而精致的家具摆在里面，

---

① 宋之的：《雾重庆》，曹禺主编《中国抗日战争时期大后方文学书系》第 7 编第 2 集，重庆出版社 1989 年版，第 798 页。

显与这屋里的氛围不大协调：像是几件珍贵的女人首饰，放在一只乡下人的破鞋里一样。①

遍体鳞伤的房子仿佛乡下人的破鞋，带给人的是凋敝、阴沉的感受与体验，低小的门窗也显示出这个空间的狭小和拥挤。

屋子的左面是个低小的门，右面是窗，要问这屋里的那个角落为最美，那不成问题的，要属于有窗的这面，晚上可以看见对崖山上灿烂的灯火，清晨可以看见金黄色的阳光从山头的白雾中洒泄出来。②

尽管狭小、拥挤，但是作家仍然在表达中融入了一抹亮色，却恰好和之前的描绘形成对比。对于这种早已被震坏的房子，一下起雨来就漏雨，甚至在剧本中作者还写到租户们用脸盆接水，感慨整所房子就像一口破锅。

这些描绘和表达，可以说都是剧作家居住体验的文学呈现，是他们将体验直接转移到了剧本中，进行了文学地理景观建构的结果。

其次，不同阶层人物地理感的强烈对比，使人居景观中浮现出意识形态色彩。

在沈浮的《小人物狂想曲》中，一群小人物虽然生活在社会底层，却有着理想抱负。抗战中，大学生马龙和他的老师秦简文参加了京郊的游击队，却不幸在抗战中受伤并失去了右腿。游击队被打散后，他流落到了大后方，情绪极度消沉，但最终在老师、妻子和同学的关怀下创作出了《狂想曲》，深深体验了生活在水深火热之中的大后方人民的心情。抗战中的重庆生活如此艰难，从作品中的山城人居景观就可以看出来。

---

① 沈浮：《重庆二十四小时》，曹禺主编《中国抗日战争时期大后方文学书系》第七编第2集，重庆出版社1989年版，第1158页。

② 同上书，第1159页。

作品开篇对主人公的居住环境的描绘很好地展现出底层小人物的居住景观，一幅脏乱的景观画面定格下来。

> 一九四三年初春，山城并无一点儿春意，而山城里的人，也似在春天里做着冬眠。市街、山野，常日的弥漫着烟雾，风寒，雨冷，看不见阳光。这时，虽时近正午，然而天色却像已入黄昏。受过火的洗礼的山城，脏，乱，像一堆烧焦了的煤块；缭绕炊烟，似未尽的余火。人，都沉默着。窗，都关闭着。听不见炮声；看得见的只是江水静流，活跃的老鼠。靠嘉陵江边的一条污秽的陋巷中，古老破落院内的一间幽暗而凌乱的砖屋里，六十高龄的秦简文，早已迎着黎明起身了；他正在窗下伏案，专心一意的写作他的论文。①

山城的脏、乱，与那污秽陋巷中破落院内幽暗而凌乱的砖屋形成呼应，而在这样空间中出现的人物不过是所谓的小人物而已，似乎人物就应与他享受的空间成正比。于是，人在空间中的位置变得可有可无，是空间在展示自我的价值和意义。这正是当时国民党统治下普通人的生存景象，也正是剧作家自身空间体验的展示。

同时，旅渝剧作家的剧本中出现了与这种拥挤感相对的空旷感的表达。在这种地理感的对比中，人居景观明显有了区别。从下面两部剧本对地理景观的构建中就可以看到，空间因人的地位不同而显出不同的状态。

徐昌霖所写的《重庆屋檐下》中，主人公沙宗文一到重庆，面临的就是紧张的房源问题。重庆的拥挤和人口的稠密渗入他寻求住房的生活苦难中。最终，他找到的住房不过是如下的样子：

> 这是在重庆习见的，中间用薄板隔开的两间房间。左边的一间

---

① 沈浮：《小人物狂想曲》，新生图书文具公司 1945 年版，第 3 页。

大概要小于右边那间的一半。全室只有很简单的几样家俱：一张四川式的竹板床，一张破写字台，一只小茶几、一只竹书架，一只板凳或一只椅子。在屋角还放了一只煤球炉子，茶几上放了些碗筷等饭具，一望而知是橱房，饭厅兼卧室。正面墙上挂着两张外国文豪的木刻像，这就是沙宗文的家。①

从这"重庆习见"的房间中可以看到，薄板和简单的家具构成的狭小空间承担了厨房、饭厅和卧室几个空间的功能，而这就是主人公的家。简单的地理景观的描写却展示出丰富的意义，"薄""破""小"传达出的是与贫穷、底层相关的意味。而后面写阳台看出去的风景时，隐约涉及这样的语句："阳台外面，可以望见远近的新旧不一的房子，和远远的山景。在这里也可以直觉地看出重庆文化的不单纯。"② 新旧不一的房子，却正是战时重庆不同阶层的人所拥有的，这阳台外的景观正是重庆社会混杂的表现，也难怪体现出重庆城的不单纯。

再看老舍《残雾》里的洗局长家的客厅。

左壁设红木长几，几上有古瓶一尊，座钟一架。壁上悬大幅北方风景油画。右壁设方桌，覆花桌布，置洋磁茶壶茶碗成套。正壁悬对联，字丑而下款值钱。堂中偏左有太师椅一把，铺红呢垫，是为"祖母椅"。距祖母椅不远，有洋式小圆桌一，上置镀银烟灰碟及洋火盒一份，炮台烟一听，四把椅子。另有一大躺椅，独立的在正壁对联下。电灯中悬。电话与对联为邻。左壁有门通院中。开门略见花草。右壁有门通内室，故悬绸帘。地板上有地毯。③

这位局长家的客厅则完全是另一幅人居景观。在这个空间中家具多

---

① 徐昌霖：《重庆屋檐下》，《徐昌霖文集》，文汇出版社 2010 年版，第 269 页。
② 同上书，第 296 页。
③ 老舍：《残雾》，《老舍剧作全集》第 1 卷，中国戏剧出版社 1982 年版，第 3 页。

而大，长几、方桌、太师椅、洋式小圆桌、四把椅子、大躺椅，家具的品种多，式样各异，各式陈设也不仅多而且复杂、价值昂贵。光是古瓶、座钟、北方风景油画、花桌布、成套洋磁茶壶茶碗、对联、镀银烟灰碟及洋火盒、炮台烟就已经让人眼花缭乱了。加上"长""大幅""大"这些词的形容，已经把重庆一位局长家的客厅空间烘托得非常宽大气派了，尽管放置了大量的东西，却不会有一点拥挤的感觉，只有特权阶级的人才能享受这些在战时重庆难以体会的空旷感。

这种对比大量存在于表现当时重庆现实生活的戏剧文学作品中。与底层人相关联的总是阴暗、潮湿或低矮、破烂的拥挤空间，而与权贵人物相关的则是空旷的空间体验。再比如，同时在张骏祥《山城故事》里出现的人居景观就展现出极大的区别。

> 第一幕 第一景 重庆。鸽子笼式的房子。污旧，拥挤，零碎。夏末，午后六点钟。闷湿，郁热的天气，一间楼梯过道改的卧房。到左右房间以及上楼都还得从这里经过。在许多盆、桶、椅、凳、橱子、架子、两张床和七零八碎的东西之中，有一张竹制八仙桌，靠墙，上面放了香烛供品。墙上有一个老头子和一个老太太的像片，镜框上还贴着许多新写的红纸条，是个预备要上供的样子。①

普通民居空间的拥挤和污旧，从文学地理景观中流露出来。同样在这部剧本中对一处别墅的描写，却展现出完全不一样的空间建构。

> 第二景 蔡洪山在南岸的别墅。新建的仿流线型的屋子。外面宽阔的前廊，石栏杆围着的小院子。俯瞰长江。对岸一星一星灯火是夜重庆。窗内人影幢幢，猜拳行令，兴高采烈。窗外静悄悄，月光如水，梧桐的影子投在廊上。②

---

① 张骏祥：《山城故事》，《张骏祥文集》上册，学林出版社1997年版，第189页。
② 同上书，第215页。

这个空间不光是空旷、宽阔，还有着"仿流线型"的艺术感强的设计，和前面普通民居景观的拥挤感和污旧感形成了鲜明的对比。

正如前面所述，宋之的《雾重庆》中的主人公沙大千刚流亡到重庆时住的房子也是破烂不堪，然而投机做生意后就开始住进了宽敞的别墅。

> 楼房的外院，临嘉陵江，江水蜿蜒，峰峦起伏。楼房只见一面，灯光闪烁。舞台大部是在别墅的花圃里。花圃依山势而成，花木繁茂。……约莫八点钟左右，月光荡漾着嘉陵江的碧波。树影婆娑。江水激湍。远处有凿防空洞的击石声，忽强忽弱，是一个人间天上的点缀。①

剧作家在对郊外别墅的空旷和美感进行渲染之时，却突然点缀些远处防空洞的景观。防空洞是战时重庆的必需空间，是人们在躲避空袭时的主要避难场所，但同时它也是狭小的、拥挤的，和这别墅的空旷而美相比，确实是一个天上人间的对比。

这些都是重庆戏剧文学作品中不同人居景观的展示，它们的存在，都源自剧作家在重庆的独特地理体验，以及由此而产生的对景观意义的认识。

贫民住着破烂、狭小的房子，而有钱有权的人却享受着别墅的空旷，于是拥挤和空旷的体验成为社会阶层的鲜明对比。所有的文学地理景观皆染上了强烈的意识形态色彩。在这些文学地理景观的表现中，不但有景观本身的不同，同时也展现出了人物的社会地位和身份的差别，因此，不同地理景观的对比恰能看出不同社会阶层的区别。剧本通过这种地理景观的描绘，揭示出重庆这座城市中权力的所在，以及作者对这种权力控制的体验。

---

① 宋之的：《雾重庆》，曹禺主编《中国抗日战争时期大后方文学书系》第7编第2集，重庆出版社1989年版，第836—837页。

四　结论

在重庆这个战时首都，旅渝剧作家们深切体验到了普通人居空间的拥挤感，和城市政治空间上的压抑感、不自由感和疏离感。这些在独特地理空间中产生的个体生命体验，正是一种最基本的地理感，而这种地理感随着他们的创作，自然而然地融入了陪都戏剧文学作品中。可以说，对陪都城市空间的独特体验，是旅渝剧作家作品中文学地理景观建构的主要源头。

江南文化与南京文学研究

主持人：张光芒

主持人语：

随着全球化和地球村时代的到来，区域文化与区域文学研究越来越表现出特别的意义。在同质化取代异质化、共性遮蔽个性的潮流下，它越来越凸显出不可取代的人文精神价值。江南文化与作为区域文学的南京文学研究自不例外，本组论文即聚焦于此。

拙文系笔者与课题组人员撰写的《南京百年文学史（1912—2017）》的"绪言"部分。南京作为钟阜龙蟠、石城虎踞之地，处于中华大地南北交汇点上，形成了源远流长、底蕴深厚、内涵完整、自成体系的金陵文化传统，其鲜明的特点在于南北交汇、兼容并蓄、开放包容、审美气息浓郁。南京的诗学地理与城市性格使得南京文学史形成了独具特质的审美传统与文学精神，也在百年流变中表现出独特的轨迹与风貌。为尽力梳理出南京百年文学史的整体概貌，该文就"入史"标准与"南京作家""南京写作"等概念进行了界定和说明。

陈进武的《论百年来南京作家的区域流动与审美倾向》在宏观考察与微观分析相结合的基础上，独到地把握百年来南京作家的区域流动现象与审美倾向。他认为，在百年中国文学发展中，南京作家与南京批评家共同构成了有重要影响的南京作家群。从不同区域向南京的流动中，南京作家的行动轨迹架构起了南京百年文学的时空坐标，揭示了南京文学流动的经纬和血脉。在南京文学发展的不同时期，南京作家倡导的"昌明国粹""干预生活""新状态""新写实""断裂"等，引领了时代风潮与文学风尚。在精神取向和传统赓续上，南京作家的创作呈现出历史和现实两种题材领域并重，强化与丰富了具有腔调与韵味的南京文学世界。陈进武关注到的南京作家"流动现象"与南京这座城市的文学形象等问题，给人很大的启发。

张勇的论文以南京作家卢前为研究对象，认为卢前的新文学创作无论从创作实绩、思想理论还是历史价值上看，具有鲜明的时代特色和个人风格，他在现代文坛上交游广泛，就其文史意义来看，卢前都不应是文学史上被遗忘的"金陵才子"。赵磊的论文将当代典型南京作家叶兆言置于区域文学史的脉络中加以考察，认为从文学史的时间和空间角度分析，叶兆言与新时期以来的南京文学发展历程高度契合。他与不同阶段的文学潮流发生共振，其作品呈现的"诗性""世俗性"品格也是与南京当代文学的特征和气质融为一体的。因此，从作家与文学史的关联度看，叶兆言成为南京当代文学的代言人和观察的重要入口。王文君的论文则从江南士风的影响与超越的角度，独到地分析了当代著名南京作家鲁敏的长篇小说《奔月》中逃离飘逸与生活委泥之间的矛盾。指出鲁敏对城市化、现代化进程的反省，对于生存现状的反思，正是坚持精神品格、审美取向和价值追求的"文人本位"意识；但鲁敏并不固守飘逸出尘的精神立场，而是体察现代社会的暧昧性，正视逃离的飘逸与生活的委泥之间的矛盾，而鲁敏的探索也为江南士风提供新经验和新向度。

本组文章的作者基本上是《南京百年文学史（1912—2017）》课题组的原班人马，长期关注江南文化与南京文学的研究，都有自己的心得和独到见解。但该课题毕竟是个仁者见仁、智者见智的话题，在百年南京文学的变动不居与稳定内核之间，在审美创造的个体本质与文化承传之间，必然蕴含着无限的言说空间，也具有极大的思想挑战性。因此，此组文章仅仅是种尝试，主要想引起人们对该话题的关注，并祈请方家指正。

江南文化与百年南京文学史写作[*]

——《南京百年文学史（1912—2017）》绪言

张光芒[**]

内容提要：南京作为钟阜龙蟠、石城虎踞之地，处于中华大地南北交汇点上，形成了源远流长、底蕴深厚、内涵完整、自成体系的金陵文化传统，其鲜明的特点在于南北交汇、兼容并蓄、开放包容、审美气息浓郁。南京的诗学地理与城市性格使得南京文学史形成了独具特质的审美传统与文学精神，也在百年流变中表现出独特的轨迹与风貌。

关键词：南京百年文学史；江南文化；南京作家；南京写作

一　南京的诗学地理

南京历史悠久，是中国著名的古都，坐拥"六朝古都""十朝都会"之桂冠，亦有"博爱之都""文学之都"之美誉。谢朓名句"江南佳丽地，金陵帝王州"（《入朝曲》）极尽她的富饶和美丽。杜牧诗句"南朝四百八十寺，多少楼台烟雨中"（《江南春》）传神地勾勒出她幽深的文

* ［基金项目］教育部人文社会科学重点研究基地重大项目"社会启蒙与文学思潮的双向互动"（16JJD750019）。

** ［作者简介］张光芒，文学博士，南京大学中国新文学研究中心教授、博士生导师，主要从事中国现当代文学思潮与文化研究。

化神韵。在现代作家朱自清眼里，南京这座城市连"贩夫走卒皆有六朝烟水气"，而"逛南京像逛古董铺子"（《南京》），一旦走进这个时空，古老的文脉气息总是迎面扑来。

把脉南京百年文学史，挖掘南京的地理诗学特质，既离不开对于南京区域文化传统与审美气质的发掘，也要注重对于百年来南京文化与审美精神现代性转型过程的追踪。从大的地域文化传统来看，南京属于江南文化的范畴，但严格说来，这只是笼统之论。广义上的江南文化范畴较大，不足以概括南京文化传统的精髓和实质。相对而言，金陵文化这一概念更具有针对性和有效性。学术界对于金陵文化的界定已基本达成共识，它是指以今南京为中心，辐射周边地区所形成的文化圈，是中华汉文明的重要组成部分。南京作为钟阜龙蟠、石城虎踞之地，处于中华大地南北交会点上，地理面积并不很大。在中国种种区域文化中，以南京这样较小的地域形成金陵文化这样一个源远流长、底蕴深厚、影响广泛且气质鲜明、内涵完整、自成体系者，并不多见。并非每一个独立而完整的区域，就一定有完整而系统的区域文学史；也不是每一个地理与气候特征相似的地域，就必然有属于自身别具一格的地域文学史。而南京，无论从哪一个角度来说，都有理由有资格拥有自成体系的文学史。

许多评论家都打过这样的比方，要论团体赛，江苏作家群是全国各省区的第一名，是当代文学界团体赛的冠军。这并非溢美之词。当然，江苏作家并不等同于南京作家，但南京作为省会城市，大多数优秀的作家集中在南京却也是不争的事实。团体赛冠军的比喻用在南京身上确也不算太过分。2017 年 5 月，"文学多样性与城市可持续发展"国际高峰论坛在宁举行，在这次会上，南京提出将向联合国教科文组织申报世界"文学之都"，以填补中国和东亚地区"文学之都"的空白。南京成为国内首个申报"文学之都"的城市，这既源于审美文化传统的历史必然性，也是这座文学魅力四射的现代都市顺势而为的结果。而这一切，都可以说为我们梳理南京百年文学史提供了必要的底气和动力。

二　南京城是一座"文学之都"

南京是一座历史悠久、文脉昌盛的文学之城。南京是中国文学开始走向独立和自觉的起步之城，中国历史上第一个"文学馆"即设立于此。中国第一篇文学理论文章《文赋》、第一部诗论专著《诗品》、第一部系统的文学理论和批评专著《文心雕龙》、第一部儿童启蒙读物《千字文》、现存最早的诗文总集《昭明文选》等均诞生在南京。中国民歌的标志性作品《茉莉花》起源于南京六合民间传唱百年的《鲜花调》。南京文脉持续绵延长达1800年，是中华文明史上的璀璨明珠。作为当时中国的文化中心，南京素有"天下文枢"之美誉。

南京是一座名家荟萃、名著频出的创作之城。据统计，在中国数千年文化史上，有超过1万部文学作品写作于南京或者与南京有关，数量位居全国之首。世界规模最大的百科全书《永乐大典》在南京编撰成书，中国昆曲最重要的代表作《桃花扇》在南京创作并演出。中国最著名的诗人李白，就为南京创作了100余首诗歌。《红楼梦》《本草纲目》《儒林外史》等中华传世之作都与南京密不可分。南京还是中国山水文学、声律、宫体文学、宋词等的孕育地。近现代以来，南京始终拥有对中国文坛的重要影响力。文学大师鲁迅、巴金等在南京走上文学道路。朱自清、俞平伯、张恨水、张爱玲等文坛巨匠也都与南京有着千丝万缕的联系。美国作家赛珍珠获得诺贝尔文学奖的代表作《大地》就是在南京创作完成的。

南京是一座全民爱书、读书成风的阅读之城。自古以来，南京就是一个痴心不改的"阅读者"。南京文化传统鲜明的特点在于南北交汇、兼容并蓄、开放包容、审美气息浓郁。崇尚文学、酷爱读书成为南京人最为鲜明的精神气质。近代作家吴敬梓曾在其代表作《儒林外史》中，就对南京有"真乃菜佣酒保，都有六朝烟水气"的评价。著名外交家、中国驻法国大使吴建民在一次接受采访时强调，他对故乡南京的最大印象就是南京整个氛围就是"崇尚读书"。当代著名作家叶兆言一言以蔽之：

"从历史上看，似乎没有什么地方比南京更适合作为作家的摇篮。"（《南京人》）现在南京活跃着数以千计的文学社团和协会组织，仅民间自发形成的读书会就有 450 多家。

文学因南京而辉煌，南京因文学而永恒。文学始终是南京社会文化生活的内在血脉，也成为南京城市发展的重要推动力。南京城就是这样的一座"文学之都"。

三 城市性格与文化气质

南京自越王勾践建越城以来，历经东吴、东晋、宋、齐、梁、陈、南唐、明、民国等历史变迁，经过魏晋以来的民族大迁移和南北经济、文化的融合，积淀成独具一格的金陵文化。文人墨客会聚于此，诗词歌赋层出不穷，既有六朝烟水气，又有南唐悲世音，既有骈文辞赋的规制之作，又有《文心雕龙》之划时代理论创见以及《儒林外史》之革命性的小说突破，可谓历久弥新，连绵不绝。五四新文化运动以来，南京文学一面连接传统文脉，一面经历欧风美雨，形成了古典与现代交融并存的特色。而南京政治地位的变化也导致了文学形态的多元转换，构成民国时期最为独特和复杂的地域文学面貌。1949 年后，南京文学在经过政治意识形态的建构与市场化改革之后，重新以独立的姿态走向文化与人性的深处，小说、诗歌、散文、戏剧、文学理论与批评等各个领域杰作频出，蔚为大观，影响深远，南京文学作为重要一极伫立于中国的文学版图上。

南京作为极具典范性的文化符号一直存在于历代文人的视野之中，其独特的城市性格、文化气质、审美意蕴与艺术风格吸引着各地作家驻足于此，创作于此，从而构成南京文学的历史链条。

同时，随着魏晋以来的北方士族与居民的大规模南迁，南京原本具有的吴越文化特点的民风、民俗与从北方迁移过来的中原居民的文化态度与生活方式不断碰撞，厚重、质朴的伦理文化与精致、灵动的诗性文化在此融为一体，形成了开放性的文化格局与兼容并包的城市性格。这种城市性格对于文艺的自由发展与个性化的追求是极为重要的，在古代产生了代表中国古典文艺自觉的六朝文学，在当代也构成了推动文学转型发展的新思潮和新的文学形态。此外，这种城市性格还塑造了南京文学的多元结构。长期以来，南京作为政治的枢纽地位和贸易的集散地，使得南京的政治文化和市民文化异常发达，古时太学、国子学和江南贡院为代表的科举文化塑造了南京的士大夫文化形态，与以"十里秦淮"为代表的市井文化交相辉映，南京的士大夫阶层与市民阶层长期并存，上层文人的金陵怀古、秦淮情结与下层市民的风月想象、里巷心理相互连接，相互影响。时至今日，南京作家仍游走于庙堂和民间，出入于典雅与俚俗，构成了南京文学雅俗共赏的审美面貌。

四　文化传统与文学精神

从时空转换的角度看，南京兼容并包的城市性格同时形成新旧杂糅的都市文化气质。这里的"新"与"旧"既指先进与保守的区别，也指坚持创新与坚守传统的区别。在前一种意义上，南京文化体现出复杂的斑驳面貌，这在20世纪20—40年代的文学中表现得较为突出，新文学的不断生长与国民政府官方提倡的三民主义文学、民族主义文学运动构成鲜明的对比。在后一种意义上，南京文化守成主义的影响极为明显，以"学衡派"为代表的知识群体与新文化运动中的先锋人物的论战就是这种传统文化本位与西方文化本位的冲突。

一方面，南京政治与文化中心的长期存在，文人士大夫的不断的艺术建构，积淀成了南京文学一以贯之的文学意象、文化心理与精神指向。形成的金陵文化对南京文人具有深远的文化渗透力，并使其产生强烈的精神认同感。另一方面，南京历史上不断遭受战火兵灾，城市几度灰飞烟灭，文化血脉几经中断，艰难新生，近代以来的西方新思想、新方法、新艺术对古典文化造成巨大的冲击，也带来了都市文化的更新。悠久的文化积淀和历史变迁过程中的文化嬗变相互作用，形成了南京新旧杂糅的文学气质。民国时期南京各个大学出现的老一辈作家创办的诗词团体

（如潜社、如社、上巳社、梅社、石城诗社等）推动了古典诗词的繁荣，而新一代的知识青年致力于创作白话新诗、话剧作品，推动了南京新文学的兴起，这是这一时期南京文学新旧并存的最佳写照。而当代南京文坛在对新的文学思潮进行探寻，推动了"探求者小说""第四种剧本""第三代诗歌""新写实小说""新状态文学""断裂文学"和重估当代诗歌等思潮的兴起，在全国范围内产生重大影响。南京文坛在求新求变的同时，又没有在艺术形式和文化心理的变革道路上走得太远，而坚持创作的文化导向、人性审视意识和现实关怀，作品的文人气质、精致的语言和抒发性灵的特点是和南京古典文学传统一脉相承的。来自各地的作家群体会聚在南京，受到南京传统文化的熏染，造成内在的心理认同，使其努力在坚守传统士人风范与开拓现代视野之间寻找适当的平衡点，构成中和式的文学面貌，这也是和南京新旧杂糅、多元融通的文化气质相一致的。

五　文化意蕴与审美风格

朱偰在《金陵古迹图考》中曾指出南京"其地居全国东南，当长江下游，北控中原，南制闽越，西扼巴蜀，东临吴越；居长江流域之沃野，控沿海七省之腰膂；所谓'龙蟠虎踞'，'负山带江'是也"。由于南京独特的地理位置，历来为兵家必争之地，各方势力争斗不已，历史上屡遭战火，伴随而来的常常是城毁人亡、荒草遍地、民生凋敝。近现代以来，太平天国灭城惨剧与南京大屠杀的人类浩劫，更是将长期积累的文化遗存毁于一旦。历代文人有感于南京循环不已的悲剧性命运与文化断裂现象，往往发思古之幽情，叹沧桑之巨变，"怀古伤今"也就成为南京文学的精神母题与审美意蕴。金陵的繁华易逝与人事已非是古典怀古诗与山水诗的重要寄寓之处。文人目睹物换星移与人世变幻，感受着凄风苦雨与断壁残垣的空无，生发出人生无常的无奈感与念天地之悠悠的时空感，"怀古伤今"的审美意蕴也由此生发出了南京独有的"悲情文化"。南京文学尤其是诗词、散文中经常出现的对历史古迹的探寻、山水城林的驻足、人物典故的挖掘与政治变故的追问大多不脱这种今昔对比的慨叹之情与悲情意绪，久而久之，南京就形成了许多悲情文化的经典符号，所谓"六朝烟雨""南朝旧事""金陵春梦""秦淮风月"等文学意象就是此种文化现象的鲜明表达。这种悲情意识是南京文学的底色，潜藏在南京文人的心灵深处，形成了牢固的文化心理结构，后世作家虽接受现代文明的洗礼，文化结构渐趋多元，但现当代作品中大量出现的对王朝旧事的追怀和对逝去的文化记忆的书写，仍然与这种潜藏的怀古伤今的心理、意绪存在着千丝万缕的联系。

与这种怀古伤今的审美意蕴相伴随的是南京文人的隐逸心态。南京作家往往更容易感受到历史、政治的无情与命运的无常，对脱离政治的旋涡有着强烈的渴望，形成偏安隐逸的文化心理。现代以来，南京作家大多数试图摆脱权力的控制和意识形态的束缚，以独立姿态沉浸于古典文化和新文学的研究与创作之中，接续了这种怀古伤今的创作路数与隐逸悲情的精神取向，在对南京地理、景观、风物的描摹和事件的叙事中建立起其与历史的连接，融入南京文学的文化脉络之中。而这一时期出现的南京文坛对新的文学潮流的倡导，一方面是南京文化的多元与自由的品格所推动的；另一方面这种创新不是从中心位置往外扩展的，而是往往以边缘姿态、非主流心态为出发点去试图建构文学的新局，"断裂"事件、"诗歌排行榜"事件就是这一文化心理的生动体现。

在独具特质且系统完整的金陵文化的浸染下，南京百年文学表现出既多姿多彩、气象万千又自成一格、气质鲜明的审美风貌。南京兼收并蓄的城市性格，使得不同地域的作家都能在此找到安身立命之所，而新与旧、古典与现代、创新与坚守的文化心态的并存为作家创作提供了多种可能性，形成了南京文学开放多元的艺术风格。许多作家经过多年探索和不断的积累，逐渐形成了自身独特的艺术世界和文学系列，如苏童的"香椿树街"系列、叶兆言的"秦淮"系列、毕飞宇的"王家庄"系列、赵本夫的"黄河故道"系列等。在题材内容上，既有以历史记忆与想象为中心的作品，以现实生活体验为中心的作品，也有以儿童成长、教育为中心的作品，以文学想象力展开的青春小说以及奇幻、武侠小说等。南京文学既有对才子佳人、爱怨情仇等传统的江南文化主题的接续，也有对城市欲望扭曲人性的审视，对人性尊严的坚守和对城市文明病的反拨等。在继承南京质朴与典雅并存的文化气质的基础上，南京现当代作家形成了自己的语言风格，如苏童的细腻与灵动，叶兆言的洒脱与纯正，毕飞宇的精致与温婉，韩东的内敛与沉稳，朱文的自然与质朴等，从而形成了精彩纷呈的文学风貌。

六　从古典走向现代的南京文学史

通过以上的简要梳理，我们可以了解地域文化与南京文学的紧密联系，并随着时代变迁与文化转型，南京文学从古典走向了现代。从时间上说，百年南京文学可大略分为六个阶段，1912—1927 年为第一阶段，是从古典到现代的过渡期。新文化运动带来的启蒙思潮与文化守成主义思潮并存，催生了南京新旧两种文学形态。古典文人致力于风物古籍的考订吟咏，在古体诗词曲赋创作方面颇有成绩，有明清士人清奇悠然的风骨，作品集中对南京自然风貌、历史古迹、四季景物的描摹，大多借物抒情、追忆前朝、感怀身世，充满悲切苍凉的历史感。新青年作家则致力于白话新诗、现代散文的创作，传播个人主义、人道主义的新思想，鲁迅、朱自清、陆志韦、卢前等人都在这一时期的南京文坛留下足迹。1927—1937 年是第二阶段，是南京文学的分化与生长期。国民政府定都南京，政治文化对文学产生重大影响。官方的三民主义文学、民族主义文学运动、左翼作家的激进的革命文学实践与新月派的"新格律诗""新人文主义"文学批评同时存在，构成复杂的文学面貌。1937—1949 年为第三阶段，又可细分为 1937—1945 年汪伪时期和 1945—1949 年的国民政府还都时期，是南京现代文学史上的黑暗期与反抗期。抗战文学风起云涌，反映首都沦亡的报告文学与回忆散文催人泪下，其后以汪伪戏剧为代表的汉奸文艺甚嚣尘上，陈白尘的讽刺剧独树一帜，战争、讽刺、乡土、情爱小说等亦精彩纷呈。

1949—1976 年为第四阶段，又可细分为 1949—1966 年（简称"十七年时期"）和 1966—1976 年两个时段，是南京文学的曲折探索期。十七年时期，南京文学一方面被纳入社会主义的文学体制，成为国家政治意识形态建构的一部分。另一方面，南京作家秉持传统的创造与探索意识，在南京相对宽松的创作氛围下，寻找现实主义文学的多种可能性，出现了许多有价值的、引起全国反响的小说、戏剧作品和理论批评，延续了南京文学长期形成的创新传统。1966 年后，南京文坛相对宽松的创作氛围被破坏，原来保有的一定程度的文学自主性丧失，许多作家被迫害，许多作品被定为"大毒草"，文苑一片荒芜，只有几个作家创作了几部反映路线斗争的作品，其余则是革命样板戏、大字报、政治口号和民间戏曲的天下。1976—1992 年为第五阶段，是南京文学的恢复发展期（简称"新时期"）。这个阶段又可细分为 1976—1985 年和 1985—1992 年两个时段。在前一个时段，南京文坛出现了许多反映历史创伤、反思人性灾难的优秀作品，成为当时伤痕文学、反思文学、人道主义文学思潮中的典型代表。在后一个时段，南京青年作家崛起，开始了针对历史、革命与现实生活的先锋性的创新实验，出现了一批重要作品，南京文坛还引领了第三代诗歌和先锋文学、新写实小说创作新潮，在全国范围内产生了重大影响。1992—2017 年为第六阶段，是南京文学的多元发展期。南京作家一方面受到市场经济和文化工业的影响，开始了现代性的转化；另一方面又坚守自己的人文关怀传统，商业气息并不浓厚，逐渐形成了自身多元发展与个性化突出并存的创作格局。

七　"入史"标准与概念框定

任何一部区域文学史或地方文学史都不可避免地涉及哪些作家、哪些作品以及哪些作家的哪些创作应该"入史"或者可以"入史"的问题。近代以来，中国社会长期处于动荡与变革之中，作家的流动性与作家身份的多元性大大增强。20 世纪末以来，互联网的普及，地球村的出现，全球化理论的诞生，信息化时代的到来，这一切都使得区域文学变得尤为复杂和不稳定。但全球本土化的新思潮让人们坚信，越是民族的越是世界的，越是地方的越是人类的。区域文学史的价值不仅不会因全球化而消弭，反而愈发凸显出它弥足珍贵的当代价值。

在这样的背景下，对百年以来与南京有关的作家与文学创作如何进行取舍，如何界定南京百年文学史的叙述范畴，从而赋予南京百年文学史以科学而严谨的学术内涵，就显得特别关键。对于这个仁者见仁、智者见智的问题，我们采取了如下的思路。我们先把相关的作家分为四种类型，然后对每一种类型作家的文学创作采取相应的叙述策略。

第一种是典型的南京作家。这又分为两种情况，其一是出生在南京并长期在南京生活与写作的作家。如胡小石、叶兆言等。其二是虽然不在南京出生，但有较长期的在南京生活和写作的经历。如赵本夫、毕飞宇等。这类典型的南京作家是南京文学史的核心部分，他们的所有创作都要纳入南京文学史的叙述范畴。

第二种是准南京作家。这一类型是指无论作家是否出生于南京，但曾经在南京生活过一段时间，并且其创作以南京为书写对象，或者具有较鲜明的南京气质，或者在较大程度上受到南京文化的影响。比如有的作家在南京生活的时期正处于写作起步阶段或者写作风格形成阶段，后来因各种原因长期离开南京。这些作家虽然不属于典型的南京作家，但与南京这座城市有着不可分割的联系。像赛珍珠、李龙云等作家可属此列。准南京作家也是南京文学史的重要一脉，是不可分割的部分。但对于他们的创作，不宜悉数纳入南京文学史的框架之内。他们的文学创作中凡是与南京关系比较密切的部分，比如写于南京，或者创作题材、审美风格等与南京相关，都属南京文学史叙述的题中应有之义。

第三种是南京籍作家。这一类型的作家，其祖籍不一定是南京，但出生于南京，或者在南京有过成长的经历，只是因各种原因离开南京，长期不在南京工作和生活。其文学创作与南京仅有部分的联系。比如张贤亮、王朔等。从区域文学史的角度来说，张贤亮更多的是"宁夏作家"，而王朔则被视为典型的"北京作家"。当然，现当代区域文学史写作必然要面对作家叙述的交叉和作家资源的"共享"问题，显然不能将他们排除在"南京作家"之外。他们属于广义范畴上的南京作家。对于这批作家的创作，我们以较少的篇幅稍加绍介评点，不作过多论述。

第四种是非南京作家的南京写作。还有一些作家既不是出生于南京，也没有在南京生活或工作过一定时期，只是短暂到南京造访、讲学或者旅行过，自然不宜以"南京作家"冠之。但是他们的部分创作以南京为题材背景，或者像雁过留声般在南京挥毫成篇。比如胡适 1920 年暑假曾在南京高等师范学校暑期学校讲学，二三十年代多次赴南京访友、参加政府会议及学术会议等，他的有些创作中因此都留下了南京的身影。再如 40 年代张爱玲数次到过南京，小说《半生缘》的故事就有重要的南京背景。这些创作可称为"南京写作"，我们有充分的理由将其纳入视野。

为充分发掘南京百年文学史叙述的文学资源，我们对上述四种类型的作家进行了尽可能全面的搜集工作，以作家年表的形式整理出来，共计 240 余位，以"附录一"的形式列入书后。表中作家按出生年份的顺序排列，"备注"一栏对该南京作家进行简介，重点关注其与南京文学史的关系。另外，为更直观地显示南京文学在整个中国现当代文学史上的独特地位和重要贡献，我们还搜集整理了百年来在南京创办的文学报刊年表，共计 230 余种，以附录二的形式列入书后。该年表按创办时间排序，并对其出版周期、编辑者或主办者等信息加以汇集。该年表中包括十余种有一定影响的民间刊物，从中也可以看出当代南京文化积淀之深厚和文学气质之浓郁。

论百年来南京作家的区域流动与
审美倾向[*]

论百年来南京作家的区域流动与
审美倾向[*]

陈进武[**]

内容提要： 自 20 世纪初，南京作家以执着的坚守姿态和丰富的生命体验，表现了他们所感受的历史和时代特征，建构起了南京这座城市的文学形象。在百年中国文学发展史中，南京作家与南京批评家共同构成了有重要影响的南京作家群。从不同区域向南京的流动中，南京作家的行动轨迹架构起了南京百年文学的时空坐标，揭示了南京文学流动的经纬和血脉。在南京文学发展的不同时期，南京作家倡导的"昌明国粹""干预生活""新状态""新写实""断裂"等，引领了时代风潮与文学风尚。在精神取向和传统赓续上，南京作家的创作呈现出历史和现实两种题材领域并重，强化与丰富了具有腔调与韵味的南京文学世界。

关键词： 百年文学；南京作家；区域流动；文学观念；审美倾向

从历史地域和文化积淀来说，被称为"六朝古都、十朝都会"的南

---

   * ［基金项目］江苏省高校哲学社会科学基金项目"新世纪江苏青年作家群落研究"（2018SJA0513）、2018 年江苏省"青蓝工程"优秀青年骨干教师项目。
   ** ［作者简介］陈进武（1985— ），男，湖南沅江人，江苏第二师范学院文学院副教授，文学博士，主要从事中国现当代文学思潮与文学批评研究。

京在中国众多城市中占据着举足轻重的位置和能级。这座江南城市既具有曾为都城的金陵王气，又有着"江左风流"的六朝气息。一方面，文人名士的结社雅集、秦淮风月共同形成了独具南京特质的文化现象；另一方面，南京在拥有才情与繁华的同时却也遮蔽不了内里的创伤与沧桑。从中国新文学的视野来看，南京作家们在百年来创作了诸多极具影响力的作品，建构起了南京这座城市的文学形象。实际上，所谓南京作家包括南京籍作家、非南京籍但又成长或生活工作在南京的作家。不过，不论是南京籍的作家，还是非南京籍的作家，他们在文化地理与精神境遇层面却又有着共同身份：南京作家。虽然审美趣味和写作观念不尽相同，但南京作家们不仅精细地勾勒出了他们在不同区域之间的流动脉络，而且还在很大程度上强化与丰富了具有腔调和韵味的南京文学世界。同时，南京作家们在一种"流动"话语的包围之中用个体生命体验传达了百年南京文学的审美特质。

一　作家群体的形成与流动

既然引出了"南京作家"的概念，我们就有必要对百年来南京作家的情况作出简要盘点和梳理。自 20 世纪初以来，就有一大批生长或活跃于南京文坛的现代作家，或者是出生或者是谋生于南京，曾经短暂或者相当长一段时期在南京勤恳创作。这些作家最早的主要有陈三立、丘逢甲、鲁迅、胡适、汪东等，晚近的如范小青、叶兆言、苏童、毕飞宇、魏微、韩东、朱文、育邦、张羊羊、庞羽等。事实上，除了从事文学创作的南京作家，还有相当数量的南京批评家或学者与南京作家形成了良好的互动关系。这批学者主要有王伯沆、陈师曾、顾实、柳诒徵、吴梅、黄侃、汪辟疆、胡小石、陈中凡、唐圭璋、程千帆、叶子铭、陈辽、董健，等等。正如李徽昭总结的，南京批评家对南京作家群体的形成起到了不可替代的作用①，他们共同构成了在百年中国文学发展中有重要影响

---

① 李徽昭：《当代"南京作家群"：命名及意义》，《淮阴师范学院学报》（哲学社会科学版）2008 年第 3 期。

的南京作家群。

为了充分发掘百年来南京文学的写作资源和发展面貌，我们尽可能全面搜集了具有代表性的南京作家（包括部分写南京的代表作家），整理了他们从不同区域流入南京的大体情况。如此，我们不仅能够较为直观地看到南京文学在百年中国文学史上的地位与贡献，而且还可以观察到南京的文化积淀与文学气质在南京文学中的体现与彰显。基于对于南京作家内涵的界定，我们重点选取了 259 位最具典型性的南京作家进行分析和考察。稍加观察不难发现，一方面，若从作家在不同时期的影响来区分，活跃在 20 世纪上半叶的南京作家（包括部分学者）主要有 145 位，而自 1949 年以来至今活跃在当代文坛的南京作家有 114 位。从某种程度上来讲，这种作家体量均衡的现象实则表明了百年来南京作家群体的蓬勃壮大与强劲发展，而且还体现出他们在文学创作上的旺盛创造力和持续影响力。另一方面，从省内外作家流向南京的情况来看，这一迁徙与流动的作家群体以南京周边省份或城市为主。在地理空间的流动上（暂且忽略区域的变动），1949 年前主要表现为从内陆省份（除浙江外）流向南京的态势，而在 1949 年后则呈现出从小区域走向大区域的特点（见表 1、表 2）。

表1　　　　　南京及省内城市流入南京的作家情况（前七位）

城市	现代作家	当代作家
南京	叶灵凤、张天翼、张慧剑、卞之琳、陈梦家、周而复、无名氏、王伯沆、石凌汉、汪铭竹、仇埰、王孝煃、缪崇群、胡小石、乔大壮、汪锡鹏、唐圭璋、张友鸾、卢前	余光中、冰夫、方之、高尔泰、张贤亮、朱苏进、沙叶新、王安忆、白先勇、叶兆言、王朔、韩东、余一鸣、叶辉、半岛、周涛、方方、董滨、吴其盛、稽亦工、王心丽、庞瑞垠、姜滇、刘国尧、苏叶、王栋生、聂震宁、梁晴、王明皓、施东吾、修白、屏子、崔曼莉、丹羽、曹寇、葛亮、姞文
苏州	包天笑、陈去病、路翎、俞平伯、沈祖棻、叶志诚、吴梅、孙望、俞剑华	范小青、苏童、丁帆、刘健屏、王一梅、戴来
泰州	李进	陆文夫、赵家捷、高行健、金陵客、孙尔台、邓海南、祁智、毕飞宇、韩青辰
扬州	朱自清、吴白陶	俞律、凤章、冯亦同、龚惠民、子川、朱朱

续表

城市	现代作家	当代作家
南通	王火、章品镇、沙白、丁芒	雷默、小海、海笑、张嘉佳
无锡	陶白、陈瘦竹、鲍雨、鲍明路	赵翼如、杨旭、陈椿年、储福金
常州	陈衡哲、王平陵、顾实	高晓声、乐明、徐乃建、娜彧、张羊羊

表2　　　　　　　　　　省外流入南京的作家情况（前三位）

省份	现代作家	当代作家
浙江	鲁迅、陆志韦、徐志摩、方光焘、陆维钊、徐震堮、倪贻德、曹聚仁、王鲁彦、濮舜卿、潘子农、周子亚、费明君、赵瑞蕻、袁可嘉、胡石言、顾仲彝、赵万里、王起、孙席珍、阿垅、陈楚淮、朱偰、乐秀良	茹志鹃、黄清江、包忠文、薛冰、裴显生
安徽	江亢虎、梅光迪、陈独秀、胡适、张恨水、宗白华、方令孺、胡梦华、常任侠、方玮德、杨苡、艾煊、金启华、高加索	贺东久、王染野、孙友田、孙华炳、李凤群
湖南	田汉、袁昌英、徐庆誉、丁玲、左恭、向培良、程千帆、曾昭燏	曾宪洛、谌宁生

　　按上面两表，南京作家的流动区域是纷繁复杂的。首先，从省内外流动的人数来讲，江苏省内城市往南京流动的作家（简称省内作家）为75位，而省外流向南京的作家（简称省外作家）为128位。如果将南京本地56位作家相加，省内作家共131位与省外作家在总人数上大体相当，但省外作家流入人数（占总量的49.4%）要远高于省内作家流动人数（仅占总人数的28.9%）。从根本上来说，作家在不同区域之间流动有"被动"与"主动"之分。"被动的流动"在很大程度上是受到政治因素的影响，而"主动的流动"则是政治、经济、自然、社会、文化等诸多因素综合影响的结果，更应当是作家对价值取向、生活习惯、城市文化等方面所做考量后的主动选择。从这一层面而言，省内外作家选择南京既有"被动的流动"，也有"主动的流动"，而后者显然是占主导的。

　　其次，从省内其他城市流入南京的情况来看，前两位的是苏州（15

人)、泰州 (10 人),扬州、南通、无锡、常州均为 8 人。随后是徐州 (6 人)、盐城 (5 人),包括赵本夫、周梅森、胡弦、张晓风、梅汝恺、郭枫、陈中凡、鲁羊、黄蓓佳、鲁敏等代表作家。其后是宿迁为 1 位作家,即魏微,而淮安、镇江、连云港等均有两位典型作家。其中,柳诒徵、陈白尘、鲁羊、育邦、马铃薯兄弟等都是百年中国文学不同时期引领社会和时代风尚的学者或作家。不难发现,来自包括南京在内的苏南城市的南京作家占省内作家的 66.4%,连云港、宿迁、淮安等苏北城市流向南京的作家较少。这一点与江南文化的重心所在相契合。

最后,从其他省份流入南京的情况来说 (见表 2),位居前三位的省份是浙江 (29 人)、安徽 (19 人)、湖南 (10 人)。显而易见,因区域和地缘的关系,从浙江到南京的作家最多,占省外作家总数的 22.6%。来自湖南、安徽、湖北 (8 人)、江西 (7 人)、河南 (6 人)、山西 (1 人)等中部六省的作家占省外作家总数的比例则将近 40%。其他作家人数较多的省市还有上海 (6 人)、山东 (6 人)、四川 (6 人)、广东 (5 人)、福建 (4 人)、河北 (3 人) 等。除浙江、安徽、湖南三省外,其他外省作家主要有胡先骕、吴宓、陈师曾、沈西蒙、张爱玲、朱文颖、臧克家、黎汝清、郭沫若、巴金、曹禺、艾芜、张资平、潘向黎、朱文、李龙云、姚鄂梅、黄梵、黄孝阳、向迅、孙频,等等。这些作家从各地奔向南京,在人生走向上显出远离家乡故土的流动轨迹。从作家的身份来看,相当一部分作家在地理区域归属和地域文化认同上具有多重身份。一种情况如朱自清祖籍浙江绍兴,出生在江苏扬州,但曾多次游览南京并留下作品;另一种情况如宗白华祖籍江苏常熟,出生于安徽安庆,但又曾在南京大学任教并写有相关作品等。可见,在从外地到南京的流动中,大多数外省作家的行动轨迹构成了地理或区域上的流动圈。这种流动很大程度上架构起了南京百年文学的时空坐标,既描绘了凸显南京作家身份与流动轨迹的时空地图,又揭示了南京百年文学流动的经纬和血脉。

二　文学观念与风潮的引领

如果说区域流动是考察百年来南京作家群形成及流动的外在维度,

那么文化身份认同与文学观念更新等则是进一步考察南京作家群的内在观照。换句话说，不论是前文所说的省内作家，还是省外作家，他们从区域流动到文化融合的转变中展现出文化或文学表达的新内容与新方式，带动了南京文学和文化的活跃与发展。在某种意义上来讲，南京作家和省内外作家的融合也是文化传统和文学观念在历史和空间的流动和交融。自 20 世纪初以来，南京作家以高度的责任感和使命感独立从事文学创作，"他们的作品在每一个时间段之中，都成为中国文学关注的焦点和热点"。[①] 其实，除了文学作品的高关注度与广泛影响力，南京作家在文学观念和文学理论的建构上同样起到了引领时代风潮和写作时尚的作用。

　　时间可以上溯到五四时期与二三十年代、40 年代末与 70 年代末、80 年代和 90 年代到新世纪等四个时间段。在五四新文化的浪潮之中，南京作家们更多秉持着文化守成主义的传统，既有对传统文化的固守，又受到西方守成主义思想影响。这样的观念在"学衡派"那里得到最为深刻和精准的体现。梅光迪、胡先骕、吴宓等于 1922 年在东南大学创办《学衡》，倡导"论究学术。阐求真理。昌明国粹。融化新知。以中正之眼光。行批评之职事。无偏无党。不激不随"。[②] 这批兼容中西新文化的学人还包括马承堃、邵祖平、萧纯锦等。学衡学人坚持创造性研究中国传统文化，提出了"文学无新旧之异""文学体裁之增加，实非完全变迁，尤非革命也"[③] 等文学主张。不可否认，文化守成主义思想与五四新文化启蒙思想在某种程度上恰是一种互补关系。还需要意识到，他们所倡导的学术规范和倡扬传统思想精粹等同样积极，其贡献亦值得肯定。从长远的影响来讲，一方面，柳诒徵等在 1932 年创办的《国风》延续了《学衡》的民族文化本位精神，[④] 其宗旨为"一、发扬中国固有之文化，二、

---

　　① 丁帆：《三代风流　一片辉煌——江苏中篇小说五十年》，《江苏社会科学》1999 年第 5 期。

　　② 《〈学衡〉杂志简章》，《学衡》第 1 期，1922 年 1 月 9 日。

　　③ 梅光迪：《评提倡新文化者》，《学衡》第 1 期，1922 年 1 月 9 日。

　　④ 沈卫威：《民族危机与文化认同——从〈国风〉看中央大学的教授群体》，《安徽大学学报》2005 年第 3 期。

昌明世界最新之学术"。① 另一方面，"学衡派"的不少主张不同程度得
到冯友兰、何麟、张荫麟、张其昀、郭斌龢、钱穆、唐君毅、张丕介等
学人的响应和阐发，在中国现代文学批评史上有着独特价值。

　　实际上，这种独特的启蒙意识始终是南京作家所坚守和秉持的。20
世纪 50 年代，以高晓声、陆文夫、方之等为代表的"探求者"作家勇
立时代潮头。他们试图成立"'探求者'文学月刊社"，计划出版刊物
《探求者》，明确宣告："我们将在杂志上鲜明地表现出我们自己的艺术
风貌。"他们还提出了"不发表粉饰现实的作品。大胆干预生活""不
崇拜权威，不赶浪头"② 的文学主张。可以说，"探求者"作家群体干
预生活与关注人生的主张一定程度上突破了当时概念化的文学话语体
系，体现出对文学自主和独立价值的启蒙诉求。自 70 年代末以来，方
之的《内奸》、高晓声的《"漏斗户"主》等作品引领了伤痕小说、反
思小说等创作潮流。在文学获奖方面来说，高晓声的《李顺大造屋》
获 1979 年全国优秀短篇小说奖、陆文夫的《小贩世家》获 1980 年全
国优秀短篇小说奖、赵本夫的《卖驴》获 1981 年全国优秀短篇小说奖
等，显示了南京作家已成为当代文坛的重要创作力量。这一时期，《雨
花》（1978）、《钟山》（1978）、《青春》（1979）、《译林》（1979）等
一批文学刊物复刊或创刊，为南京文学提供了重要的发展平台。以这些
文学刊物为主要阵地，倡导的"新写实主义小说联展"（1989）、"新状
态文学特辑"（1994—1995）等引领了 80 年代末到 90 年代中期文坛的
创作趋势。此外，苏童、叶兆言等作家的先锋写作无疑是先锋小说不可
或缺的组成部分。

　　在 20 世纪 80 年代中后期，南京的"他们"诗群及其诗歌理论无疑
是"第三代诗歌"的典型代表。韩东、朱文、吴晨骏、吕德安、于小韦、
陆忆敏、杨克等，成为这一时期南京文学的代言人。这一诗歌群体明确
提出"诗到语言为止"的文学理念，主张"回到诗歌本身是《他们》的

---

① 《国风》第 2 卷第 1 号，1933 年 1 月 1 日。
② 徐采石：《"探求者"文学月刊社章程》，《文学的探求》，南京出版社 1993 年版。

一致倾向。'形式主义'和'诗到语言为止'是这一主张的不同提法"。
"回到个人。""回到为自己或为艺术为上帝的写作。"① 可见，韩东等人
倡导诗歌回到真实本身，形成了南京质朴、自然而内含深意的日常化、
市民性与口语化的诗歌生态。到 20 世纪末，韩东、朱文等发起的"断裂
问卷"调查事件，无疑又是南京文坛试图重构当代文学图景的又一个重
要行动。韩东旗帜鲜明地指出："断裂，不仅是时间延续上的，更重要的
在于空间，我们必须从现有的文学秩序之上断裂开"，"文学的本质——
创造、自由、美和真实规定它是广大而无垠的事物，在此意义上我们反
对因循守旧、作茧自缚，反对隔绝、逃避、冷漠和自卑的姿态"。② 可以
说，"断裂"作家决绝的启蒙姿态不仅引起了文坛的强烈反响，而且还造
成了轰动效应，成为 20 世纪末的重要文学现象。

南京作家与批评家共同将南京打造成了中国启蒙文学研究的重镇。
以南京大学、南京师范大学、省市作协、省市社科联等为中心，形成了
具有南京品格和精神特质的批评家群体。除前文提及的学者外，改革开
放 40 年来还有一群活跃于理论批评界、富有强烈启蒙意识的南京批评
家，如丁帆、王彬彬、张光芒、吴俊、沈卫威、刘俊、朱晓进、杨洪承、
谭桂林、何平、秦林芳、汪政、晓华、贺仲明、何言宏、李静、傅元峰、
何同彬、方岩、韩松刚，等等。他们致力于对文学史观的重新认定、致
力于对经典名著的再解读、对文坛旧事的新观照、对乡土创作的总体概
括、对启蒙思潮与百年文学的关系研究、对文学与政治关系的辨析、对
现代文学社群的阐述、对文学与宗教互渗的透视、对华文文学与中华文
化互动的考察、对当下创作的及时跟踪等。进一步来说，他们对南京和
江苏文学的艺术价值的深层挖掘，使得南京文学地域性文学的形象逐渐
清晰起来，同时也显示出了南京文坛对当代文学的敏锐把握能力与理论
批评的总体性格局。

不论是"学衡派"的文化守成，或"探求者"的干预生活，还是

---

① 韩东：《〈他们〉略说》，《诗探索》1994 年第 1 期。
② 韩东：《备忘：有关"断裂"行为的问题回答》，《北京文学》1998 年第 10 期。

"新写实小说""新状态文学"以及"断裂"等,都是首先被南京文坛倡导与总结。从表面看,梅光迪、胡先骕等的保守姿态与韩东、朱文等表现的"断裂"决绝应当是处在价值指向的两个极端之上。然而,需要清醒意识到的是,"断裂"作家并非意在建立文坛权力的新格局,而是以"被伤害者"姿态来反抗主流话语与文学秩序。从这一意义上来说,文化守成的"学衡派"和视点向下的"断裂"作家都是南京特有的深沉内敛和启蒙精神的人文传统的某种延续。尽管南京作家在时代大潮中能够屡得风气之先,但他们并没有在解构、反叛与创新等思潮中走得太远,而在文学价值指向与艺术追求上仍然沿着地域文化影响下的艺术理路前行。

三　审美倾向与传统的甦生

从文学传统和地域文化来讲,一方面,南京既有地域文化的坚守,又有多元文化的融合,另一方面,南京不仅有江南文化的温润典雅,而且还有中原文化的朴实厚重。恰是如此,南京作家在精神取向、审美表现、传统坚守等方面有着很大的趋同性。在作家赵玫看来:"我一直认为城市对一个人的塑造无比重要,觉得我身上流动的其实就是这座城市的前世今生,对我来说,故乡的文化已经深深渗透到我的血液里,镌刻在灵魂中,成为了我们生命中永远都不会丢失的一部分。"时下,即便是来自省外的南京作家都没有固守"故乡的文化",而是将其与南京文化多元融合,形成了多元文化并存的独特气质。不论是省外作家,还是省内作家,他们不约而同地将南京的文化传统与个体创作融会贯通,在他们不同类型的文本深处,还呈示出共同书写南京"这座城市的前世今生"的审美倾向。

若从南京文学整体情况来说,南京作家群中体量最大的还是从事小说创作的作家。但从中国现代文学发展史来看,南京作家在小说、古诗词和散文创作上的成就同样举足轻重。就小说创作而言,卢前的《三弦》、张恨水的《丹凤街》《大江东去》《秦淮世家》、张天翼的《华威先生》、丁玲的《意外集》、赛珍珠的《大地》、倪贻德的《玄武湖之秋》、陈瘦竹的《春雷》《奈何天》、阿垅的《南京》（《南京血祭》）、路翎的《财主底儿女们》、无名氏的《塔里的女人》等，或以南京为背景，或将南京作为中心，真切描绘了 20 世纪上半叶南京的生活景象和社会图景。在古诗词创作方面，代表作品有陈三立的《散原精舍诗》、丘逢甲的《谒明孝陵》《登扫叶楼》《雪中游莫愁湖》、曹经沅的《借槐庐诗集》等。值得关注的是，结社是这一时期最为典型的文学现象，如汪东、吴梅、陈匡石、林铁尊、乔大壮、唐圭璋等组织的"如社"，仇垛与石凌汉、孙睿源、王孝煃结"蓼辛社"，曾昭燏与王嘉懿、尉素秋、曾昭燏、龙芷芬和沈祖棻等中央大学女同学自组的词社"梅社"等。在散文创作方面，袁昌英的《游新都后的感想》《再游新都后的感想》、巴金的《从南京到上海》、张恨水的《白门十记》《两都赋》、陈西滢的《南京》、方令孺的《琅琊山游记》《家》《南京的骨董迷》、曹聚仁的《南京印象》、王鲁彦的《我们的太平洋》、钟敬文的《金陵记游》、朱自清的《背影》《桨声灯影里的秦淮河》《南京》、俞平伯的《桨声灯影里的秦淮河》、郭沫若的《南京印象》等，均为现代散文名篇，堪称经典之作。

　　从中国当代文学的发展来说，南京作家在小说创作上的成绩要明显高于诗歌、散文和戏剧等方面。从小说的题材领域来讲，南京作家在写作题材上表现出了题材数量的丰富与题材类型的多样。对于当下文学题材领域的书写情况，我曾撰文指出，世纪之交以来，最为集中且能够代表当下文艺成就的还是历史题材，现实题材的作品明显偏少。"要么偏爱写底层人物及其生活状态，要么表现都市的疲惫和压抑，要么揭露官场和职场的'厚黑'，要么探寻知识分子的生存和人性等，其终极指向还是力求呈现原汁原味的社会现实和日常生活。"① 然而，从当下南京文学的整体创作来讲，南京作家在很大程度上继承了张恨水、路翎、陈瘦竹等现代作家的写作传统，在历史题材与现实题材上呈现出了比翼齐飞的写

---

① 陈进武：《表象化·经验化·形式化——对当下文艺创作与社会生活关系的反思》，《红岩》2019 年第 2 期。

作态势。拿获茅盾文学奖情况来说，毕飞宇的《推拿》（获第八届茅盾文学奖）、苏童的《黄雀记》（获第九届茅盾文学奖）很显然分别代表了现实和历史两个题材领域。

在历史题材领域，主要有黄清江的《死亡》、白先勇的《台北人》、艾煊的《战斗在长江三角洲》《大江风雷》、胡石言的《柳堡的故事》、茹志鹃的《百合花》、王啸平的《马少清和他的连长》、周而复的《上海的早晨》、方之的《内奸》、苏童的《一九三四年的逃亡》《妻妾成群》、叶兆言的《追月楼》《半边营》、黎汝清的《皖南事变》《湘江之战》、黄蓓佳的《新乱世佳人》、范小青的《裤裆巷风流记》、黄梵的《浮色》、修白的《金川河》、葛亮的《北鸢》，等等。这些小说反复叙述的时间段是近现代的历史和20世纪五六十年代到90年代的历史，写出了南京这座城市的历史命运，以及南京人对历史与人生的体悟。在现实题材领域，代表作品有陆文夫的《小巷深处》《在泉边》、方之的《浪头与石头》、高晓声的《陈奂生上城》、赵本夫的《卖驴》、朱苏进的《射天狼》、范小青的《城乡简史》《赤脚医生万泉和》、毕飞宇的《青衣》、周梅森的《绝对权力》《人民的名义》、储福金的《黑白·白之篇》、王朔的《玩的就是心跳》、韩东的《美元爱上人民币》、姚鄂梅的《一面是金，一面是铜》、魏微的《大老郑的女人》、鲁敏的《奔月》、曹寇的《十七年表》、孙频的《同体》、娜彧的《秦淮》、丹羽的《水岸》、崔曼莉的《琉璃时代》等。这些小说或聚焦乡村的变革，或关注当下都市人的生存与情感困境，或紧紧把握时代的脉搏，写出了社会的转型和人心的冷暖。

在文化同质化与全球化的背景下，探讨和研究地域（或区域）文化视域下的作家群及其写作特质，似乎早已不是新鲜的话题。然而，我们不能否认地域作家群体在百年中国文学的发展视域中又有着不可或缺的重要性，地域作家群的形成更是百年中国文学的独特景观。自20世纪初以来，南京作家群深耕于江南文化的沃土，展现出了富有区域差异的多样性的文学经验，无疑具有独特的标杆意义。

正是如此，我们需要从更加辩证的角度理解南京作家的区域流动及其创作特质。进而言之，对于南京作家群的研究，既有利于在对全球化语境的对话与反拨中凸显本土性与区域性的差异与个性，又有助于展现百年中国文学的多样性与丰富性，并进一步深化和推动南京文学乃至中国当代文学的创作和研究。

论区域文学史脉络中的叶兆言

赵 磊[*]

内容提要： 从文学史的时间和空间角度分析，叶兆言与新时期以来的南京文学发展历程高度契合。他与不同阶段的文学潮流发生共振，其作品呈现的"诗性""世俗性"品格也是与南京当代文学的特征和气质融为一体的。从作家与文学史的关联度上看，叶兆言成为南京当代文学的代言人和观察的重要入口。

关键词： 叶兆言；区域文学史脉络；诗性；世俗性

在当代文坛，从来没有一个作家如叶兆言那般与当代文学史尤其是当代南京文学史具有如此密切的联系。这种联系一方面体现在叶兆言与文学潮流的共振上，另一方面体现在叶兆言与南京文学气质的同构上。无论是从时间角度，还是从地域角度，叶兆言都是当代南京文学，尤其是新时期南京文学的绝佳代言人。

南京繁荣的经济与悠久的人文传统吸引着全国各地的文人墨客会聚于此，形成了一个极为独特的文学现象，即在南京活跃的作家绝大多数不是南京人，都是从外地迁入南京的，"和留不住出生在南京的作家相比，客居南京的作家要多得多"①。这些外来者在接受南京文化的过程中，

---

* 赵磊（1981— ），男，安徽太和人，南京大学中国新文学研究中心博士生，南京师范大学教师，主要从事中国现当代文学研究。

① 叶兆言：《南京人》，浙江文艺出版社 1997 年版，第 135 页。

不可避免地带有自身的地域文化印记，在丰富南京文学样貌的同时，无法完整体现南京文学的精魂与气质。而叶兆言是土生土长的南京人，长期浸润在南京的文化氛围中，这种潜移默化的影响使其更容易把握南京的文化肌理，并承担起诉说南京故事、勾勒南京图景、塑造南京形象的重任。同时，这种文化的自觉性与艺术的创造性是与当代南京文学的历史流变结合在一起的，是在历时性的文学嬗变中形成的。

新时期以来，当代文学曾经的一体化、意识形态化的格局被打破，文学史在潮流化和地域化两个方面同时得以建构。在文坛突破、变革的新语境下，叶兆言始终在场。"他总是以自己的'文本'而不是'嘴巴'去参与新时期文学的进程，他的每一个文本几乎都在响应着文坛的潮汐并传达着其艺术探索的信息。他从来也没有发表过文学宣言，但是从传统的现实主义写作到先锋写作，从文化风俗小说到新历史小说，从新写实小说到现代主义或后现代主义小说，在新时期小说的每一个转折点叶兆言却几乎都留下了自己探索的足印。"① 他敏锐地感应时代的神经，呼应新的创作潮流，又在自己的文化基地上连接传统，构成了具有自身特色的时间序列，成为不同写作潮流中的代表性人物。

在 20 世纪 80 年代文化风俗小说兴起之时，叶兆言意识到地方知识、文化对小说的塑造作用，在《状元境》《追月楼》《半边营》《十字铺》等作品中发挥文化想象，完成了"夜泊秦淮"小说系列。这一系列写了数十年间秦淮河边发生的英雄豪杰、才子佳人、遗老遗少、市井小民的生死悲欢。"他那一幕幕近乎原生状态的秦淮史话系列回忆，给读者呈示的表象后面，却是力透纸背的文化意识和审美观念。"② 叶兆言对地域性的文化风物的描写保持长期的兴趣，不少作品都被置于南京哀婉的文化氛围之中。即使到了 90 年代，他也尝试不同题材的风情民俗的展现，如《关于饕餮的故事梗概》就写了一个餐饮世家在新旧时代的历史遭遇，演出了

---

① 吴义勤：《穿行于大雅与大俗之间——叶兆言论》，《钟山》2000 年第 5 期。
② 王巧凤：《揉碎彩虹后的漫溯——叶兆言小说论》，《山西大学学报》（哲学社会科学版）1995 年第 1 期。

一幕幕美食家雅集的喜剧以及由政治变动造成的人物的悲剧，从饮食文化角度凸显了南京小说的地域特色，赋予了南京文学鲜活的市井气息。

先锋文学风起云涌之际，叶兆言也是其中的代表性人物。他不断进行叙事、语言、结构等方面的创新，发表了一些写性、虚幻历史、暴力与破碎世界的实验性小说。1988 年的《枣树的故事》是其先锋文学的代表作。小说写战乱背景下岫云与尔汉、白脸、老乔等人的纠葛，写女性的颠沛流离与不由自主。它并不是按照线性时间安排情节的，倒叙、插叙等手法被频频使用，故事被叙述者主观地预告、拆解，同时让叙述者介入情节，作为叙事结构的一部分，成为作者展示叙述动机和构造历史细节的表现载体。作者在进行形式创新的同时，也拆解了历史的必然性，如"《枣树的故事》解构了历史的神圣与威严，在这里历史的面目是模糊的、捉摸不定的，甚至呈现出虚无状态"。① 岫云下意识或者无意识的生存抉择使读者产生一种生命的错位感与动荡感，历史的荒诞性也由此体现出来。"在《枣树的故事》中，叶兆言显示了叙述对历史的制约性，把历史看成叙述符号的所指，从而抽空了历史的内涵。当历史只是符号的指涉对象时，它也就消解了历史的价值尺度。"② 叶兆言也注重语言的奇崛与反差场景的运用，从而产生陌生化的效果。如《最后》在描绘杀人的场景时，笔墨是冷静的："房间里太静了，静得像一张照片，像老鹰在天空滑翔时留下的一道阴影，像夜间墓地里冰冷的石碑。"这种不动声色的语言表达反而产生了一种震撼性和酣畅感，更强化了小说的艺术效果。

新写实小说与新状态文学概念的倡导首先是在南京文坛发生的，这体现了南京文学善于引领新思潮的创新能力，叶兆言当然没有缺席。1989 年的《艳歌》写迟钦亭与沐岚的恋爱、工作、婚姻和家庭生活，写他们找保姆、带孩子等一系列日常生活琐事，描绘普通个体疲惫不堪、无能为力的生存状态，是典型的新写实零度介入与生活原生态呈现的艺术手法。在新状态文学的理论倡导之后，叶兆言的部分小说也被归类于

---

① 周新民：《叶兆言小说的历史意识》，《小说评论》2004 年第 3 期。
② 同上。

新状态小说，只是由于这个概念的宽泛性使其失去内涵的统一，并未被普遍承认。在 20 世纪 90 年代中期之后，由于社会生活的分散与多元文化形态的形成，文学潮流作为构成文学史框架的理论假设失去意义，南京文学进入了个人化写作的新时代。叶兆言将文学之根紧紧扎在南京的艺术基地深处，在现实生活的呈现、历史叙事的虚构、文化意象的建构等方面深入开掘，创作出许多具有地方特色的作品，成为人们观察南京当代文学的窗口。

从时间上说，叶兆言体现了南京文学不同阶段的创作实绩，他始终回应不断变换的时代命题，无论是新历史、还是新写实，无论是《关于厕所》式的后现代叙事，还是《后羿》式的神话小说，都是其与时代共振、勇于创新的成果。与其他生活于南京的作家相比，叶兆言串联起了文学演进的全过程，构成南京当代文学史的一条完整的内在线索。

从空间上说，叶兆言是文坛上极少数的持续以南京作为创作背景的作家，"叶兆言小说的时空参照多半是南京，即使写别的城市，也脱不掉南京那份江南城市特有的文化气息，这是理解他作品的一个关键"。[①] 他在书写南京地域风貌和历史风情时，从来就不是孤立和表面的，各种标志性的建筑、地标、时间、人物、事件无不浸润在文化的氛围之中，如"秦淮河""夫子庙"等意象象征着古都金陵的浪漫气质，"鼓楼""新街口"等景观则隐含着现代南京的开放精神。《南京人》是叶兆言对南京城市变迁、对南京人的文化性格进行深刻体察的散文结集，全书分为《怀旧情结》《南京的沿革》《诗人眼里的南京》《金陵王气》《亡国之音》《城市的机遇》《东南重镇》《流民图》《六朝人物与南京大萝卜》等几个部分，分别写南京的历史沿革、兴衰浮沉、文化气质、市民性格等方面。《南京人·续》一书则对南京的历史与人文、城墙与河流、建筑与美食以及南京的各类人群、风土人情等进行了细致生动地描述，突出了南京作为历史古城的厚重感以及作为悲情城市的文化气质。《旧影秦淮》则借助

---

① 杨扬：《江南文学絮语——关于叶兆言的小说》，《扬子江评论》2007 年第 4 期。

历史老照片来叙说清末以来数十年间的南京故事，涉及秦淮河边的风月往事、迎接孙中山灵柩过程中的城市变革、抗战烽烟里的家书、民国官邸的前世今生等，以图文集的形式勾勒出了南京城进入现代时期的变幻剪影。这一系列关于南京的文字简练而富有张力，语调轻快而灵动。作者剖析南京人雅俗共存的文化心理，对南京人自由、散漫形象的描绘往往能引起读者的会心一笑，是当代解读南京文化不可或缺的散文作品。

叶兆言对南京的解读不仅是地理意义上的，而且是文化意义上的。由于特殊的空间位置，江南文化与中原文化在此交汇激荡，士大夫文化与市民文化相互融合。当代南京文学在与时代的碰撞过程中，外在艺术形态不断发生变化，文学现象和思潮不时更迭，但是强大的人文传统与作家群对于南京作为文化符号的内在认同，从根本上形成了南京当代文学"诗性"与"世俗性"并存的精神气质。具体说来，南京作家承接典雅哀婉的文艺传统，同时融入市民社会，对日常生活给予极大关注。一方面，作家脱离政治伦理框架与批判性的社会观照视角，用绮丽精致的语言营造优美梦幻的意境，沉浸在个人化的艺术世界中，表达超脱的文化心理。另一方面，当作家将目光从内在转向外在，从历史转回现实时，他们发现城市的庸常、平淡与灰暗，通过呈现普通个体困顿的生命状态，表达自己对平凡人生的沉思。正是"诗性"和"世俗性"的交替并存，南京当代文学呈现出了雅俗互渗的特点。

由于生存经验和文化体验的差异，不同的作家对此做出了不同的呈现。迁入南京的作家感受着这座城市的脉动，参与文学史的建构过程中，着重表现南京文学精致化、审美化的一面；另一些道地的南京人如韩东则只表现南京文学自然性、世俗性的一面。而叶兆言却具有极强的自觉意识，他承担起接续南京人文传统的使命，同时结合自己在南京这一发达的市民社会的深切体验，在"诗性"和"世俗性"两个方面丰富着南京的文学空间。他在不同时期或同一时期不同题材的作品中兼备这两种精神气质，从而实现了与当代南京文学史的精神指向性的高度契合。

在"文化热"兴起的过程中，叶兆言确立了自己的艺术基地。他善于以工笔画的手法、精致的语言描写南京景观，观察金陵文化在不同人物身上的投影。"叶兆言非常注重地域化的世态风情。这种世态风情，并不是一般意义上的江南市井气息，而是带着某种绵长的文化韵味，渗透着一种末世繁华的气息。"①"而他的文学语言的平和冲淡，描绘各种人生的分寸感，也使人领略了典雅醇厚而灵气盎然的南京文学味。这方面最有代表性的，当推《状元境》。"②《状元境》写辛亥革命前后秦淮河畔的市井往事与市民悲欢。底层艺人张二胡与军阀司令的姨太太沈三姐阴差阳错地生活在了一起，却因经济拮据与家庭纷争陷入无休止的精神折磨之中。在经过一连串的变故之后，三姐病亡，张二胡只能怀着忏悔的心情在凉台上无奈地拉着苍凉的二胡，"这二胡声传出去很远，一直传到附近的秦淮河上，拉来拉去，说着不成故事的故事"。小说采用张爱玲式的叙事手法展开文化想象，将南京小市民的市侩、油滑、狡黠、软弱、麻木刻画得淋漓尽致。尤其是张二胡家庭的婆媳争斗弥漫着庸俗、堕落的气息，而《状元境》中各色人物的轮番登场及其与张二胡的矛盾冲突，则构成了一个生动流畅的民间市井图和生气蓬勃的市民社会。《十字铺》的故事发生在北伐前后的南京，小说最出色的部分是对士新、季云、姬小姐三人微妙关系的描写以及对姬小姐周旋于两位爱慕者之间的细腻、敏锐的爱情心理的描绘。小说写新旧交错时期的青年男女的爱恨纠葛，将大时代的变动作为人生浮沉的背景和远景，写出了姬小姐对自己婚姻的患得患失与情感反复，士新对夺走季云爱情的愧疚，季云对自己命运的自主把握与坦然自若，从而塑造出了几个鲜活的人物形象。

《追月楼》中的丁老先生是前清遗老，不幸遭遇国难，传统士大夫的民族大义激荡于胸中，发誓日寇不除，誓不下追月楼，却念一世清名毁于一旦，最终一命呜呼，谱写了一曲民族的正气歌。小说以古典笔法写现代故事，以政治变局写文化悲歌，是较为出色的文化启示录。文中许

---

① 洪治纲、曹浩：《历史背后的日常化审美追求——论叶兆言的小说创作》，《当代作家评论》2015年第1期。

② 樊星：《人生之谜——叶兆言小说（1985—1989）》，《当代作家评论》1990年第3期。

多场景、景物描写极为出色。如日军进城时，"这一夜，丁家大院静得听见猫悄悄走过的脚步声。绷紧的弦，略松了松，又绷得更紧。明月当楼，寒风凄切，竹影映在小轩窗上，像画似的"。外在的静默显示的却是内心的震颤，"黑白之间，是灰色的旋律。这旋律不断重复发展，吞没了白，掩盖了黑"。这一段精致的文字将丁老先生世事颠倒的悲凉体验融入了灰色的阴影之中，营造出凄清哀婉的艺术氛围。《半边营》中华太太多年守寡，性情乖戾、孤僻、阴狠，处处为难自己的子女阿米、斯馨，以精神折磨子女换来自身病痛的解脱与心灵的安慰。作者对华太太的人性扭曲与病态心理刻画得入木三分。小说的语言极为精彩，充满灵动的意象，如"悲哀像清晨升起的雾，像结的冰，像做梦"。"茫茫长夜是一幅静止的画，是死亡的一种形式。""过去的岁月像醒来的梦，像烟，像雾，像鸟在天上飞，越飞越远。"人物关于生命无望的体味、青春年华消逝的无奈以及发自内心的悲哀都在这种凄清的意境中展示得淋漓尽致。

这四个中篇小说描绘了从清末民初到 40 年代中后期的南京风俗画卷，刻上了精致、颓废、苍凉的文化印记，充满了诗意与世俗相交织的艺术韵味。这种艺术风格与精神气质对叶兆言产生了根本性影响，在同时期或其后的创作中，他沿着这两种理路出发，采用诗意手法呈现以南京为原型的城市的浪漫气质，采用世俗视角呈现城市图景的灰暗色调，并试图在优雅中发现丑陋，在污浊中发现洁白，以雅俗互渗的文本伦理构造自己的小说世界。

在诗性一途，"夜泊秦淮"系列独树一帜，为作者赢得巨大声誉，也奠定了叶兆言小说浪漫感伤的风格特质，出版于 1994 年的《花影》则把这种风格发挥到了极致。小说开篇写道："二十年代江南的小城是故事中的小城。这样的小城如今已不复存在，成为历史陈迹的一部分。人们的想象像利箭一样穿透了时间的薄纱，已经逝去的时代便再次复活。时光倒流，旧梦重温，故事中的江南小城终于浮现在我们的面前。"这就一下子将读者带入了凄清哀婉的历史氛围之中。小说讲述了封建大家族权力的争斗、性欲的爆发与爱情的无可奈何。甄家父子纵情声色，荒淫无耻，令人瞠目结舌，终受命运惩罚，非死即残。好小姐继承家族权力，"她决心毫不含糊地创造一个由女人统治的全新世界"。经过多年压抑之后，开始爆发疯狂的权力欲望，将甄家统治秩序彻底翻转，不断与堂兄弟怀甫、纨绔子弟查良钟沉溺于肉体之欢。其后不知不觉地爱上对甄家恨之入骨的复仇者小云，阴差阳错之下，却又为证明自己对小云的爱情吞食毒品成为植物人，行尸走肉般存在于这个世界。《花影》的语言瑰丽而精致，意象典雅而古朴，格调颓废而迷离，是典型的才子佳人、生死恩怨、爱恨情仇的家族模式和情节结构，叶兆言以一个凄婉诡异的故事，对江南城市的历史与诗性文化做了一次精彩演绎。

《一九三七年的爱情》是叶兆言抒发浪漫怀旧情怀的经典之作。"我的目光凝视着故都南京的一九三七年，已经有许多年头。故都南京像一艘装饰华丽的破船，早就淹没在历史的故纸堆里。"[1] "南京似乎只有在怀旧中才有意义，在感伤中才觉得可爱。"[2] 作者在民族抗战的时代大背景下，别出心裁地为我们讲述了一个不可思议的爱情故事。小说以丁问渔和雨媛看似荒唐却又动人心魄的爱情叙事为中心，山雨欲来风满楼的历史变故并没有阻碍滑稽可笑的丁问渔对有夫之妇雨媛的疯狂追求。小说不但描写了丁问渔一系列夸张的爱情举动，而且这种荒唐举动并未受到雨媛丈夫、父母姐妹、同事们的强力阻止，甚至还得到了一干人等的宽容以至默许，在危城毁灭之际，两人终于结合在一起。"在叶兆言看来，南京这个城市本质上是浪漫的，而且是一种颓废的浪漫。"[3] 作者通过一个奇绝的爱情故事凸显出南京文化的自由与浪漫、生命的洒脱和纯粹。而在结尾处丁问渔为了雨媛坚守危城，被日军流弹击中身亡，至真至纯的倾城之恋最终化为一曲悲歌，回荡于1937年的南京上空。浪漫文化的颓败与城市的倾塌、时代的变幻相互交织，产生了荒诞而又明丽的艺术效果。另外，《玫瑰的岁月》写黄效愚与藏丽花因书法

---

① 叶兆言：《写在前面》，《一九三七年的爱情》，时代文艺出版社2002年版，第1页。
② 同上。
③ 曾一果：《叶兆言的南京想象》，《上海文化》2009年第2期。

结缘并共同开启了一段诗意人生。小说风格温婉，艺术气息浓郁，语言雅致，对沉浸于书法艺术世界的黄效愚多所着墨，带给读者温润的阅读体验。

在世俗性一途，"叶兆言的小说取材广泛，但大致看去，可以分为两个世界：一个是'性与暴力'的世界，还有一个是'平庸人生'的世界"。① 《没有玻璃的花房》中南京是小孩"木木"眼中混乱、疯狂的文攻武斗与欲望横流的战场。各色人物不可避免地陷入相互倾轧的境地之中，相互的攻击和背叛激发出个体原本潜藏的自私与冷酷，性成为人物释放自我的出口，权力意识控制着成人的世界，打着崇高革命旗号进行的斗争在少年看来只是一场游戏。"叶兆言在小说里写出了个人的无目的性、欲望化与时代行为之间的深层联系，提示了人如何由'人'堕落为'魔鬼'的过程"②，而作为卑微个体挣扎的背景，城市如同一个巨大的玻璃罩和封闭的花房，每个人都无法逃离黑暗的遮蔽。《我们的心多么顽固》是一部性欲与爱情相互交战、堕落与忏悔相互激荡、狂躁与平静相互纠缠的小说，属于通俗小说、欲望小说、情色小说的写作路数。知青插队时主人公"我"与阿妍相爱，却又抵挡不住谢静文的性诱惑。回城后"我"忍受不了生活的挤压与家庭的残缺，开始了长期的淫乱生活，引起了阿妍的疯狂报复。作者以极为狂放的笔调渲染欲望场景，写人物心灵的无所依凭，"叶兆言以他对人性的深刻理解，从一个侧面揭示了生命内在的支配力量，在张显自然人本主义，在暴力、性的背后，隐含了他对世道人心、人情冷暖变化的细微体察"。③ 这部小说的精彩之处在于，作者试图在灰暗中寻找一丝光亮，如"我"与阿妍最后重归于好，"过去的一切都变成了亲切回忆，我和阿妍仿佛又回到当年，回到了恋爱关系刚敲定下来的那一阵，甚至回到了刚下乡时的那条老式拖船上"。生命在

① 樊星：《人生之谜——叶兆言小说论（1985—1989）》，《当代作家评论》1990 年第 3 期。
② 王光东：《历史的另一种写法：读叶兆言〈没有玻璃的花房〉》，《文汇报》2003 年 2 月 18 日。
③ 孟繁华：《长篇短论三题》，《当代作家评论》2004 年第 1 期，第 145 页。

经历过自我追寻与自我放逐的旅途之后，最终回到平静的情感港湾，完成了从放纵史到救赎史的转换。

在对庸常人生的书写方面，叶兆言着重呈现世俗社会中个体沉闷、乏味、灰色的生活状态。如《苏珊的微笑》写出身卑微的杨道远与张慰芳的无爱婚姻及他与苏珊的婚外恋，表现当代婚姻的虚伪、人性的自私与个体情感的畸形。杨道远对苏珊的出轨，与其说是寻找真挚的爱情，不如说是对自身不幸婚姻的补偿与确立自尊心的证明："张慰芳永远是一面镜子，在这面镶着金边的镜子里，杨道远所能看见的只是过去，这过去就像一幅幅黑白照片，永远是历史记忆，是贫穷，是屈辱，是巨大的绝望，是与张慰芳的出身所形成的强烈反差。"这段话可以看作全书情节发展的心理线索，写出了现代城市人的心灵挣扎。《马文的战争》中的马文与杨欣离婚后峰回路转，重新找到爱情后却引起了杨欣的嫉妒。杨欣演出了一幕幕拆台的闹剧，在经历一场公开争执和争斗之后，马文又一次走向了婚姻抉择的交叉路口。小说语言鲜活生动，场景描写活灵活现，对人性的自私与命运的不确定性报以同情之理解。《别人的爱情》以钟氏家族两代人的爱情婚姻遭遇为中心线索，描写钟天与包巧玲荒唐的婚姻与钟秋与丈夫名存实亡的婚姻，钟夏与妻子离婚后对陶红的疯狂追求以及天真的陶红与杨卫宇的畸形爱情生活，而杨卫宇说谎成性、整日游走在不同女人之间，是典型的现代小白脸的形象。另外，道貌岸然的过路与女编剧黄文之间的偷情，还有女大款包养男人、男暴发户到处猎艳等一系列充满欲望时代印记的小说情节，都推动着作者对情感缺失时代的逆向省思。《走进夜晚》是叶兆言以俗世眼光注视世道人心的实验性小说。作品以警察老李侦察马文遇害案为线索，揭露了一个尘封多年的失踪案的真实面目。小说具有侦探小说、通俗小说的架构，内在却是对马文在极端与封闭环境下的变态、扭曲的心理与性格的展示，是对阴暗人生与分裂人性的冷峻剖析。

叶兆言在书写城市历史与现实生活时，拥有两套笔墨，一是舒缓、自由和精致的，一是琐屑、灰暗和世俗的，由此构成了叶兆言作品奇特的艺术风格，即诗性与世俗性的并置，这种并置同时也是整个南京当代文学史的内在特点。尽管不同作家的题材与主题指向不同，但都分别在不同程度上指涉了诗性或世俗性的文化形态，而叶兆言是将两者结合在一起的典型代表。叶兆言的诗性表达与世俗性观照是有自己独特的文化指向性和情感寄托的，那就是对南京曾经的辉煌历史、贵族气质、浪漫情调消逝的失落感与无奈感，对南京的边缘性与庸俗化图景的现实描绘，内在地蕴含着对往昔南京的回望与追寻，这也成为作者今昔对比时的主要精神姿态和文化立场，并由此产生一种文化颓败之后的怅惘之意。

这种文化体验在《很久以来》（又名《驰向黑夜的女人》）中表现得更为突出。小说以 20 世纪 40 年代的南京为背景展开，汪伪时期的政治动荡并没有阻碍竺欣慰与冷春兰的悠闲自在，两个女孩在学昆曲的优雅生活中走上故事的舞台。而 50—70 年代的南京却处于历史的阴影之中，一连串的政治事件构成人物滑向深渊的结构性因素。历经动荡的南京终于迎来了历史的变革，两人却无法找回曾经的美好。"《很久以来》虽落脚在当下，情感取向却是在久远。所谓'很久以来'，其意在'很久'而非当下'以来'。在这背景下，叶兆言虽长在新社会，却常表现出怀旧的情感倾向。"① 南京的短暂繁华和竺欣慰、冷春兰自足、精致的小姐生活后来的荡然无存造成叙事的张力，生活的压抑、革命的冲击、内心的失守、情感的无助在极端的政治乱局中一览无余，城市生活的政治化带来的是个体精神世界的崩坍与文化的颓败。尤为出人意料的是，叶兆言在小说末尾讲述"我"与心灵扭曲、沉浸于历史阴影中的竺欣慰和女儿小芊一起参加 2010 年的上海世博会，混乱、无聊的城市遭遇更是将文本时空错乱的荒诞体验和文化的失落感张扬到了极点。

"叶兆言眼里的南京，本质上是浪漫的，但物换星移，昔日的浪漫之都已然远去，无数的风流故事，连同如花美眷、轻薄少年，都成陈迹。今天的金陵，只是一座世俗的城市，相伴此起彼伏的山水城林和人文故

---

① 徐勇：《怀旧、弥合与文化重建——评叶兆言新作〈很久以来〉及其他》，《南方文坛》2014 年第 5 期。

事，更多呈现出日常琐碎的世俗趣味。"① 无论是在散文作品中，还是在小说中，叶兆言都注重揭示南京在历史巨变过程中的文化性格的变异，突出从自由、洒脱、开放的城市心态到中庸、保守、庸俗的城市性格的转变过程。他以逆向式的文化思维将南京作为充满地域和历史特色的文化载体尽情书写，将个体命运置于南京独特的地理空间之中，建构了一个繁华、颓废、世俗与灰暗相交织的想象的文学空间，从而赋予了叶兆言作品特殊的精神气质，这也是其在当代文学中独树一帜的秘密所在，也为南京文学史打上了鲜明的地域印记。

由此可知，叶兆言不仅贯穿了新时期南京文学演化的全过程，在每一个重要的时间节点都发挥了关键作用，而且最为鲜明地营造了属于南京气质的文学世界，成为当代南京文学发展的界碑。他不断变换创作手法与题材内容，表现了南京文学自由、创新的品格，其对文学诗性、世俗性的深度开掘，更加凸显了南京当代文学的地域特色，从根本上契合了南京文学的精神气质。正是在这些方面，叶兆言成为南京当代文学的代言人，其作品本身就是一部浓缩的新时期南京文学简史。从作家与文学史的关联度上看，叶兆言之于南京当代文学的意义和价值是其他人无法替代的，其在文学史脉络中的存在也因此显得独一无二。

---

① 张宗刚：《小说家的散文——叶兆言散文读札》，《扬子江评论》2010 年第 4 期。

不应被遗忘的"金陵才子"

——卢前新文学创作论

张　勇[*]

内容提要：南京作家卢前不仅是吴梅先生曲学成就的继承者，同时也是"五四"以来致力于白话文学创作的新文学作家。他是著述丰富的诗人，倡导"新诗格律化"，以南京为背景抒发青春感受；他是感情充沛的小说家，受个性解放观念影响，以开放的婚恋观书写了恪守传统的金陵世家子弟的爱情；他也是切实承担社会职责的小品文作家，如数家珍地记载了旧日金陵的风俗人情、历史掌故、文化渊源及文人逸事。无论从创作实绩、思想理论还是历史价值上看，卢前的新文学创作都具有鲜明的时代特色和个人风格。卢前是不应被文学史遗忘的"金陵才子"。

关键词：卢前；"金陵才子"；南京作家；"新诗格律化"

南京作家卢前出身金陵书香门第，少有才名，1922年以"特别生"名义被东南大学破格录取，师从曲学大师吴梅先生，被誉为"江南才子"，成为吴门中继任中敏之后的又一位近代散曲学大家。同时他也是一位著述丰富的诗人、现代小品文家、小说家、剧作家、文学和戏剧评论家，一生致力于新旧文学创作、搜集整理传统典籍和对传统文学的现代

---

　　*［作者简介］张勇（1979—　），男，山西省灵石县人，文学博士，南京信息工程大学中文系副教授，主要从事中国现当代文学研究。

转化，在新旧文学的创作实绩和研究水准上都是现代文学中极富价值和别具特色的一部分。他的创作在思想艺术上深受金陵文化的熏染，是一位颇为典型的"金陵才子"。

在新文学创作领域，卢前自 1919 年开始进行新诗创作，1926 年出版了新诗集《春雨》（南京书店 1926 年版），1934 年出版了诗集《绿帘》（上海开明书店 1934 年版）等。20 年代他曾尝试过小说创作，出版了小说集《三弦》（泰东图书局 1928 年版）。1937 年后卢前积极参与政治活动，出版《民族诗歌论集》（重庆国民图书出版社 1940 年版）、《民族诗歌续论》（重庆国民图书出版社 1940 年版）等。40 年代卢前曾任南京市文献委员会主任、南京通志馆馆长，主持历史地理类刊物《南京文献》的编辑出版，出版文化散文杂记《丁乙间四记》（南京读者之友社 1946 年版）、《东山琐缀》（江宁文献委员会 1948 年版）。1949 年 11 月后致力于小品文创作，在上海的《大报》《亦报》上开设小品文专栏并连载长篇小说。从新文学创作的数量及质量上来看，卢前可称得上是一位勤奋且富有才情的作家，然而卢前的新文学价值并未受到学界的关注，在现代文学史中他的创作及文学理论也并未得到适当的评价。本文将对此进行梳理和分析，还原卢前的新文学创作原貌，基于史实对卢前新文学成就进行公允的界定。

一　新旧交融的新诗尝试

卢前是介于新旧文学之间的独特个体。20 世纪 20 年代以来，他受五四以来的新文学思潮影响，开始从事新文学创作。"自胡适之先生的文学革命说高唱入云，风景云从，颇极一时之盛。我也于花晨月夕，不自禁的就随便的涂抹起来。"① 在东大求学期间，卢前结交了胡梦华、梁实秋等新文学作家，接受了现代诗歌理论和创作技法的影响，从 1919 年开始进行新诗尝试，先后出版了两部新诗集《春雨》和《绿帘》。他的作品不

---

① 卢前：《1937 年版〈春雨〉"附印后记"》，《卢前诗词曲选》，中华书局 2006 年版，第 39 页。

追求韵脚平整，使用俗字俗语和新式断句方法；又不脱旧体词曲的痕迹，字句、典故的运用非常娴熟，重情致、营意境的手法与传统诗词毫无二致，"其音节谐和有含著无限宛转情深之感"。①

卢前新诗展现出新旧兼容、进步与保守杂糅并存的复杂状况，如《秦淮河畔》："这滚滚去的明波，/活生生困住我。/心随潮起落！/一样潮汐逐江流，/水油油，心悠悠，/心上人知不？"起首明畅易懂，给下文留出大量延展空间。下一句"活生生"及下半段"水油油，心悠悠"则完全是词曲的写法，至"心上人知不？"这里的"不"可以视为"否"的异体字，构成工整的韵脚。诗歌以青年男女恋爱自由、个性解放为主题，语言直白率真，带有市井民歌的野性泼辣。

《本事》是卢前创作的海内外流传甚广的一首情诗，读来清新自然，有少年气。"记得那时你我年纪都小，/我爱谈天你爱笑。/有一回并肩坐在桃花下，/风在林梢鸟在叫。/我们不知怎么样困觉了，/梦里花儿落多少？"诗歌用平淡踏实的语调简洁地描摹出一幅青梅竹马在明媚春光中安静相处的静态图，唤起读者内心对青春岁月里初恋的青涩纯洁记忆：不掺杂任何利益、欲望，简单的相爱。诗中传达出的纯净美好的少年情怀，"清灵浪漫"，让人沉醉其中、久久回味。

卢前新诗中带有的旧体色彩，在《招舟子过桃叶渡》《所见（蒋山中）》等诗中表现得非常明显，展露了作者深厚的古典文学功底以及传统文人的审美意趣。桃叶渡和蒋山（钟山的别称）均为历史遗迹，桃叶渡已经消失，"于今只剩得斜阳老树！"当年王羲之的爱妾桃叶早已灰飞烟灭，留给后人追怀的仅仅是这个略带温情的地名。而钟山里"空山寂寂"，风中斜阳下，诗人看到的是"点点鸦栖"，略带伤感而静谧的情怀弥漫其中。

卢前的新诗集《绿帘》古典色彩更为浓重。如《绿帘无语望黄花》，三次用"绿帘卷不尽的西风"开篇，但"黄花"却不是"当日的风光"

---

① 李清悚：《读〈春雨〉》，《卢前诗词曲选》，中华书局 2006 年版，第 40 页。

"苗条"和"馨芬"了，不能尽如人意的变迁带来无尽的凄凉哀伤。《蛾眉曲》中他用"镇日价愁思不定"，类似《牡丹亭》里杜丽娘整日情思昏昏。在《帘底月》中直接引用《牡丹亭》中名句"良辰美景奈何天"。又多用典故，如"前度刘郎"（《蛾眉曲》）借用了"前度刘郎今又来"（《再游玄都观》）等，"爱惜春光，莫待花儿老"（《花鸟吟》）意境化自"花开堪折直须折"（《金缕衣》）。

通过这种新旧杂糅的创作方式，卢前试图探索："究竟新体能替代了旧体没有？新体诗已达了成熟期没有？像这样是不是一条可通的路？"①他打破了新文学革命提出的诗歌观念：采用白话文，完全摒弃旧体文学的用典、用韵习惯，将传统诗歌中的意境和韵律彻底摧毁。他强调诗歌的最终目的是以美来感化读者，以旧格律来表达新精神才能达到新旧精粹结合、传统文化复活于新文学形式的目的。只要不失"诗"的本质，达到描景叙事、表情达意的作用，具有鲜明艺术特色，就应视为好诗。他明知自己的作品无法明确归类，也不愿改弦易辙。在他看来，文学作品的社会价值和审美价值均在于传达思想、抒发情感，达到这种艺术效果的诗歌无论形式新旧，都值得发表传播。

从卢前留下的新诗创作看来，他是自觉融合新旧文学特征的作家，突破了新旧樊篱，将诗歌创作回归于本质，既是南京浓厚的传统文学底蕴的继承发扬者，也是现代南京新诗阵营中的重要创作者和研究者。

二　婚恋题材的小说创作

卢前不仅在新诗创作方面卓有成就，小说方面的创作成就同样不遑多让。1928 年卢前曾在泰东图书局出版了小说集《三弦》，收入三篇短篇小说《金马》《T 与 R》和《落花时节》。

青年时期卢前的小说创作与其新诗风格接近，文笔清新，以饱含诗意的文字来描述青年男女之间或纯洁或苦涩的爱情萌动。《金马》以第一

---

① 李清悚：《读〈春雨〉》，《卢前诗词曲选》，中华书局 2006 年版，第 45 页。

人称叙述了金马和恋人张女士的爱情纠葛。"我"的朋友金马来访，与"我"一同到台城散步聊天，金马向"我"倾诉他与好友的妹妹张女士一见钟情，却因自己已婚而"恨不相逢未娶时"。两人情投意合，在苏州R中学里厮守，金马起意与原配妻子离婚。这时张女士忽然接到一封留学生来昆金的求爱信，不久移情别恋。金马为此苦恼，曾要在张女士面前跳黄浦江自尽，后来因情感伤害跳电车手臂受伤，并以裁纸刀割下左手第二指写血书后欲自尽，路遇朋友阻止后决定重新做人。而小说末尾提到张女士已经另结新欢，"那一位男子不是来昆金，也不是金马"。小说中对于现代女性过分个性解放乃至作风放浪的行为颇不赞同，但对已婚出轨的金马却满怀同情。小说对青年男女之间的爱与背叛进行了细致的描述，并适时穿插诗句，渲染气氛，传达情绪。如以黄仲则的"似此星辰非昨夜，为谁风露立中宵"来慨叹金马与张女士的痴恋，用"天长地久有时尽，情爱绵绵无绝期"来盛赞两人热恋的甜蜜。小说情节较为曲折，以金马诉说的方式来推动情节，结尾有余味。

《T与R》则着力刻画了保守的社会风气对青年男女情感的隔离。在刚刚推行男女同班的学校里，T小姐和R先生为同班的优等生，彼此欣赏，假日里在女生宿舍楼下会堂约谈。不料学校很快传出风言风语，校长发布公告要求男女生"勿常相接谈，互相规避"。两人只得人前疏远，书信传音。毕业时两人相约去吴淞观海，随后T小姐去了P省，两人分隔两地只靠鱼雁传书。R先生从原来的才子变成了酒徒烟鬼、飘零于海上的游子，而T小姐却在异地生了重病，小说以"我"给T的信收尾，慨叹两人的相思何时能解，几时能过上甜蜜的日子。作者卢前具有深厚的传统文化功底，在诗词曲赋方面均有造诣，因而小说里常出现词曲类的段落，如R先生的书信中写道："生原多恨，怎惯凄凉。我本工愁，难禁风雨"，文字典雅，寥寥数字，意境油然而生。小说也间接抨击了封闭保守的社会风气对青年男女情感的戕害。

《落花时节》中则模仿通俗小说里才子佳人的情节，描述了一位聪慧的女性在礼教社会中被逼致死的故事。小说主人公是旧家公子悟今，他自幼聪慧，幼时在家中接受私塾教育，长大后入学校，渐渐颓败起来。杭州的姑姑与他会面，对他的才能大加赞叹，并替他介绍了表姐筠姑。他与筠姑相得，想娶其为妻，却因筠姑家境略差，父母不赞同，后来他们之间的情谊慢慢淡了。战乱时筠姑带着儿子避难到上海，这时悟今才得知筠姑嫁给了低能的丈夫，每日以泪洗面，筠姑将三个月的儿子桂儿未来的教养重任托付给悟今。战乱平息后，筠姑返乡，假期里悟今回乡后听说筠姑去世，前去墓地拜祭。这温婉聪明的女子还在花季就提前凋败了，小说末尾点题，痛悼传统社会中女性未能盛放便遭遇落花时节的命运。

这部小说集表明卢前深受两种文化资源的影响，一方面，五四时期个性解放、婚恋自由的观念在青年卢前身上产生了一定影响，因此他的小说多以年轻人婚恋爱情问题为主题，以纯洁细腻的笔触描述青年男女之间彼此吸引、不断试探的爱情。另一方面，卢前深受传统文化的熏陶，在婚恋观念方面趋于保守，他个人的婚恋经历完全是传统婚姻，一生与妻子厮守，因而在他的小说里对波动不定的新派恋爱也不赞同，尤其对朝秦暮楚的新女性更以男性的立场予以嘲讽和贬斥。前者倾向于西方思潮，后者植根于中国文化，这使卢前小说创作表现出中西结合的独特风貌。

三　怀古述史的散文小品

卢前祖辈居于南京，于此求学、成家立业，对南京怀有深厚的感情。《冶城话旧》散文集的主体部分，出自《南京人报》上他所开的同题专栏。战事爆发，南京沦陷，报纸停办，文章散失。直至 1944 年刘自勤在重庆搜罗到了旧文，卢前在此基础上补缀至百篇左右，结集成册，在重庆万象周刊社出版。该集中的文章多半以追忆南京前朝故事、描述地名由来及历史变迁为主。张恨水在该书序言中提到："文中所述金陵故事，考订实在，且多为人所未悉，曩即言之，当出专篇，以作南京文献。"如《成贤街》一文提及："成贤街，为明国子监所在地（按：南监在今考试院），今中央大学在此。且仍旧名，亦儒林佳话。……孟芳图书馆前，洋槐夹道，皆民国十年以后光景也。惟大石桥、附属小学，仍多旧观。梅庵、德风亭、六朝松，此二十年来，亦几阅沧桑矣！"① 此外，文集中记录了大量与卢前交游的近现代文人的趣事逸闻。如林损（《酒人林损》）、陈匪石（《旧时月色》）、黄侃（《量守庐》）、陈散原（《散原迷路》）、刘师培（《左庵惧内》）、陈去病（《浩歌翁》）、吴梅（《霜厓师序文》、《凤凰台》）、王伯沆（《仁厚里》）等。《冶城话旧》为人们了解旧日金陵的风俗人情、历史掌故、文化典籍、文人逸事提供了极好的帮助。

战乱中卢前举家逃难去安徽无为，之后辗转到重庆。逃难过程中他创作了《南京杂忆》，收入《炮火中流亡记》，与《关洛劳军记》《上吉山典乐记》《还乡日记》一同被收录到散文集《丁乙间四记》（南京读者之友社 1946 年版）。《南京杂忆》中对南京 1937 年失陷后所遭受的文化浩劫痛惜不已，对龙蟠里国学图书馆丰富的抄本收藏以及丁松生"善本书室"、仇述庵"鞠燕庵"、陈匪石"旧时月色斋"、胡小石"愿夏庐"、郦衡叔"写春簃"、吴瞿安"百嘉室"所藏珍本秘籍的命运深怀忧悒，同时难以割舍对南京浓烈的情思："那堂皇宏丽的中山陵，前面流徽榭月下听水；谭墓访梅，灵谷的玉簪，明孝陵的吊古，还有夕阳中玄武泛舟，桨声灯影的秦淮，和秦淮的北岸的歌楼，那夜夜的歌声。又荷花开满了的莫愁，白鹭垂钓，台城闲步。不知何日才得重温旧梦？多情的人将永久致其怅惘。南京，可爱的南京，我想最近的将来，我们必有重聚的一日。"②

1949 年 11 月后，卢前在上海《大报》上开辟了"柴室小品"专栏，连同其在该报上发表的单篇文章和《亦报》上的部分文章，一并结集为《柴室小品》。其中大量文章留下了卢前与现代文坛名家交游的明证。《记张玄》中提到了曾毗邻而居的张充和，《闻老舍归国讯》里回忆起老舍与自己相识近二十年来的情形，《沈尹默先生之耳》中调侃地描述了沈先生

---

① 卢前：《卢前笔记杂钞》，中华书局 2006 年版，第 392 页。
② 同上书，第 265—266 页。

高度近视和敏锐听觉,《悼念戴望舒》内沉痛追忆了戴望舒坎坷的一生。

卢前的散文隐约可见明代小品文影响,篇章短小、言简意赅,看似粗略疏淡,实则以寥寥百字记录历史变迁、人事更替,微言之中常含大义。他的散文数量多、质量高,文白夹杂的语体形式独特,用字用典考究,以欣赏的态度描述南京的风俗景象,追溯南京历史变迁,推演名胜古迹中的历史背景,以诙谐的笔墨记录师生亲友逸闻趣事,于繁难人生中觅到无限生机。

卢前的新文学创作始于少年,近三十年中笔耕不辍,新文学作品堪称著作等身。其新诗、小说的创作时时呼应着"五四"以来青年知识分子个性解放、婚恋自由的追求,而在小品文作品里则以传统文人的责任感和严谨的治学态度勤谨地记录着这个时代、南京这座城和他身边的新旧文坛上的风云人物。卢前文思敏捷,其新文学作品类型丰富、文笔老到,即便与其传统词曲成就相比,卢前的新文学创作的意义和地位也不应被忽视,在现代文学史上尤其是南京文学史上,卢前的文学创作的独特性及其在新文学、传统文学、通俗文学中的桥梁作用应得到更多关注和研究。

江南士风的影响与超越

——论鲁敏《奔月》中逃离飘逸与生活委泥之间的矛盾

王文君*

内容提要： 江南士风作为江南文化的重要组成部分，影响了后世作家的精神价值和审美趣味。鲁敏对城市化、现代化进程的反省，对于生存现状的反思，正是坚持精神品格、审美取向和价值追求的"文人本位"意识；但鲁敏并不固守飘逸出尘的精神立场，而是体察现代社会的暧昧性，正视逃离的飘逸与生活的委泥之间的矛盾，而鲁敏的探索也为江南士风提供新经验和新向度。

关键词： 鲁敏；江南士风；《奔月》

"一部小说，若不发现一点在它当时还未知的存在，那它就是一部不道德的小说。"① 米兰·昆德拉认为，小说的意义不在于确证已知和建立真理，而是向相对性和模糊性开放，对现代社会保持"探询"的姿态。将小说视为探索并不意味着每一部小说都是决然独立的一次性事件，相反，传统和地域是小说必须面对的"影响的焦虑"。江南孕育了出尘飘

＊〔作者简介〕王文君（1997—　），女，南京大学中国新文学研究中心硕士研究生，主要从事中国现当代文学研究。

① 〔捷克〕米兰·昆德拉：《论小说的艺术》，董强译，上海译文出版社 2004 年版，第 6—7 页。

逸、平和冲淡的江南士人，调和儒、道、佛的江南士风是江南文化的重要组成部分，自明代完型后，一直影响着后世作家的精神价值和审美趣味①。从"江南士风"的角度理解小说，可以发现地域积累的文学文化传统是如何作用于作家的精神情感和审美情趣以及作品的具体关照和风格特征。江南士风的普遍性和作品创作的特殊性的辩证，构成我们理解小说的重要途径。

鲁敏便是这样的作家，她关注社会城市化、现代化进程中普通人的精神状态，"暗疾"书写体现出强烈的现实观照，在长篇小说《奔月》中，精神性的"暗疾"更是因"奔月"/"逃离"而变得具象化、生动化。市场和消费意识形态紧逼之下，鲁敏对于生存现状的思考，体现出江南士人坚持精神品格、生活情调和价值追求的"文人本位"意识；但鲁敏并不固守飘逸出尘的精神立场，而是消解逃离的意义，正视逃离的飘逸与生活的委泥之间的矛盾，这正是现代社会自身具有的暧昧性，而鲁敏的探索也为江南士风提供新经验和新向度。

一　逃离及其消解

"嫦娥应悔偷灵药，碧海青天夜夜心"，鲁迅的《奔月》为嫦娥找到了"偷灵药"的必然性：当生活变成"乌鸦炸酱面"的平庸乏味，嫦娥只能寄希望于未知的月宫生活。鲁迅希望逃离的是外部生存环境，因此嫦娥的逃离只是一个戛然而止的动作，小说结束在她逃离生活、飞向月宫的一瞬；而鲁敏希望逃离的是内部精神困境，因此小六的突围不随着逃离南京、融入乌鹊而消失。

"薄被子理论"是小六逃离的原因。她感觉到"一切都是七巧板式的，东一块西一块，凑成一堆儿完事"②，对于这种谁都可以的替代性，小六只需扮演好二级主管、妻子、情人、女儿的"角色"，而那个"有棱

---

①　费振钟：《江南士风与江苏文学》，湖南教育出版社 1995 年版，第 25—26 页。

②　鲁敏：《奔月》，人民文学出版社 2017 年版，第 96 页。

有角、面目诡异"① 的"自我"却被忽视了。借着"大巴事故",小六从生活的舞台走下,在剥离了社会关系的重重束缚之后,所面对的自我竟然是一个不熟悉的面目——"怎么会是这样的一个我?为什么?"② 逃离角色,寻找自我,构成了逃离的意义。

浮出地表的自我只会引起骚乱,而日常生活秩序却有赖于良好的角色扮演。丈夫贺西南和情人张灯寻找的是肉身小六,是那个在事故中失踪了的妻子/情人,却无意中接触到小六妻子/情人以外的其他面向。婚外性关系、"社交魅力""八两酒量"与不堪的网络空间透露着小六不为人知的自我面向。为了维持生活秩序,贺西南在备受打击之后,选择抛弃小六,转而投向更适合做妻子的绿茵;而张灯虽然发现情人的迷人之处,但掠过真实的小六,建构自己所需要的网络小六角色。

评论者称赞小六的逃离之举,称小六为"大地上的逃逸者"③,甚至将其行为哲学化,认为小六的逃离是"自我本源的探索",而《奔月》是"一种生命存在论意义上的文学功能构建"④,但应当注意的是小六的逃离不是嫦娥戛然而止的奔月动作,"逃离之后"蕴含着对于逃离意义的消解。鲁敏为小六设置的小镇乌鹊,是介于都市与乡村(东坝)之间的另一种空间,"既保留着县城式的老派与迟钝,又勤奋好学地改头换面,模仿和趋近着一种真假难辨的大都会气质"⑤,突破了都市与乡村、迷失自我与寻找自我的决然二分,拒绝以乡村乌托邦的想象来"治愈"都市逃离者的暗疾,转而将笔下的人物更彻底地放逐——这个"蝼蚁国",也拥有小六想逃离的复杂角色关系。乌鹊不是接纳小六的"自我",提供一个缓冲带让小六听从压抑已久的内心声音;而是逐渐为这个一无所有的外

---

① 鲁敏:《奔月》,人民文学出版社 2017 年版,第 47 页。

② 同上。

③ 李丹:《大地上的逃逸者——读鲁敏的长篇小说〈奔月〉》,《当代作家评论》2018 年第 6 期。

④ 王春林:《自我本源探寻中的哲学思考与追问——关于鲁敏长篇小说〈奔月〉》,《作家》2017 年第 7 期。

⑤ 鲁敏:《奔月》,人民文学出版社 2017 年版,第 73 页。

来户包上新的社会身份。尽管不断拒绝，在工作、生活习惯、爱情方面，小六都不断获得新的角色，结果"不仅没把自己给弄'没'了，似乎还弄得更'在'了"①。

《奔月》延续鲁敏对人性幽微阴暗之处的观照，即"暗疾"系列的创作。"暗疾"与其说是生理上的疾病，毋宁说是精神上的沉疴，它产生于人忍受日常生活的平庸而使得自我异化，被压抑的自我常以各种形式冲破生活平静的表面，如同疾病发作。在早期的作品《细细红线》中，鲁敏设置了一个生活分裂的女主人公，她正职为图书馆体面的科员，却在中午去小餐馆兼职做勤杂工，环境的污糟、氛围的粗俗、地位的卑贱让她从完美角色扮演中脱身而出，反而获得此前所难得的自在与真实。她身上"强烈地、发了疯地渴望反叛、渴望逃遁"②，渴望逃离的气质与小六类似，前者仍处在现实与理想、内心动荡与表面顺从的暧昧关系中，而后者已遵循内心的逃逸欲望，不再压抑——这既是一场"暗疾"大发作，也是借逃离治疗"暗疾"的开始。

因此，逃离角色、寻找自我的初衷与嵌入新角色的结果的背离，不仅将"逃离"的意义消解掉了，而且宣告了以"逃离"作为寻找自我、"治疗"暗疾的路径的失效。在消解了逃离的意义后，小六站在南京的街头，仿佛婴儿面对初生的世界，鲁敏坦陈："打破固我的空想，或许是常见的，当真付诸行动则属罕有，而罕有之后，更是无边无际的未知。"③

二　爱的本能：日常生活的温情

《奔月》的创作起源于"胆汁深处的一种极端逆反"④，对平庸生活的坚决反抗成为小说的意指，但是日常生活的抒情性描写、人物对于温情时刻的沉溺，都构成文本缝隙，它使得鲁敏的反抗不是激进地否定一

① 鲁敏：《奔月》，人民文学出版社 2017 年版，第 184 页。
② 鲁敏：《细细红线》，《小说月报》2009 年第 3 期。
③ 鲁敏：《"本我"的一次逸奔》，《文艺报》2017 年 11 月 10 日第 2 版。
④ 鲁敏：《奔：野马也，尘埃也——关于〈奔月〉》，《名作欣赏》2018 年第 11 期。

切，最终滑向相对主义和虚无主义，而是坚持生活的理想主义，"因为热爱而愈加不可忍受它的平庸、麻木与一应定规"①。

梁鸿结合作家的生平经历，认为鲁敏十分关注"家庭"，鲁敏写出"家庭"的复杂性，既相互依存又相互伤害，既有情又无情。② 《奔月》里，对小六身世——父亲抛下妻女、杳无音讯，而母亲活在自己捏造的"失踪症"谎言中——的交代零散地分布在文本中，小六的逃离是故事的主线，而对家的寻找充当了暗线。

小六从房东籍工身上看到了父性之爱，是内敛的，既强大又脆弱。籍工对小哥的爱与殷切期望和严格要求夹杂在一起，而小哥高考失误后，爱和期望都成了沉重的负担，小哥被迫远走，被迫"在密苏里"，籍工则是以失忆的方式压抑了爱，家庭变得破碎而充满谎言。但另一面，谎言却又是为了维护家庭的温馨与完整——小哥体谅籍工的期待，甘愿远走，维持脆弱而虚妄的爱；而籍工和舒姨也并非全然不知，当小六抢过话筒时他们的担忧证明了他们早有察觉而不愿捅破。察觉到谎言的双重性后，那个逃离生活虚妄的小六，跟舒姨一起"站在正对白瓷观音的位置，掌心里夹杂着谎言"③。小六没有逃离，也不是进入"女儿"的角色，而是本能地呼唤缺失的父爱。"眼前这个病衰的老头儿，恍然不再是籍工了，他成了另外一个人，她无数次勾勒、修正、补充、成形了的那个人……她多么渴望这个父性之人啊，孤儿般地想、沉湎式地向，从一生下就开始想，几乎想成了一个信仰。"④

母性之爱夹杂着自我欺骗和一厢情愿，小六曾厌弃它的妥协和软弱。对于舒姨的行为——将小六"改造"成被引产的小妹，以开释多年的愧疚和达成幸福的圆满——小六坚持揭穿这自我欺骗的谎言，但小六在反抗过程中，也逐渐承认自己被打动了，甚至想成全这份痴想；而当籍工

---

① 鲁敏:《在别处:人性中委泥与飘逸的永恒矛盾》,《作家》2018 年第 7 期。
② 梁鸿:《鲁敏之痛》,《扬子江评论》2015 年第 5 期。
③ 鲁敏:《奔月》,人民文学出版社 2017 年版,第 322 页。
④ 同上书,第 321 页。

恢复记忆，兴奋地讲述小哥的故事时，小六也加入温馨的回忆之中。多年来对母亲的骗局不以为意，那个反抗庸俗的小六也开始想念母亲，认为母亲是"自欺欺人的笨蛋"①，这个评价看似严苛，实则带着理解和同情。陪着闺蜜聚香筹办婚礼，小六仿佛看到了母亲曾经的窘境——在被抛弃的命运中，独自承担生产的困境。小六在愚蠢之外看到了伟大，借助聚香，与母亲达成了和解，"她多想相帮着当时的母亲，那孤零零的母亲，就像现在她陪着聚香一样啊"。②

小六不仅有被爱的需求，也有爱人的本能。聚香的母性激发了小六的母爱。聚香为了500万元钱和一个互不喜欢的人结婚，是金钱至上的逻辑，完全否认爱与婚姻的神圣性。小六最初激烈反对，但当小六抱起聚香的宝宝时，却被打动了，沉醉其中，"小六把脸贪婪地凑近，像罪人前来伏法。听听这细小的呼吸啊，生动而宁静，有如初荒，简直让人意志沉迷。"③ 那个主动逃离"妻子"角色以寻找自我的小六，此刻却想起了曾经有过的不知是真是假的宝宝。

对爱是人之本性的抒情性描写散布在《奔月》中，沉醉于日常生活的温情并没抵消逃离的意义，反而是与之共同构成了小说的张力——当小六感受到婚姻庸俗平庸的时候，她从被子的一头出逃的行为，暗示着她对某种理想关系的渴望，甚至可以将她的出逃行为视为对于理想的捍卫，而非叛逆。小六看似激进决绝的逃离姿态只是手段，最终指向对现实生活的追问：我们的生活何以变得空洞、虚妄，而对生活的忍受只能以自我的消失为代价？

三　影响与超越：委泥与飘逸的永恒矛盾

"六朝金粉地，金陵帝王州。"精神高蹈、风度飘逸的江南文人已经作古，浪漫传奇"被公众经验所代替，沦落成庸俗的恋爱与婚姻故事，

---

① 鲁敏：《奔月》，人民文学出版社2017年版，第266页。
② 同上书，第270页。
③ 同上书，第327页。

象那批'过日子小说'所出示的那样，爱情总是充斥着低俗的无奈和苦恼"①。繁华绮丽的金陵宝地已经变成市侩的世俗城市，充斥着可以相互替代的男男女女，南京沦为一个高度功能化、庸俗、琐碎的城市大众空间。物质城市已经不存，累世传递的江南文化精神却仍有影响力。江南士风作为江南文化的精神传统和理想模式，是中国士阶级"全部精神性、心理性表现"②，它自永嘉南渡开始，至明代完型，在文学上表现为追求审美化，要求文学表现"精神的洒脱和个人风度的飘逸"③。"江南士风"是一种无形的文化力量，潜移默化地影响了后世文人的价值取向和审美追求。

江苏作家鲁敏对社会批判兴趣不大，却具有"文人式的对人性的迷恋"④。鲁敏将乌鹊的中心广场、南京的新街口、纽约的曼哈顿并置，嘲弄着南京的"大都会气质"，破解了市场和消费的意识形态神话。作家拒绝了物质生产提供的幸福愿景，转而诊断都市"暗疾"。鲁敏对"暗疾"的揭示超越了道德判断层面，而是站在更高的理解人性的立场上，揭示人的精神状态。在叙述小六与张灯的情人关系时，作家的道德干预缺席，反而试图把握人性中的非理性和无意义感：小六与张灯的性爱没有任何所指，违反世俗的情理，小六才会乐意为之、反复为之，放弃了对于行为意义的追寻，以性爱的无意义对抗着生活的无意义。

如果进行精神性的溯源，"暗疾"是日常生活丧失抒情性、被公共经验所取代以及个体感受被压抑的结果。《奔月》延续了鲁敏的"暗疾"写作，小六的逃离是"暗疾"的一次大发作，小六斗士一样的逃离姿态，正是作家"文人式"的清醒与失落——"对审美生活的需要和表现美感的欲望，显得非常专一而强烈"⑤，保留着这个城市积累的理想主义和精神贵族气质。

---

① 谢有顺：《重写爱情的时代》，《文艺评论》1995 年第 3 期。
② 费振钟：《江南士风与江苏文学》，湖南教育出版社 1995 年版，第 12 页。
③ 同上书，第 19 页。
④ 张光芒：《文化认同与江苏小说的审美选择》，《小说评论》2007 年第 3 期。
⑤ 费振钟：《江南士风与江苏文学》，湖南教育出版社 1995 年版，第 20—21 页。

在叙事风格和语言形式上，鲁敏仔细把玩、重视语言本身，以语言的细腻丰富描绘人性的复杂幽微，也体现出"文人式"的审美选择。王彬彬评论鲁敏的小说是"散步式小说"，肯定鲁敏不紧不慢的叙事姿态，"叙述者似乎并不以目标为意，一字一句的叙述本身就是目的，因此，在叙述的过程中，尽可能地追求清新、别致、准确"①。鲁敏在处理大巴事故、妻子外遇、职场争斗等通俗小说所惯用的故事情节时，予以想象加工，巧妙地与细碎庸俗的现实生活拉开距离，获得额外的审美体验。在描写小六和林子的性爱场面时，鲁敏写道："她的腰部和腿部折叠着，一会儿呈凹形，一会儿变成锐角，一会儿又拉成平线，形成嚣张的律动。上方的林子浑身抖动，热气扑面，如一个发烧的跑步者。"②用"凹形""锐角""平线"来形容小六的姿态，减少了情色的成分，变得抽象而不可捉摸，读者仿佛看见一幅幅几何图案，随着语言的流动而展开。鲁敏写出了小六心不在焉，却又是个极好的表演者，能够熟稔地摆出各种姿势，而"浑身抖动""热气扑面"则抓住了林子的动作和神情，"发烧的跑步者"不仅在写外表，还透露出林子内心按捺不住的狂热和兴奋。鲁敏不仅是在描绘一个场景，而是试图去把握场景中人物的心境，捕捉氛围的细微变化，以纯熟的文字技艺和精细的审美趣味，不急于抵达语言的所指，而是展开其指涉自身的丰富向度。

但鲁敏与吐纳风流、清谈讲论的"文艺贵族"毕竟不同，鲁敏汲取了精神养料，却拒绝"纯文学"提供的怀旧想象和避世空间。早在作品《铁血信鸽》中，鲁敏就关注到日常生活的平庸化和公共性，主人公穆先生有着与小六相似的感受："小区里，一排排相邻着的灰色屋顶下，那紧闭的门窗里，全是一模一样的户型，洗碗池的下水道、电视与沙发的距离、床的朝向、马桶的坑距……他相信，敲开任何一家的门，打开冰箱，都可以取出同样一瓶开了口的'四季宝'花生酱；拉开衣柜，会在同一个位置找到'AB'内衣；而次卧的书桌上，被翻烂的课本内页夹着同样

---

① 王彬彬：《鲁敏小说论》，《文学评论》2009 年第 3 期。
② 鲁敏：《奔月》，人民文学出版社 2017 年版，第 138 页。

一份奥数课时表……"① 穆先生最终以自杀反抗"公共的、他人的、典型化的物质生活"②。但"死亡"也无法逃脱，世俗化的城市让死亡变得轻飘，沦为一则本埠社会新闻和人口统计上的微小的数字变动。因此，在《奔月》里，鲁敏将原来设置的飘逸出尘的"失踪者乌托邦"改成"热乎乎的、同样平俗"的乌鹊，③ 作家跟随小六深入平庸的现实生活中，试图以个体精神穿透时代，以严肃探索代替观念化批判，以追问的姿态代替殉道的姿态。

李伟长认为鲁敏没有完成重建"新人"的工作，评论家期待作家就什么是自我和怎样算理想生活给出确切答案。但鲁敏以小六与林子的爱证明了单一答案的虚妄性，林子爱上初来乌鹊时身份不明的小六，没有任何世俗的考量，尽管不清不楚仍然不损爱的激情，但林子最终忍受不了这种无名之境，在性爱中途停下，而小六尽管喊出："你难道不是喜欢我这个人本身吗？这跟我的名字、我父母是谁、老家在哪里、我做过什么工作……有什么关系啊！"④ 但也陷入迷惑——只有与黑师傅（张灯）的性爱不涉及"零零碎碎的身外之物"，但那只是"无耻肉欲"，甚至连肉欲都算不上，"只是一种互助，苦涩又无聊"。⑤ 答案只可能以矛盾的形式给出——小六的出逃是"人性中委泥与飘逸的永恒矛盾"⑥："飘逸"是反抗丧失抒情性的生活，决意从庸常化、公共化的生活中出逃，而"委泥"却是人性中爱的本能，沉醉于日常生活的温情，甚至能容忍其中的虚妄、琐碎的成分。

米兰·昆德拉认为小说的使命是"探询"，以其自身的相对性来发现和理解日益暧昧模糊的现代社会。⑦《奔月》超越了飘逸出尘的文人立场，

---

① 鲁敏：《铁血信鸽》，《人民文学》2010 年第 1 期。
② 同上。
③ 鲁敏：《"本我"的一次逸奔》，《文艺报》2017 年 11 月 10 日第 2 版。
④ 鲁敏：《奔月》，人民文学出版社 2017 年版，第 139 页。
⑤ 同上书，第 139—140 页。
⑥ 鲁敏：《在别处：人性中委泥与飘逸的永恒矛盾》，《作家》2018 年第 7 期。
⑦ ［捷克］米兰·昆德拉：《小说的艺术》，董强译，上海译文出版社 2004 年版，第 8 页。

而具有现代意味——鲁敏和小六不是传统文人，而是现代人，小六在嘲弄厌弃生活里的自欺欺人和权衡利弊时，又沉醉于日常生活的温情和肉身的各类感受；鲁敏在坚持飘逸的自由精神品格时，又对小人物的生存抱有一定程度的肯定和同情。"委泥与飘逸的永恒矛盾"① 的现代体验，正是在世俗社会的语境下，作家对江南士风的新的探索。

---

① 周敏：《日常生活、出走与荷尔蒙"垂怜"——试论鲁敏长篇小说〈奔月〉》，《名作欣赏》2018 年第 11 期。

区域文化与现当代文学研究

主持人：李祖德

主持人语：

除了地方风物、文化特性等因素外，区域文化与文学中还交织着有关个体生存经验、民族与国家想象乃至文化与政治认同等诸多现代问题，在"抗战"与"区域"交会的中国现代文学中尤为如此。这也是区域文化与文学研究面临的挑战与自身活力所在。高博涵博士的论文考察了"诗人徐訏"的经历和诗歌创作，清理了其身上"个体"思想和"中华"思想的张力。凌孟华教授的文章考察了汉文沪版《瀚海潮》创刊号和终刊号出版和刊文的一些细节，显示了区域文学互通共生的现象，为区域文学文化的研究提出了值得进一步探究的问题。博士生黄轶斓的论文考察了抗战时期青少年刊物中有关鲁迅"导师"形象的多重话语及之间的博弈，呈现了这一形象建构的话语谱系，也从抗战时期青少年教育的角度，显示了"鲁迅资源"与"鲁迅遗产"的思想潜能与政治潜能。这三篇论文从不同的问题和角度显示了"区域文学""抗战文学"研究不断深化的问题意识和问题性。

"游而未离"：诗人徐訏的"个体"与"中华"*

高博涵**

内容提要：诗人徐訏在受教育时代即已萌生出"个体"与"中华"两种思想，彼此并行生长。但在一元化思维的多面夹击下，徐訏的"个体"思想难于舒展，且不得不面对"个体"与"中华"难于两全的撕裂性放逐。最终，徐訏坚守"个体"南下香港，但"中华"观念依然胶着于徐訏的思想中，形成"游而未离"的精神悖论与思想悲剧。

关键词：徐訏；"个体"；"中华"；诗歌；思想

随着徐訏研究的深入，诗人徐訏的形象浮出水面①，与小说不同，徐訏的诗歌展示出"没有剪断""没有隐藏"②的思想情感的真实。徐訏曾

　＊　［基金项目］2018 年重庆市教育委员会人文社会科学研究重点研究基地项目"儿童教育与徐訏诗歌创作"（18SKJD012）。

　＊＊　［作者简介］高博涵（1987—　　），女，重庆师范大学初等教育学院讲师，主要从事中国现当代文学研究。

　①　近年来有关徐訏的诗歌研究，可见王泽龙、张新芝《徐訏的诗与禅》（《人文杂志》2015 年版第 10 期）、李佳《论徐訏诗歌"理性的浪漫"》（硕士学位论文，浙江师范大学，2014 年）、张洪滨《少小离乡终未归，白发思家情更切——试论徐訏的乡情诗》（《甘肃高师学报》2014 年第 1 期）、高博涵《"感觉"与"感觉"的张力——徐訏晚期诗作解读》（《励耘学刊》（文学卷）2014 年第 1 辑）、高博涵《徐訏诗观初探》（《名作欣赏》2013 年第 11 期）等多篇。

　②　徐訏：《四十诗综·后记》，《四十诗综》，上海夜窗书屋 1948 年版。

做过如此自述："我同一群像我一样的人，则变成这时代特有的模型，在生活上成为流浪汉，在思想上变成无依者。"① 这表达出两重人生追求的落空：生活与思想，徐訏皆不得其所。徐訏的生活与思想经历皆具复杂性，有很强的讨论价值。讨论徐訏的诗歌，可连通徐訏流浪的情感生活体验。② 与之同时，将诗歌与文论对接，以抒情文本与言志文本互参的方式进行探析，可更为深入地触碰、还原并厘清徐訏人生的思想地带。

一　"个体"与"中华"：并行不悖的二元思想

谈论徐訏的思想，首先要明确徐訏原初的思想生成。一个人的思想并非生来铸就，而与其成长经历及其所接受的教育密切相关。徐訏的童年经历过较为强烈的创伤体验，如"克星"阴影、父母离异③等事件，更为严重的则是寄宿学校体验，使徐訏过早地蒙上了有家不能回的心理阴影④。寄宿学校守旧、简陋且不人道的教育方式，使徐訏从人生开端便产生了对儿童教育⑤的怀疑。待到徐訏读中学时，又经历了教会学校西洋修士区别对待洋华学童、教员鼓励学生为外国人做事、成达中学校长吴鼎昌许诺资助学生却食言等事件，这使得徐訏对儿童教育的怀疑一再延续。⑥ 在《我的中学生活》一文中，徐訏发出了如下感慨：

> 我一直以为穿着黑色道袍的修士们都是德行很高的，而我也粗

---

① 徐訏：《道德要求与道德标准》，《个人的觉醒与民主自由》，传记文学出版社 1979 年版，第 1 页。

② 有关徐訏"生活""流浪"层面的讨论，参见拙文《寄宿学校体验与"游离"诗人徐訏》，《现代中国文化与文学》第 29 辑。

③ 参见吴义勤、王素霞《我心彷徨——徐訏传》，上海三联书店 2008 年版，第 6—8 页。

④ 同上书，第 8—13 页。

⑤ 本文所指儿童教育，泛指未成年阶段的一切教育形式，而不再做具体细分。

⑥ 参见徐訏《我的中学生活》，《徐訏文集》第 11 卷，上海三联书店 2008 年版，第 252—255 页。

知上帝的儿女们是平等的，而现在发现事实的确不是如此，这与我过去中国学校里所接受的爱国精神有一种说不出的冲突。……

我以前所知道的总是中国的复兴要我们一辈努力，而现在竟说我们努力的结果还是为外国人做事，这当然使我起了很大的反感。……

他（引者注：吴鼎昌先生）始终不是一个我可以钦佩的人。像他这样有资望的前辈，对一个中学生，实际上是对一群中学生食言，总是不够"风度"的。[1]

受教育时代的徐訏已经由自己所接受、所看到甚至所反对的儿童教育状态，逐渐形成了自己的人生观与价值观。在这段回忆性观点中，可以很明显地发现徐訏的爱国情怀：不喜欢洋人办的教会学校，不愿意为外国人做事，愿意做一个堂堂正正的中国人。努力复兴中国，承担中华民族的责任，正所谓天下兴亡，匹夫有责。徐訏的这一爱国情怀正是本文所讨论的一大重心——"中华"观念。这一观念从徐訏受教育时期即已萌芽，并延续一生，是徐訏思想的重要组成部分。徐訏从未忘却自己作为国人的"中华"观念。在诗歌《无题的问句》中，徐訏明确地表达了他的爱国之心：

> 你们不妨说我是荒谬的知识分子，
> 总是不想讨人欢喜。
> 但请不要说我是反革命，
> 或者是小资产阶级的劣根性，
> 我只是有一颗怀疑的头脑，
> 同一颗真正爱国的痴心。
>
> （《无题的问句》，收入《无题的问句》，1979 年 6 月 22

---

[1]　参见徐訏《我的中学生活》，《徐訏文集》第 11 卷，上海三联书店 2008 年版，第 253—254 页。

日，晨一时半）①

在徐訏即将辞世的 1979 年，他挥笔写就了长诗《无题的问句》，透露出鲜明的"中华"观念。徐訏不怕被人称作不讨人欢喜的荒谬知识分子，但却并不愿意被人称作反革命或小资产阶级劣根性代表者。"我只是有一颗怀疑的头脑，/同一颗真正爱国的痴心。"在徐訏心中，这一切的争辩与批判、思想意识的交锋与对立，都无非是出于真正的爱国情怀，而非简单的阶级之争与利益之辩。

不过，徐訏对中学生活的回忆却并非仅仅透露出"中华"观念，同时更表达了徐訏的另一重思想："个体"思想。受教育时代的徐訏不仅看重"中华"，更看重"上帝的儿女们是平等的"、看重一个"人"是否值得钦佩，看重"一群中学生"的价值，以及这一群中每"一个"的价值。当任何一个"上帝儿女"被侵害，当任何"一个中学生"的权利被剥夺，当任何一个"人"不被尊重，徐訏都将感到个人价值的损毁。从受教育时期开始，我们已经发觉了徐訏的第二重思想，也即以"个体"为本位的个人主义思想。这一重思想健康而牢靠地生长于徐訏的思想地带，并绽放出夺目的光彩。在诸多徐訏撰写的议论性文章中，"人"的价值以及文学作品对"人"的抒写等问题被反复多次地论及：

因此，凡是深入人性的作品，虽然有许多民族的风俗习惯以及传统上的不同，透过人性，我们仍可以完全引起同感的。②

---

① 徐訏出版有九部诗集：《灯笼集》《借火集》《幻襲集》《进香集》《未了集》（以上五部集结为《四十诗综》，1948 年由上海夜窗书屋出版。同年上海怀正出版社又再版这五部诗集，《幻襲集》更名为《待绿集》，《未了集》更名为《鞭痕集》）、《轮回》（正中书局 1977 年版）、《时间的去处》（南天书业公司 1971 年版）、《原野的呼声》（黎明文化事业 1977 年版），最后一部诗集《无题的问句——徐訏先生新诗·歌剧补遗》（香港夜窗出版社 1993 年版）则由廖文杰整理徐訏遗作编辑而成。另注：本文引用及参考的徐訏诗歌，主要来源于以上所提的《四十诗综》《轮回》《时间的去处》《原野的呼声》《无题的问句》几部诗集，同时参考《徐訏全集》（正中书局 1966—1970 年版）、《徐訏文集》（上海三联书店 2008 年版）中所辑录的诗歌。

② 徐訏：《美国短篇小说新辑序》，《门边文学》，南天书业公司 1972 年版，第 144 页。

　　既然是人的表达，在自由主义下，如果我们要主张言论自由，那么比言论自由——即所谓传达自由——更根本的表达自由，就更不应当限制与干涉了。这原是很简单的道理。①

　　能够把人了解成一个人，一个有血有肉有个性与人格的人，那只有在一些伟大的作家，和司马迁曹雪芹一类人的笔下才能见到。②

　　徐訏认为，人性是人类最基本的性情，在文学作品中，只有真正触动人性的表达，才真正可以引起人类普遍的情感，社会应尊重人性，正视"人"的存在，"不应当限制与干涉"人最"根本的表达自由"。与此同时，应充分尊重"人"的鲜活属性，将"人"看作"有血有肉有个性与人格的人"，在文艺作品中，更不应将人扁平化，而应尽量建立人类精神世界的复杂与鲜活状态。总结起来，徐訏对"人"的看法有以下几点：尊重"人"的存在，尊重"人"的自由，维护"人"本性的鲜活。

　　这些有关"人"的思想及文艺思想实际上已形成了个人主义与自由主义的发声。《回到个人主义与自由主义》是徐訏在香港出版的思想论集，后以《个人的觉醒与民主自由》为名于台湾再版。在《个人的觉醒与民主自由》论集的序言中，徐訏谈到了个人主义与自由主义的观点：

　　　　这本《个人的觉醒与民主自由》，在香港初版再版时是叫做《回到个人主义与自由主义》，出版后曾经获得许多反应。这些反应，无论是赞成或反对，我都非常感激。我对于反对我的，甚至叱我是离经叛道的人，我也从不争辩。原因是我的意见只是我自己的意见，我并不想强人与我相同。我们尊敬别人与我不同的意见，正是真正

---

　　① 徐訏：《自由主义与文艺的自由》，《个人的觉醒与民主自由》，传记文学出版社 1979 年版，第 125 页。
　　② 徐訏：《人物与神话》，《街边文学》，香港上海印书馆 1972 年版，第 79 页。

的个人主义与自由主义的精神。

　　一个人的人生观，社会观，以及世界观原是根据一个人的际遇、教育、经历与体验，自然也决无绝对相同的人生观、社会观与世界观的。这也可以说正是人心之不同犹如其面。①

　　可以看出，在徐訏的思想观念里，"人"的价值与对"人"的尊重尤为重要。即便是反对个人主义价值观的人，徐訏也出于对于"人"的尊重而不与其强行争辩，更不会"强人与我相同"。在徐訏看来，由于"一个人的际遇、教育、经历与体验"不可能与他人完全相同，则社会理应尊重不同人的不同思想观念。徐訏力图建立一个"人"的世界，在这里，每个人都能充分认识到"自我"的存在，充分享有自由与自由带来的一切权利，并始终保有生命性征的鲜活。

　　1936 年，徐訏主编的《天地人》杂志第 1 卷第 4 期的卷头语，就曾将"大中华民国"与"同是在世界上求生存的人类"两种意识综合在一处申说，既体现出"中华"族群意识，又不忘"个体"人类②。实际上，徐訏的"中华"观念与"个体"思想一直都是一体两面的，正因有每一个"个体"，才会有"中华"民族的整体权益，正因有"中华"民族的存在，"个体"的权益才有可能得到保障：

　　　　于是我唱起最熟识的军歌，

　　　　这在当初泥醉的伙伴也会来应和，

　　　　可是如今我不但不能把他们唤醒，

　　　　也难再使他们感到我噜苏。

---

　　① 徐訏：《道德要求与道德标准》，《个人的觉醒与民主自由》，传记文学出版社 1979 年版，第 1 页。
　　② 更多讨论，参看拙作《徐訏个体思想与"社会使命"追求的复杂关系》，《广播电视大学学报》（哲学社会科学版）2016 年第 2 期。

但我还在白骨堆里静静等待，

我想把骷髅的下颚一个个拨开，

因为我相信那里一定还有山歌，

在他们死前的舌底存在。

（《战剩的情绪》，收入《灯笼集》，1936 年 2 月 18 日，深夜，上海）

这是徐訏众多诗作中非常引人注目的一首，战争结束，无论胜利或失败，"剩"下的究竟是什么？抒情者"我"一面重新唱起最熟识的"军歌"，一面又相信，死去战友舌底，一定还有"山歌"。这恰是徐訏思想一体两面的集中显现：为了"中华"民族利益，参军打仗乃是匹夫有责，无可避免，但与之同时，他们又不仅仅是军人，更是一个"个体"的人，除了唱"军歌"，他们还有属于"个体"人的"山歌"没有唱完。于是在这首诗作中，既有"中华"观念的要义，更有"个体"生命意义的贯穿。可以说，无论何时何地，徐訏思想中，始终保有"中华"与"个体"，它们一体两面地存在，共同建构了徐訏的思想地带。

二 "个体"思想：被动的"游离"

徐訏的思想萌生于儿童教育时期，且一体两面地持有"个体"与"中华"两种思想。徐訏经由鲜活的人生体验获取定性的思想境界，原是自然而通透的发展过程。可以设想，如果没有外界的干涉，徐訏"个体"与"中华"的双重思想将走向进一步的融合。然而，徐訏身处的时代环境①并没有给予这份宽容，相反，却使得"个体"与"中华"走向了两相对峙的局面。即便如徐訏，一面抱持"中华"观念，一面坚守"个体"思想，亦将遭受非议。

---

① 这一时代环境主要体现于国族意识形态干预，以及政治意识形态干预，延续在徐訏终身的生命体验中。

孤岛时期，徐訏曾与巴人针对"抗战文学"进行过一场论争①，徐訏曾写有一首诗名为《私事》，其中最末节是这样写的：

> 如今我虽然学会了字，
>
> 学会了读漂亮话里论生谈死，
>
> 可是我知道街头葫芦里都没有药，
>
> 而流行文章里争的都是私事。
>
> 　　　　（刊于《文汇报·世纪风》，收入《待绿集》，1939 年 3 月 21 日，晨四时，上海）

在楼适夷主编的第 3 卷第 1 期《文艺阵地》上，巴人发表了长篇巨论《展开文艺领域中反个人主义斗争》，其中集中批判了徐訏的《私事》一诗，认为它是非常有毒的瓦斯弹，会消灭千万人的斗志，流露着个人主义的倾向。② 同一时期，徐訏也在《鲁迅风》中发表过《晨星两三》一文，明确地说出自己心中所向："医生是把人看作一只表，看护是把人看作一只鸟；所以我不爱医生而爱看护。——不能把人看作一只表的不是好医生，不能把人看作一只鸟的不是好看护，这些我不但不爱，而且痛恨。"③ 显而易见地表达了自己对个人的尊重观念。在这里，我们无意去深究论争双方彼此各执的己见，而仅重点关注徐訏抗战时期较为独特的思想观点。徐訏"不爱医生而爱看护"，不看重流行文章里争论的私事，而只求将人看作"人"。在"中华"陷入危难的时间段中，徐訏必然也以抗战为重，④ 但他从未放弃对"人"的尊重，始终不忘"个体"。然

---

① 有关这一论争的阐述详见王一心《徐訏与巴人的笔墨官司》，《台港与海外华文文学评论和研究》1995 年第 1 期；周允中《从〈鲁迅风〉到〈东南风〉——记苗埒、徐訏和巴人的一场笔战》，《新文学史料》2001 年第 1 期。

② 巴人：《展开文艺领域中反个人主义斗争》，《文艺阵地》第 3 卷第 1 期。

③ 徐訏：《晨星两三》，《鲁迅风》第 11 期。

④ 因为抗战爆发，1938 年，徐訏毅然中断了在法国的留学生活，只身回国，可见在徐訏的心目中，国事的确居于首位。参见吴义勤、王素霞《我心彷徨——徐訏传》，上海三联书店 2008 年版，第 127 页。

而，当集体的对抗形成凝固性力量，这种力量也便成为一种恒定性的价值观。当抗战的斗志逐渐从"个体"的体验（个体感受到家园的损毁，个人利益的损害）上升为"中华"的经验（中华民族每个个体均不同程度地受到利益的威胁），再最终升华，成为众所周知的观念时，一致性的价值态度便具备了凝聚的强势力量。这种强势力量因为统一而集中、强大，却同时也有可能逐渐脱离于最初的"个体"体验，以观念的形式直接灌输于新的体验者，并造成一种无形的意识压迫，成为一元化的国族意识形态。正如勒庞在《革命心理学》中所说："个人在作为大众之一员而存在时，具有某些与他在作为孤立的个体而存在时迥然相异的特征，他有意识的个性将被群体的无意识人格所淹没。""集体心理在瞬间就可以形成，它表现为一种非常特殊的集合，其主要特征在于它完全受一些无意识的因素控制，并且服从于一种独特的集体逻辑。"① 这个时候，尊重"个体"的思想显然就难以与一元化的国族意识形态合流，而必然被排斥，成为一种"游离"的思想："游离"于国人一元化的国族意识形态之外。对于徐訏而言，此时此刻，尽管他从未放弃"中华"，但若他依然坚持"个体"，这种被动的"游离"将成为一种必然。

值得注意的是，徐訏的思想"游离"，绝非仅"游离"于一元化国族意识形态这么简单。除此之外，徐訏同样无法接受革命政治意识形态对"个体"思想的约束。徐訏在青年时期曾热切地信奉过共产主义，但他并未真正参加过革命活动，且很快抽身，从此走上了不同于共产主义的人生道路。"当时的徐訏，对左联的态度始终是若即若离的，他不会接受左联的组织约束，也不会参加实际的革命活动，对马克思主义，他有的只是一种学术、理论上的兴趣。"② 徐訏一生未曾加入任何党派，不仅如此，在他几乎全部的人生中，徐訏甚至未曾拥有过任何宗教信仰，只在去世

---

① ［法］勒庞：《革命心理学》，佟德志、刘训练译，吉林人民出版社 2011 年版，第 69 页。

② 耿传明：《轻逸与沉重之间——"现代性"问题视野中的"新浪漫派"文学》，南开大学出版社 2004 年版，第 42 页。

前不久，才最终受洗成为天主教徒。在徐訏进入文坛的 30 年代，中国作家大批量地接受阶级意识、政治意识。"胡秋源七十年代在台湾曾经谈到过，三十年代作家中百分之九十以上是信仰社会主义的，此说不一定准确，但有一定道理。创造社的集体转向和大批作家的向左转，是三十年代的重要的文学现象。"①　"尽管学者可以不同意'左翼文学是主流意识形态'的观点，但无人能否认左翼文学思潮对于 30 年代诸种文学力量的巨大影响力及整合作用。"②　"到 30 年代早期，一种新的左的取向已经在文学舞台上形成了。"③　倾向左翼的人士与共产主义学说的支持者必然会视徐訏为异端。徐訏清醒地意识到自己的处境："我的那些当年引我为同志的朋友，因为我提出那些批评史大林的书籍与文章，请他们给我解释；我就被他们认为是'托派'，'托派'在当时那些'正统'国际派的人来说，也就是'汉奸'。"④　在这样的背景下，徐訏显然难以逃离被孤立的命运。"徐訏的文学生涯始终处于一种'左不逢源，右不讨好'的处境之中，这也是他自己经过审慎的思考做出的选择，他与其时代的'主义政治'、'党派文学'，都刻意保持了距离，力求站在一种中立的个人的立场上说话、写作，忠实于自己的良知，不作违心之论。"⑤

徐訏不仅反对一元化的国族意识形态、革命政治意识形态，也同时反对文学启蒙的意识形态。在《大陆文艺的命运》一文中，徐訏说道：

　　中国自新文艺运动以来，一开始似乎就出现了"任务"性和

---

① 朱晓进：《政治文化与中国二十世纪三十年代文学》，人民出版社 2006 年版，第 233 页。
② 陈旋波：《时与光：20 世纪中国文学史格局中的徐訏》，百花洲文艺出版社 2004 年版，第 19 页。
③ ［美］费正清、费维恺编：《剑桥中华民国史（1912—1949 年）》下卷，中国社会科学出版社 1994 年版，第 416 页。
④ 徐訏：《我的马克思主义时代》，《现代中国文学过眼录》，时报文化出版企业股份有限公司 1991 年版，第 380 页。
⑤ 耿传明：《轻逸与沉重之间——"现代性"问题视野中的"新浪漫派"文学》，南开大学出版社 2004 年版，第 43 页。

"使命"性的文艺思想。

这一方面是中国的所谓"文以载道"的传统，另一方面则是新文艺运动是同"爱国""救国"运动一同起来的东西。

……

但是为人生的艺术，当然是表现人生或是反映人生，可是中国，有"为人生而艺术"的时候，就说到"改造"人生或"指导"人生，以至"改进社会"，这就来了一种"教训"性的"任务"与"使命"。①

在徐訏看来，"任务"和"使命"的文艺思想自新文艺运动以来就似乎已出现，当文学表达与"爱国"相连，主体性的抒发就束缚于观念性的道德了。从"为人生"滑落至"改造"人生乃至"指导"人生，似乎成为中国新文学发展之必然。在文学创作立场上，徐訏认为启蒙本身就带有功利属性与说教嫌疑，并不能真正尊重"人"的存在，尊重"人"的自由，维护"人"本性的鲜活。

文学艺术与教育是两件事，文学艺术与政治是两件事，文学艺术与警察也是两件事……但是新文艺运动的文艺，无形之中套上教育民众，宣扬政治，揭发社会黑暗……一类奇怪的使命。②

徐訏更关注"个体"人的主体思想和本来权利，任何附加其上的教条、规约、意志，都被认作是强加与压迫。在这样的意识下，徐訏感触到文学启蒙的使命意识与政治意识形态之间的共通之处，即这种"替天行道"的架势竟相似于"独裁者所加文协作协的使命"。

在一元化的国族意识形态、革命政治意识形态、文学启蒙的意识形

---

① 徐訏：《大陆文艺的命运》，《门边文学》，南天书业公司1972年版，第111—112页。
② 徐訏：《五四以来文艺运动中的道学头巾气》，《场边文学》，香港上海印书馆1971年版，第36页。

态等意识形态的多面夹击下，徐訏的"个体"思想难于舒展，只能被动地"游离"于主流意识形态之外。

三　批判与撕裂："'神—魔'综错"夹击下的困境

当徐訏的思想"游离"于主流意识形态之外，他的思想主张也便成为众矢之的。在徐訏的诗中，诗人这样写道：

> 有人说我议论不合政治的要求，
> 有人说我思想有违传统的道德，
> 有人说我感慨多是无病呻吟，
> 有人说我文章都是愤世嫉俗。
>
> 于是在这茫茫的尘世中，
> 我再也无处立足，
> ……
>
> （《过客》，收入《原野的呼声》，1962 年 11 月 11 日）

这是一个极为强烈的孤独者形象，且独自对抗着几乎全部的世人。在如此敌对的环境中，徐訏被迫于"茫茫尘世中""无处立足"。然而，诗人却并没有放弃对"个体"思想的追求与坚守，顽强地承受着无数"有人"的攻击。如果进一步追问，什么又是诗中所言的"政治的要求""传统的道德"，"有人"又何以指责徐訏"无病呻吟""愤世嫉俗"？再者，何以多重的主流价值观皆悖逆于徐訏的"个体"思想，不同的"有人"为何同样在讨伐孤独"个体"的徐訏，或至少与他站在不相融合的阵营中？

实际上，无论是一元化的国族意识形态、革命政治意识形态，还是文学启蒙的意识形态，其同构性在于其一元化性征，也即，具备强硬的贯彻性与唯一性。这就引申出徐訏思想的根源性"游离"：徐訏的思想始终"游离"于一元化思维之外,只要是一元化思维,皆与徐訏的思想无法相合。徐訏身处的时代,价值观不具多维空间,只能一维存在,凡与既定价值观相左的价值观,都是对立的价值观。这其实正是国人熟悉的二元对立思维。二元对立与一元化正是同一种思维的一体两面,正因持有一元化主张,凡与之不同的,则必然是对立的。前文已述,徐訏是一个二元思想的持有者,对于二元对立思维,无论具体是哪种对立,显然都是徐訏反对的思维方式,必然导致徐訏无法融合其间。针对二元对立思维,徐訏有着鲜明的批判意识。他曾在《人物与神话》一文中说:"中国人论人的文章,不是把人说得一文不值,就是把人说得天花乱坠。不是把人说成恶魔,就是把人说成神仙。这也就是画脸谱的方法,不是正派的十全十美的人物就是反派的万恶祸根。"① 这已将二元对立思维对文学创作的影响揭示而出。除此之外,徐訏更写过一篇《"神—魔"综错》的文章,直接揭示并批判了二元对立思维本身:

> 当我是个小孩子的时候,对于人的分类只有两个,那就是好人与坏人,看戏看电影,也总爱问长辈,哪一个是好人,哪一个是坏人?以后看小说,很清楚,侦探总是好人,土匪是坏人;……而小学历史教科书,也是圣贤奸邪分得一清二楚。
>
> ……
>
> 好人往往是一百个好,坏人则是一百个坏。好人就是神,坏人就是魔。
>
> 以后长大了,到了中学,对于这个二分法慢慢怀疑。但似乎下意识里还存在这奇怪的阴影,遇到了对待的事物总是很容易把好人好事神化,而把坏人坏事魔化。
>
> 我现在把它叫做"神—魔综错"(G-D Complex)。这个综错很容易使人对事与人盲目,我以后就两次陷入了幼稚的陷阱。②

---

① 徐訏:《人物与神话》,《街边文学》,香港上海印书馆1972年版,第79页。
② 徐訏:《"神—魔"综错》,《徐訏文集》第11卷,上海三联书店2008年版,第288页。

　　这是徐訏对自己童年所接受的教育及形成的观念意识的回忆。在童年徐訏看来，好与坏总是分得一清二楚，文学作品、价值观念、教科书内容，皆教育儿童区分"好坏"，待徐訏成长后，虽对此"怀疑"，却"下意识里还存在这奇怪的阴影"，喜欢做好与坏的极端分析与处理。熟悉心理学的徐訏将之称作"'神—魔'综错"，实际上，这种综错依然深刻地影响着人们的思维：

　　　　当对峙的爱国主义占有人类意识的时候，如这些年的阿拉伯与以色列的战争，也总是把自己神化将敌人魔化，以为正义之神一定站在自己一面的。

　　　　当竞争的党团斗争尖锐时，也一定要把自己神化，要把对方魔化。

　　　　当政治的斗争凶烈时，也一定要把自己神化，要把对方魔化，如斯大林说托洛斯基为帝国主义的走狗，反革命，卖国贼……

　　　　在这些对峙的号召与宣传中，很多人会接受这些"不顾事实""远离常识"的幻觉，我想想或者正是因为我们人人都有"神魔综错"在我们下意识里，随时一呼唤就会起来呼应的缘故吧？[①]

　　在徐訏的讲述中，政治意识形态作用与人们脑海中的"'神—魔'综错"已然形成了勾连。事实上，政治的"号召"与"宣传"从来都只能是在国人的响应之下才能发生效力，而作为国人，也只能是自身本就存在某种导向，才有接受外界"号召"与"宣传"的可能。

　　徐訏如此清醒地批判了"'神—魔'综错"的二元对立思维，并对它存在的问题进行了一针见血的剖析。然而，问题的关键在于：徐訏虽然清晰地划分了自己与二元对立思维的界限，却始终无法规避这一思维裹

---

　　① 　徐訏：《"神—魔"综错》，《徐訏文集》第 11 卷，上海三联书店 2008 年版，第 289—290 页。

挟的群体力量对自己思想的夹击，以及夹击下形成的困境。所谓二元对立，即非此即彼，不存在模糊过渡，更不存在兼容。像徐訏这样的二元思想持有者，显然无法在二元对立的思维环境中自由生存，故而，徐訏最终的命运必然是被放逐。耐人寻味的是：二元思想持有者的确可以放逐自我而去，去寻找适合二元思想生长的区域。但对于徐訏而言，他的二元思想却是"个体"与"中华"，这就意味着，无论徐訏去到任何区域，无论这个区域是否适宜二元思想生长，一旦离开了中国的主体大陆，"个体"思想固然能够得到保留，"中华"观念的合理持有权却会自行消亡。一旦"中华"的合理持有权消亡，不论"个体"思想是否依然完好，徐訏二元思想的完整性也会自行消亡。

　　徐訏终归持有的是"个体"与"中华"两种思想，但他却不得不面临无处逃遁的两重困境：选择留在中国大陆，在一元化思维的把控下，二元思想的持有者将很难拥有自由生存的权限，徐訏最多能够持有"中华"观念，却定然不能坚守"个体"思想；选择离开中国大陆，虽能坚守"个体"思想，却等于自动放弃了留守中国大陆的权利，"中华"观念的合理持有权注定会破灭。这即是徐訏最为艰难的选择：是与主体"中华"站在一处，还是为坚持"个体"放逐自我而去？吊诡之处在于，无论如何努力，徐訏的思想只能被拆解成单向度的思想，不再具备兼容性与完整性。无论怎样选择，徐訏余生的思想道路都将无可避免地陷入两难境地。"一个知识分子的立场，说到底也是个性与爱好的立场，就是以自我为中心的、以知识良知为基点的独立立场，它并不天然属于任何阶级，甚至自身也不成为一个独立的、固定的阶级。"[1] 徐訏向往并试图立足于这样的知识分子立场，希冀"个体"与"中华"两种思想可以自由地同时持有。然而，这样的立场在当时的历史情境中终将无处栖身。徐訏只能不停地呼号着生存的悲哀：

---

[1]　许纪霖：《大时代中的知识人》（增订本），中华书局 2012 年版，第 326 页。

生没有经我允许，

存没有给我选择，

文化与传统的交代，

未经我取舍与同意，

我只是被安置在一个型，

一个框，一个图案的中间。

……

（《虚无》，收入《原野的呼声》，1965 年 6 月 24 日）

在徐訏的思想体验中，"允许""选择""取舍""同意"，都不是他能够享有的权利。他只能接受双重的困境，无论被"安置"在任何一个位置，都不能自由地完整拥有属于他的二元思想。

耿传明在谈到"新浪漫派"的个人主义观念时如是说："徐訏和无名氏的个人观念是经过反刍和内省的个人观念，是经过强烈的自我怀疑、自我负疚之后仍不能放弃的个人观念，因此他们……就更多地触及了'个人'观念的真意，消极意义上的个人自由的意义，这使其在个人观念上有了更深一层的觉醒。"① 深层觉醒的徐訏最终还是坚守了"个体"思想，他排除了文学启蒙意识形态，排除了革命政治意识形态，划清了与一元化国族意识形态的界限，始终凸显着"个体"人的主体性与价值。这个时候，徐訏已然"游离"于同时代主流价值观（一元化思维）之外。令人叹息的是，"游离"者徐訏在迈出"游离"的沉重步伐之后，也将不得不撕裂自我思想的完整性：为求"个体"，放弃"中华"。无论如何选择，思想的撕裂将是徐訏思想追求的必然结局。1950 年，徐訏被迫离开大陆前往香港。这一具象的行为意味深长：从此，徐訏将不仅"游离"于一元化思维之外，更是在实际的"身"存状态中"游离"于主体的"中华"区域。这一"身"存状态的被动变迁，带来了思想的被动切割：

---

① 耿传明：《轻逸与沉重之间——"现代性"问题视野中的"新浪漫派"文学》，南开大学出版社 2004 年版，第 79 页。

抱持"个体"与"中华"两种思想的徐訏，无论再如何心怀"中华"，一旦为坚持"个体"离开大陆，也便同时放弃了对"中华"观念的合理持有权。徐訏遭受的放逐，不仅是地理放逐与思想放逐，更是自我内心的撕裂性放逐：既放逐于实体的大陆"中华"，同时也被动失去了"中华"观念的合理持有权，更破碎了自我思想原本的完整性。徐訏原有的一体两面的"个体"与"中华"，最终被迫彼此撕裂。这是时代对徐訏的限定与局限，也是徐訏无可避免的思想结局。

四　"游而未离": 诗人徐訏的精神悖论

论题讨论至此，徐訏的"个体"与"中华"也便由一体两面走向对立与撕裂，徐訏也成为一个无论思想与"身"存皆名副其实的"游离"者。抗拒一元化的国族意识形态，抗拒约束甚至泯灭"个体"思想的政治意识形态，抗拒文学启蒙的意识形态……无论是思想空间还是实际生存空间，在大陆"中华"，徐訏几乎找不到可以容身的区域。

值得注意的是，在一次次的思想论争与对抗中，表面上，被非议的是徐訏的"个体"思想，但南下香港后，真正被放逐的，却是徐訏的"中华"观念。在与一元化思维的对抗过程中，徐訏坚守住了"个体"思想，但却也因此失去了原本属于他的"中华"。因为，如果坚守"个体"思想，便无法在大陆"中华"容身，而离开大陆"中华"，却同时不再具备持有"中华"观念的合理权益。与其说这是一种合理持有权，不如说这是来自徐訏内心的自我指认：被放逐于大陆之外，实际等于被放逐于参与主体"中华"命运的权益之外，在徐訏的内心中，从儿童教育时代便深种的爱国情怀将不再具备自我言说的合理性，因为在徐訏看来，他已经被放逐，丧失了这项国人基本的权利义务。这形成了徐訏思想中的第一重精神悖论：徐訏追求"个体"人的价值与权利，却在实际的坚守中，恰恰丧失了"个体"追求的多元与空间，使自己不再具备选择和决定自己思想范畴的权利。

然而，更重要的是，丧失"中华"权利的徐訏，其内心的失落程度，并不亚于失去"个体"权利。徐訏从不愿被否定自己有着"真正爱国的痴心"。求学阶段，不愿看到洋华童被区别对待，1938年，毅然放弃了在法国未完成的学业，只为奔赴祖国加入抗战的洪流中。在沦陷区，徐訏不愿出任伪职，为此离开上海，奔赴大后方。① 徐訏的"中华"观念无须赘述。行文至此，再谈论徐訏的"中华"观念，并非是"中华"—"个体"—"中华"的简单反转，而实际是在说，徐訏作为一个二元思想持有者，当他被动地因"个体"思想而放弃"中华"观念的持有权时，他的内心并非因此真的放弃"中华"观念本身。相反，"中华"观念仍然胶着于徐訏的思想中，形成了徐訏第二重的也是最为严重的精神悖论："游而未离"。所谓"游而未离"，也即，徐訏虽然在"身"存上"游离"于大陆之外，在思想上"游离"于一元化思维之外，但他的内心从未离开大陆，他的思想也从未离弃爱国，从未割舍下"中华"。可以说，徐訏是一个有着"大中华"心态的人，即便他身在香港、台湾，也从未将自己、将港台斩离于大陆之外，而从来认为，大陆和港台与每个华人息息相关。可以说，徐訏从未放弃对"中华"命运、对国家兴亡发展的关注。

循着这样的思路往下看，便会理解，尽管徐訏坚持"个体"思想，拒绝一元化思维的渗入，但徐訏与超离于政治之外的诸多文学创作流派及创作者却又并不真正相同。无政治信仰的作家大多选择远离政治，不论他们最终是否真的远离了政治，至少在文学创作上，这些作家笔下的世界是超然的、审美的，其文亦不涉及政治论述。"我们不可能真正逃避政治，尽管我们或许试图漠视政治。"② 能否真正逃避政治尚是另外一个留待讨论的话题，但作家毕竟愿意"试图漠视政治"，并创作出与政治看似无关的文学文本。徐訏却始终直面着政治，因为政治的走向将直接决定"中华"的命运，作为一个拥有强烈"中华"观念的人，徐訏不可能

---

① 有关徐訏的人生经历，可参见吴义勤、王素霞《我心彷徨——徐訏传》，上海三联书店2008年版。
② ［美］罗伯特·A.达尔：《现代政治分析》，王沪宁、陈峰译，上海译文出版社1987年版，第5页。

视政治为无物，或轻易规避。如果说他的多数小说常常被认作唯美、异域、幻想，尚无法直观看出作者的政治姿态，那么，在《场边文学》《门边文学》《街边文学》《在文艺思想与文化政策中》《回到个人主义与自由主义》《现代中国文学过眼录》等杂论与文艺论著中，徐訏对政治现状的关注与批判则达到了锋芒毕露的程度。

如果说徐訏的诗歌偏重抒情性，多喜借助诗情画意之境抒发欢喜悲苦等诸多心境，那么，在徐訏即将离世的晚年，他的诗歌更多出现了直指政治现实之作，而他对政治的关注与抒写更是有着不言自喻的表达。1977 年和 1979 年，徐訏已身处香港近三十年时间，但他从未忘记内心的"中华"。"打着红旗反红旗，/嚷着革命反革命。"徐訏用他特有的诗歌话语剖析着动乱年代的政治价值观，《你从北国回来》，更是用直白的申诉表达一种"无题的问句"。

在徐訏的心中，爱国、救国、天下兴亡匹夫有责的意识从未消失，他的"中华"观念更不曾因他离开祖国大陆而消泯，反倒愈发强烈。如果徐訏不再拥有"中华"观念，他大可南下香港，从此践行自己尊重"个体"的思想，并从此不再关注大陆的政治运动与思想发展。实际上，徐訏对祖国大陆发展情况的关注本身已鲜明地体现出他依旧强烈的"中华"观念。我们可以来看一首徐訏的诗歌《你说》：

> 我深居简出孤独地读唐人的诗篇你说我太落伍，
> 我奔东走西开会游行讲原子的学理你说我太前卫；
> 早晨九点钟睡在床上看流行的杂志你说我太懒惰，
> 但是十点钟我对窗读报纸你又说我把人家吵醒。
>
> 我早出晚归每天沉默地低头办事你说我太贪利，
> 我忠诚地对人发表我自己的意见你说我太重名；
> 我闭户谢客不求闻达于社会你说我自命清高，
> 我送往迎来交际于旧好你又说我有野心。

　　我不修边幅破衣旧履任发乱胡长你说我故作惊人，

　　我衣冠整齐凑合着社会的时尚你又说我展览风情；

　　我响亮地逢人说早安你说过敏的朋友都怪我声音太重，

　　我低微地同人道再会你又说人家会怪我礼貌未尽。

　　那么你可是要我跟着你反复地讲述陈旧的八股滥调，

　　喊幼稚的口号，对墙上领袖主席的照相自作多情，

　　或者也要我穿上制服追随你在街头路角，

　　摇旗呐喊，卖弄风骚，待新贵权臣的赏识怜悯。①

　　"落伍""前卫""懒惰""把人家吵醒""贪利""重名""清高"
"野心"……无论诗人怎样做，皆有人站出来对诗人进行指责。这首诗歌
显然直接地表达出徐訏在一元化思维规约下的不自由状态，也可看出身
处于这样的时代，徐訏内心积压的愤懑。诗中始终反复出现两个视角与
态度，一是"你"，一是"我"。如果将诗中"你""我"的关系做出总
结，可以有如下发现：

　　1."你"的言语地位显然凌驾在"我"之上，所处的是批判的视角，
"我"则是被批判的对象。

　　2."你"是社会情态的规范，是行为准则，而"我"是不遵守规
范者。

　　3."我"非常清楚"你"的价值观，并不齿于这种价值观。

　　4."我"拒绝"你"的价值观，但不能视"你"为无物，"我"活
在"你"的规范制约下。

　　5."我"不仅无法视"你"为无物，还对"你"有着强烈的倾诉、
回应、质问的欲望。而"你"对"我"则只有斥责，并未体现出强烈的

---

① 徐訏：《你说》，《徐訏文集》第 15 卷，上海三联书店 2008 年版，第 273 页。

沟通欲望。

从以上总结的几点可以看出，"我"是被批判、规约的对象，但"我"却从来不妥协于这种批判与规约。虽则如此，"我"却无法忽视"你"的存在，并始终极为关注"你"的状态。实际上，徐訏虽然并不认同大陆的一元化思维，但他却无时无刻地关注着大陆思想状态的发展情况，始终对此存在着焦虑与关切，而一刻不能忘怀。即便自身已被迫离开大陆，心中也依然充满系念，那种强烈的倾诉、回应、质问的欲望从未消失。徐訏一刻不能忘怀的，仍旧是祖国的未来。无论身处何时何地，无论境遇如何，徐訏的"个体"思想与"中华"观念始终不愿放弃彼此。即便徐訏因"个体"的思想主张被具体的时代背景排斥其外，徐訏也不曾因此放弃自己的"中华"观念。"游而未离"即是徐訏最为沉重的精神悖论：悖逆于一元化思维，放逐于主体"中华"之外，却始终不能忘却心中的"中华"观念，更不能忘记"个体"与"中华"的二元思想原点。在时代的局限下，无论徐訏如何选择，他都不仅要承受二元思想被撕裂的痛苦，更要承受撕裂后永无止息的胶着与回溯。这最终构成了徐訏终身的思想悲剧。

结　语

徐訏持有"个体"与"中华"两重向度的思想，在一元化思维的时代环境下，他将不可避免地承受思想的"游离"、撕裂与"游而未离"的精神悖论，形成徐訏终身的思想悲剧。"我同一群像我一样的人，则变成这时代特有的模型，在生活上成为流浪汉，在思想上变成无依者。"① 再来看徐訏的这句自述，便会有更为深入的体认：思想上的无依既是徐訏的主动选择，也是时代环境的被动规约，在"一群像我一样的人"中，徐訏的"流浪"与"无依"显然具备极强的典型性。尽管徐訏的经历属于特殊时代，但如若进一步思考，徐訏的两难选择、"游而未离"等精神

---

① 徐訏：《道德要求与道德标准》，《个人的觉醒与民主自由》，传记文学出版社1979年版，第1页。

困境，实际上也是每一个个体都可能存在的精神困境。从童稚到耄耋、从儿孙到父辈、从个体到群体、从传统到现代、从东方到西方、从历时到共时，生命体验乃至文化体验中的过渡、两难与胶着无处不在。这便使得孤独的思想无依者徐訏在更深层的体验向度上具备了与世人的同构性：人类始终都要面对的异变与统一。而说到底，作为"人"，这是永远无法逃遁的精神命题。

跨区域互动的区域文化奇葩[*]

——四十年代非文学期刊《瀚海潮》（汉文沪版）片论

凌孟华　曹　华[**]

内容提要： 1947 年由新疆省文化运动委员会创刊的非文学期刊《瀚海潮》，有着明确的区域文化取向与鲜明的区域文化特色，其汉文沪版在上海南京路出版，可谓跨区域互动的文化奇葩。所见期刊研究成果遗漏了《瀚海潮》创刊号与终刊号，值得补充介绍，其创刊时间也应据版权页之出版月份空白做进一步的讨论。奇葩的绽放得益于编辑者王耘庄与"驻沪代表人"施蛰存的共同培植，历史不应该遗忘二人功绩。《瀚海潮》（汉文沪版）设置有专门的诗歌栏目"天山诗辑"，其中最值得珍视的是辽鹤（柏雪木）的 200 行"自由词"《素华曲》。

关键词：《瀚海潮》；区域文化；非文学期刊；王耘庄；施蛰存

"天山积雪，终年不消；沙漠千里，寸草不生；四顾茫茫，漫无际涯，人烟既绝，飞鸟断迹。然而此地有人口四百万，宗族十余种，绿洲

---

　　* ［基金项目］2019 年国家社科基金重大项目"中国现当代文学思想史"（19ZDA274）。
　　** ［作者简介］凌孟华（1976—　　），男，重庆师范大学文学院教授，硕士生导师，主要从事中国现代文学史料研究。曹华（1978—　　），女，四川师范大学附属中学教师，主要从事现代文学及群文阅读研究。

所绕，物产富饶，山川所蓄，宝藏无量，华夏祖先，衣于斯食于斯者，即已二千余年，我侪为子孙者，岂忍忽视之乎！……新疆省文化运动委员会同人，鉴于发展边疆文化之重要，间不容缓，故遂自忘其谫陋，而妄冀有毫末之补，虽不敢任重致远自许，然不敢不以任重致远自勉焉。海内贤达，谅同此心，幸赐教焉，跂予望之！"这是 1947 年出版的《瀚海潮》之《发刊词》。其词虽然简短，但言新疆之地理、人文与历史堪称精要，谈办刊之目的、自勉与期望可谓得体，已收入刘宏权、刘洪泽主编的《中国百年期刊发刊词 600 篇》。此文能够从编辑团队查阅的"百余年来近万种期刊（杂志）的创刊号"与"几千篇发刊词"中脱颖而出，的确是"能够反映社会思潮、社会背景的，有特色、有代表性的发刊词"①。从印刷语言看，有汉文版《瀚海潮》和维文版《瀚海潮》；而汉文版《瀚海潮》又有上海出版的"沪版"与迪化印行的"迪版"的差别。对此，《瀚海潮》创刊号之"最近动态"就有说明，称"现瀚海潮汉文迪版业已出版，第二期业已付印，维文迪版瀚海潮亦不日可以付印，汉文沪版瀚海潮，自本期起，当继续与内地读者相见也。沪迪两版瀚海潮，因读者需要不同，故内容并不全同，即沪版当多报道新疆情况，迪版当多报道内地情况"。

　　《1833—1949 全国中文期刊联合目录》（增订本）著录有"瀚海潮"条，显示为月刊，迪化新疆省文化运动委员会编辑出版，1947 年 1 月出版第 1 期，1948 年 10 月出版第 2 卷第 4 期后终刊，未区分汉文版与维文版，也未区别汉文沪版与汉文迪版。②《中文期刊大词典》收录"瀚海潮（迪化版）"条与"瀚海潮（沪版）"条，由"新疆自治区图书馆（446）：妥小英"等撰写提供。③ 可知该馆两个版本均有藏，但因该馆改造扩建，资料没能提取翻阅。而维文版瀚海潮，更是不知是否还有存世者。因此，

① 编者：《出版说明》，刘宏权、刘洪泽主编《中国百年期刊发刊词 600 篇》，解放军出版社 1996 年版，第 2 页。
② 全国图书联合目录编辑组：《1833—1949 全国中文期刊联合目录》（增订本），书目文献出版社 1981 年版，第 1257 页。
③ 伍杰主编：《中文期刊大词典》，北京大学出版社 2000 年版，第 558 页。

本文梳理讨论的《瀚海潮》指其汉文沪版。

汉文沪版《瀚海潮》之《征稿简则》进一步阐明该刊旨在："（一）研究新疆省史地经济，民情风俗，藉供施政之参考，以期促进新疆之建设。（二）研究新疆省各族之固有文化，以期各民族间得互相观摩之益。（三）介绍世界重要学说，新兴科学，以期提高新疆省文化水准。"就笔者寓目的全部 16 期《瀚海潮》而言，其内容是符合其宗旨的，是典型的区域文化期刊，也是笔者近年致力倡导和研究的"非文学期刊"，完全符合"不以'文学'为目的，主要刊载'非文学'内容，在主要方面不具有'文学'属性的期刊"① 之定义。同时，其"轻松隽永之小品散文游记，亦所欢迎"也昭示着编者对文学内容的态度。事实上，诸期《瀚海潮》中或多或少都有值得关注的文学性内容，刊发了不少诗歌、散文、民歌、谚语和民间故事，是我们考察 40 年代新疆区域文学的一扇重要窗口。《瀚海潮》汉文沪版特殊性还在于，她是在上海出版的新疆刊物，一方面同时受到当时新疆省和上海市的行政体制力量的管理制约，另一方面也跨越了行政区域之间的边界划分和无形壁垒，体现了区域文学有划分也有联合，有稳定也有流动的复杂性，可谓跨区域互动的文化奇葩。

笔者所见的《新疆通志·著述出版志》（新疆科学技术出版社 2006 年版）、《新疆百科知识辞典》（陕西人民出版社 2008 年版）、《西域历史文化大词典》（新疆人民出版社 2012 年版）等志书和工具书均有《瀚海潮》的著录与介绍；胥惠民编《现代西域诗钞》（新疆人民出版社 1991 年版）、陈世明著《新疆现代翻译史》（新疆大学出版社 1999 年版）、贺灵编《锡伯族文化精粹》（新疆人民出版社 2009 年版）等著述也整理和研究过《瀚海潮》的诗歌及翻译作品。然而，令人遗憾的是，笔者目力所及，鲜见系统整理研究《瀚海潮》的专题论文成果，崔保新教授的《〈瀚海潮〉及其创办人》② 可谓凤毛麟角。崔文对《瀚海潮》之汉文迪

---

① 凌孟华：《非文学期刊与抗战文学形态——以〈国讯〉作家佚作为中心》，博士学位论文，西南大学，2017 年，第 26 页。

② 《伊犁师范学院学报》2015 年第 6 期。

化版与汉文沪版进行了选择性比较，对创办人的经历命运做了较为详细的梳理，给我们颇多启发。但是，崔教授看重的显然是《瀚海潮》的史料价值，即使涉及诗词《复王耘庄先生迪化来书》，其着眼点也并不在文学上。

也就是说，《瀚海潮》刊载保留的 40 年代新疆区域文学现场，仍未引起足够的重视，未能进入多数现代文学研究者和新疆区域文学研究者，特别是研究新疆现代文学或曰民国时期新疆文学的学者的视野。相对于当代新疆区域文学创作与研究的兴盛繁荣，相对于《新疆文学作品大系》（1949—2009）这样的区域文学整理出版的鸿篇巨制，新疆现代文学作品的整理和研究明显滞后。有鉴于此，笔者不揣简陋，就 20 世纪 40 年代跨区域互动的区域文化奇葩——《瀚海潮》及其几个相关问题继续进行梳理和讨论。限于篇幅与学力，论述不成体系，故名之曰"片论"。

一 创刊号拾遗、终刊号掠影与出刊时间讨论

关于《瀚海潮》及其版面内容，目前介绍最为全面的应当首推吴俊、李今、刘晓丽、王彬彬主编的《中国现代文学期刊目录新编》。其上册第 554—556 页对《瀚海潮》的基本情况以及第 1 卷第 2—3 期至第 2 卷 2—3 期的详细目录进行了介绍和整理，显示了编者广阔的学术视野与敏锐的学术眼光，令人感佩。但是，由于超过百人的编撰队伍过于庞大，学术水平与谨严程度难免参差不齐，导致留下了一些遗憾、疏漏和错误。编者在《前言》中也表示"殷切希望学界同仁和有识读者提出批评意见，帮助我们有机会再出一个更加完善的版本"①，这里不敢妄言批评，仅提供一些补正和讨论。

（1）创刊号拾遗。

不管是对于研究者还是收藏者，创刊号都具有特殊的意义和价值。

---

① 吴俊、李今、刘晓丽、王彬彬主编：《中国现代文学期刊目录新编》，上海人民出版社 2010 年版，第 2 页。

台湾作家和藏家张腾蛟先生说得好，"每一本创刊号的身上都潜蕴着诞生的意义，潜蕴着生命的意义，也潜蕴着知识、智慧、文化与心血的意义"，① 谢其章曾有进一步发挥，指出"创刊号是一本新杂志的诞生，宛如初生儿的第一声啼哭，潜蕴着生命的意义，所以格外珍贵。创刊号又是新杂志的第一畦犁痕，播种下希望的种籽，潜蕴着文化、智慧与心血"。② 然而，《中国现代文学期刊目录新编》偏偏遗漏了《瀚海潮》的创刊号目录。今参照目录页拾遗如下：

<table>
<tr><td>发刊词</td><td></td></tr>
<tr><td>增进中苏邦交应有的认识</td><td>陈希豪</td></tr>
<tr><td>谈谈新疆水利</td><td>王鹤亭</td></tr>
<tr><td>新疆省文化运动委员会动态</td><td>资料室</td></tr>
<tr><td>新疆艺文志稿</td><td>王耘庄</td></tr>
<tr><td>前边防督办公署没收人民财产清理委员会成立经过及
　其工作情形</td><td>予扶</td></tr>
<tr><td>杨增新轶事</td><td>天山客</td></tr>
<tr><td>新疆的内幕故事</td><td>王耘庄</td></tr>
<tr><td>编后</td><td>编辑室</td></tr>
<tr><td>新疆在蜕变中</td><td>徐云海</td></tr>
<tr><td>哈族巡礼</td><td>青加</td></tr>
<tr><td>小词一章</td><td>沙雁</td></tr>
<tr><td>新疆省施政纲领</td><td>资料室</td></tr>
<tr><td>诗</td><td>吴寿彭</td></tr>
<tr><td>新疆的音乐家——祖龙</td><td>中国边疆协会边疆艺术委员会特稿</td></tr>
<tr><td>怎样保持夫妇间的情感</td><td>徐淑清</td></tr>
</table>

---

① 张腾蛟：《搜集杂志创刊号》，见梁实秋等《大书坊》，联合报社 1984 年版，第 102 页。
② 谢其章：《创刊号风景线》，《中国档案报》2003 年 6 月 20 日第 4 版。

　　值得说明的是，原刊目录页并未严格按页码先后顺序排列，而是有意将某些内容提前，把个别篇目后置，比如《新疆的音乐家——祖龙》本在第27页，提前到位于正文第18页的《新疆的内幕故事》前面，而《编后》本在第21页，放到了目录最后一条。提前者应有强调之意。具体篇目名称的字体字号也有差别，也可见编辑者的用心，此不赘述。同时，有的篇目在正文中加有副标题，比如《发刊词——兼释封面图案》《新疆在蜕变中——边疆生活断片》等；有的篇目在正文中篇名有别，如《新疆省文化运动委员会动态》《诗》在正文中作《最近动态》与《迪化来书——覆王耘庄先生》；有的内容并未出现在目录之中，如罗家伦词、潘丰曲的《新疆进行曲》简谱，奇伟的《记边疆歌舞欣赏会》，以及资料补白性质的《新疆的可耕地与已耕地》《维吾尔族的度量衡制》《新疆的手工工厂》等。创刊号虽然不分栏目，但已经具有《瀚海潮》内容的基本倾向与特点，包括歌曲、诗词、艺文志等文艺内容。其中罗家伦作词的《新疆进行曲》就是广为流传的《新疆歌》。歌词虽有误植之处（后第7期有勘误表），但连同简谱一起刊出的方式，在所见民国期刊中似乎绝无仅有。作为曲作者的潘丰，旋律犹在，资料难觅，令人唏嘘。而相关诗词，已有后面"天山诗辑"的雏形。

　　（2）终刊号掠影。

　　如果说创刊号是刊物之生，那么终刊号就是刊物之死，而重生重死观念乃诸多人类文化的共通之处，整理研究刊物，要从创刊号到终刊号，方为有始有终，收藏转让刊物，要有创刊号和终刊号，才是全套全璧。所以谢其章2003年和2004年连续在北京图书馆出版社推出《创刊号风景》《创刊号剪影》之后，又于2006年在河南人民出版社出版《终刊号丛话》。其《小言：曲终人未散》结尾云，"终刊号无一例外地折射出历史的某种现象，并作为历史的旁证，任由后人评说与探讨。终刊号应是我们解读现代文化史的一把钥匙"①，可谓识者之论。《中国现代文学期刊

---

① 谢其章：《小言：曲终人未散》，《终刊号丛话》，河南人民出版社2006年版，第4页。

目录新编》不仅错过了《瀚海潮》创刊号的闪亮登场，而且漏掉了《瀚海潮》终刊号的无奈落幕，实在遗憾。如果撰写者功夫用得更深一些，就不用笔者饶舌了。整理期刊目录，不外两种方式，一是新编加说明，一是原文照录。有人欣赏前者，有人主张后者。今照录终刊号目录页如次（含页码）：

卷端偶缀：

不得罪人 = 最得罪人	刚哉（二）
井蛙无罪	昧时（二）
愚颂	沙古（二）
新疆之农业	瀛致萍（三）
新疆南部古城的发现	迪牙阔夫（七）
新疆省立迪化第二中学的过去和现在	新民（一〇）
哈札克·柯尔柯孜及乌兹别克	尹和（一一）
维吾尔述略	刑熙平（一三）
记马仲英事（续）	予扶（一四）
天山诗辑	刘藕茎（一六）
二余杂记	二余室主（一八）
编后记	编者（一九）

这最后一期《编后记》，是了解《瀚海潮》停刊情况的重要史料。其首段云："排工天天在涨、纸张天天在涨，邮费天天在涨，这固然使本刊的维持，感到非常的困难；但我们决定不畏这些困难，设法克服这些困难，继续维持下去！而最大的困难，却是上海方面印好了后，不易寄到迪化来，以致影响到经费，影响到征稿！今年因忙于维护法纪的工作，致脱期甚久，但我想八月十三日到迪的央行机倘能带到二卷二三期及四期，那么以后或者可以按期出版了。"其中的困难是现实的，克服困难的精神是可佩的，而经费与刊物寄到迪化之间的关联，揭示了《瀚海潮》

汉文沪版特殊的合作模式。当然，编者忙于其他事务，可能也是脱期的
重要原因。有意思的是，在末尾落款"编者"之后，另印有一行文字：
"这段编辑后记是八月初写的，不料本期竟延至十月尾始能印出，真是憾
事"，落款"编者又记。"由此可见，第4期在八月初已经编好，再度迁
延两月印出之后，实在难以为继，只能无奈终刊。更为重要的是，后文
还有资料显示，编者于1948年10月离开新疆，返回浙江，自然无法续编
《瀚海潮》。

（3）出版时间讨论。

《中国现代文学期刊目录新编》对《瀚海潮》的"简介"称其为
"1946年10月创刊的学术月刊……1947年10月停刊"。这就和前述
《1833—1949全国中文期刊联合目录》（增订本）与《中文期刊大词典》
等资料著录的时间都不一致。核查原刊，第一卷诸期都有明确的"中华
民国三十六年"，第二卷各期都印着"中华民国三十七年"，可知这又是
一处颇不应该的时间错误。刘增人等的《1872—1949文学期刊信息总汇》
也把创刊时间误定为1946年10月，不知创刊号、第1卷10期与第2卷
第4期都还存世①。

仔细核查汉文沪版《瀚海潮》创刊号版权页，可见出版者署：新疆省
文化运动委员会，发行者署：陈希豪，编辑者署：王耘庄，留有两个地址，
分别是"新疆省迪化市左公路一五二号""上海南京路哈同大楼五〇八
室"，标明"汉文沪版"，这些没有问题。值得注意的是出版时间之月份竟
然空缺，作"中华民国三十六年×月一日出版"（版权页无×，×代表空
格）。此后第二、三期合刊，出版日期之月份同样空缺。直至第四、五期合
刊，才标明"中华民国三十六年六月一日出版"。也就是说，称汉文沪版
《瀚海潮》的创刊时间在1947年1月，可能缺乏足够的依据。

事实上，从编者后来数期《编后记》透露的信息，可知其出版时
间很可能要滞后一个月以上。比如第一期《编后》说："我很兴奋，沪

① 刘增人、刘泉、王今晖编著：《1872—1949文学期刊信息总汇》，青岛出版社2015年版，第3439页。

版瀚海潮明天就要离开迪化，不久以后，便要以文字和内地读者相见了"，第十一期《编后记》说及"譬如编辑这个刊物，常是编辑好了，带不出去；在上海印好了，又带不到迪化来；今天收到施蛰存先生的来信，知道十月二十日带沪的第十期稿件，竟尚未收到！又因为，我和施先生的联系，快两个月了，竟还凑合不起来"，第 12 期《编后记》介绍："本期有铁轮先生等两篇文字，都是写'迪化之冬'的，悬想这期印出来到读者面前时，江南也许已经是绿茵遍野的时候了，但迪化的冬季有五个月之久（自十一月至三月），所以决不会成为明日黄花"，等等。如果说第一期《编后》的"不久以后"已经说明其新疆编辑，上海印行，与迪版并不同步的模式，那么第 11 期《编后记》则进一步表明当时函电"迟滞"之严重，而第 10 期《瀚海潮》版权页之出版时间正是"十月二十日"，可知其是编者在新疆编就的时间，而不是在上海的出版时间。第 12 期《编后记》的"悬想"江南春色，及迪化漫长冬季带来的宽慰与信心，都可以继续佐证这种严重的不同步。而第 12 期版权页上的出版时间仍是"十二月二十日"，也在告诉我们《瀚海潮》出版时间的秘密，它只能是王耘庄在新疆编辑完成的时间，而不可能是施蛰存在上海出版印行的时间。至于前面三期《瀚海潮》出版月份的空白，也可以在新疆与上海之间的沟通不畅中得到解释。第 2 卷以后，版权页标注的出版时间：第 1 期标六月二十五日，第 2 期和第 3 期合刊标九月十五日，第 4 期标十月二十五日。

当然，回顾期刊史就知道，版权页标注时间与实际出版时间不一致的情况并非特例，比如大名鼎鼎的《创造》季刊就是如此。陈子善先生三十多年前就作过考证，指出"五月一日只是《创造》季刊创刊号正式发行的日期，按照创刊号直排初版本版权页所示，按照我们现在计算刊物的出版日期一般以版权页所示为准的惯例，笔者认为，《创造》季刊还是提一九二二年三月十五日创刊为好"。① 朱金顺先生也反复强

_____

① 陈子善：《〈创造〉季刊创刊号的出版日期和不同版本》，《出版史料》第 4 辑，学林出版社 1985 年版，第 152 页。

调"著录版本要忠于版权页，这是讲版本必须遵循的原则""讲究版本，都是凭版权页，没人能研究出一本书的印刷完毕时间，知道它也没用，学术界都不如此"①。但是，笔者以为，著录版本忠实于版权页固然有其道理，但在明知版权页有问题的情况下仍然唯版权页，不去参照其他信息进行必要的辨正，却未必是明智之举。至少应当加以注释说明，以求期刊史与文学史之"真"。特别是在《瀚海潮》创刊号版权页之出版月份出现空白的情况下，我们的讨论就更不是没有意义，至少可为以后的《瀚海潮》著录与研究提供注释参考。《瀚海潮》汉文沪版实际创刊出版时间，应当要推迟到 1947 年 2 月以后。而具体终刊时间，当在 1948 年 10 月 25 日。

二　编辑者王耘庄与"驻沪代表人"施蛰存

编辑是期刊的灵魂，是版面的策划者与内容的组织者。编辑的履历、交游、个性、政治态度、经济基础、文化观念、办刊理念、组稿能力、编辑风格、投入程度等，都会对刊物的性质、内容、栏目、质量产生直接的影响。编辑队伍的人员变化和观念调整也左右着期刊的水准、品味与命运。好在《瀚海潮》的编辑队伍非常稳定，从创刊号到终刊号，编辑者都是署名王耘庄。王耘庄何许人也？在翻阅爬梳《瀚海潮》之前，孤陋寡闻如我，的确对其一无所知。

事实上，王耘庄并非等闲之辈，有着骄人的学历，丰富的著述，广泛的交游与令人扼腕的结局。他 1904 年出生，浙江嵊县人，1923 年在天津南开中学期间就经常在《南开周刊》发表作品，同年秋天考入上海大学，与施蛰存、戴望舒、丁玲等同校，后转入大同大学，到北京大学旁听，1926 年考入清华大学研究院，师从梁启超等大师，1927 年毕业。他撰有《文学概论》（非社出版部 1929 年 9 月初版），上卷十章，下卷四章，对文学的定义、要素、产生、特质、鉴赏、真实、分类、方法，以

　　① 朱金顺：《〈苦闷的象征〉的版本及其他——兼与袁洪权先生商榷》，《鲁迅研究月刊》2015 年第 8 期。

及文学与梦、与道德、与革命等问题进行了别开生面的探讨，另有《道德论集》《晚明流寇》《东林与复社》《说大》《一种政治观》《新疆艺文志稿》等。他 1945 年曾与妻子沈楚（如璋）一起拜访茅盾夫妇，1973 年茅盾有遗墨称"如璋侄女携婿王耘庄翩然过访"①；也是叶圣陶座上宾，1944 年 8 月 18 日日记有云："王耘庄君来，共饮，已多年不见矣。"② 1947 年 8 月 19 日日记记录："王耘庄来访。渠在新疆文化运动委员会任事，搜集新疆历史材料。据谓新疆汉族以外人，颇有兼入苏联国籍者。纠纷时起，今后恐加甚。"③ 他 1948 年 10 月离开新疆返回浙江，1950 年任西北大学历史系教授、图书馆馆长，1958 年以历史反革命罪被捕，1961 年死于狱中，1980 年平反。2018 年 3 月，孔夫子旧书网有陕西卖家售卖王耘庄 1954 年前后的相关手迹信札、会议记录、工作日志等材料，颇具史料价值，仅所示部分照片，已是触目惊心。其中一篇手写《关于王耘庄同志所犯错误进行思想工作的经过报告（草案）》，就披露"主办《瀚海潮》反动杂志……1948 年 10 月王由新疆返杭州（当时离开新疆的原因不明）任浙江省农民学校师资训练班导师兼班主任"，④ 可资参考。更多已公开发表的具体情况，可以参阅崔保新教授的《〈瀚海潮〉及其创办人》。⑤

翻阅《瀚海潮》，还有一个令人兴奋的发现，那就是其"驻沪代表人"竟然是"百科全书式的文坛巨擘"（陈文华语）施蛰存先生。施蛰存的名字第一次出现在《瀚海潮》上可以追溯到第 1 卷第 6 期。该期 14 页《王耘庄启事》有一封写给"方光焘、王扶生、马宗融、黄粹伯、施蛰存、杜衡诸兄"的信件，称"弟到迪化，忽已七月，迄未得诸兄音讯，近况如何，至以为念！倘此告白，幸得诸兄鉴及，至祈即示近情为荷"。

---

① 沈楚：《读雁伯遗墨》，陕西省中国现代文学学会、陕西人民出版社合编《纪念茅盾》，陕西人民出版社 1991 年版，第 124 页。

② 叶圣陶：《廛寄蓉城》（下），《叶圣陶文集》第 20 卷，江苏教育出版社 2004 年版，第 272 页。

③ 叶圣陶：《沪上三年》，《叶圣陶文集》第 21 卷，江苏教育出版社 2004 年版，第 211 页。

④ 《关于王耘庄同志所犯错误进行思想工作的经过报告（草案）》，（http://book.kongfz.com/21818/858602106/）。

⑤ 参见崔保新《〈瀚海潮〉及其创办人》，《伊犁师范学院学报》2015 年第 6 期。

落款为"弟王耘庄谨启 六月四日晨二时"。这封凌晨两点写就的信函虽短，但牵挂友人渴盼消息的情感却非常真切。两月之后，第 8 期版权页在"出版者：新疆省文化运动委员会"左侧，增列有"驻沪代表人"一项，列出的名字就是施蛰存。同期《本刊重要启事》也正告："本刊在上海一切经济的，事务的关系，自本期以前，统由前代理人负责。自本期起，由本社现在代理人施蛰存先生负责。"在《编后记》中，王耘庄更是一方面直言"本刊任务，即为忠实的报道新疆情况，使内地人士了解新疆真相，俗语评人说话，有'不实不尽'之说，编者自信本刊所作报道，'不尽'之处诚属难免，'不实'之处敢保绝无。不意以前各期，为驻沪负责印刷发行者所增窜，致多失实"，表明与上海方面不甚愉快的合作；另一方面喜称"现已改聘国立暨南大学教授施蛰存先生为新疆文化运动委员会担任驻沪代表，深信今后必可逐期改进，负担起预期的任务了"，表达得到当年老友大力支持的愉悦。第 9 期版权页仅期数与月份调整，其余信息不变，施蛰存仍列"驻沪代表人"。而且在《编后记》中，王耘庄还有更动人的自剖与表白。

> 去秋到了西北之后，就感到西北的重要，西北的可爱，同时也感到西北危机的严重！
>
> 及住得日子久了，过去的史事知道得多了，这种感觉自然也日益加深。挽救之道，自须从多方面着手，也需要多方面的人尽力。十年以来，我常这样想，在古代，有所谓"君臣之义，无所逃于天地之间"之说，在今日则应为"国民之义，无所逃于天地之间"。我既生于此国，生于此时，且既已知道了应该做的事，自应负起应该尽的责任来。个人的力量有限，自只能从本身岗位上尽力。至于尽力了之后究竟能有多少裨补，对于整个大局的颓势，究竟能挽回多少，那是不暇计及的，也无须计及的，夫子不云乎，"知其不可而为之！"昔年黄季宽先生词云："白骨敷成千里辙，长车直驾无停歇！"正可为今日之我的心情写照也。我所做的工作之一，便是编印汉文

沪版瀚海潮，俾内地人士了解新疆。我是在这样的心情——一幕大悲剧中的角色的心情——之下来办这个杂志的，不意上海方面的负责人，不明此义，以为谈边疆，只是逐时髦，办杂志，只是闹着好玩的！然而这种人，滔滔者天下皆是，又何足责！第九期编好了，才算松了一口气，现在上海方面负责人，已请改施蛰存先生负责，以后必可依原来的计划进行了。

编者的学养、情怀与气度，在"国民之义，无所逃于天地之间""不暇计及的，也无须计及""俾内地人士了解新疆""一幕大悲剧中的角色的心情"等言辞中可见一斑。而"松了一口气""必可依原来的计划进行了"等用语也可见王耘庄对老同学的信赖与倚重。

随后诸期，直至第 2 卷第 2、3 期合刊，施蛰存都被列为《瀚海潮》"驻沪代表人"，但到第 2 卷第 4 期，版权页已不见"驻沪代表人"，也不见施蛰存。其中原因，目前还不得而知。或许有这样一种可能，那就是刊物印刷时，王耘庄已经回到了浙江，与上海方面可以直接联系，已无须驻沪代表人了，施蛰存可谓功成身退。如果我们的推测成立，那么《瀚海潮》的实际终刊时间确定在 1948 年 10 月 25 日，就应该是合理的。

查阅包括《施蛰存全集》在内的施先生文字，未见关于《瀚海潮》的记述。或许在先生看来，以自己的名义和资源帮助朋友在上海印制已经编好的刊物，只是区区之事，不值一提。然而，他在事实上却承担了《瀚海潮》这家跨区域传播新疆文化、文学与相关信息的刊物的特殊代表，协助王耘庄完成了向内地传播新疆的重要使命，共同培植了这朵跨区域互动的区域文学奇葩，在新疆文化交流史上书写了重要的一笔。历史不应该遗忘了施先生在这方面的功绩。"百科全书式的文坛巨擘"之巨大贡献，又可以增加一个砝码，一条注脚，值得施蛰存爱好者和研究者关注。同时，施蛰存还是留下了关于老友王耘庄的诗文数篇，既是二人渊源与友谊的见证，又是讨论《瀚海潮》及其"驻沪代表人"的重要资料。一是 1943 年诗作《王耘庄来书言顷已与沈楚同居作诗箴之》，诗云：

"天壤王郎亦可怜，入东再赋定情篇。匹缣丈素兼工美，秋菊春松合共妍。玄圃芝田初税驾，楚山云梦更游仙。两心拨剌难深入，莫咏蘼芜损壮年。"① 由此可知 1943 年二人的书信诗文往来，王耘庄的情感经历与施蛰存的祝福与规箴。而沈楚也是《瀚海潮》的作者，以本名发表《新疆省奇台等十三县志略》等史志文字，以笔名"林之"发表《山中方七日》《迪化之冬》等散文作品。二是 1990 年整理完成的八十首《浮生杂咏》之第三十八首，诗曰："王郎博识辩才雄，赢得人呼拗相公。是是非非吾从众，知君与世不相容。"诗后的自注，更是王耘庄传奇人生的极简版传记。注文分两段，一段说生平："剡溪王耘庄，亦上海大学同学。翌年，同转学大同大学：又翌年，我改入震旦大学，耘庄考入清华大学研究院，为梁任公弟子，抗日战争时，在浙东率学生任战时文化宣传，隶黄绍竑麾下。解放后在西北大学。反右时，下放劳动而死。"二段忆往事："耘庄熟读先秦诸子，尤好墨学。服膺王充及王安石，常称'吾家仲任'、'吾家荆公'。其为人固执自信，好与人辩，同舍生戏呼为'拗相公'，其死也或与此有关。"② 其中除"下放劳动而死"与沈楚的回忆"含冤死于狱中"③ 不合外，王耘庄的经历、学识、逸事、神采，皆备矣。稍显遗憾的是，抗战后王耘庄的新疆经历与《瀚海潮》生涯，略过未及。此外，还有憾事两桩，一是未见施蛰存在《瀚海潮》发表署名作品，二是未见施先生如"《现代》社中日记"一般的 1947—1948 年日记。

三　天山诗辑与最早公开发表的《素华曲》

《瀚海潮》作为典型的非文学期刊，各期刊载的文学性内容多少不一，其中作品数量最多的是诗歌。不仅创刊号就有《小词一章》《迪化来

---

① 施蛰存：《王耘庄来书言顷已与沈楚同居作诗箴之》，《北山诗文丛编》，华东师范大学出版社 2012 年版，第 98 页。

② 施蛰存：《浮生杂咏》，《北山诗文丛编》，华东师范大学出版社 2012 年版，第 142—143 页。

③ 《沈楚》，中国人民政治协商会议浙江省桐乡县委员会文史资料委员会编《桐乡文史资料》第 12 辑，1993 年，第 65 页。

书——覆王耘庄先生》等诗词作品，甚至后来还有多期设置了专门的诗歌栏目"天山诗辑"。具体而言，目录页标注有"天山诗辑"的包括第 1 卷第 2—3 期合刊，第 1 卷第 4—5 期合刊，第 1 卷第 8 期，第 2 卷第 2—3 期合刊，第 2 卷第 4 期，在全部 16 期刊物中占一半以上。同时，有的刊期目录没有标注"天山诗辑"，却刊发有诗词内容，如第 1 卷第 6 期的黄季宽（黄绍肱）词《南乡子·沪滨即景》，第 1 卷第 12 期的陈希豪词《南疆行（调寄满江红）》、张心田的七言诗《庙儿沟山行杂诗》（三韵）等。有的刊期目录标注有"天山诗辑"，但同时又有游离于"天山诗辑"之外的诗词内容，情况比较复杂，已有《中国现代文学期刊目录新编》等成果的整理不够统一，也不够完整。以下试以第 1 卷第 2—3 期合刊为个案作进一步梳理。

此期合刊目录页列入"天山诗辑"的有五篇作品，分别是刘效黎的《小影》，前人（应指刘效黎）的《送别》，方静远的《瀚海吟草》、齐民的《新疆民歌》与索实采的《西番情歌》。其中索实采的《西番情歌》在正文第 3 页，当页版面未标注"天山诗辑"，包括情歌两首，一首曰"哥哥骑匹白花马，姐儿招乎喊一声；打起白马飞飞跑，不管姐儿淋淋泪"，一首为"姐在河边洗衣裳，手推衣裳眼望郎；望郎望到太阳落，不见情郎来帮忙"，表达一种落花有意流水无情的惆怅，颇具生活气息。《小影》正文题《丁亥元旦自题小影》，《送别》正文题《送别中央审判团余主任诗并序》，《中国现代文学期刊目录新编》失注，均在第 14 页，大字标注"天山诗辑"，下署"刘效黎"之名。二诗一为四言，一为七言，前后有编者按语。刘效黎曾在新疆多处任县长，后任省府秘书长、省高等法院院长等职，两首诗作均不无诗味，然难称佳作。《瀚海吟草》题下有序号"一"（可惜之后未见其后续的二、三），包括《阿山杂咏》七律八首，《阿三道上》七绝三首，在第 19 页，未标注"天山诗辑"。方静远疑为后来以笔名"方未艾"行世的方靖远之误，或为其笔名。方未艾为萧军好友，1949 年后著有长篇回忆录《我和萧军六十年》。华夏出版社 2008 年版《萧军全集》第 19 卷录萧军 1946 年 8 月 7 日日记，两次提到"方静远",称"曾在海参崴住过党校,如今不知去向"①,同样的内容在牛津大学出版社 2014 年版萧军《东北日记》中两处均作"方靖远",② 不知萧军手书是"静"还是"靖"。这 11 首旧体诗水平较高,不乏"虎帐余灰堆鼠粪,兰闺残粉染狐膜","行至夜深希犬吠,屡疑丛树是人家"等佳句,虽已收入新疆人民出版社 1991 年版《现代西域诗钞》,但仍然少有人关注,且容将来专文论述。《新疆民歌》在第 24 页,录民歌二首,第一首为著名的《达坂城》,但有注"右曲原为维语,系口译的",译文表达与常见版本有较大差别。第二首没有列出标题,仅四行:"吐鲁番葡萄哈密瓜,/拿出包包儿浪娘家;/一出门,毛毛雨不住的下,/滑倒了我,揉烂了葡萄,打烂了瓜。"和河北民歌《回娘家》有类似的立意与趣味,可为文化相似性之一例。

除"天山诗辑"外,此期在目录中单列的诗词作品还有于右任的《浣溪沙》。词云:"我与天山共白头,白头相映亦风流,羡地雪水溉田畴。风雨忧愁成过去,山川憔悴几经秋,暮云收尽见芳洲。"题后有说明文字:"于右老哈密西行机中作寄浣溪沙。特抄调本志以飨读者。"此词 1946 年《国防月刊》创刊号、《新中国月报》新 1 卷 1 期等已有刊载,《瀚海潮》重刊,倒也符合其旨趣,对诗文流传与新疆宣传不无裨益。此期目录中署名"天山客"的《评三十三年九月以前内地出版的一部分曾到新疆者之关于新疆的述作》,其实是诗体评论,既是一篇评论,也是一首新诗,诗分六节,前五节均以"他们所说的,为什么离真相那么远呢"开头,分析原因,予以讥讽。有意思的是,此诗标题已经够长了,而后还有勘误,指出题目中"'评'字以后应加'二十六年以后'六字"③。此外,还有的作品中抄录多首完整的诗词,也是《瀚海潮》值得注意的文学内容与诗词空间,如王容的《明园记》末尾录有赵琦的《明园七首并序》,堪称沉痛之作。劫后余生的《新疆杂

---

① 萧军:《萧军全集》第 19 卷,华夏出版社 2008 年版,第 792 页。
② 萧军:《东北日记》,牛津大学出版社 2014 年版,第 83 页。
③ 《更正三则》,《瀚海潮》1947 年第 7 期,1947 年 8 月 1 日。

闻》更是记录了《绝命词》《狱中诗联》（六则）、《伊犁将军志瑞题索伦营诗》《班超乩语》（二首）等诗歌文本，提供了值得注意的新疆文学作品和区域诗文史料。

　　纵观《瀚海潮》"天山诗辑"内外刊发的数十首诗歌作品，最值得珍视的恐怕要数第八期的《素华曲》。此诗七言写就，作者辽鹤，称其为"自由词"，正文前有引称："名之曰曲，而不谐声律，或有疑者，然刘勰当时即有'不被诸管弦，何必声病，若求叶谐，闾里已具'之语，窃取其义以解嘲，故名之曰自由词。"诗长达200行，讲述锡伯族安氏女素华，在苏尔坦汗欲强聘为妃，族人存亡眉睫之际，慷慨请行，"以一弱女子，才足以济变，力足以卫民，委蛇待机，存心恢复"的"女中豪杰"之传奇故事。辽鹤是锡伯族横跨政界与文坛的杰出诗人柏雪木的笔名，姓何叶尔，名柏林，号雪木。他的《素花之歌》久负盛名，被誉为"锡族人民可歌可泣的壮丽诗篇"，[1]　"锡伯族文学史上的经典之作"，[2]　以"塑造出雍容穆静坚强智慧既识大体又爱子女的锡伯女性形象，讴歌了她压倒须眉，为了拯救民族而毅然嫁给异族远走他乡的牺牲精神"[3]　而备受称道。2006年4月，《伊犁日报》记者燕玲采访写成的《一个锡伯族女子的传奇故事》刊发，讲述素花及其后人的故事，其中神秘而珍贵的"竖行的锡伯文，有一个汉文的序言"的柏林《素花之歌》起到了重要作用。随后，中央电视台"大西迁"剧组受到感染，拍摄成纪录片《素花故事》，2011年5月在央视播出，至今在网络上流传，感动着锡伯族后代和万千观众。毫无疑问，同一诗人的《素花之歌》和《素华曲》是同一作品，只是《瀚海潮》刊发的汉文版不为人所知罢了。以至于记者文章称"素花的故事在民间流传，但从没有在公开的刊物上出现"，还需要采访对象"一字一句地给我翻译"。[4]　央视纪录片的讲述与字幕也有"从来

①　中孚：《锡伯族人中独领风骚的诗人——柏雪木》，《新疆社会科学》1982年第1期。
②　赵志忠：《20世纪中国少数民族文学编年》，辽宁民族出版社2006年版，第9页。
③　贺元秀：《锡伯族文学简史》，中央民族大学出版社2010年版，第216页。
④　燕玲：《一个锡伯族女子的传奇故事》（http://www.ts.cn/GB/channel8/923/200604/29/257996.html），后收入关伟、韩启昆主编《中国锡伯人》，辽宁民族出版社2010年版。

没有一份正式文献记录她的经历"的内容①。而《瀚海潮》无疑是公开出版的刊物，算得上正式文献。也就是说，《瀚海潮》刊发的《素华曲》是此诗的第一次公开发表，能纠正时下流行的历史误解，改变习见的文本认知，具有重要的历史文化价值与区域文学价值。《中国曲艺志·新疆卷》称其系"柏雪木（1898—1951）根据素花传说于二十世纪四十年代创作"，② 比较笼统，而《瀚海潮》汉文版末尾落款的"一九四五年作于伊犁"则注明了准确的完成时间。笔者无缘翻阅抄本《素花之歌》，也不识锡伯文，但资料显示曲本系"韵文体，汉文译词共 196 行"，③ 如果统计准确，那么与《瀚海潮》汉文版就有明显区别，值得有心人进一步比较研究。贺元秀主编的《锡伯族文学简史》引用的《素花之歌》文本，与《瀚海潮》汉文版《素华曲》也差异较大，有的诗行比较接近，但也不一致，有的诗行则完全不同。而央视纪录片引四句《素花之歌》"昭君有恨死番邦，李陵无节不还乡，一缕侠魂今何处，我欲大招倩巫阳"，又与《瀚海潮》版《素华曲》完全一致。个中流转、变化与缘由，也值得进一步探讨。

总之，《瀚海潮》是抗战胜利后在新疆创刊的一份重要而有特点的民国非文学期刊，仅其在上海出版的汉文沪版，就刊载着较为丰富的新疆文学作品，保留着原始的 40 年代新疆文学现场，堪称考察 40 年代后期新疆文学的重要窗口，跨区域互动的区域文化奇葩。其中赵文炳、张馨、崔果政、淑清、刘藕茎、费隐、楼书琴、朱不为等人的诗歌，林之、张式琰、江淮等的散文，"卷端偶缀"栏的杂文，以及苏北海的哈萨克民歌分析等论文，《新疆省作家协会成立大会宣言》等史料，都值得关注研究。而散落在所见 16 期刊物中的乌兹别克民间故事、蒙古人谚语、"在

---

① 央视网：《大西迁》第 5 集《素花故事》，http：//tv. cctv. com/2012/12/16/VIDE135558 7226710535. shtml.

② 中国曲艺志全国编辑委员会：《中国曲艺志·新疆卷》，中国 ISBN 中心 2009 年版，第 228 页。

③ 宋元元：《远行的歌者——新疆察布查尔县锡伯族说唱音乐考察及文化研究》，陈慧雯编《歌者远行：民族音乐学研究文集》，文化艺术出版社 2009 年版，第 276 页。

维吾尔、乌兹别克、塔塔儿、哈萨克诸族中流行的民间故事"① 之《禾加的故事》以及维吾尔族山歌、乌兹别克情歌等，更是组成一个多姿多彩的民族文学和区域文学大花园，极具新疆文学的区域特色与民族风情，期待着进一步的整理和讨论。甚至维吾尔民歌《达坂城》的两个不同版本，哈萨克民歌《情歌》与王洛宾《在那遥远的地方》歌词之关联与差异等，都是颇有意思的话题。

正如王耘庄在第 1 卷第 10 期《编后记》所说，"新疆这地方，决不是如一般人所想的那样，都是沙漠，并不重要；正相反，它乃是宝藏丰富，复兴中国的基地，并且还是中国兴衰存亡之所系的地方"，而"文艺，是一个民族的心，是一个民族的呼声"，关注民国时期的新疆期刊，整理研究现代新疆区域文学，任重道远，大有可为。研究区域文学，自然注意区域文学的区分与差异，但也需留心区域文学现象的互动与共生，特别是《瀚海潮》（汉文沪版）这样的奇葩。我们的片论，只是尝试，更深入的研究，还有待来者。

① 雪香：《禾加的故事》，《瀚海潮》1947 年第 10 期，1947 年 10 月 20 日。

硝烟之中忆鲁迅[*]

——抗战时期青少年刊物中鲁迅"导师形象"的建构与博弈

黄轶斓^{**}

内容提要："导师"作为鲁迅形象的重要标签，一直为世人所认同。追溯其来源，则与抗战时期的鲁迅纪念不无关系。抗战时期青少年刊物曾以专刊、特辑等方式全面参与鲁迅导师形象的建构，为我们呈现出了鲁迅"战斗导师"主体形象之下被遮蔽的"人""神"形象之辩、导师资格之问以及"斗士"内涵之争等多重话语。而这些话语之间的博弈依然影响着今天人们对鲁迅导师形象的认知与建构。

关键词：鲁迅纪念；导师形象；建构与博弈

1936 年 10 月 19 日，鲁迅逝世。尽管他本人在暂拟遗嘱中清楚地表达了"不要做任何关于纪念的事情"①，也从不以"青年导师"自居，甚至还曾撰文劝解青年不要去寻求什么"导师"②。但对鲁迅的"纪念"及

---

* ［基金项目］2017 年度海南省普通高等学校研究生创新项目"抗战时期青少年刊物中的鲁迅纪念研究"（hyb2017—32）。

** ［作者简介］黄轶斓（1979—　），女，重庆长寿人，重庆师范大学教育科学学院讲师，海南师范大学文学院 2016 级博士生，主要从事抗战文化与儿童文学研究。

① 鲁迅：《死》，《鲁迅全集》第 6 卷，人民文学出版社 1981 年版，第 619 页。

② 鲁迅：《导师》，《鲁迅全集》第 3 卷，人民文学出版社 1981 年版，第 55 页。

"导师"形象建构直到今天还在延续，它已成为鲁迅文化与研究的重要组成部分。而鲁迅"纪念"与"导师"形象的建构开启于抗战时期，因此考察此期鲁迅"导师"形象建构的主要阵地——青少年期刊就具有了某种探源的意义。《新少年》《少年读物》《中学生》《青年界》《学习》《西南儿童》……为我们留下了许多有关鲁迅的纪念文字与图画。通过解读这些纪念文字可以发现，在抗战大旗下，鲁迅的导师形象主要以"斗士"出现，但这一形象背后各种话语权力的博弈和建构使得它变得芜杂和多样，鲁迅纪念实际上演绎为一种话语权力的角逐。这一角逐也使得纪念逐渐偏离鲁迅作为文学家及实体的"人"的本质，抽离为一种集体的象征资本，而在这神化的过程中交织着鲁迅亲友的日常化"血肉导师"的还原，从而使鲁迅纪念呈现出多重话语的复调变奏，具有了狂欢化色彩。

一　"战斗导师"与"血肉导师"之辩

与蔡元培及陈独秀在 40 年代去世后的纪念相比，鲁迅纪念规模之大、声势之宏、时间之长、影响之远堪称少有。面对日本的步步紧逼，团结合作、共赴国难成为全国人民的共同心愿，因此塑造一个民族精神领袖和导师形象以凝聚民心、抵御外侵，就上升为民主人士与中国共产党等进步力量的当务之急。鲁迅在新文化运动中的地位、左翼领袖的身份和他生前对青少年在生活、学习诸方面的关爱，使他成为不二人选。正是在这样的历史语境下，鲁迅葬仪从策划到实施，无不彰显出这种塑造的意志与愿望。事实上，葬仪的台前幕后核心成员均来自上海文化界救国会及中国共产党。上海文化界救国会是继一·二九学生运动及各地工人举行大规模罢工后成立的抗日爱国民间组织，该会的领导人沈钧儒、章乃器、王造时、李公朴等人冒着被国民党特务抓捕的危险出面主持葬仪，并把绣着"民族魂"三个字的锦旗盖在了鲁迅的灵柩上，这一行为象征着对鲁迅形象的盖棺论定，民族战士的导师形象得以成功树立。中国共产党在得到鲁迅逝世的消息后，第一时间就向国民党发出电文，要求对鲁迅实施国葬，中国共产党驻上海地下党组织重要人物冯雪峰则是鲁迅葬仪策划的核心成员。从治丧委员会名单的拟定，到给宋庆龄打电话邀请她商谈葬仪具体事宜等，冯雪峰都发挥着重要作用，以至"通过鲁迅出殡发动了一次政治性示威"。① 许多相关的纪念文章也是在这一基础上进行阐发和诠释。

作为鲁迅纪念的重镇——青少年刊物自然也不例外，它们对葬仪塑造的鲁迅导师形象作了积极回应，不管是学生自创的诗歌、散文作品，还是成人为普及宣传鲁迅而作的纪念文字或相关图画，大多围绕着"战斗导师"这一形象进行建构。著名的青年杂文家兼出版家宋云彬撰写了长文《鲁迅》，② 由衷感谢鲁迅对自己的精神引领，分析了鲁迅思想由进化论到阶级论转向的过程，展现鲁迅"战斗导师"的风采。狄福的《鲁迅先生之死》和瞿粲的《鲁迅先生死了》，两篇文章在沉痛介绍鲁迅葬礼的举行情况和他生前对青少年的关心后，都把笔锋转到了鲁迅纪念的意义上，认为"我们继续着他的遗志，努力着反帝反封建的斗争，为中华民族的解放而斗争，不是胜过一切的纪念吗？"③ 还借用章乃器的挽联"一生不曾屈服临死还要斗争"，来表明鲁迅"那一贯的苦斗精神怎样值得我们钦佩呢"。④ 从而塑造了一个永不退缩的斗士形象。

此外，有檗的《文坛的战士——鲁迅》（《江苏儿童》第30期）、刘克流的《鲁迅底受难》（《成都青年》第1卷第3期）、叶楚的《如何学取鲁迅先生精神》（《杭师学生》第2期）、张郁文的《鲁迅关于抗日战争的见解》（《青年团结》第4期）、施从祥的《学习鲁迅先生的不妥协精神》（《青年大众》第1卷第2期）、王承基的《学取鲁迅先生的战斗精神》[《青年之友（上海）》第2卷第5期]、蒋耐耕的《革命文学家鲁迅》（《战时中学生》第1卷第2期）、玉芸的《跟着鲁迅先生前进》

---

① 胡愈之语，胡愈之、冯雪峰：《谈有关鲁迅的一些事情》，鲁迅研究资料编辑部编《鲁迅研究资料1》，文物出版社1976年版，第87页。

② 宋云彬：《鲁迅》，《中学生》第70期，1936年12月1日。

③ 狄福：《鲁迅先生之死》，《新少年》第2卷第8期，1936年10月25日。

④ 瞿粲：《鲁迅先生死了》，《新少年》第2卷第9期，1936年10月10日。

（《西南儿童》第 2 卷第 7 期）……无数的纪念文字直接指向了鲁迅革命与战斗的形象。在时代的需要、中国共产党与进步人士的呼吁以及民众的愿望之下，鲁迅的"战斗导师"形象坚不可摧。宋庆龄发表的《你的生命并不是你个人的：一封督促鲁迅先生就医的信》（《战时大学》第 1卷第 2 期），让我们看到鲁迅革命导师的形象建构甚至在鲁迅逝世之前就已产生。完整呈现这一"神化"过程的要算张天翼的《鲁迅先生是怎样的人》。文中他以与儿童亲切对话的口吻，从"头一个写文艺作品的""民族魂""鲁迅运动"① 这三个方面，为我们勾勒了鲁迅从文学导师到民族斗士再到被集体膜拜这一逐渐被塑造、被集体化、被神化的过程。再后来，受到毛泽东等进步之士对鲁迅评价的影响，"第一等圣人""文化旗手""新文化方向""无产阶级斗士"……这些步步升级的导师形象标签又多次出现在青少年刊物发表的纪念文字中，淦的《鲁迅的路》（《青年知识》第 2 卷第 4 期）、尉迟生的《学习鲁迅》（《学习》第 5 卷第 2 期）、辛石群的《保卫鲁迅》（《学习》第 2 卷第 9 期）等多篇文章都是具体体现。这就使鲁迅更快脱离实体，抽象为一种象征符号，成为抗战文化舆论和国共权力博弈的承载物。

对于这些溢出鲁迅血肉形象的有意塑造与建构，鲁迅身边的亲友早已有所察觉，他们以日常化、生活化的鲁迅纪念还原鲁迅的"人间"面目，使人们从生活细部中反观被搁置在神坛上的鲁迅形象。

鲁迅的章门同学沈兼士所撰的文章《我所知道的鲁迅先生》，就从鲁迅个人嗜好入手。"先生的嗜好有三种：就是吸烟、喝酒和吃糖。"② "先生则最爱吃糖。吃饭的时候固然是先生找糖或者甜的东西吃，就是他的衣袋里也不断装着糖果，随时嚼吃。"③ 一个鲜活、可爱、亲切的老顽童形象跃然纸上。鲁迅先生的这一与儿童近似的嗜好，拉近了他与青少年

---

① 张天翼：《鲁迅先生是怎样的人》，《新少年》第 2 卷第 9 期，1936 年 10 月 10 日。

② 沈兼士：《我所知道的鲁迅先生》，《中国学生》（上海 1935）第 3 卷第 10 期，1936 年10 月 30 日。

③ 同上。

之间的距离，在他崇高得遥不可攀的导师形象上抹了一层人性的光辉，让人觉得真实与感性，从而更易于获得青少年的认同与青睐。

蔡元培先生在葬礼结束后发表了《记鲁迅先生轶事》，回忆了两件与青少年相关的往事。一件是三十年前因感慨于德语学习的困难，他萌生了编写小学生字典的想法，没想到却得到了鲁迅及周作人的响应，"可知那时候先生对小学的热心了"。① 另外，同样作为美育倡导者，蔡元培关注了鲁迅对"图画的兴会"，谈到了他晚年提倡版画、出版凯绥珂勒惠支与 E. 蒙克的版画选集的事情，回忆了鲁迅对图画的热爱及研究。图画作为一种具象感性的表达方式，最受儿童喜欢，但中国向来却不重视图画，即使偶尔有插图，也极为恶俗鄙陋，为此鲁迅曾撰写大量文章。在 1917 年的《拟播布美术意见书》中，鲁迅开始重视和提倡图画的美育作用，旋即先后发表了《〈连环图画〉的辩护》《连环画琐谈》《〈看图识字〉》《漫谈"漫画"》《阿长与〈山海经〉》《〈二十四孝图〉》等文章，从不同角度探讨图画对儿童的意义，总结了适合儿童欣赏阅读的优秀图画的特质。作为国民党要人，蔡元培以鲁迅对青少年识字及图画的关注作为回忆鲁迅的基点，以此避免与政治相关的敏感话题，而这一做法也丰润了鲁迅的导师形象，突破了葬礼时定格的"民族魂"式的"战斗"形象。

鲁迅曾在与曹聚仁戏言中透露，最适合为自己作传的是"五许"：许寿裳、许钦文、许季上、许广平、许羡苏。其中尤以许寿裳、许广平和许钦文三者为后人所熟知。许寿裳曾在校刊上连载了《鲁迅的生活》。这篇文章可以说是一则鲁迅生平小传，把鲁迅一生分为七个部分。开篇以两个故事展现鲁迅不喜修饰的一面，随即根据年限把鲁迅的经历、写作等作了全方位勾勒，给青年读者描画了一个完整、丰满的鲁迅成长轨迹。其中在第一个阶段——幼年在家时期（1—17 岁），他列举了"好看戏""好绘画"和"不受骗"② 三个特点，并总结道："可见在此时，天才的

---

① 蔡元培：《记鲁迅先生轶事》，《青年界》第 10 卷第 4 期，1936 年 11 月 30 日。
② 许寿裳：《鲁迅的生活》，《新苗》（北平）第 13 期，1937 年 2 月 16 日。

萌芽已经显露出来了。"① 作为鲁迅的生平好友，许钦文同样在《青年界》中发表了《鲁迅先生与新书业》，在塑造"挥着大刀阔斧同恶势力猛烈地斗争"② 的激烈形象之外，还展现了"惨淡经营新书业"的文学导师形象。鲁迅的遗孀许广平也曾多次撰文，回忆鲁迅生活中的点点滴滴，其中，她先后两次发表的鲁迅与青年相关的回忆文章最为人称道。一篇题为《鲁迅与青年们》，发表在《文艺阵地》（第 2 卷第 1 期）上，另一篇题为《青年人与鲁迅》，发表在《少年读物》（第 1 卷第 4 期）上。前一篇因其读者并非主要为少年儿童，故此围绕着鲁迅对青年的精神引领，展开对鲁迅一些生活琐事的回忆，笔调颇为持重老道。而第二篇则相反，因其主要读者对象为少年儿童，所以笔调显得轻快幽默，展现鲁迅"孩子气"的一面。尤其是在谈到鲁迅对《表》和《小约翰》的用心翻译之后，以"他很喜欢孩子"引入鲁迅日常生活中的一些小故事，如喜欢购买儿童玩具、在北平自家院子里捉刺猬、嗜糖如命，等等。

　　鲁迅的学生，曾参与 30 年代《鲁迅全集》校对的青年作家唐弢，在鲁迅逝世后曾写挽联"此责端赖后死肩"，以表承继鲁迅遗志之心。1938 年，他发表了《少年队伍的鲁迅》，从具体事例出发谈论鲁迅对青年的帮助与关怀。开篇由高尔基与苏联儿童的密切关系，引出鲁迅对我国少年儿童的关心。随即从鲁迅作品《狂人日记》谈起，梳理鲁迅在文学作品中对少年儿童成长的重视，并以较多篇幅谈到鲁迅在生活中如何善待青年。唐弢认为，鲁迅是"以最好的善意去猜度天真的孩子，少年，乃至较大一点的青年的"。③ 为此，他动情地总结道："鲁迅先生的业绩大部分是为着后一代而建树的，他永远是少年的队伍。"④

---

① 许寿裳：《鲁迅的生活》，《新苗》（北平）第 13 期，1937 年 2 月 16 日。
② 许钦文：《鲁迅先生与新书业》，《青年界》第 10 卷第 4 期，1936 年 11 月 30 日。
③ 唐弢：《少年队伍的鲁迅》，《少年读物》第 1 卷第 4 期，1938 年 10 月 16 日。
④ 同上。

　　鲁迅的另一位爱徒萧红，在《记我们的导师——鲁迅先生生活的片段》① 中深情回忆了生活中的鲁迅：鲁迅爱笑，喜欢吃清茶，不喜欢散步，不听留声机，累了爱躺摇椅上，爱到老靶子路上一个白俄人开的小吃店去会客，对于穿紫裙子、配黄衣裳、戴花帽子的女人很是惊异，还曾经讲过"鬼"故事……处处细节，点点回忆，勾勒了一个邻家长者的形象。

　　此外，比较重要的文章还有黎锦明的《两次访问钟楼记》②、欧阳凡海的《少年鲁迅》③ 等。这些游离于"战斗导师"主流形象之外的描述，呈现了鲁迅日常的、幽默可亲的，甚至略带孩子气的一面，让我们看到他对青少年的爱护与守望，以及对出版等文学事业的投入和热情。亲友看似琐碎的这些回忆，为我们逐渐拼贴并还原出一位血肉丰满、带有凡人温度的鲁迅形象来。但这种"血肉形象"在强大的舆论攻势和抗敌御辱的时代号角所形成的造神洪流中，最终被稀释和消弭，直到新时期以后才得到遥远的呼应。

二　导师资格之问

　　在对导师"人"与"神"形象的争论中，此期逐渐出现了否定鲁迅思想、性格、文学成就，甚至消解导师资格的声音。这种质疑的声音最早来自鲁迅胞弟周作人。鲁迅逝世不久，他就曾在《大公报》上呼吁把鲁迅当作"人"来看，而不是"偶像"，并认为鲁迅思想先有尼采个人英雄主义的强烈印记，后又多流露虚无主义的悲观色彩，而非激进的革命的"斗士"形象，从而否定鲁迅"战斗导师"的形象定位。

　　周作人的观点很快在青少年刊物中得以体现。在《室伏高信论鲁迅》中，室伏高信认为，"鲁迅所以被今日的中国青年和文化者所崇拜，这一

---

　　① 萧红：《记我们的导师——鲁迅先生生活的片段》，《中学生》第 10 期，1939 年 10 月 20 日。

　　② 黎锦明：《两次访钟楼记》，《青年界》第 10 卷第 5 期，1936 年 12 月 30 日。

　　③ 欧阳凡海：《少年鲁迅》，《中学生》第 10 期，1939 年 10 月 20 日。

定是因为他理解左翼理论，或是同情于左翼理论的缘故。"① 提出鲁迅之导师形象被建构的缘由。他还谈到鲁迅作品中深受老庄思想影响而产生强烈"虚无主义"的特点，以此表达对公认的"民族斗士"这一导师形象的消解与否定。

同为新文学开创者的陈独秀曾发表《我对于鲁迅之认识》，特别称赞鲁迅和周作人"独立的思想"，认为"真实的鲁迅并不是神，也不是狗，而是个人，有文学天才的人。"② 以"独立思想的个人"形象否定被万人崇仰的"导师"形象。在一篇署名为鹤影的《鲁迅之批评》中，作者尖锐地指出："鲁迅底作品不但不能代表时代，再看，他底著作中所指示的人生观，也是对于一般青年读者施了一种不可救药的麻醉剂。"③ 明确否定鲁迅作品对青年的指导意义，从而试图从根本上消解鲁迅的导师形象。章廷骥写的《怀鲁迅先生》，描述了自己在北平与鲁迅初识后，鲁迅对自己写作上的可贵指导。随后笔锋一转，说鲁迅在厦门带有一柄古剑防身，忽一日有一揭姓学生来访，因言语乖张，竟被鲁迅"踢了一脚"，还"加以殴打"，事后鲁迅登报说有人行刺于他，作者认为这种说辞荒谬至极。作者由此认为，鲁迅与厦大、北新书局的紧张关系，实际上都与他阅世太深、猜疑过重有关，直陈鲁迅性格的缺陷，并说："我对于他，总不及《呐喊》初出版时敬服。"④ 对鲁迅的"导师"形象加以质疑。一篇没有署名的短文《鲁迅与莫泊三》（今译为莫泊桑），借逝世后的鲁迅被人与高尔基、伏尔泰等人相提并论而旧事重提。作者认为，陈仲甫将鲁迅戏称为"中国的莫泊三"，多少有点寻开心的味道，因为他竟把鲁迅与莫泊桑曾做过教育部的小官作为俩人相似点来谈。最后一句颇耐人寻味："莫泊桑写了四十巨卷小说，而鲁迅只有薄薄的两册"⑤，但两人却被人等量齐观，从而对鲁迅逝世后被建构的各种国际形象和身份提出了质疑。

① 赫戏：《室伏高信论鲁迅》，《现代青年》（北平）5 卷第 2 期，1936 年第 10 月 30 日。
② 陈独秀：《我对于鲁迅之认识》，《战时青年》第 1 卷第 6 期，1938 年 2 月 21 日。
③ 鹤影：《鲁迅之批评》，《青年月报》（南京）第 4 卷第 2 期，1937 年 5 月 15 日。
④ 章廷骥：《怀鲁迅先生》，《青年战号》第 16 期，1938 年 11 月 15 日。
⑤ 《鲁迅与莫泊三》，《江西青年》第 3 卷第 3—4 期，1941 年 10 月 10 日。

　　这种否定与质疑的声音在非青少年刊物中也不时出现。其中影响较大的是苏雪林。她在《论鲁迅的杂感文》中，借对鲁迅杂文的评述施个人攻击之能事。她认为，鲁迅的杂文从《华盖集》以后就变为"引绳批根，絮絮不休；散布流言，捏造事实，放冷箭等种种手段使用得太多而露出的破绽都使读者烦腻"①。由此得出，鲁迅性格"阴贼，巉刻，多疑，善妒，气量偏狭，复仇心强烈坚勒，处处都到了令人可怕的地步"②。如果说这篇文章还立足于鲁迅的文学作品的话，那么她随后的《与蔡孑民先生论鲁迅书》③，则具有鲜明的意识形态特色。她说自己给蔡元培先生写信的缘由有三：一是，鲁迅病态心理将于青年心灵发生不良之影响也；二是，鲁迅矛盾之人格不足为国人法也；三是，左派利用鲁迅为偶像，恣意宣传，将为党国之大患也。她指责蔡元培身为党国元老竟参与鲁迅葬仪之事，是为左派所利用。由此可见，苏雪林对鲁迅的攻击本质是为国民党立言，体现的是国共权力之博弈。此外，一直与鲁迅关系不睦的梁实秋，在《鲁迅与我》中，借《人间世》上刊登鲁迅与萧伯纳的合影说事："鲁迅先生短一大撅子，在作品数量上亦然。"④ 由否定鲁迅的外貌到否定文学成就，从而达到否定"导师"形象的目的。

　　然而，这种否定并没能撼动鲁迅在青少年心目中的导师形象与地位。许多相关报道曾统计过："一般爱好文学的青年都痛失导师，前往吊奠与送葬的约有一万左右的人。"⑤ 这个数字不可谓不惊人。多家期刊也曾刊登过青少年纪念鲁迅的照片——在吊客薄上签名的小女孩，吊唁完毕成群出来的女学生、青年学生整队入场瞻仰鲁迅先生遗容等。"甚至为了送葬的行列不能绕稍远一点的路走，不知引起多少青年的不满。"⑥ 一些学生团体还向鲁迅敬献挽联，如署名为"上海学生救国联合会"的挽联上

---

① 苏雪林：《论鲁迅的杂感文》，《文艺》（武昌）第4卷第3期，1937年3月15日。
② 同上。
③ 苏雪林：《与蔡孑民先生论鲁迅书》，《奔涛》第1卷第2期，1937年3月16日。
④ 梁实秋：《鲁迅与我》，《中央周刊》第4卷16期，1941年11月27日。
⑤ 沈志坚：《我国大文豪鲁迅逝世》，《儿童世界》第37卷第9期，1936年11月15日。
⑥ 刘运峰编：《鲁迅先生纪念集》（下），天津人民出版社2007年版，第905页。

写着："在民族解放的行列中，我们失掉了伟大的导师！未来的新中国，更不能借你的笔传布全人类！"① 以此表达痛失导师的哀伤。另外，他们还借助青少年期刊阵地，纷纷撰文表达着这种情愫。比如刘振铁的《吊鲁迅》（《时代青年》第 2 卷第 1 期）、郑保民的《给鲁迅》（《西安一中校刊》第 4 卷第 10 期）、张学渊的《吊鲁迅先生》（《儿童杂志》新 9期）、江瑞熙的《悼鲁迅先生》（《南开高中》第 11 期）、王南薰的《鲁迅的死》（《江苏儿童》第 30 期）、吉林的《鲁迅先生是我们的老师》（《西南儿童》第 2 卷第 7 期），等等。

　　除了表达痛失导师的遗憾及向他学习的愿望外，许多青少年也有力地还击了他人对鲁迅的攻诘，以此捍卫鲁迅正面的导师形象。如一篇纪念文中提到："然而有几个自命为批评家的统治阶级的代言人，在鲁迅先生死耗传出以后，照例说了几句哀悼的话以后，便说他的刻薄辛辣的笔调给青年们以不良的影响。"② 作者用颇有讽刺意味的话回应着这种说辞："但在我们只有自己惭愧受他的不良影响了。"③ 唐弢的《从且介亭杂文论鲁迅》④，赞美了鲁迅"无我""忘我"的战斗导师形象。在鲁迅先生六十诞辰纪念特辑中，青年作者辛石群甚至以"保卫鲁迅"（《学习》第 2 卷第 9 期）为题目，公开表达对鲁迅导师形象维护的意愿。另外，青少年期刊《学习生活》以鲁迅先生逝世四周年纪念特辑的形式刊登了林雨的《鲁迅先生活在我们的心灵里》（第 1 卷第 6 期）、鲁普晞的《纪念青年导师——鲁迅先生》（第 1 卷第 6 期）、奚如的《对鲁迅先生的一点认识》（第 1 卷第 6 期）等文章，再次表达了青少年对导师鲁迅的颂扬与热爱。这些文章尽管显得有些稚拙，但情感无疑是真诚的，对鲁迅导师形象与身份是高度认同的。

　　青少年对鲁迅的膜拜，除了成人的引导、社会舆论的影响之外，也

---

① 刘运峰编：《鲁迅先生纪念集》（上），天津人民出版社 2007 年版，第 14 页。
② 史幹：《鲁迅先生的死》，《中学生》第 70 期，1936 年 12 月 1 日。
③ 同上。
④ 唐弢：《从且介亭杂文论鲁迅》，《生活学校》第 1 卷第 7 期，1937 年 8 月 10 日。

与鲁迅生前对青少年切切实实的爱护有着极大关系。早在 1903 年，鲁迅翻译儿童科幻小说《月界旅行》时，就开始了对青少年成长的关注。而后，他借《狂人日记》喊出的"救救孩子"这一振聋发聩之声惊醒世人，使解放儿童成为时代最响亮的口号。之后，他的《我们现在怎样做父亲》《儿歌的反动》《我们怎样教育儿童》《玩具》以及翻译《爱罗先珂童话集》《表》《小约翰》……无不彰显出舐犊之情。尽管鲁迅由进化论形成的启蒙儿童观在 1927 年后带有一些悲观的历史循环色彩，但他对大多数青少年的热情依然不减当年。也正缘于此，那些出自不同目的诋毁鲁迅导师形象的话语才不攻自破。

三 "斗士"内涵之争

鲁迅逝世后，虽然有亲友日常化"血肉导师"的还原，也有鲁迅导师资格的质疑等多重声部的话语出现，但显然，鲁迅"战斗导师"的形象依然无法撼动。我们知道，作品是鲁迅所有意义延伸的基点，也是鲁迅导师形象建构的起点，因此考察青少年刊物中对鲁迅作品类型及意义的评价演变就具有某种追溯原型的味道。

对鲁迅作品的评介是青少年刊物中的重要内容，也是鲁迅纪念的重要组成部分。在这长达 9 年的纪念中，鲁迅作品经历了从肯定小说到肯定杂文成就为主的演变过程。这一变化的出现主要在 1939 年前后。

1939 年前，无论是鲁迅的亲友，还是其他社会人士，大多都更肯定鲁迅在小说上的成就。在提到鲁迅的文学成就时，无不率先称道《狂人日记》和《阿 Q 正传》。《青年界》在鲁迅逝世后发出专刊以此纪念鲁迅。其中朱雯的《悼鲁迅先生》（第 10 卷第 5 期），朱亚南的《悼鲁迅先生》（第 10 卷第 5 期），高华甫的《悼文坛巨星鲁迅》（第 10 卷第 5 期）等文章都着重赞美了鲁迅小说集《呐喊》和《彷徨》，尤其对《阿 Q 正传》评述较多。张天翼的《鲁迅先生是怎样的人》开篇谈到鲁迅的文学成就这一条目时，重点谈论的就是鲁迅小说的成就。而青年学生自创的纪念文章里也对鲁迅小说给予更多的肯定与关注。如张学渊的《悼鲁迅先生》（《儿童杂志》新 9 期）、唐德贞的《读过鲁迅小说以后》（《安庆女中校刊》第 7 期）、耶菲的《纪念鲁迅先生》（《中学生》第 70 期）、治野的《鲁迅与呐喊》（《校友园地》第 3 期）、刘先达的《鲁迅先生》（《光启中学》第 2 期）、张炳同的《鲁迅先生》（《光启中学》第 2 期）、杜也牧的《鲁迅先生》（《小朋友》第 747 期），都无一例外地重点谈到了鲁迅的小说成就。对鲁迅小说的肯定也促成了鲁迅小说的电影改编。如某一青少年刊物就曾登载演出广告："中旅不久即在卡尔登上演鲁迅之《阿 Q 正传》，由郑伯奇、夏衍、阿英、欧阳予倩、唐槐秋五人任导演。"① 这种类似的新闻在其他非青少年杂志中也有不少。如以"鲁迅死了，阿 Q 正传红了"为标题的影视改编作品介绍（《影与戏》第 1 卷第 18 期），中法剧社的"阿 Q 正传上演"新闻通告（《中华》第 81 期）……不一而足，由此可见鲁迅小说的"风光"不同一般。

到了 1939 年，由前期重视鲁迅小说转而肯定鲁迅杂文，甚至创办了以刊载杂文为主的同人刊物《鲁迅风》。1939 年在桂林复刊的《中学生》曾刊登多篇以论述鲁迅杂文为主的纪念文章。比如秉仁的《鲁迅先生逝世三周年纪念》（第 12 期）中，作者就认为鲁迅的伟大是"深刻的伟大"，而这"深刻"正是鲁迅杂文所体现的。宋云彬的《鲁迅与青年》（第 10 期），借助鲁迅杂文具体内容来分析鲁迅对青年的关怀，其《鲁迅杂文研究提纲》（第 32 期）则把杂文作为研究重点。存于 1939—1941 年的青年读物《学习》，因涉及青年学生学习的各个方面，而成为研究近代学生的重要史料来源。该刊尽管只办了三年，但对鲁迅纪念却非常重视。1940 年是鲁迅先生六十诞辰、鲁迅逝世四周年双重纪念年，该刊于第 2 卷第 9 期共登出了 11 篇文章，其中涉及杂文的就有 7 篇：思飞的《学习鲁迅》、纪晓的《文化人应有的品格》、文超的《接受鲁迅先生的指示》、静哉的《读鲁迅的杂感》、高梁的《纪念鲁迅·学习鲁迅》、方典的《鲁迅的伟大艺术——杂文》、史生法的《论鲁迅的杂文》。他们认

---

① 《新闻通告》，《中国学生》（上海 1935）第 4 卷第 8 期，1937 年 4 月 23 日。

为鲁迅的杂文是最有力的战斗文字，"是直截了当地刺破了中国的脸"。①
号召大家通过鲁迅的杂文学习鲁迅"韧"的战斗精神，绝不宽恕敌人的
精神等。1941 年，该刊又发表了与杂文相关的 11 篇文章：汗马的《向鲁
迅先生学习》、罗莎的《战斗就是纪念》、尉迟生的《学习鲁迅》、季免
冠的《发扬鲁迅先生的胜利精神》、月华的《释〈且介亭〉》、汉夫的
《辱骂鲁迅和鲁迅论辱骂》、小卒的《论鲁迅的思想》、钟肯的《论鲁
迅》、洪亮的《鲁迅思想的锐变》、尉迟生群的《严肃我们的生活》、集
体签名推荐的《鲁迅三十年集推荐》。这些篇目同样赞扬了鲁迅杂文的特
色与意义，认为："暴露黑暗，颂扬光明，'鲁迅风'杂文更有其生存的
必要。"②"文学上鲁迅主义的特色，是鲁迅先生独创了将诗和政论凝结于
一起的'杂感'。"③ 在这些篇目中最具有代表性的则是《鲁迅思想的锐
变》。该文是一篇深度结合鲁迅杂文内容来窥测鲁迅思想流变的力作，作
者认为大革命后，鲁迅在杂文《二心集·序》中谈道"惟有新兴的无产
者才有将来"④，从进化论走向了阶级论。尤其值得称道的是，作者并不
避讳鲁迅与成仿吾等人的矛盾关系，认为这是双方由不了解到了解，由
不成熟到成熟的渐变过程的自然体现。

　　鲁迅被纪念的文学作品类型的前后变化看似偶然，实则蕴含着极其
复杂的话语权力博弈。这与不同文体背后的写作背景、意义，乃至抗战
时期国共借鲁迅形象建构来抢占舆论话语高地，维护各自利益与形象密
切相关。

　　鲁迅逝世正是中日战争一触即发之时，此时，"民族斗士"这一导师
形象能得到大部分人的认可。尤其在国共蜜月期，统一战线的建立，挽
救民族危亡的共同目的，都使鲁迅的"战斗"形象更集中于反帝反封建
的意义上，因此，鲁迅五四时期发表的小说格外受到重视。1938 年、

---

① 史生法：《论鲁迅的杂文》，《学习》第 3 卷第 2 期，1940 年 10 月 16 日。
② 罗莎：《战斗就是纪念》，《学习》第 5 卷第 2 期，1941 年 10 月 16 日。
③ 钟肯：《论鲁迅》，《学习》第 3 卷第 11 期，1941 年 3 月 1 日。
④ 鲁迅：《二心集·序》，《鲁迅全集》第 4 卷，人民文学出版社 1981 年版，第 189 页。

1939 年国民党也积极参与鲁迅纪念，有意使鲁迅纪念合法化，不过这种表面的做作姿态，只是国民党试图把鲁迅形象的阐释规训在孙中山三民主义的话语空间范围之内，以期控制舆论话语权力的两次努力而已。1939 年国民党在其五届五中全会上，制定了"溶共、防共、限共、反共"的反动方针，将两党的政治对立公开化。1940 年的"皖南事变"，国民党反共之念付诸行动，国共矛盾几近白热化。于是，在 1940 年鲁迅诞辰 60周年及鲁迅逝世 4 周年的双重纪念会上，国民党制止公开纪念的行为。据胡风事后回忆："纪念日召开之日，也正是反共高潮在酝酿的时候，政治空气更为阴暗。"① 原计划在重庆巴蜀小学举行的纪念会，因国民党特务的干涉而改在一个小会议室悄悄举行。可以说，此期的鲁迅作为文化偶像，主要由共产党与当时进步人士共同建构，鲁迅揭露国民党统治时期的种种黑暗与不公的杂文受到特别重视，当是一种必然。此期，杂文成为鲁迅"最主要的作品"②，代表着"文学上的鲁迅主义的特色"，③ 是"鲁迅精神的集中体现"。④ 因此，青少年刊物中鲁迅杂文地位的凸显，实际上是鲁迅"战斗"导师形象内涵发生变化的一个外在表现，它背后是国共对当时思想文化话语资源的争夺。

1940 年，远在延安的中国领袖毛泽东发表了《新民主主义论》，对鲁迅进行了重新定位，鲁迅的"战斗"导师形象的内涵也在悄悄地发生变化。毛泽东指出："鲁迅的方向，就是中华民族新文化的方向。"⑤ "五四以后，中国产生了崭新的文化生力军——中国共产党所领导的共产主义文化……而鲁迅，就是这个文化新军的最伟大和最英勇的旗手。"⑥ 这些论断以及首次提出的鲁迅是"伟大的文学家、思想家、革命家"的历史定位，使鲁迅由民族斗士变为共产主义文化旗手、无产阶级斗士。借助

---

① 胡风：《忆几次鲁迅先生逝世纪念会》，《鲁迅研究动态》第 10 期，1986 年 10 月 28 日。
② 佩韦：《怎样读鲁迅遗著》，《中学生》第 32 期，1940 年 10 月 5 日，第 2 页。
③ 钟肯：《论鲁迅》，《学习》第 3 卷 11 期，1941 年 3 月 1 日，第 283 页。
④ 尉迟生：《学习鲁迅》，《学习》第 5 卷 2 期，1941 年 10 月 16 日，第 42 页。
⑤ 毛泽东：《新民主主义论》，《解放》第 98—99 期，1940 年 2 月 20 日。
⑥ 同上。

鲁迅，毛泽东成功地把共产主义文化与五四连接起来，使无产阶级革命文化取得了五四以来最为正宗的、合法的地位。鲁迅"斗士"内涵的隐秘转换，正是中国共产党寻求自身身份合理性的体现，也是对国民党反共的有力还击。

区域文化与古代文学研究

主持人：左福生

主持人语：

在华夏文明的播衍中，古代文化与文学的地域风格始终保持着共生并存。隋唐以来，文人已自觉地去发现和探讨文学的地域差异与生成原因，魏征曾总结南北朝文学说："江左宫商发越，贵于清绮；河朔河义贞刚，重乎气质。"而进入宋元明清社会，地域文化的多样性不仅受地理山川的影响，且更得益于地域人文因素之染溉。鉴于此，本刊也把区域文化与文学研究的范畴意识扩展到古代文学领域。本期刊载相关成果3篇，在区域上涉及东北、西北、华中等范围。

杨宗红教授所撰《〈夷坚志〉所见宋代湖北的民间信仰》一文，从地域视角考察南宋洪迈笔记小说《夷坚志》中的民间信仰问题，其所设定的范围为宋代的荆湖北路。作者在撮举《夷坚志》所涉相关鬼神仙怪类型基础上，对当时此地域在战争、水旱、饥荒、疾疫等灾难肆虐下的民间疾苦及由此形成的民间信仰作出现实分析，并从地域历史文化方面阐述了湖北自古以来佛道发展及巫风盛行对民间信仰的潜在影响。

赵旭教授的《沈阳古近代民间文学艺术形态探析》一文从历时性角度探讨了沈阳民间文学艺术的发展史，作者着力考察了清初至近代沈阳的各类民间艺术形式。具体涉及沈阳的戏剧、相声、评书、鼓书、蹦蹦戏、二人转、木偶戏、皮影戏、子弟书、萨满调、跳神曲，以及民间长诗与民间传说等诸多文艺体式。作者认为，明清以来沈阳军事地位的提升，人口流动的频繁，少数民族聚居的加强等外部因素，为沈阳民间文艺的繁荣发展提供了有利土壤与极大刺激。文中还涉及近代文人对沈阳民间文艺的关注与记载，如刘世英的《陪都纪略》和缪润绂的《沈阳百咏》《陪京杂述》等，此类著作中也包蕴着区域文学理论的相关因子。

曾志松博士的《杨一清任职陕西时期诗歌创作论》一文就明中叶名臣杨一清的四次任职陕西经历及其所撰诗歌展开论述。对于杨一清此期的诗歌创作，论者从体式、内容、风格三方面进行了深入分析：在文体上杨一清淡化诗、文界限；内容上多抒发诗人建功立业的情怀抱负；在艺术上则呈现豪壮清朗的风格。作者还进一步指出杨一清陕西诗歌特色与陕西深厚的关学渊源存在的内在关联。

《夷坚志》所见宋代湖北的
民间信仰[*]

杨宗红^{**}

内容提要：《夷坚志》所记载的湖北故事大致可以分为神仙鬼怪型、报应型、妖巫作法作乱型故事。故事地域色彩分明，它反映了宋代湖北丰富的民间信仰。因为处于宋金交战地带及亚热带季风气候区，兵乱与各种灾害众多，这促进了各种民间信仰神灵及信仰行为的流行。官吏及广大民众参与到民间信仰活动中，直接影响到民间信仰的传播。同时，湖北的佛道信仰状况及巫术信仰，以及落后的教育，令其中的神异故事具有明显的地域特色。

关键词：《夷坚志》；湖北；民间信仰；灾害；地域

宋代湖北地区包括荆湖北路的江陵府、鄂州、德安府、复州、峡州、归州，京西南路的大部，淮南西路的蕲州和黄州，江南西路的兴国军，以及夔州路的施州等。本文所述《夷坚志》中的湖北故事，是指故事发生地为湖北，只是在故事中提及湖北某地者不在其中。按此统计，《夷坚志》①

---

* ［基金项目］国家社科基金项目"文学地理学视域下明清白话短篇小说研究"（13xzw008）。

** ［作者简介］杨宗红，女，重庆师范大学文学院教授，硕士生导师，主要从事中国古代小说研究。

① 本文所引《夷坚志》中的湖北故事，均出自洪迈《夷坚志》，中华书局1981年版。未特别注明之处，只言篇目。

湖北故事多达154例，故事涉及地域西至巴东，东至黄梅，南至崇阳，北至武当山。故事讲述者的身份多样，内容包含了从官员到普通民众丰富的社会生活，是考察南宋时期湖北的丰富史料。

一　《夷坚志》湖北故事所体现的民间信仰

《夷坚志》中所记载的湖北故事，其主要故事类型有遭遇神仙鬼怪型、报应型，妖巫作法作乱型等，涉及的人物、时间、场景、观念等，无不体现着丰富的民间信仰。

遭遇神仙鬼怪型故事是湖北故事中最多的一类，具体包括遇神遇仙型、遇鬼型、遇妖遇怪型等。

遇神遇仙型。《远安老兵》中，峡州远安民家笃信仙佛，在吕公纯阳会时，遇到一老兵求酒食，与之再三。老兵原来是吕洞宾化身，主人不识，与之错过。《傅道人》中，江陵傅氏信吕仙，供奉之，一客人赠药使之复明，但傅氏不识吕翁化身，与之错过。胡俦于荆门遇一道人号"知命先生"，乃为吕洞宾幻化（《知命先生》）。邢舜举遇一女子，乃何仙姑所化。服仙姑之药后，精力健旺（《邢舜举》）。

遇鬼型。湖北故事中这类故事占18例。有魂魄追随亲人而来者。如《邹九妻甘氏》载，甘氏丈夫久不归家，甘氏外出寻找，在江夏受骗抑郁而死，邹九在鄂州一旅店遇妻，当甘氏鬼魂身份暴露，甘氏"化为黑气而散"。《解七五姐》中，房州人解七五姐的丈夫在外经商，解七五姐思而身亡，魂魄千里追夫，道士法术不能却，后到其葬处，"女大笑，疾走入山，怪乃绝。"《赵不刊妾》载荆门金判赵不刊之妾产子而死，其魂却在五更叫吏卒安排轿子。又有冤魂所化者。《李持司法》中，李持司法被仆人杀死，鬼魂现行于金判前，告知被害情况及凶手，请求缉拿凶手。《邓安民狱》中，转运副使吴君因冤狱害人甚多，"得疾，亲见鬼物往来其前，避正堂不敢居，无几而死"。又有遗骸不得葬而为祟者。《光山双塔鬼》中，光山双塔因麻城王主簿丧子寄殡于此，前来寄宿者皆被魇杀。又有无原因的遇鬼。《王武功山童》中，寓居鄂州的王武功所雇小仆与乳母都是鬼；《建德茅屋女》中，蔡五之妻杨氏被道人及术士都指为鬼，言"若不去之，将更为人害"。《颜邦直二郎》中，颜二郎过世十九年，其魂魄犹自带领旧仆人四处游历，言蕲州武三郎家女妾为鬼。这些鬼，有的害人，有的虽然不害人，但"见鬼"之人，一般都没有好结果。

遇妖遇怪型。这类故事有20多例，其中有动植物精怪，也有无生命的物怪。《蕉小娘子》中，鄂州蒲圻县书院庭前芭蕉甚盛，潘昌简与陈致明饮酒，常说："只令蕉小娘子佐尊"。此后，常有一绿衣女子"入与之狎，寝则同衾"，陈"憔悴龙钟，了无人色"。当芟除芭蕉，已经来不及救治了。《巴蕉精》中，陈忱等在德安府学自讼斋歇憩，深夜如有物在旁，"复闻有声，即大呼而出，其物踉跄越窗外，至巴蕉丛而灭。明日，尽伐去蕉，又穿地丈余，无所得。自是怪遂绝，咸疑为巴蕉精云"。民众遭遇的精怪以动物为多。《孔劳虫》写荆南刘五客祭祀五通获利，后来得罪五通，遭五通报复，道士孔思文仗剑作法，五通现形，乃是一黄鼠。动物精怪故事中，蛇、虎、狐相对较多，其中，蛇故事6例，虎故事5例，狐狸故事3例。《梁统制》描写鄂州一大蟒从屋背垂首下饮，梁统制率众射杀大蟒，其后，其长子卒，诸兵死者数辈，他自己也在四年后死亡，"汉阳人谓蟒为山神，故能报仇如是"。《蕲州三洞》写道："蕲州境有三洞：一曰龙洞，在蕲水县三角山下，神龙居之，祷雨多应，而光景变化，未尝表露；二曰龟洞，在近郊广教寺，龟生其中，品类不一，而绿毛者尤多；三曰蛇洞，在蕲口镇侧，盖白花蛇所聚，今不复有矣，土人捕采，乃出罗田山谷中。"《武当刘先生》中，巨蟒幻化成仙童与幡节，谎称天诏，召刘先生升天，为王道士所诛。

还有一种异类不是妖怪，而是平常少见的事物。如《牙儿鱼》《应山槐》《汉阳石榴》《荆南猴鼠》《夷陵婴儿》《东方山》等。

报应型。报应型故事共24例，报应之由多样，报应方式各有不同。有的是在世俗生活中受报，如李统领因不贪而成富室（《谢侍御屋》），滑世昌行医救人免于火灾（《滑世昌》），李二婆因买卖公平而免于灾难（《李二婆》），董助教在灾荒之年施舍救人而长寿（《董助教》），渠生卖油掺假，自己妻、子相继病亡（《黄州渠油》），熊二不孝而遭报（《熊二不孝》），解洵负义而被杀（《解洵娶妇》），查氏女不节俭遭雷击（《查氏饼异》）等。有的属公门报应。如兴国狱卒李镇行刑残忍，先断犯人双手，后来镇妻生子，两腕下如截《兴国狱卒》；蔡通判为人廉洁，一家人免于覆舟之灾（《蔡通判》）；赵表之在晋州时令人失子，遂遭失子之报（《赵表之子报》）；转运副使吴君因污蔑他人监狱事导致多人枉死，亦受死报（《邓安民狱》）。有放生之报，如《俞一郎放生》。

妖巫作法型。《荆南妖巫》载："荆南有妖巫，挟幻术为人祸福，横于里中，居郡县者莫敢问。吴兴高某为江陵宰，积不能堪，捕欲杖之，大吏泣谏，请勿治，且掇奇祸。"《沈子与仆》载，沈点与仆人前往西蜀探亲，经过巴东村市某店，受到店主怠慢，且堕入其术中。沈点仆人亦会术，于是店主受惩，灶台被坏。仆人道："彼家习妖法，不谓我亦能之。既不获害我，当自受其殃。盖自索断之后，彼灶不复可然火，虽终日加薪，不能蒸。一灶之费，须三四千钱，聊以困之。"《邓城巫》载："襄阳邓城县有巫师，能用妖术败酒家所酿，凡开酒坊者皆畏奉之。每岁春秋，必遍谒诸坊求丐，年计合十余家率各与钱二十千，则岁内酒平善，巫亦藉此自给，无饥乏之虑。"后来家人没有满足巫师要求，所酿酒全坏。

二　宋代湖北灾害与湖北民间信仰之关系

湖北位于中国中部，南北文化及东西文化在这里交会，一方面，保持着原始的巫风，另一方面，又有"外来"文化的影响，巫风与佛道交融，民间信仰十分浓厚。仔细考察《夷坚志》中湖北鬼神精怪故事，往往与兵乱、盗贼、巫风等融在一起。

首先是兵乱。清朝学者顾祖禹在《读史方舆纪要》中说道："湖广之形胜在武昌乎？在襄阳乎？抑荆州乎？曰：'以天下言之则重在襄阳，以东南言之则重在武昌，以湖广言之则重在荆州。'"① 湖北地理位置重要，

---

① （清）顾祖禹：《读史方舆纪要》，中华书局 2005 年版，第 3484 页。

为南宋时期三大主战场之一①，战争带来的灾难显而易见。《黄州野人》载：黄州麻城县野人被捉后，自言："靖康之难，全家死于兵，身独得脱，窜伏山间。山有高岩，可扳援藤萝而上，上有草如毯可覆。饥餐草实木叶，渴匊涧泉饮之。久而惯习，遍体生毛，亦无疾痛，忘其去家而居深山也。"《复州菜圃》道："湖北罹兵戎烧残之余，通都大邑剪为茂草，复州尤甚。"《金沙滩舟人》载："建炎中，荆部多难。"《阳台虎精》载："自鄂渚至襄阳七百里，经乱离之后，长涂莽莽，杳无居民。"

伴随战争的是盗贼横行。有些盗贼是被金兵击溃的南宋士兵。据载，靖康元年，金军攻占开封，数万军民逃出城，"有得脱者，悉走京西（南路），聚为盗贼"②。有些是南宋将领未能管理好的兵士。宗泽曾上文指出盗贼与战争的关系："自敌围京城，忠义之士愤懑争奋，广之东西、湖之南北、福建、江、淮，越数千里，争先勤王。当时大臣无远识大略，不能抚而用之，使之饥饿困穷，弱者填沟壑，强者为盗贼。"③《夷坚志》湖北故事中，多处提到盗匪。《孙致思》载："当建炎扰乱，溃兵李忠孝聚群盗劫掠城市。"《张五姑》载："靖康之冬，郭京溃卒犯襄邓。"《饥民食子》载："建炎中，荆襄寇盗充斥。"《张十万女》亦言："绍兴初，巨盗桑仲横行汉、沔间，所过赤地。"郢州京山境豪民张祥，"闻其且至，以赀财孥累之众不能远避，于是整顿舍馆，烹牛屠猪，多酿酒，先路邀迎之"。但后来还是不免其害，其女逃脱，躲于山中。《解洵娶妇》道："时荆楚为盗区。"

其次是水旱等各种自然灾害。南宋时，湖北自然灾害颇多。《宋史》载，绍兴五年十月荆湖旱；乾道八年，兴国大旱，九年，湖北旱；淳熙三年，湖北多地大旱；淳熙四年，襄阳府旱，首种不入；淳熙七年，蕲州、黄州、兴国、江陵府大旱；淳熙八年至十年，鄂州、江陵、兴国、

① 陈世松等著《宋元战争史》第3章《宋元战争初期的三大战场》中，三个小节的题目依次是："巴蜀战场""荆襄战场""江淮战场"。参见陈世松等《宋元战争史》，四川省社会科学院出版社1988年版。

② （宋）徐梦莘：《三朝北盟会编》，上海古籍出版社1987年版，第530页。

③ （元）脱脱等撰：《宋史》，中华书局1977年版，第11282—11283页。

复州、荆门、京西路、汉阳等地皆旱。这些自然灾害，在小说中亦多出现。《周狗师》载，崇阳"邑宰常苦旱"；《水月大师符》载，"绍兴二十一年，襄阳夏大雨，十日不止，汉江且溢"；《董助教》载，黄州"大观己丑，岁旱荒"。

湖北水道密集，长江、汉水、洞庭湖舟楫往来，风浪交加，加上水生之物为害，常发生覆船事件。《申师孟银》载，枣阳申师孟"正泛洞庭，风涛掀空，舟楫摧败，值渔艇在旁，乘载者仅脱死厄。"《郢人捕鼋》："郢州江中，积苦老鼋出没为堤岸及舟船之害。"《鄂渚元大郎》："荆江别派亦有此物为害，尝覆大军米纲船。"《蔡通判》："淳熙元年，嘉兴蔡摅承议赴蕲州黄梅知县，泛舟大江，过蕲口宿。是夜大风拔木，舟碎于巨浪，唯底板存。"

湖北地广人稀，且在宋金交战地区，虎患严重。"闻说京西道，均房虎更多。"① "均、房之人，取山中枯木作胶，傅破布单，施虎径中，木叶蔽之。虎践履，着足不脱，则恐，微若奋厉，便能固半身。虎怒，顿剉不能去，就擒。"② 《夷坚志》中湖北虎故事有 5 例，均展示了这个地区的虎患情况。绍兴初，荆襄一带"墟落尤萧条，虎狼肆暴，虽军行结队伍，亦为所虐"（《王宣乐工》）。乾道年间，自鄂渚至襄阳路上，"最荒寂，多猛虎，而虎精者素为人害"（《阳台虎精》）。建炎间，"荆南虎暴甚，白昼搏人，城外民家，多迁入以避"（《荆南虎》）。大洪山"当路有跛虎出，颇害人，往来者今不敢登山"（《大洪山跛虎》）。湖北属于亚热带湿润地区，森林茂密，正适合喜阴湿环境的蛇居住。蕲州三洞，其一为蛇洞（《蕲州三洞》），鄂州城下有园，"园有大蛇，长数丈，径尺许"，乾道中，韩总领欲于东北隅建楚望亭，而筑基不成，"或言此处蛇所穴"（《鄂州总领司蛇》）。

---

① （宋）周紫芝：《太仓稊米集》，《四库全书》第 1141 册，上海古籍出版社 1987 年版，第 209 页。

② （宋）张舜民：《画墁录》，《四库全书》第 1037 册，上海古籍出版社 1987 年版，第 157 页。

除了自然灾害，有时还有火灾或其他灾害发生。"淳熙乙巳，市中大火，自北而南凡五里，延烧屋庐数千间，虽楼居土库亦不免"（《李二婆》）。淳熙十四年十一月，鄂州"火作于市，滑居烈焰中，生生之具，分为灰烬"（《滑世昌》）。

任何信仰的发生，必然有其自然的或社会的原因。恩格斯说："一切宗教都不过是支配着人们日常生活的外部力量在人们头脑中的幻想的反映，在这种反映中，人间的力量采取了超人间的力量的形式。在历史的初期，首先是自然力量获得了这样的反映，……但是除自然力量外，不久社会力量也起了作用，这种力量和自然力量本身一样，对人来说是异己的，最初也是不能解释的，它以同样的表面上的自然必然性支配着人。最初仅仅反映自然界的神秘力量的幻象，现在又获得了社会的属性，成为历史力量的代表者。"[①]《夷坚志》中的湖北故事，其所表现的民间信仰，与故事的主人公所在的社会环境及自然环境密切相关。面对社会与自然灾难，他们不能解释，便以为是天地鬼神精怪所为，由此而诞生各种与之有关的信仰。有时，那种信仰观念产生是如此自然，如战乱导致的荒芜，令人自然联想到鬼怪，所以《复州菜圃》中小童见红衣女而以为是鬼；深山老林，自然想到虎蛇，想到它们的"有灵"，生病时，见到室外的植物便想到相应的精怪，如《巴蕉精》。信仰观念一旦产生，便有相应的信仰行为。著名的文化人类学大师拉德克利夫－布朗认为，"一切社会制度或习俗、信仰等等的存在，都是由于它们对整个社会有其独特的功能，也就是说，对外起着适应环境、抵抗能力，对内起着调适个人与个人、个人与集体或之间关系的作用"[②]。面对干旱或水灾，自然求助于法术，崇阳县常苦旱，村巫周狗师擅长求雨，请他求雨之人络绎不绝（《周狗师》）。虎患与蛇灾、火灾频繁，当有人受到这些灾害时，人们遂以为是他们行为不检而遭受的惩罚（如《黄州渠油》《熊二不孝》《查氏

[①]　《马克思恩格斯选集》第 3 卷，人民出版社 1972 年版，第 354—355 页。
[②]　夏建中：《译者中文版初版前言》，[英] 拉德克利夫－布朗：《社会人类学方法》，夏建中译，华夏出版社 2002 年版，第 3 页。

饼异》所述之事），反之，在灾难中能全身而退，人们就认为他们是因行善而受到神灵庇佑（如《李二婆》《滑世昌》所述之事）。神灵为一方之主，保一方平安，当人们遭受不幸，便被认为是辱神而得到相应惩罚（如《杨大方》《程副将嫚神》《李昌言贪》所述之事），当生命转危为安，便被认为是信神而受褒奖（如《公安药方》）。总之，无论是信仰观念或信仰行为都来源对自身不可把握的社会及自然的敬畏，以及试图解决自身危机而所作的努力。

三 湖北文化地理对湖北民间信仰的影响

民间信仰具有较强的地域性，这已是不争的事实。《夷坚志》中的湖北故事所体现的宋代湖北民间信仰，亦有此特点。

首先是佛道信仰。中国民间信仰重要的特征是融合了佛教与道教，但却不是纯佛教或道教的。隋唐时期，湖北在佛教发展史上地位很重要。释道安（312—385）在襄阳15年，培养了大量的佛教人才，其中有负有盛名的慧远大师。四祖释道信（580—651）在唐武德七年从江西庐山迁移到黄梅，在此传法30余年。五祖弘忍（601—674）本是黄梅人，师从道信，在黄梅弘扬佛法。以此，宋英宗、宋徽宗分别御书黄梅"天下祖庭""天下禅林"。被称为"两京法主，三帝国师"的北禅宗创始人神秀（606—706）为襄阳人，亦在黄梅学佛多年，后在当阳玉泉寺传授禅宗。《宋高僧传》说神秀："四海缁徒，向风而靡，道誉馨香，普蒙熏灼。"[1] 当阳玉泉寺在唐宋时期是禅学重地，影响很大。《夷坚志》之《李昌言贪》条载："随州大洪山崇宁保寿禅院，以奉玉泉祠之故，受四远供献，寺帑之富，过于一州……有灵济菩萨道场者，开山祖师也，士民莫不施敬。"据统计，《宋高僧传》中，籍贯明确的僧人有381人，江南道最多，共182人，籍贯为湖北的20人；高僧驻锡地1281人，江南道503人、关内道222人、河南道182人，位居前

---

① （宋）赞宁：《宋高僧传》，中华书局1987年版，第177页。

三，驻锡地在湖北的，共 68 人次，其中荆州、江陵府一共 31 人次，随州、黄州、蕲州、鄂州共 22 人次，郢州、均州各 1 人次。[①] 佛教在唐代末期受到打击，宋代对佛教管理日渐严格，相比魏晋六朝及隋唐时期，佛教有所衰微，南宋时禅宗与净土宗流行，但主要集中在江浙一带，湖北佛教相对弱了很多。

古代楚国是道家文化的发生地，湖北道教"在地域上，以汉江沿线、长江沿线为重点。早期以江陵为中心，向四周辐射传播"[②]。魏晋六朝，道教在湖北迅速发展，襄阳、江陵一带是荆楚的道教中心，唐宋时，荆楚道教得到极大发展，九宫山、武当山是著名道教圣地，著名道士陈抟在武当隐居达 20 余年，令武当声名日震。宋代帝王崇信道教，宋徽宗赐武当为"国家祈福之庭"。南宋时，道教以符箓派为主，江西正一派影响最大，天心正法派与神霄派流行。

综观《夷坚志》湖北佛道教故事及提及的佛寺道观，与湖北佛道分布相一致。据笔者统计，提及僧人、佛或佛寺的故事 25 例，其中，黄州 1 例，隋州 3 例，崇阳 1 例，蕲州 5 例，应山 2 例，鄂州 2 例，光山 1 例，大冶 1 例，公安 1 例，当阳 1 例，荆州 2 例，复州 1 例，江夏 1 例，江陵 1 例，襄阳 1 例，房州 1 例。从数据上看，湖北佛教故事虽然分布较广，但主要集中在中东部地区，以武昌为中心的大佛教圈内，而以东部为多。显然，这与该地区本为佛教祖庭，且又接近江南佛教区，尤其是江西佛教区有一定关系。《四祖塔》《吴氏父子二梦》中，特地提到四祖及五祖，《赵表之子报》载赵表之"过蕲州，游五祖山"，梦一僧人言其"有哭子之戚"。

提及道士、道教法术、道观或道教神仙的有 24 例，峡州、远安、当涂、武当山、襄阳、江陵、江夏、公安、德安、复州、武昌、阳新各 1 例，房州、宜都、汉川各 2 例，荆门 3 例，鄂州 3 例。道教分布比较均衡，西部道教分布与武当道教圣地有一定关系，而东部道教的分布，

---

① 宋良和：《赞宁及其〈宋高僧传〉研究》，硕士学位论文，浙江大学，2009 年。
② 喻斌：《荆楚道教论纲》，《武当学刊》1993 年第 1 期。

也与临近江西道教区有关。道士降妖除魔，多用法术，显然属于符箓派。

湖北位于宋金交战前线，佛教、道教都受到一定影响。《四祖塔》云："蕲州四祖山塔，遭兵火爇尽。寺僧即其处仅成矮屋三间，以安佛像。"《集仙观醮》云："德安府（湖北安陆）应城县集仙观，罹兵火之后，堂殿颓圮。"例证虽少，亦可见一斑。

宋元明清之时，关羽是全国性神祇，但最初关羽信仰是在湖北境内，"可以这么说，中唐以前，关羽作为神灵受人们祭礼崇拜的区域仍局限在以荆州为中心的两湖地区"①。宋代，皇帝不断给关羽加封，关羽信仰逐渐由地方神变为全国性神祇，"崇拜关羽作为一种全国性的文化现象始于北宋中叶以后"②。整个《夷坚志》中，提及关羽的有五处，一在四川（《关王幞头》），一在浙江（《关王池》），其余都在湖北境内。《吕宣问》载，宋文穆公蒙正之四世孙吕宣问之父卒于洋州，其母在他六岁时离开。吕宣问长大后求母亲消息，"檄如荆门，过当阳玉泉寺，寺侧武安王庙，求梦而应"。《公安药方》中，公安令向友正生病，"似梦非梦，见一伟丈夫，长髯巨目，执拂尘"，后过玉泉祷雨，瞻关王像，方知所梦之人为关王。《善谑诗词》道："明椿都统立生祠于玉泉关王庙侧，士人题云：'昔日英雄关大王，明公右手立祠堂。大家飞上梧桐树，自有旁人说短长。'"四川是三国蜀国所在地，浙江是南宋都城所在地，有关羽信仰自不待言，而湖北是关羽多次征战及生命终结之地，他自然也就成了湖北地方神。

古荆楚之地，巫风盛行，乃至有杀人祭祀之事。"楚俗淫祠，其来尚矣。惟是戕人以赛鬼，不宜有闻于圣世。俗尚师巫，能以祸福征兆簧鼓愚民，岁有输于公，曰师巫钱，自谓有籍于官。官利其一孔之入，于是纵其所为，无复谁何。浸淫妖幻，诅厌益广，遂至用人以祭，每遇闰岁，

---

① 范立舟：《宋元以民间信仰为中心的文化风尚及其思想史意义》，《江西社会科学》2003年第5期。

② 同上书。

此风尤炽。"① 荆南"邑多淫祠，以人祭鬼，谓之采生。行旅不敢过回"。②《夷坚志》记载杀人祭祀的故事较多，《湖北稜睁鬼》："杀人祭祀之奸，湖北最甚，其鬼名曰稜睁神。得官员士秀，谓之聪明人，一可当三；师僧道士，谓之修行人，一可当二；此外妇人及小儿，则一而已。"此故事讲述好几例杀人祭祀之事，并言"此风浸淫，被于江西抚州"，"此类不胜纪"。虽然，有人认为杀人祭祀并不仅仅湖北才有③，但湖北杀人祭祀之风最烈，且影响周边地区。虽然洪迈认为"今湖北鬼区官司尽已除荡，不容有庙食"，事实上，《夷坚志》记载湖北杀人祭祀之事有多例。④

科举考试与民间信仰密切。《夷坚志》亦记载了众多士人考前的民俗信仰及行为，如神祇信仰及祈神、祈梦、占卜、扶乩、因果报应、命定论等。据学者统计，《夷坚志》北宋时期科举梦兆地区分布中，京畿路8则，福建路2则，成都府路1则，两浙路3则，江南西路2则，江南东路2则，北方集中在京畿路，南方则集中在长江中下游及福建地区。南宋科举梦兆，发生在南方的科举梦兆为131则⑤，主要集中在四川、江西、江苏、浙江、福建等地区，湖北无一例。在整个《夷坚志》湖北士人或官僚叙事中，有祭神的，有祈梦的，主要是关于生死、失人消息、官职调动，无一例与科举考试相关。这种现象，与宋代湖北教育有关。两宋时期，湖北教育比较落后，科举考试人才很少，宋代"人才的分布主要集中于今天的黄河下游、四川盆地以及江南东部的苏、浙、赣、闽诸省区"，在宋代人才密度与人才比率中，荆湖北路居第19位⑥，南宋书院，也主要集中在江西、湖南、浙江、福建。湖北教育的落后，影响了当地

① （清）徐松：《宋会要辑稿》，中华书局1957年版，第6560页。
② （清）阮元辑编：《宛委别藏》第50册，江苏古籍出版社1988年版，第219页。
③ 如《建德妖鬼》《莆田处子》等都是记载杀人祭祀之事，却不在湖北。
④ 如宋代的荆湖北路，包括现在湘西的大部分地区。《醴陵店主人》写醴陵店主人杀人祭鬼事，《李成忠子》写沅靖州杀人祭祀之事。
⑤ 黄宇兰、赵瑶丹：《论宋代的科举梦兆——以〈夷坚志〉为中心》，《云南社会科学》2015年第2期。
⑥ 肖华忠：《宋代人才的地域分布及其规律》，《中国历史地理论丛》1993年第3期。

士人的科举功名之心，相应的科举信仰叙事也就缺乏。

四　官民对民间信仰形成及传播的作用

某种信仰一旦生成，其传播与接受也就极为重要。传播主体、传播方式，接受者的身份地位及行为都对该信仰的传播产生直接影响。

《夷坚志》湖北故事的讲述者，很多是在湖北为官之人，如公安尉蔡聪发（《英华诗词》），以司农少卿总领湖北财赋的汪致道（《木先生》），兴国县主簿余仲庸（《蕲州三洞》），蕲州司法周勉仲（《周勉仲》），筠州新昌人邹兼善主簿（《远安老兵》）等。其中，有些是洪迈的亲友，如其侄洪毕（《岳州河泊》），复州金判洪楑（《复州菜圃》《浮舟防库犬》《复州谢鼹》），其侄孙荆门签书判官洪伋（《陆荆门》《张十万女》），侄孙洪子言（《张通判》），在襄阳任官的洪景裴（《邢舜举》），为峡州判官的洪迈次子（《夷陵婴儿》）。有些是术士，如胡九龄（《宁客陆青》《鄂渚鼋大郎》），徐谦（《野和尚》《武当真武祠》），杨昭然道人（《徐咬耳》）等。有些是到湖北游玩之人，如《黄陂丞》《黄陂红衣妇》等就是"乡人程濂游黄陂得于士人程思"。讲述者所讲的故事，有些是自己亲历、亲见之事，有些是讲述自己亲友之事。由此可见，从地方精英人士到普通百姓，都没有远离"怪力乱神"，他们的故事讲述，力证了鬼神不虚。尤其是故事讲述者多为官之人，且故事本身也是以精英人士为多，以他们的社会政治地位及民间影响而信神奉神，说鬼说怪，更可见民间信仰传播及接受者之众。

祭祀、祷告、法术是民间信仰定型化的表现，官员无论大小，多有祭祀行为。绍熙三年，杨大方赴漕台试，于江陵道中过一庙，遂"整衣冠入谒，焚香致祷"（《杨大方》）。乾道六年，王炎公明以参知政事宣抚四川，经襄阳，"闻蜀中久旱，欲迂路过武当，亲祷真武祠殿"（《武当真武祠》）。宣和中，洪迈外舅为峡州宜都令，盛夏不雨，遍祷诸祀（《宜都宋仙》）。淳熙八年，向友正为江陵长使时，曾至后诣玉泉祷雨，瞻寿亭关王像（《公安药方》）。鄂州总领司韩总领欲在治地东北隅建楚望亭，多次倾塌，"或言此处蛇所穴，傥为立祠，当可就。韩如其说，作小庙于数十步前，基即成"（《鄂州总领司蛇》）。官吏精通法术者，《夷坚志》没少记载。① 《水月大师符》载，襄阳知县阎君习水月大师符，"凡水旱、疾疫、刀兵、鬼神、山林、木石之怪，无所不治。遇凶宅妖穴，书而揭之，皆有奇效"，汉水将溢，阎君以符咒止之，观察推官李德远亦向阎君学得此法。

　　老百姓最容易接受鬼神之说，他们是民间信仰形成与传播的大军。刘五客于屋侧建小祠祭祀五通（《孔劳虫》），以鬻纸为业的江陵傅氏信道，被呼为傅道人，其家后有小阁，塑吕仙翁像，"朝暮焚香敬事，拜毕，则扃户去梯，虽妻子不许至"（《傅道人》）。鄂州城内三公庙，其塑像鼎足而居，不知为何神，"邦人事之甚谨"（《三公神》）。绍兴初，李成率数万众欲攻军城，祷祠于富池口甘宁将军庙，以求吉卜（《富池庙诗词》）。更有杀人祭祀鬼的，如《湖北稜睁鬼》所载。还有因某种原因而为神祇修造祠庙的。峡州城东有泰山庙久已颓敝，绍兴癸丑之冬，一夕大风雨，"五十里外深坞中如发洪状，浮出巨材千数"，民众认为是神助，以之建一座新庙（《峡州泰山庙》）。四祖塔在兵火中被毁，鄱阳张通判因事到黄梅四祖塔侧，得石偈，"迨还城，以事告人，无有不乐施者。不浹旬，集钱数百万。才半岁，讫功"（《四祖塔》）。

　　儒家有祭祀山川四渎、城隍等传统，并将其纳入国家祀典中。然而，从《夷坚志》所见，不少士大夫私下里也有祭祀淫祀之神的情况。主流人士的外儒"内鬼"之行为，既有国家层面的政治军事等因素，也有个人层面的功名利禄之考量。由官员到民众，其祭祀、祈祷的神祇有相同的，也有不同的。若说民众有淫祀之嫌，官员的祭祀活动，令某些淫祀对象合法化。

　　小说也叙述民众祭神时的轻慢行为导致的神罚，从反面证明神灵实

---

① 如宣州南陵县宰"素习行天心正法"（《南陵蜂王》）；右从政郎杨仲弓，"习行天心法，视人颜色，则知其有祟与否"（《唐四娘侍女》）；陈元承侍制桶，绝意仕途后，"习行天心正法。奇祟异殃，得其符水立愈。又为人行持斋醮，效验甚多"（《陈侍制》）。

有，且能与人祸福。杨大方在江陵一庙中求神，所得之爻不如意，掌击庙中神灵，被神索命（《杨大方》）；程副将在汉阳渡江，不循旧例拜城隍神，纲马死者几半，自己也身受重伤（《程副将嫚神》）；郡守李昌言贪，慢侮灵济菩萨，渡江时所有财产覆没（《李昌言贪》）。

僧道及术士在传播信仰过程中的作用不可忽视，其预言、解梦、请雨、解难、降妖除魔等各种法术行为的"灵应"，既证明了他们道术高超，亦见证了神怪实有，增强了各种民间信仰的"实在性"。均州武当山王道士行五雷法，效验彰著。蟒蛇精化为仙童招其师刘先生升天，被王道士怀疑，王行五雷法，"忽霹雳一声震起，仙童与幡节俱不见。俄顷再震，有黑气一道，长数十百丈，直下岩谷中，道众遂散。明旦出视，一路血迹斑斑，穷其所之，有巨蟒死于岩下"（《武当刘先生》）。江夏道人吕元圭，为人言事多验（《吕元圭》），道人木先生知晓汪致道的前世今生（《木先生》）。当僧道的行为被政府官员所见识，并不断讲述时，官员及僧道的特殊身份及地位，必然引发此种信仰在当地盛行。

结　语

在宋人及之前的观念中，小说可谓是"史余"，具有"补史"之用。洪迈曾任国史馆编修，受"史官"身份及史官思维的影响，他搜集编撰的《夷坚志》中的故事虽然"怪异"成分颇多，却都是纪实的。其中的地域故事，大部分可谓是民间信仰叙事，不仅展示了信仰的表象，更是暗含了信仰的形成原因。小说"客观"地记载了不同地域、不同身份的人讲述的日常——某地有何人、物、现象，他们有何作用、有何利害等——宗教的、商贾的、行旅的、灾害的人物与故事，将医药、宗教、物产、殡葬等知识融入其中。有意味的是，这些地方知识，并不是在乏味的讲述中而是通过神异性的叙事所建构的民间信仰而获得。"人只有在宗教的感情或有预见性的直觉中，领悟理想；凭借感情人同上帝直接相通：思维和存在绝对的统一或同一，不能用概念术语予以规定，却在自我意识中直接为人所经验。"① 小说真实呈现了各色人所讲述的日常，其间所包含的看似零散的关于人、地、事、物等认识与经验，组合成日常的或神秘的具有一定宗教性质的日常经验认知与道德经验认知，进而成为知识，乃至于生活方式，用以保障日常生活的平稳性与正常性。《夷坚志》中的故事，折射了故事讲述者及编撰者对现实问题的关怀，诸如如何满足生活所需，如何身体健康、精力旺盛、鬼怪如何形成、如何避免，一些不幸如何发生，道德在生活中的重要作用，战争与盗贼所导致的衰败与鬼怪之关系等。就叙事意图来看，与其说是洪迈讲述怪异故事，毋宁说他是以含有民间信仰意味的日常生活的经验知识以补正史之不足，以"夷坚"式编撰，呈现官民行为及其背后的原因，融认识于审美，构建伦常于"非常"，做到真正的补史之效。地域不同，民间信仰也就有所差别，关于信仰的知识、理解及生活方式也就有地区差异。本文中所讨论的湖北故事所体现的民间信仰，只是探究地域社会的一个视角。

---

① ［美］梯利:《西方哲学史》（增补修订版），商务印书馆 2015 年版，第 502 页。

沈阳古近代民间文学艺术形态探析[*]

赵　旭^{**}

内容提要： 从战国时期的边障候城到清代的天眷盛京，沈阳最终取得了东北地区中心城市地位，并形成了丰富的民间文学艺术交融态势。一方面，作为东北地区政治经济文化中心地位的大城市，沈阳在吸纳四方来客的同时也汇聚了丰富的民间文学艺术形式，并形成规模；另一方面，沈阳自身的深厚文化积淀，也为诸多民间文学艺术的交融渗透营造了良好的外部环境。有见识的文人认识到这些以口头传承为主的民间文学艺术对沈阳城市发展的重要意义，或有意识地站在民间立场，对之加以文字总结整理；或积极参与民间文学艺术的创作中去，在吸取民间养分的同时也极大地丰富了民间文学艺术本身，进而形成了民间文学艺术文本。

关键词： 沈阳；民间；文学艺术；文人；文本

从战国时期的候城到辽代的沈州，从明代的沈阳中卫到清代的天眷盛京，沈阳有着悠久的城市发展历史，并形成了以满汉为主的多民族聚居局面。特别是努尔哈赤在天命十年（1625）三月迁都沈阳，使之成为

　　* ［基金项目］2018 年辽宁省社会科学规划基金项目"古近代文献中的辽宁形象研究"（L18BZWO06）、2018 年辽宁省教改项目"基于文保社团的地方高校区域文化立体教学途径研究"（2018—656）。
　　** ［作者简介］赵旭（1975—　），男，辽宁沈阳人，文学博士，沈阳大学文法学院教授，硕士生导师，主要从事中国古代文学和地域文学研究。

后金的首都，奠定了沈阳在东北地区的政治、经济和文化中心地位。从顺治朝开始，沈阳成为陪都，但仍然长期在清代社会生活中占据重要地位，甚至沈阳作为首都的阶段还被称为"沈阳时代"，"从顺治朝的情况来看，秉政的仍然是那些沈阳时代的老臣"①。随着城市地位的提高，城市功能的完善，沈阳的人口流动量增大，四方来客会聚沈阳的同时也带来了诸多民间文学艺术形式，并形成规模。而随着时代的发展，许多有见识的文人也充分认识到这些民间文学艺术对沈阳城市发展的重要意义，因而或有意识地站在民间立场，对之加以文字总结整理，或积极参与民间文学艺术的创作中去，在吸取民间养分的同时也极大地丰富了民间文学艺术本身。两者相得益彰，形成了诸多民间文学艺术文本，构成了沈阳古代文学的重要部分。其中既有对民间文学艺术成果的总结整理之作，如刘世英的《陪都纪略》和缪润绂的《沈阳百咏》《陪京杂述》；也有文人在充分吸收民间艺术的基础上所进行的创作，并且又通过民间艺术传播而发扬，如韩小窗、鹤侣等人的子弟书作品。本文对沈阳古近代民间文学艺术形态加以探究，以就正于方家。

一　沈阳民间文学艺术的表现形式

沈阳有着深厚的文化土壤积淀，尤其是清代以来，随着社会渐趋稳定，经济发展和统治者的提倡，诸多艺人会聚此地，各种民间文学艺术形式都有了较大的发展。这里既有汉族的，也有其他少数民族的；有本土的，也有外来的。这就构成了沈阳古近代民间文学艺术丰富多彩的存在形态。

沈阳有许多茶楼和戏院，如大观楼、萃芳楼、天盛茶园和三盛茶园等。它们是沈阳戏剧表演的主要阵地。《清稗类钞·戏剧类》中的"奉天戏园"一条记载：

---

① 〔日〕冈田英弘、神田信夫、松村润：《紫禁城的荣光——明清全史》，王帅译，社会科学文献出版社 2017 年版，第 237 页。

> 奉天为边陲开府之首区，戏园之多，固不为异。乃至一县一镇
> 一村落，亦皆有之，而每园必男女杂糅，写声写色，外县为尤甚。
> 其戏台之构造，与天津相等，为京师所弗及。女伶亦美。①

可以看出当时沈阳戏剧演出场地之兴盛，规模超过了北京，可以与天津比肩。正是这样的演出环境，促进了戏剧艺术的发展。

除了舞台表演外，在民间还有不少艺术表演形式，如东北土生土长的蹦蹦戏，其表演形式就有单出头、二人转和拉场戏等多种。此外，还有木偶戏和皮影戏。木偶戏，在清初被征入内廷供奉，所以又被称为"宫戏"。沈阳的木偶戏表演形式很多。按照缪润绂《陪都纪略》的记载，有扁担戏、洋戏（提线木偶）、耍耗子等，在表演过程中，艺人口中唱出诸多戏曲，如扁担戏中演唱《猪八戒背媳妇》《高老庄》等。皮影戏，又称驴皮影，其剧本称为"影卷"和"影词"。其中有许多长篇影卷，如《金石缘》《五峰会》等。按内容分，神怪类的有《西游记》等，英雄传奇类有《隋唐演义》《跨海征东》等，侠义公案类有《水浒传》《三侠五义》等，世情戏有《桃花扇》等。沈阳的皮影戏由滦州传入。光绪初年，沈阳的子弟书作家还曾编写过多部影卷，如韩小窗有《谤可笑》《金石语》，缪润绂有《惊天录》等。

沈阳的各种江湖行当也渐趋完善起来，相声、评书、鼓书等说唱艺术也随之有了较大的发展。这些说唱艺术的唱词，都具有一定的文学性。江湖行当一般分为"金、皮、彩、挂、平、团、调、柳"八门。其中，除了"调"指善于调动各种手段获取钱财的骗子和小偷之外，其他各门都和民间说唱艺术有关系。"金"指用金钱占卦、相面的术士，在算卦时经常"唱说"，手持三弦，唱东北大鼓调，唱词则随当时情况编取；"皮"是卖药的游医，经常唱民歌和鼓曲来招觅顾客；"彩"指变戏法的艺人，表演时常说一些如《俏皮话》《反正话》等铺场小段，有些后来演变成相

---

① （清）徐珂：《清稗类钞》，中华书局1986年版，第5044页。

声小段了；"挂"指打把式卖艺的人。在开练之前，表演者也常说些如《大保镖》一类的垫话，后来也演变成了相声段子；"平"指评词艺人。一般认为书曲艺人的祖师爷是周庄王，而梅清山、清平志、胡鹏飞和赵花枝是其四大弟子（一说为明末清初说书家苏济元的四大弟子），于是形成了"四大门户"之说。此外，还有何良臣等"三臣"传下说书，黄福亮等"五亮"传下鼓书的说法；"团"指相声艺人，因为早期有些单口相声是从评词书目中演化而来，如《马寿出世》等，所以相声艺人拜师时一般请评词先生到场，称为"摆支"（把各门户的支派摆清楚），以示不忘传艺之恩；"柳"指鼓曲艺人。相传唐代有道士手持柳枝，唱词传道，后来演变为打渔鼓唱道情。后来的艺人常把唱的曲种统称为"柳门"。而相声艺人讲究的"说学逗唱"四功中，除了"太平歌词"外，所有唱的节目也都称为"柳活"。

　　沈阳的江湖组织也在清末健全起来。清末，新民府有了蹦蹦艺人的江湖会。沈阳小西关外的关帝庙是"五行上会亦集于此"[1]之地，即牙行、脚行、勤行、金行和柳行上层人士召开会议之所，而柳行就代表着说唱艺人。光绪四年在沈阳小东关"手艺行中上会之所"[2]的老君堂成立的江湖会更是著名的组织。老君堂祖师碑上刻有评词、变彩、八角鼓、大鼓、弦子书五种艺术形式，并有四十八名艺人的名字。经研究者考证，这四十八人中有十三名评词艺人，十二名奉天大鼓艺人，一名乐亭大鼓艺人，一名八角鼓艺人[3]。这种艺人的行会组织，其作用就是对各民间艺术门派强化管理，以利于自身生存，而对后世研究和保护沈阳民间文学艺术也在客观上具有积极的效果。

　　随着沈阳关外第一重镇地位的确立，许多外来文艺形式也传入沈阳。例如，朝鲜人所撰《沈馆录》曾描述崇德三年正月初一在沈阳举办的一

---

① （清）缪润绂：《陪京杂述》，沈阳出版社 2009 年版，第 74 页。
② 同上书，第 76 页。
③ 耿瑛、王传章：《关东艺林》，沈阳出版社 2008 年版，第 69—70 页。

次官方宴会，"是日杂陈百戏，我国之女乐俳优交进于前"①，可见当时朝鲜的艺术表演在沈阳也是很受欢迎的。乾隆之后，山陕梆子也随着晋商进入辽沈，并组成许多梆子班社，如嘉庆、道光年间的庞家班与春和班等。他们多表演整本大戏如《陈塘关》《定军山》等。光绪年间，直隶梆子也进入辽沈大地，代表人物有元元红（郭宝臣）等。直隶梆子常在庙会上演出《宝莲灯》等酬神戏，并且大量使用彩头、砌末（道具、布景）等，无论从内容还是从形式上看，都很受欢迎。直隶梆子的演出剧目非常丰富，如表现历史演义和英雄传奇题材的《空城计》《黄鹤楼》《审潘洪》《八大锤》，表现神魔故事的《宝莲灯》《闹天宫》，表现世情内容的《打金枝》《桑园会》《三娘教子》《杜十娘》等，极大地推动了古典小说在沈阳的传播。而由凤阳花鼓发展而来的"十不闲"则于道光年间传入沈阳。光绪年间，盛京荟兰诗社的一些文人如尚雅贞、曾显堂等人还曾经为之编写过唱词，称为"诗赋贤"。此外，由西皮、二黄发展而来的京剧在 19 世纪末也进入沈阳，先后被称为"簧腔""皮二黄""楚曲""旧剧""大戏""国剧"和"平剧"。当时，京剧和梆子经常在一起演出，称为"两合水"，也叫"两下锅"，京剧、梆子和落子同台演出则称为"三合水"，有时在一个剧目中用两个剧种声腔演唱叫作"风搅雪"。清末，河北的莲花落也传入沈阳，这种民间小戏俗称"落子"，又有"奉天落子"等名称，后来发展为评剧，蹦蹦中的"拉场戏"也受其影响。

沈阳的民间文学艺术形式中，少数民族尤其是满族的民间文学艺术占有很大比重。

从候城开始，沈阳地域就是军事重地；辽代建沈州，其城市地位有了很大提高，但军事地位同时存在。人口流动量增大，诸多民族混居在一起。其文学创作中，少数民族的作品显然更具价值。明代，沈阳中卫处在与蒙古和女真战争的前沿，与之文学艺术交流显然也是很多的。清

---

① （朝）佚名：《沈馆录》卷 1，《辽海丛书》，辽沈书社 1985 年版，第 2768 页。

代，沈阳更是成为满族、锡伯族、朝鲜族、回族等少数民族的聚居地，如锡伯族家庙就在今日沈阳的北市场。在沈阳流传的民间故事也很多，如《八义沟的传说》《山神乞食》《青蛙新娘》《江南善人吴义》《左手右手》《阿罕的媳妇儿》《选女婿》《黄狗小巴儿》① 等。这些故事不仅具有本民族的特色，而且也具有与其他民族的文艺作品进行交流的价值，如《蛇与姨》《强盗取暖》《困与囚》《应声虫》《格林阿智斗丧门星》和《格林阿智惩巫师》等故事中塑造的智者格林阿形象，就可与阿凡提这个形象进行比较。

　　再如蒙古、满、赫哲、鄂伦春等民族普遍信奉的萨满教，其中用萨满调、跳神曲以及其他祭祀曲来祈祷的萨满神歌，是保留数量较多的少数民族文学艺术作品。尤其是满族，对萨满文化，包括萨满神本、祭祖仪式、祭天仪式的保存和流传都做出了巨大的贡献。而用八角鼓演奏的岔曲、单弦牌子曲，还有太平鼓演奏的诸多曲目，更是富有满族特色的文艺形式。

　　从嘉庆十七年（1812）开始，部分宗室迁回沈阳，同时也将子弟书艺术传入沈阳。子弟书富有文采，"是道道地地的满族民间文艺"，"跟变文、弹词等其他民间文艺一样，都产生于民间"②，"起源于满族民间，而随着满汉民族逐渐自然融合而获得繁荣"③。"道光之后，以沈阳为中心的东北子弟书创作逐渐进入繁荣阶段，从同治初年到光绪中期，这是子弟书创作的黄金时期。辛亥革命后，满族人的社会地位下降，子弟书也随之衰落了，但子弟书的许多优秀曲目被东北大鼓、二人转等艺术形式所借鉴吸收，直到今日仍然被传唱着。"④

　　民间长诗是民间文学的一个门类，包括史诗、抒情长诗和叙事长诗。随着社会的进步，原有的形式已经不能满足需要，于是容量大，篇幅足

---

① 参见关宝学《锡伯族民间故事集》，辽宁民族出版社 2002 年版。
② 关德栋、周中明：《论子弟书》，《文史哲》1980 年第 2 期。
③ 同上。
④ 赵旭、陈海玲：《清代沈阳子弟书论略》，《满族研究》2014 年第 4 期。

以表达曲折情节，塑造人物的长诗应运而生。如用满语写成的《尼山萨满》塑造了一位本领高强且智慧过人的女萨满形象，她深入阴间夺回魂灵，并让其复生。作品有两万多字，结构完整，条理清晰，情节扣人心弦。下阴间的情节本身就很吸引人，更有掌管人性命的奥莫西妈妈，通人性的动物，极富诡异色彩。而女萨满的形象，穿着打扮，言行举止，都极其细腻。这部长诗主要流行在黑龙江一带，但在满族聚居的沈阳，也有其生存空间。

民间传说也是民间文学的重要部分。它往往有客观的历史事件和人物、习俗作为依据，在流传过程中会增加幻想性的情节，与真正的历史不同。例如，努尔哈赤在李成梁家为家僮的经历，甚至传到了朝鲜，如朝鲜使臣柳得恭在乾隆五十五年所作《滦阳录》曰：

> 《开国方略》中云："太祖四岁养于宁远伯家，十五始归。"次修亦见而书之。东人之说始信矣。为其家僮拟剑等事讳而不言与？万历以后我人与中国人数相往来，传闻宜不误。①

这则记载足见民间传说的影响力。

二　沈阳民间文艺的文人关注与文本记载

民间艺术侧重于口头表演，民间文学侧重于口头传承，它们都属于"口述传统"，其唱词和表达的内容往往具有文学性，所以"这一类口述传统，除了有民俗的意义之外，更有着文学的意义"②，基于民间文学艺术形成的资料性文本和创作性文本也就具有了广阔的艺术审视空间，其中的文人因素尤其值得关注。

民间文学艺术文本的形成主要有三个途径：其一是民间艺人出于提

---

① （朝）柳得恭：《滦阳录》卷2，《辽海丛书》，辽沈书社1985年版，第330页。
② 胡万川：《从集体性到个人风格——民间文学的本质与发展》，《民间文学的理论与实际》，里仁书局2010年版，第111页。

高表演技艺的需要，或者一般民众为了生活实用的目的，而主动记录下来的一些具有提纲性质的文本，如一些鼓书的唱本和评词话本；其二是官方组织编订撰写的文本，如乾隆十二年（1747）由皇帝下令编撰的《钦定满族祭神祭天典礼》一书；其三就是文人出于对地域民间文学艺术包括本民族精神传承的责任感而主动参与，或对民间文学艺术形式加以记载描述，形成资料性文本，或直接撰写创作相关民间文学艺术作品。这是民间文学艺术文本的主要部分。

就沈阳民间文学艺术文本而言，刘世英的《陪都纪略》和缪润绂的《沈阳百咏》与《陪京杂述》是其代表作品。

刘世英的《陪都纪略》刊行于清同治十二年（1873）。从其书前《自序》，结尾题为"同治癸酉仲夏，卧云居士刘世英题于沈阳一壶天"[1]可知，编者为刘世英，其人有卧云居士之号。编辑此书的缘由如其《自序》所云：

> 丁卯来奉天，至癸酉瞬息六载。每访陪都遗迹，知者甚稀。伏思盛京乃国家发祥之地，流风善俗，具在志乘，承平日久，今古或殊。于是询其土俗民情，查其景物时尚，地理之远近，山川之形势，采集群书，参合时叙，绘图详说，不遗微细，皆考证确是。分门别类，纂辑成篇，名曰《陪都纪略》。[2]

刘世英在沈阳居住了六年，鉴于沈阳的重要地位并有感于沈阳的风俗"承平日久，今古或殊"，于是编辑了这部书。这部书比较丰富，从对象上看，虽然以"陪都"为名，实际上却远远超出了沈阳的范围，甚至还涉及了吉林和黑龙江。从内容上看，这部书关注面比较广，共分为十八个门类。此书除了刘世英个人的创作外，还收入了许多文人表现沈阳的文学作品，如彭宝臣的《陪都赋》、曾在沈阳小河沿主办过藕乡诗社并

---

① （清）刘世英：《自序》，《陪都纪略》，沈阳出版社 2009 年版，第 2 页。
② 同上书，第 1 页。

与魏燮钧交好的辽阳人李晓南的《沈阳行八十韵》、邸文裕的《盛京论》、芸香主人瑞卿的《留都十景》、郝浴的《留都春日杂兴》、承德知县章经的《巨流河》等。而对沈阳民间文学艺术的记载则主要在"庙会游胜"和"诸般技艺"两类中。沈阳的庙会人气旺盛，如天齐庙会、娘娘庙会和药王庙会都非常热闹，这为诸多民间艺术提供了表演空间，"庙会游胜"一门中"酬神戏""抱戏馆""评书馆"和"杂耍馆"四则是对沈阳民间艺术表演情况的描述：

酬神戏

神棚向北，戏台面南，旌旗蔽日，不雅军前。

抱戏馆

何谓抱戏，宫戏之谚，鼓楼大街，有天乐园。

评书馆

出口似昆，哑翅不南，赵姓文东，石头市前。

杂耍馆

书词女落，在海丰园，清雅楼开，鼓柳彩全。①

酬神戏演出的热闹场面，鼓楼大街上著名的戏园子天乐园，在小西门里的石头市献艺的评书艺人赵文东，还有评书、鼓词和女子莲花落同台演出的海丰园，都因此书而留存在沈阳人的记忆里。

而"诸般技艺"则对具体的艺术表演形式进行了解说。其中包括了"大鼓""小唱""女落""碰碰""评词""什不闲""八角鼓""瞎姑""遑生""相声""一人班"和"扁担戏"等说唱艺术，尤其是"瞎姑"和"遑生"这两种不为人们所熟悉的表演形式，通过此书而得以让人窥其门径：

---

① （清）刘世英：《陪都纪略》，沈阳出版社 2009 年版，第 155—156 页。

瞎姑

听瞎姑，声调尖。杂牌子，曲儿金。学昆腔，咬字难。唱群曲，有尖团。①

暹生

叫暹生，假出名。尹胡琴，将军令。小瞎子，算不灵。弦拉子，陈不晴。②

缪润绂是沈阳的文化名人。他字麟甫，号东霖，别署吟溪钓叟、钓寒渔人、太素生、含光堂主人等，汉军正白旗人。生于 1851 年，卒于 1939 年。他在沈阳过 80 岁生日时，时任辽宁省政府委员兼教育厅长的金毓黻曾代表省政府赠其悬匾"重游泮水"。时至今日，沈阳市沈河区繁华的五爱市场附近还有一条"翰林路"以纪念曾居住于此的缪润绂。缪润绂出身于书香门第，其曾祖父缪公恩是沈阳著名文士，符芝称其"诗坛老将"，"留都多少能吟客，总让公才一着先"③，"近一时名士，若锦县金銮坡、铁岭尚铁峰、辽阳王义门、吉林沈香余，咸奉为骚坛牛耳；继之者福介五、符寿潜、多雯溪，倡和无虚日也；魏子亨、王雪樵最晚出，尤泰斗视之"④，甚至"朝鲜使臣有过沈阳者以不识兰皋为恨"⑤。他与友人一起倡办了芝兰诗社，并且创办了对子弟书文本的整理和创作有着巨大贡献的会文山房；其祖父缪图箕曾担任盛京礼部左翼官学助教官，是"文笔俱佳"⑥ 的人物；父亲缪景文及其叔辈缪景其也是"文学种子不可诬也"⑦。在这样

---

① （清）刘世英：《陪都纪略》，沈阳出版社 2009 年版，第 319—320 页。

② 同上书，第 320 页。

③ （清）符芝：《〈梦鹤轩梅澥诗钞〉题词》，《辽海丛书》，辽沈书社 1985 年版，第 3193 页。

④ （清）缪润绂：《〈梦鹤轩梅澥诗钞〉跋》，《辽海丛书》，辽沈书社 1985 年版，第 3234 页。

⑤ 王树楠、吴廷燮、金毓黻等纂，东北文史丛书编辑委员会点校：《奉天通志》卷 211，东北文史丛书编辑委员会 1983 年影印版，第 4596 页。

⑥ （朝）朴来谦：《沈槎日记》，转引自张杰《韩国史料三种与盛京满族研究》，辽宁民族出版社 2009 年版，第 344 页。

⑦ 同上书，第 345 页。

的家庭环境熏陶中，缪润绂年轻时就表现出极高的才华，很早就以诗文著名，是沈阳"荟兰诗社"的创建者之一。他的子弟书作品《锦水词》和《三难新郎》是当时的名篇，也因此与著名的子弟书作者韩小窗和喜晓峰并称为"沈阳三才子"。

《沈阳百咏》和《陪京杂述》是缪润绂27岁时的作品。两部作品都刊行于光绪四年，而《沈阳百咏》在1922年又经作者加以修订出版，诗作和按语都做了一定的修改。从内容上看，《沈阳百咏》和《陪京杂述》是相辅相成的姊妹篇，《陪京杂述》所分的十类里，有五类中的许多条目都明确指出与《沈阳百咏》互相参照，如"盛典"类中的"跳趓""合队"条曰"事见《百咏》"①，"杂艺"类中的"说书""小银匠"和"扫硝"条曰"见《百咏》注"②。可见，《陪京杂述》比《沈阳百咏》刊行稍晚一些。《陪京杂述》的写作目的，如《陪京杂述·东霖自序》所言：

> 仆生沈阳二十有七年矣。生于斯，长于斯，即托业于斯。斯之长与为缘者，诚所谓室家沈阳，而乡里沈阳。于此，而不知沈阳，其去衣服在躬，记所谓妄者，夫又何间哉。是知生为沈阳之人，即宜备知沈阳之事。③

缪润绂出于对家乡的一片至诚及责任之心，"生为沈阳之人，即宜备知沈阳之事"，在繁忙的备考间隙，"举业暇日，不揣固陋，自古迹迄旧闻区为十类，笔之于书"④，完成了这部笔记类的著作。其中，"杂艺"类比较详细地描述了"说书""数来宝"和"八角鼓"这三种民间艺术形式，并加以评价。

---

① （清）缪润绂：《陪京杂述》，沈阳出版社2009年版，第25—26页。
② 同上书，第85—88页。
③ 同上书，第1页。
④ 同上书，第2页。

　　《沈阳百咏》与《陪京杂述》一样以"亲见确闻"① 为标准，记述沈阳的风俗制度，对民间文艺的描述尤其着力。与《陪京杂述》相比，《沈阳百咏》更具文学性。这部书乃是其"撮拾旧闻，涉笔拈毫。窃以生居丰镐之乡，忝附缘饰沅湘之例，随时凑集，爰成百章"②，以刘禹锡为榜样，采用七言四句的竹枝词形式来记录沈阳的民俗风物，共计100首。《沈阳百咏》在民间文学艺术形式的记录上很用心，光绪本第四首记述了《狗咬沈阳》的民间故事；第十五首和第十六首描述了元宵节前后"十不闲""唱秧歌"等艺术表演形式；第五十五首描述了帝后诞辰时商贾"祝万寿"时梨园演出情况，并且对戏台的朝向问题提出质疑："戏台南向，令我皇上修北面之仪，殊为大谬"③；第八十首和第八十九首描述了祝嘏酬神时的戏剧表演情况；第九十首则记述了沈阳怀远门外至大十字街一带戏园中的演出情况。

　　总的来看，沈阳城市地位的提升和城市功能的完善，以满汉为主的多民族聚居局面的形成，推动了多种民间文学艺术的交融，形成了沈阳丰富多彩的民间文学艺术形态。而文人出于保存发扬地域文学艺术和自身民族的责任感，积极参与民间文学艺术的总结整理与文本的创作，不仅真实记录了沈阳民间文学艺术发展情况，而且因其文本本身具有鲜明的文学色彩，也成为沈阳文学史的一个组成部分，对辽沈地域文学的研究有着重要的价值。

---

① （清）缪润绂：《例言》，《陪京杂述》，沈阳出版社2009年版，第5页。
② 同上书，第1页。
③ （清）缪润绂：《自序》，《沈阳百咏》，沈阳出版社2009年版，第114页。

杨一清任职陕西时期诗歌创作论

曾志松*

内容提要： 杨一清从壮年到老年有四次陕西任职的经历，《西巡类》《行台类》《制府类》《督府类》等四卷诗歌就是历次陕西任上所作。在杨一清近两千首诗歌中，四卷陕西诗歌有三个明显的特征：文体上，消除诗、文的文体界限；内容上，多抒写自己的豪壮的怀抱；审美上，呈现一种豪壮之美。杨一清陕西时期诗歌风格的形成，一方面与儒家思想内核及阔大的性格相关，一方面与陕西阔大的自然景观与深厚的关学渊源相关。

关键词： 杨一清；陕西经历；诗歌风格；成因

杨一清（1454—1530），祖籍云南安宁，少居巴陵，安家京口（今江苏镇江）。一生出将入相，两为首辅，为明中叶的名臣。他的诗文创作在当时声名显赫。李梦阳对杨一清高度称扬："我师崛起杨与李，力挽一发回千钧"[1]，俨然把杨一清看作与李东阳并称的文坛盟主。杨一清任地方官的经历主要与陕西相关，每一任期均有诗文成集传世。近年来研究杨

---

* ［作者简介］曾志松（1978— ），男，湖南郴州人，文学博士，贵州民族大学文学院教师，主要从事元明清文学、中国古代小说与文化研究。

① （明）李梦阳：《徐子将适湖湘，余实恋恋难别，走笔长句述一代文人之盛兼寓祝望焉耳》，《空同集》卷20，文渊阁四库全书本。

一清在陕西为政的文章颇多①，研究杨一清陕西时期诗文创作的文章未见，希望本文能起抛砖引玉的作用。

一　四次陕西任职与《西巡类》等四卷诗

研究杨一清在陕西时期为政的文章颇多，为了使本文的分析不流于空泛，本文先概要介绍杨一清在陕西任职及诗歌创作情况。据《明史》卷一百八十九卷载，杨一清在陕西任职的经历共有四次。

第一次：

> 久之，迁山西按察佥事，以副使督学陕西……在陕八年，以其暇究边事甚悉。②

第二次：

> 弘治十五年用刘大夏荐，擢都察院左副都御史，督理陕西马政。……会寇大入花马池，帝命一清巡抚陕西，仍督马政。……武宗初立……一清以延绥、宁夏、甘肃有警不相援，患无所统摄，请遣大臣兼领之。大夏请即命一清总制三镇军务。寻进右都御史。一清遂建议修边……帝可其议。大发帑金数十万，使一清筑墙。而刘瑾憾一清不附己，一清遂引疾归。③

---

① 谢玉杰：《杨一清茶马整顿案评述——明代西北茶马贸易研究之二》，《西北民族研究》1990 年第 1 期；郑克晟：《明代陕西的牧马草场与杨一清督理马政》，《明史研究论丛》1991 年第 1 辑；张明富：《杨一清与明代西北马政》，《三峡学刊》1995 年第 2 期；谢玉杰、唐景绅：《杨一清在西北》，《西北民族研究》1999 年第 2 期；杨登保：《杨一清与明代陕西马政》，硕士学位论文，中央民族大学，2005 年；邓云、崔明德：《略论杨一清"持重守御"的民族关系思想》，《中南民族大学学报》2014 年第 6 期。

② （清）张廷玉等：《明史》卷 198，中华书局 1974 年版，第 5225 页。

③ 同上书，第 5225—5226 页。

第三次：

> 安化王寘鐇反。诏起一清总制军务，与总兵官神英西讨，中官
> 张永监其军……竟如一清策诛瑾。永以是德一清，左右之，得召还，
> 拜户部尚书。①

第四次：

> （嘉靖三年十二月）戊午，诏一清以少傅、太子太傅改兵部尚书、
> 左都御史，总制陕西三边军务。故相行边，自一清始。温诏褒美，比
> 之郭子仪。一清至是三为总制，部曲皆踊跃喜……会张璁等力排费宏，
> 御史吉棠因请还一清内阁。……召一清为吏部尚书、武英殿大学士。②

上述四段材料均摘自《明史》杨一清本传。大致能够反映杨一清四
次前往陕西为官的前因后果。但是，有个别时间点模糊，需要进行补充。

据《明史》的"在陕八年"，可知杨一清第一次陕西任职时间跨度是
八年。但是起止年份并不明晰。李贽《续藏书·太保杨文襄公》："弘治
四年至十一年凡八年在陕。"③ 按此说法，杨一清卸任陕西提学副使的年
份是弘治十一年（1498）。另外《明孝宗实录》（卷一百四十五）载：
"癸巳，升陕西按察司提学副使杨一清为太常寺少卿，提督四夷馆。"④
《明孝宗实录》卷一百四十五所记为弘治十一年十二月事。两相验证可以
确认，杨一清是在弘治十一年十二月卸任陕西提学副使。杨一清诗文集
中也有相关记载，《石淙诗稿》卷之七的首篇是《入关》，其首联"手提

---

① （清）张廷玉等：《明史》卷198，中华书局1974年版，第5227—5228页。
② 同上书，第5229页。
③ （明）李贽：《李贽全集注》第10册，邱少华注，社会科学文献出版社2010年版，第96页。
④ （明）李东阳等：《明孝宗实录》卷145，"中研院"历史语言研究所校印，影印北京图书馆藏红格本，第2526页。

文印七年还，五载乘轺又入关"①。其意即是掌陕西学政共七年，过了五年又再一次入关前往陕西。《石淙诗稿》卷之十七以"附录旧作四首"收录了这首《入关》，并且加了一个注释"弘治癸亥八月，奉命督理陕西马政"②，"弘治癸亥"即弘治十六年，往前逆推五年就是弘治十一年，也可以确定杨一清是在弘治十一年从卸任提学副使的。至于李贽与《明史》所说的"八年"之限，杨一清自己所道却为"七年"，这是算法不同所致，李贽等人所指是跨了八个年头，杨一清所指是七周年。

杨一清第二次赴陕西任职，时间的起点比较清楚。《明史》"弘治十五年用刘大夏荐"，到任的时间是弘治十六年（1503）八月。杨一清在写给弘治帝的奏折《为修举马政事》说："本年八月内到陕西地方，奉宣德意。"③ 同题奏折"弘治十六年八月内，臣到陕西地方。亲诣苑马寺两监六院"④。杨一清奏折说明他是弘治十六年开始履行督理马政职责。此后杨一清升陕西巡抚，升总制三边，升右都御史。《明史》记载了杨一清第二次从陕西离任的原因，即"刘瑾憾一清不附己，一清遂引疾归"，但都没确切的纪年。杨一清《石淙诗稿·附录旧作四首·出关》（卷之十七）注："正德丁卯五月钦准谢病还江南。"⑤ 正德丁卯是正德二年（1507）。因此杨一清第二次在陕西地方为官的时间约为四年。

杨一清第三次前往陕西的时间点可以从杨一清诗歌中得到确认。《石淙诗稿》卷之十七《附录旧作四首·再入关》有自注："正德庚午五月诏，起任总制陕西军务。"⑥ 正德庚午，是正德五年（1510）。因此杨一清第三次陕西任职的起始时间是正德五年五月。杨一清结束第三次陕西任期的时间是正德五年九月。据杨一清《西征日录》记载："（九月）二十

---

① （明）杨一清：《石淙诗稿》卷7，四库全书存目丛书本，齐鲁书社1997年版。下文凡此本不再注明版本，只表明卷数。

② （明）杨一清：《石淙诗稿》卷17。

③ （明）杨一清：《杨一清集》，中华书局2001年版，第2页。

④ 同上书，第97页。

⑤ （明）杨一清：《督府类》，《石淙诗稿》卷17。

⑥ 同上书。

六日，至泾州，得邸报，被推为户部尚书。寻以宁夏抚定功，加太子少保。"① 总之，杨一清第三次陕西任职时间很短，仅约五个月。

杨一清第四次去陕西任职，《明史》记载是"嘉靖三年十二月戊午"。但是谢纯《杨公一清行状》和李元阳《文襄杨公墓表》的记载略有出入：

> 嘉靖四年正月，起授兵部尚书兼都察院左都御史提督陕西诸边军务，命巡抚都御史即家敦遣启行。②
>
> 四年，虏大入塞，扰关陇。起公兵部尚书兼宪职，提督陕西军务。五年五月，召入内阁。③

谢纯记为"嘉靖四年正月"，李元阳虽简称"四月"指的是嘉靖四年（1525）。项笃寿《今献备遗》、李贽《续藏书》、王世贞《嘉靖以来首辅传》等都认为是嘉靖四年。关于这个时间点，杨一清自己的诗文也有一些反映，《石淙诗稿》嘉靖刻本在"督府类"这一大标题后有注，云："嘉靖四年再起提督陕西军务时作。"《石淙诗稿》卷之十七《督府类》首篇为长题诗，云：

> 嘉靖四年正月二十四日，臣一清抱病疴林下，不意谬以廷臣论荐，承恩命起督师西征。自度衰病不能负荷，上疏辞免。既而使者赍敕符、旗牌、关防及钦赏白金文绮俱至，强起奉迎作诗志感。④

其将时间精确到了具体的某一天："四年正月二十四日。"明人记载

---

① （明）杨一清：《杨一清集》，唐景绅，谢玉杰点校，中华书局2001年版，第717页。

② （明）谢纯：《特进光禄大夫左柱国少师兼太子太师吏部尚书华盖殿大学士赠太保谥文襄杨公一清行状》，见焦竑《国朝献征录》，周骏富辑《明代传记丛刊》，台北明文书局1991年版，第109册，第523页。

③ （明）李元阳：《少师大保华盖殿大学士吏部尚书文襄杨公墓表》见焦竑《国朝献征录》，周骏富辑《明代传记丛刊》，明文书局1991年版，第109册，第527页。

④ （明）杨一清：《石淙诗稿》卷17。

及杨一清本人的记载都表明是嘉靖四年，笔者认为应从杨一清本人所记。杨一清结束这次陕西任期是嘉靖四年十一月。谢纯《杨公一清墓表》曰："十一月召入阁。明年五月陛见。"① 可见，杨一清第四次陕西的任期也只有几个月。

杨一清第一次前往陕西任职是弘治四年（1491），第四次卸陕西之任是嘉靖四年（1525）。弘治四年，杨一清 38 岁；嘉靖四年，杨一清 72 岁。这一时间段对于杨一清而言，是"以壮年到老年的全部精力……为西北所贡献出的智慧和力量，在西北做出的成绩"②。

杨一清四次出任陕西地方官。与这四次外放相对应，杨一清留下了四卷诗文。《西巡类》收录杨一清陕西提学副使任上的作品，共 209 首，为《石淙诗稿》卷之四。《行台类》收录第二次出任陕西时的作品，共有诗 59 首，为《石淙诗稿》卷之七。《制府类》收录的是正德五年第二次总制三边军务时的作品，共 29 首，现为《石淙诗稿》卷之十。《督府类》收录的是嘉靖四年、五年杨一清以故相行边，第三次总制三边军务时诗文共计 128 首③，四卷诗共包含诗文 425 首。为论述之便，下文指称这四卷诗均作"陕西诗歌"。

二　杨一清陕西诗歌的特色

杨一清《石淙诗稿》中有近两千首诗歌，四卷陕西诗歌呈现出明显的特色。

最明显的特征表现在文体上。《石淙诗稿》所录以诗歌为主，但也有箴、词、赋等少量文体掺入。如卷之八《郭于蕃以便面请题，为书短句》文体为箴，卷之十三《薛荔园十三咏为徐侍读子容作·荷池》为"减字花木兰"调，如卷之十三《薛荔园十三咏为徐侍读子容作·风竹轩》是

---

① （明）谢纯：《特进光禄大夫左柱国少师兼太子太师吏部尚书华盖殿大学士赠太保谥文襄杨公一清行状》，见焦竑《国朝献征录》，周骏富辑《明代传记丛刊》第 109 册，台北明文书局 1991 年版，第 525 页。

② 谢玉杰、唐景绅：《杨一清在西北》，《西北民族研究》1999 年第 2 期。

③ 各卷诗的数量各家统计存在差异，本文的数据是笔者自己统计的结果。

赋体。从总体量上而言，除陕西诗歌四卷外，《石淙诗稿》中所录诗歌外的其他文体文章一共只有十篇①。

但是在四卷陕西诗歌中，非诗歌文体表现得非常突出。首先，杨一清将五十一通信札收入《石淙诗稿》卷之十七。《石淙诗稿》的编订者将这五十一通书信单列为"柬札类"，并以"督府稿卷之二"的名义收录。四库馆臣认为这一系列的信札"当为文集中一种，装缉误入"②。对于四库馆臣的这个说法，必须拈出作简单辨析。关于信札入《石淙诗稿》，我们需要注意两个细节：一是，《石淙诗稿》的编订者明确将这一束信札题名为"督府稿卷之二 柬札类"，有此九字就表明这五十一通书信入《石淙诗稿》是编者所为，而不是"装缉"之误；二是，书信入《石淙诗稿》不是这一卷所特有的。《石淙诗稿》卷之九《柬西涯先生二首》是写给李东阳的两通书信，《柬刘用齐侍郎》《柬乔希大少卿》等分别是写给刘玑、乔宇的书信。卷之九有杨一清作《自讼稿序》言：

> 自被逮至还家，凡一百六日。衷集所作得诗一百一十九首，因名之曰"自讼稿"，俾儿曹藏之。后二年庚午夏四月石淙病叟杨一清志。③

现存《自讼稿》一百二十九首，与杨一清所说的一百一十九首在数字上相差十首，不知这是杨一清统计之误，还是刊刻时的笔误。"俾儿曹藏之"可证明是杨一清亲自己编订的。因此，这四通书信至少可以证明，将书信编入《石淙诗稿》是杨一清自己的行为，而不是装订工的行为。

除了书信之外，杨一清在卷之十七中还有祭文六篇：《祭西岳华山

---

① 除正文中列举的三篇之外，骚体有《薛荔园十三咏为徐侍读子容作·风竹轩》（卷13），铭有《靳充道得端溪石。色纯白，琢而为砚。命之曰"端玉"予为铭之铭曰》（卷11），赋体还有《干宁世引恩荣录为皇亲寿宁建昌二公赋》（卷11）、《味泉赋》（卷19）、书信有《柬西涯先生二首》（卷9）、《柬刘用齐侍郎》《柬乔希大少卿》四通。

② 《〈石淙诗稿十九卷〉提要》，《石淙诗稿》卷尾。

③ （明）杨一清：《自讼稿序》，《石淙诗稿》卷8卷首。

文》《祭裴给事中文》《祭张给事中文》《祭王尧卿文》《祭周知府文》
《祭张生之榘文》。与六篇祭文类似，卷之十七还有墓志铭两篇，即《敕
赐义民华腾霄墓志铭》《诰封一品太夫人麻氏墓志铭》。因此，哀悼亡人
的祭文与墓志就有八篇之多。而且这八篇文章是错杂在《石淙诗稿》当
中的。这表明在杨一清编订《石淙诗稿》时，没有从文体上来考虑诗歌、
祭文、墓志的区别。

书写一己之壮怀抱负，是杨一清陕西诗歌在内容上的特点。这依然
要与整个《石淙诗稿》进行比照，才能看得清楚。

杨一清在京城生活的时间很长，共计四十一年①。数十年的京城生活
使杨一清拥有了广泛的人脉资源。这种生活经历对杨一清诗歌创作影响
甚大。广泛的人脉，使得迎来送往、酬唱赠答成为杨一清诗歌的重要内
容。杨一清的席上唱和、喜庆赠答、送行送别诗甚多，仅送别诗超过300
首②。这些可表明酬唱酬答是杨一清诗歌中最重要的内容之一。但是杨一
清陕西诗歌中送行之作明显减少，卷之四"西巡类"为8首，卷之五
"北行类"只2首，卷之七"行台类"为6首，卷之十七却仅有1首，即
《送巡按郑豸史得代还朝》。

与酬唱赠答是此期诗歌的重要内容相对，陕西诗歌中，表现最为集
中的是建功立业的豪壮之情。对于一个封建士大夫而言，修身齐家治国
是人生价值最为重要的体现。具体到杨一清，无论是典学政、督马政、
还是总制三边军务，都是他成就功业的重要机缘。面对这样的人生际遇，
杨一清多次表达了立功的宏愿。如《口口扶风入郿县界》云：

青宵事业我何堪，远道风霜分所甘。滥采浮声归盛代，耻将实

① 从八岁以奇童荐入翰林院学习，到三十四岁第一次外放山西，杨一清第一次连续在京时
间是二十六年；弘治十一年到十五年先后担任太常寺少卿、南京太常寺卿；正德五年入为户部尚
书，六年转吏部尚书，到十一年致仕，在京为官又是六年；嘉靖四年到嘉靖八年第二次入阁，又
是五年京官。

② 以"送"字为入诗题的有"128"目，诗歌209首；含有"别"字的诗题有57目包含
诗歌95首，因此杨一清的送别诗就超过有185目300首。

学付空谈。太音一绝凭谁续，古道千钧合自担。①

这是《西巡类》的首篇。诗题首两字嘉靖刻本漫灭不清，故用口代替。从"扶风入郿县"字样来看，此诗可能是杨一清典陕西学政时到各州府巡查时在途中所作。该诗表现了杨一清渴望立功扬名的迫切心情。"青宵"指代朝廷，"青宵事业"指陕西提学的任命，"我何堪"则是杨一清自觉责任重大，自谦不能胜任。他用"古道千钧合自担"豪迈地表达了自己勇于担当的精神，并且表示"远道风霜分所甘"。康海对这首诗评道："自任自赏，断非谩语"②，表明康海认为杨一清身上有勇于担当的精神。杨一清主持陕西学政七年，其功业思想的表达仍一以贯。离任之时，杨一清给学子留别的诗中鼓励他们积极入世：

与子周旋岁七更，临岐相送不胜情。文章未敢称先觉，锋颖终当避后生。直以纲常扶世教，不妨科甲占时名。今朝且尽离亭醉，后夜怀人对月明。③

首尾两联"临岐相送不胜情""后夜怀人对月明"云云，是离别时的伤感语，紧扣送别之题，情深意浓。"直以纲常扶世教，不妨科甲占时名"则可看出杨一清此时的心态。"直以纲常扶世教"是以程朱理学为依凭，以"扶世教"为价值导向，流露的是一种典型的入世思想。

杨一清第二次出任陕西地方官以督理马政开始，以被罢告结。即便如此，从陕西离任出关时，依然表达了自己强烈的建功愿望，《出关》诗云：

九重优诏许东还，行李萧萧人出关。塞上风尘新白发，江南松

---

① （明）杨一清：《西巡类》，《石淙诗稿》卷4。
② 同上书。
③ （明）杨一清：《临潼留别西安三学诸生》，《西巡类》，《石淙诗稿》卷4。

菊旧青山。只因多病偏成老，可是先忧未解颜。若遣身闲还复健，
丹崖翠壁尚能攀。①

　　这首诗在《石淙诗稿》中有重出，第一次出现在卷之七，题作《右
次王虎谷出关》，有双行小字注曰："用入关韵。"② 第二次出现于卷之十
七，题为"附录旧作四首·出关"，题后双行小字注云："正德丁卯五月
钦准谢病还江南。"③ 此注释交代了写作背景：这首诗是杨一清被罢官后，
在离任路上所写。诗歌首先感谢皇帝放还，次描写自己的落魄情状："行
李萧萧""塞上风尘""新白发"。但是杨一清把这种失意归结为"先忧"
情怀。尾联表决心，若身体可"复健"，他还是"尚能攀"的，即虽然被
罢，但依然做好复出建功的准备。

　　杨一清正德二年被罢，正德三年被刘瑾罗织罪名下锦衣卫诏狱。这
次生死之变，对他影响极大，以致此后的杨一清开始渐渐流露归隐之心，
豪壮情怀也时有表露。正德五年、嘉靖四年两次赴陕西的事实可为明证。
只是表达方式发生了转变，由直接在诗歌中表达功名追求转为对明帝的
忠诚之许。如《事平志感》云："主忧臣辱分当死""臣身区区已许
国"④，此诗为杨一清平宁夏之乱所作。很明显，他在此道出以身许国、
为主分忧的人臣本分。

　　特别值得提出的是，杨一清在表达对明帝的忠诚时反复使用了一个
特有的文化意象——葵花。杨一清《石淙诗稿》赏葵诗共计22首⑤，其
中《督府类》有16首。杨一清频繁以葵入诗，除了葵本身所具有的观赏
价值之外，有明显的借"葵"以表达忠君之意。《督府稿》中以"葵"

① （明）杨一清：《行台类》，《石淙诗稿》卷7。
② 同上书。
③ 同上。
④ （明）杨一清：《事平志感》，《制府类》，《石淙诗稿》卷10。
⑤ 卷11有《后堂葵花》（5首）、《蒋少宰厢房赏蜀葵》（1首），小计6首；卷17有《六
月赏蜀葵赠吕道夫宪长，语意盖为道夫而发也》（1首）、《官署赏葵集诗》（12首）、《九日无
菊，阶下葵花数株妍丽如昨，酌酒赏之得三绝句》（3首），小计16首。合计22首。

入诗者较多，兹胪列若干于下。

> 抗炎朱夏未全痴，自保丹心似老葵。①
> 世人看花爱千叶，我爱叶多心不多。
> 留取倾阳方寸在，不然无奈此葵何。②
> 阶下老葵如我意，尚留佳色殿秋光。
> 猎猎秋风掠树枝，葵心一点似当时。
> 炎凉翻覆何须问，犹喜葵花不世情。③

杨一清以葵写忠心，他诗歌的评点者也有所察觉。对"世人看花爱千叶，我爱叶多心不多。留取倾阳方寸在，不然无奈此葵何"诸句，唐鹏评点道："公，平生此心耳。"④ 李梦阳针对《九日无菊，阶下葵花数株妍丽如昨，酌酒赏之得三绝句》评点道："三篇托物寓情，良不徒作。"⑤

杨一清任职陕西期间，前后思想与心态发生极大的转变，其根源颇为复杂，囿于篇幅之限，此不作深析。但两者之间还是有着内在的相通性，无论是建功还是替主分忧，都属于儒家修身、齐家、治国的价值准则。

陕西诗歌第三个特点是其风格上豪壮激越。如卷之四《古浪道中》的"足迹居然遍九州，壮怀无限已粗酬"可谓豪情满怀；《将至凉州》之"山连虎阵千年固，地接龙沙一掌平"，取景阔大；《凉州书事》之"中军帐下千豹虎，北虎沙间万骷髅"，在表现雄壮军威的同时，毫不掩饰变

---

① （明）杨一清：《六月赏蜀葵赠吕道夫宪长，语意盖为道夫而发也感》，《督府类》，《石淙诗稿》卷17。
② （明）杨一清：《官署赏葵集诗·千蕊丹》，《督府类》，《石淙诗稿》卷17。
③ （明）杨一清：《九日无菊，阶下葵花数株妍丽如昨，酌酒赏之得三绝句》，《督府类》，《石淙诗稿》卷17。
④ 《官署赏葵集诗·千蕊丹》评语，参见《督府类》，《石淙诗稿》卷17。
⑤ 《九日无菊，阶下葵花数株妍丽如昨，酌酒赏之得三绝句》评语，参见《督府类》，《石淙诗稿》卷17。

色的苍凉。李梦阳曾这样评价其诗：

> 愚尝静绎潜究，推求旨绪。西巡诸作，矜持严整，大而未化；立朝之作，廊庙冠冕，俊拔典则；边塞之作，忠诚奋扬，规画概见；归田之作，幽眇流行，情焕意层，变化百出矣。①

李梦阳将杨一清的诗分作四类，其中"西巡诸作"及"边塞之作"就是这里所谈及的陕西诗歌。虽然李梦阳对杨一清陕西诗歌的评价，与笔者的观点略有差别，共同点在于认为与"立朝之作"及"归田之作"在风格上是有着明显区别的。

上文从文体、内容、风格三个方面简述了杨一清陕西诗歌三个特点。要探究三个特点之间的关联，则有必要探讨其成因。

三　杨一清陕西诗歌风格探因

杨一清陕西诗歌的风格的形成，是内外因素相互作用的结果。内因主要为杨一清的儒家思想内核，外因则与陕西地域广袤的环境相关。

杨一清陕西诗歌抒发的壮怀往往与自然之景相糅合，不少诗歌通过描写西北边地苍茫雄浑的景象来衬托其豪迈激越的胸襟。如：

> 秦岭暮冲雪，东河朝履冰。孱躯一伛偻，病眼双瞢腾。冻鸟住不住，乱山层复层。夜寒愁拥被，无语对孤灯。②
>
> 踏雪冲泥路几重，蚤春寒气冽于冬。两旬刚见三回日，百里曾经十数峰。塞北烽烟今始尽，江南驿使可能逢。仆夫莫漫愁行役，须识宜牟慰老农。③

---

① （明）李梦阳：《奉邃庵先生书》其七，《空同集》卷63，文渊阁四库全书本。
② （明）杨一清：《东河驿》，《西巡类》，《石淙诗稿》卷4。
③ （明）杨一清：《踏雪》，《西巡类》，《石淙诗稿》卷4。

明代陕西行省的范围大于现在的陕西省疆域，杨一清每年都到各州县去考核生员学业，所谓"岁必一试，虽僻壤不遗也"①。这里所引两诗就是杨一清往州县考察生员时旅途行驿所作。"踏雪冲泥路几重，蚤春寒气冽于冬"，其所描述的是在外巡视时遭遇恶劣天气。"屡躯一伛偻，病眼双瞢腾""夜寒愁拥被，无语对孤灯"等，则是他在外巡视时艰辛境况的具体写照。杨一清在身形上饱受严寒之苦，但在诗中却常常表露出昂扬奋发的精神风貌，如：

> 树转岩回白昼阴，铁山高处一登临。山灵漫道刚于铁，何物能磨铁汉心。②
>
> 东岩西壑杳难量，侧径颓桥一线长。自分此身先许国，不须回驭学王阳。③
>
> 水流奔吼射岩头，一发全凭火掌留。自保平生忠信在，不妨随处是安流。④
>
> 漠漠穷边路，迢迢一骑尘。四时长见雪，五月未知春。宵旰求贤意，驰驱报主身。逢时今老大，羞作素食人。⑤

面对铁山"树转岩回白昼阴"，杨一清却发出"何物能磨铁汉心"的豪壮语。如果说"树转岩回白昼阴"的铁山还略带优美，那么"侧径颓桥一线长"的"虞关道"，"水流奔吼射岩头"的"白水江"就显得有些凶险；"漠漠穷边路，迢迢一骑尘。四时长见雪，五月未知春"的边城就更加显得荒凉而寂寞。杨一清在这些不利的环境中依然有"铁汉心"——"自分此身先许国""自保平生忠信在""驰驱报主身"。也就

---

① （明）李贽：《李贽全集注》第10册，邱少华注，社会科学文献出版社2010年版，第96页。

② （明）杨一清：《登铁山》，《西巡类》，《石淙诗稿》卷4。

③ （明）杨一清：《虞关道中》，《西巡类》，《石淙诗稿》卷4。

④ （明）杨一清：《白水江舟中十三绝句》其四，《西巡类》，《石淙诗稿》卷4。

⑤ （明）杨一清：《边城》，《西巡类》，《石淙诗稿》卷4。

是说在内要保持"忠信",在外要"许国""报主"。

杨一清有意淡化诗、文之间的文体界限,与其儒家忠君立功思想有一定相关。杨一清持有"文章末技"①之观念,这是儒家对诗文所持的基本态度。不过,对"末技"的理解和处理方式会因人而异,有人因为将诗文视为"末技"而轻视写诗为文,但也有人则执着于诗文的"技"。

杨一清所取的态度是重视文章的实用价值。具体表现为:第一,借文以留名千古,杨一清在写给李梦阳的信中说:"待别录成帙,乃求大作序诸首。得因是以传姓名,此生大幸"②;第二,视诗歌为下情上达的材料,其云:"还将翰苑挥毫手,无限民风尽采归。"③又云:"羌歌聊采代风谣"④;第三,为后来者提供借鉴,其云:"近作《督府稿》益疏卤不足观。然道故实、备诗史,他日或有取焉。"⑤杨一清在此所说的"留名""采民风""道故实""备诗史"都是传统儒家诗教的具体表现。

杨一清在强调文章的实用性的同时,对文章的"技"则会有所忽略。这一点可以从两个细节看出。其一,杨一清于《焦山唱和诗引》中说道:

> 虽体裁音节言人人殊,要之畅舒性情、模写风物,不作雕镂叱咤语,均为治世之音也。⑥

这段诗论虽然超出了陕西经历的范围,但从理论上明确"体裁音节"是因人而异的,表明杨一清对"体裁""音节"轻视。其"不作雕镂叱咤语"就是不重视语言修饰,其中当然也包括前面所说的文体、音律等因素。其二,杨一清以理入诗。如:

---

① (明)杨一清:《还司》卷4,《石淙诗稿》卷4。
② (明)杨一清:《与李献吉》,《柬札类》,《督府稿》卷2,《石淙诗稿》卷17。
③ (明)杨一清:《送赵孟希黄门持节蜀番册封》,《西巡类》,《石淙诗稿》卷4。
④ (明)杨一清:《杀贼桥》,《西巡类》,《石淙诗稿》卷4。
⑤ (明)杨一清:《与李献吉宪副》,《柬札类》,《督府稿》卷2,《石淙诗稿》卷17。
⑥ (明)杨一清:《归田后类》,《石淙诗稿》卷13。

一元流动天地情，化机默运人财成。世间物埋皆我具，心头和
气非外生。都忘岁月有寒暑，不与花木同衰荣。坐周三万六千日，
重数甲子窥桑瀛。

物理三才本自均，一身元是一洪钧。心游天地未分日，梦把羲
黄以上人。花坞四时看色相，酒杯终岁送清醇。个中生意多如许，
看取源头活水春。①

此诗借用道家之"一元""化机"之语，"心头和气非外生"，暗示
对内修才能的注重，要做到"心头和气"，将"道理"直接写入诗中了。
此外，卷之四《鄠县谒明道先生祠》其一，也有浓郁的道学气息，康海
评曰："道学口语口。"② 正因为杨一清对文体因素的淡化忽略，所以他的
陕西诗歌中出现了诗文并列的现象。

杨一清诗歌频频使用理语，对文辞修饰似不甚讲究，此或许与陕西
地区深厚的关学文化底蕴有一定渊源。如杨一清曾在诗中表达了对关学
前贤的深情敬仰，卷四之《谒横渠祠》即为典型。横渠乃北宋理学大家
张载的字，杨一清在诗歌中以"万方被泽润"③ 来称赞张载在文化史上的
意义。卷之七《翰撰康德涵谒予平凉行台》云："瓣香绿野凭君问，遗绪
谁寻一线微。"杨一清自注曰："武功有绿野亭书院，宋横渠先生讲学处
也。"④ 这句诗直接目的是夸赞康海能继先贤遗绪，其中也暗含着对张载
的推崇。这一点前人已有所议论，如胡瓒宗⑤等人认为杨一清对关学有推
扬之功：

邃庵，今柱国相公，始以宪臣督视学校，再以御史中丞综理茶
马，再以御史大夫总制三边。凡三莅关中焉。关中固道化之源也，

---

① （明）杨一清：《长春庵》，《西巡类》，《石淙诗稿》卷4。
② （明）杨一清：《西巡类》，《石淙诗稿》卷4。
③ 同上。
④ （明）杨一清：《行台类》，《石淙诗稿》卷7。
⑤ 胡瓒宗，《石淙诗稿》作"胡缵宗"。

然非钜人硕儒力起而昌之，载浚载决，孰放其流于万里之外哉。①

　　胡瓒宗意在表明，关中之地虽然是"道"的根源，但若无杨一清"力起而昌之"，则不可能产生"万里之外"的全国性影响。不过，需要澄清的一点是，现杨一清文集中尚无明确证据可显示其推崇张载等关学先贤仅限于他任职陕西时期。但在此时期，与前贤产生心灵共鸣则是可以肯定的。总体而言，杨一清在陕西地方任职的诗歌，比其他阶段的诗歌更加注重理的阐发，而相对忽略文体之界域，对修辞、音律等形式成分则有意淡化。

---

① （明）胡瓒宗：《石淙先生西巡稿序》，《西巡稿》卷首，《石淙诗稿》卷4。

区域文化与比较文学研究

主持人：熊飞宇

主持人语：

通过比较文学的视角考察区域文化，可以更好地显见区域之间、国别之间乃至民族之间的文化互动。本栏目所收四篇论文，对此一论域均有不同角度的阐发，合而观之，则是一道"异"彩纷呈的文化景观。

大后方抗战文学中的日本女性形象，尽管显得有些薄弱，但依然呈现出一种多元的色彩。金安利的《大后方抗战文学中的日本女性形象》从比较文学形象学角度，探讨大后方抗战文学中的日本女性形象，分析归纳出四大类型：一是投身反战的日本女性形象，二是双重身份的日本贤妻形象，三是温顺服从的日本女子形象，四是阴险诡秘的日本女间谍形象。所作归类，颇具概括力与典型性。

出生于重庆的现代诗诗人黄瀛，以抒情性与写实性交织的象征诗、清新的诗风，广为日本诗坛所知。1930年末，黄瀛结束在日本的留学生活，归国从戎。1935年7月—1946年6月，其日语诗歌的发表，中断了11年之久。在此之间，他因军务辗转各地，创作了以中国西南地区风土人情为题材的诗歌，并于1946年6月之后陆续发表。刘黎《黄瀛日语诗歌中的西南书写》一文，结合中国、日本所藏资料，以《跳六笙》与《望乡》两诗文本为例，对其诗歌创作中的西南书写特征展开分析。文中日语诗歌的汉译，多出自作者笔下，清通可诵。

在1931—1945年的抗战文学谱系中，少数民族抗战诗歌因其质朴率真的表达，奇幻多姿的诗风，神秘而充满异域色彩的书写自成一体。杨华荣的《少数民族抗战诗歌中的国家形象与国家认同重建》，指出在民族生死存亡的特定历史语境下，这些少数民族诗歌创作大多采用现实主义的表现手法，集中表达了对民族意识、国家意识的高度认同，成为中国现当代少数民族诗歌史以及中国抗战文学不可或缺的重要组成部分。文章史料虽欠充实，但少数民族抗战诗歌，却是一个值得关注的论题。

《孙行者》是美国华裔小说家汤亭亭的首部虚构小说。小说叙写了美国华裔青年惠特曼·阿新的漫游经过，在建构西方梨园的同时，引发了关于家庭关系的思考。陈富瑞的《论〈孙行者〉中的家庭关系与权力空间》结合权力空间和女权主义批评，有力地回答了"我们谁是妻子"这一问题；并将这一问题放置在东西文化的场域中，阐发其文化隐喻。正是基于横跨东西的文化身份，汤亭亭在作品中提出"世界小说"的写作方向，毫无疑问，这将是一片值得期待与展望的创作视野。

大后方抗战文学中的日本女性形象[*]

金安利[**]

内容提要： 大后方抗战文学中的日本女性形象，尽管显得有些薄弱，但依然呈现出一种多元的色彩。本文从比较文学形象学角度来探讨大后方抗战文学中的日本女性形象，分析归纳出了以下四大类型：一是投身反战的日本女性形象，二是双重身份的日本贤妻形象，三是温顺服从的日本女子形象，四是阴险诡秘的日本女间谍形象。

关键词： 大后方抗战文学；日本女性形象；形象学

大后方抗战文学中涌现了大量针对各种日本侵略者形象的描写。为了抗战的需要，中国抗战作家对日本人这一异国形象的集体阐释普遍持否定态度，日本侵略者绝大多数被塑造成如同魔鬼一般的"撒旦"。或许正是大后方抗战文学中对"日本鬼子"形象过于强势的书写，遮蔽了后人对这一时期日本女性形象的关注视线。被人们所忽视的她们，也就只能藏匿在历史的记忆中孤芳自赏。事实上，大后方抗战文学中的日本女性形象，尽管显得有些薄弱，但依然呈现出一种多元的色彩。这些沉睡

* ［基金项目］国家社会科学基金项目"中国抗战文学中的日本形象研究"（16BZW130）、国家社科基金重大招标项目"抗战大后方文学史料数据库建设研究"（16ZDA191）。

** ［作者简介］金安利（1978— ），女，浙江临海人，重庆师范大学讲师，文学博士，主要从事抗战文学研究。

在历史记忆里的东瀛女子形象，是值得我们深入发掘的。

本文拟从比较文学形象学角度来探讨大后方抗战文学中的日本女性形象。形象学关于异国形象的类型学划分有以下总原则："我们可以设想建立起一种异国形象的类型学，其总原则是区别意识形态和乌托邦。凡按本社会模式、完全使用本社会话语重塑出的异国形象就是意识形态的；而用离心的、符合一个作者（或一个群体）对相异性独特看法的话语塑造出的异国形象则是乌托邦的。"①

大后方抗战文学中的日本女性形象可以归纳为以下四种类型：一是投身反战的日本女性形象，二是双重身份的日本贤妻形象，三是温顺服从的日本女子形象，四是阴险诡秘的日本女间谍形象。以此理论来分析这四大类型的日本女性形象，可见其前两种类型属于乌托邦型的异国形象，而后两种类型的则属于意识形态型的异国形象。

一　投身反战的日本女性形象

在大后方抗战文学中，出现投身反战的日本女性形象实属罕见。其中，又以谢冰莹短篇小说《梅子姑娘》中的主人公梅子姑娘和老舍长篇小说《四世同堂》中的日本老太婆为典型代表。这类日本女性对战争的觉悟普遍超越了日本男性，并且具备了日本女性诸多美好的品质——温柔、善良而富有正义感，等等。

谢冰莹写于1941年的《梅子姑娘》塑造出一位反战的异国形象——梅子姑娘。作品在绢枝子、美田子等日本慰安妇和松本、中条知义、横漱等日本军人组成的群体人物背景上，凸显出了梅子姑娘的正直、善良和执着的反战勇气。

梅子姑娘是日本鹿儿岛人。父亲于"九·一八"事变后被征调入伍，半个月后便葬身在异国他乡——中国东北。母亲悲痛欲绝，不久后便与世长辞，只剩下梅子与祖母相依为命。梅子刚与藤田结婚，丈夫就被征

---

① 孟华主编：《比较文学形象学》，北京大学出版社2001年版，第35页。

调到中国上海作战。她效仿孟姜女万里寻夫，随慰劳队来到中国前线，初到汉口就得到了藤田战死的消息，而她也被骗入营妓的火坑，供那些野蛮的日本官兵发泄兽欲。

小说让梅子姑娘承受了种种苦难，也让她的心灵在煎熬中觉醒："梅子啊，你不应该消极，你应该更勇敢地活下去！谁杀死你的父亲和祖母的？谁杀死你的爱人的？"[①] 这里，作者已悄然把反对日本军国主义的种子埋在了梅子的心间，并慢慢地让其生根发芽。梅子隐忍着要为父母亲人复仇，目睹着日军在华暴行，自己也备受着酗酒日军官兵的摧残和蹂躏。大学生出身的上等兵松本也早已厌恶了战争，共同的反战之心让他与梅子结为知己。两人以中国古诗"醉卧沙场君莫笑，古来征战几人回"来表达厌战反战的情绪。

当梅子奉命从汉口转到沙市后，空军驾驶员中条知义受朋友松本嘱托，专程前来看望梅子姑娘，结果两人初次会面就一见钟情。恋爱的种子播种在梅子姑娘的心田。中条也有厌战情绪，他每次驾机参战时总把炸弹扔到旷野或江中，不伤中国人，并谎称生病不去轰炸重庆。后来，乘中国军队进攻沙市之机，两人逃出城向中国军队投诚，从此抗日队伍里又增加了两名英勇的日本反战人士。

在这篇小说中，作者的眼光带有国际主义的色彩。虽然作品也写日本帝国主义的残暴罪行，但是它却从一个独特的视角来描写，写这种残酷暴行首先加害于日本下层人民，并从这个日本受害者的眼中看到了被侵略的中国人民受到了更为惨烈的荼毒。她亲眼看到"皇军"是怎样任意强奸中国的妇女，活埋中国的壮丁，屠杀中国的老人和孩子，焚毁中国人的房屋，抢掠中国人的财产。

梅子恨透了！为什么地球上要有一个日本，而日本又产生这么多兽性的军阀；自己又为什么偏偏生在日本，而且赶上他们屠杀中

---

① 谢冰莹：《梅子姑娘》，新中国文化出版社 1941 年版，第 113 页。

国人的时代。

做一个日本军阀统治下的日本人是多么耻辱啊！口口声声高唱着"亲善""提携"的高调，其实骨子里每一个细胞都是毒汁，都是炸弹，都是毁灭文明、毁灭真理正义的火焰。①

梅子姑娘的这些想法，早已涂上了作家自己浓郁的心理色彩。先前埋在梅子心间的那颗种子，现在已经生根发芽，梅子慢慢成长为一位反战的勇士。对梅子姑娘反战形象的刻画主要体现在两个情景之中，一是梅子刺探松本反战之心的时候，二是梅子规劝中条装病并设法逃脱去投诚的时候。

梅子姑娘曾询问过松本"皇军"杀人放火、奸淫掳掠的行为是否正当。松本苦闷地表示这是迫于无奈，因为必须接受长官的命令。紧接着梅子姑娘一连串的追问使她俨然成了一个斗志激昂的反战人士："你想象你的家如果被中国军队烧毁，你的财产被他们抢去，你的妻子和母亲被他们奸淫，你的儿子被他们捉去给中国伤兵输血，你该是如何地伤心没有？"……"中国军队不会打到日本去吗？你根据什么？他在目前虽然被日本军阀压迫，但他总有翻身的一天，他们的国家受到这样的奇耻大辱，难道还能忍受吗？打到日本去，是绝对有可能的，不过是时间上的问题。"……"活不成，有什么要紧！这样的生活有什么意义呢？我早就不想活了，不过我不愿自杀，我倒想看看究竟你们还能威风到几时？"②

当中条向梅子透露部队又要轰炸重庆的消息时，善良的梅子马上劝自己的恋人装病并设法一起逃离日军部队。这样的建议让中条有所顾虑，因为他担心自己当了俘虏就要被枪毙。这时，作者就动用了叙述者的策略，借梅子之口向中条宣传了中国优待俘虏的政策，打消了中条对投诚的顾虑。梅子姑娘用她深明大义的心迹在柔情中感动了中条，两人决心一起去投诚："到了中国军队里，我们就会过着和平博爱的生活，我们要

---

① 谢冰莹：《梅子姑娘》，新中国文化出版社 1941 年版，第 114 页。
② 同上书，第 114—115 页。

参加他们的抗战工作……"①

后来，两人趁着游击队夜袭沙市时，冲出城外加入了战斗的行列，把枪口对准了日军。中条在这次战斗中受了伤，经过中国军队里的医治痊愈了。梅子悉心地照料他，使他精神得到了莫大的安慰："梅子，真感谢你给我的勇气。一年来，我每天都做着投降到中国军队来工作的梦，但是总被那怕死的念头征服了；现在我才了解中华民族的确是伟大的，爱好和平的。梅子，我们将来就在中国结婚吧！""那好极了……我们永远不要回日本了吧！"②

谢冰莹为我们呈现的梅子姑娘，显然是中国人眼中的日本女性形象。梅子姑娘这一形象，寄托着作家的深深期望，作家把想象中的一些特征附加到她身上。从异国形象的塑造角度看，这实际上是一种误读。在塑造梅子姑娘这一异国形象时，因作者个人情感因素的影响及时代需求，导致形象最终在谢冰莹笔下凝结为乌托邦幻象——一位美丽、善良、富有正义感的日本反战女性形象呈现在读者的面前。这乌托邦型异国形象的出现，显然与谢冰莹两次东渡扶桑的求学经历有着紧密的联系。

1931年谢冰莹首次东渡日本，在东京求学。这年正是日本军阀侵占中国东北的时候，"每个留学生都在痛苦不安中过日子。每天我们去上课时总要遇到一些日本流氓向我们侮辱，什么'我们大日本帝国的皇军占领了中国啊！''中国人太不行，要我们去统治呀！''可怜的亡国奴呀……'种种叫人听了又气愤又心痛的话，每次传到我的耳鼓时，我的心几乎要爆裂了。"③她为抗议"九·一八"事变而四处奔走，后来毅然放弃学业回国参加淞沪抗战。

1936年谢冰莹第二次东渡扶桑，就读于早稻田大学文学院。因拒绝欢迎朝日的"满洲国"皇帝，她饱尝异国的铁窗滋味。《在日本狱中》真

---

① 谢冰莹：《梅子姑娘》，新中国文化出版社1941年版，第127页。

② 同上书，第129—130页。

③ 谢冰莹：《平凡的半生》，欧阳湜编《独白：中国名人自画像》，中央编译出版社1995年版，第422—423页。

实地记录了她在狱中三个星期的非人遭遇和心路历程。她被用筷子夹手指，多次受到严刑拷打。她用笔控诉了日本法西斯的罪行，并做好了慷慨赴死的准备。当看到狱中地上留着的革命志士的鲜血时，她写道："这些血迹在太阳的光线下，似乎变成了一座血的火山，一条血的河流，它们在燃烧，在爆裂，在汹涌，在奔流；火山会埋葬日本帝国主义的尸身，河流会淹没日本帝国主义的巢穴。于是我对着这些宝贵的血迹微笑了。"① 正是这段特殊的经历，"从此我更认识了日本军阀的真面目，我发誓只要生命存在一天，一定要和日本帝国主义者奋斗一天，我要为自己复仇，更要为国家民族雪耻！"② 回国后，卢沟桥的炮声把谢冰莹再次拉到了前线。她投入到抗日战争的大后方，积极为战地服务，大量报告文学先后出版。这一时期她的小说创作也佳作频出，其中以《梅子姑娘》最为典型。

谢冰莹以自己对日本的特殊理解，将日本军阀和日本民众区别对待，把自己反对日本军阀的思想寄托到了主人公梅子姑娘身上。"在炮火迷漫的火线上，在日本军阀屠杀善良的中国人民的土地上，我们应该以全副精神来从事反战的工作。"③ 这可以说是作者借梅子之心来表达自己对日本军阀的痛恨和抵抗。在日本被捕入狱的那段经历，犹如梦魇般地缠绕着谢冰莹，她忘不了自己在日本遭到的屈辱，心头的愤恨也久久难以消除。

尝试着去理解日本民众在战争中的感受，从人类的良知上去寻求制止侵略战争力量，这无疑是战时中国作家民族命运体验的拓展和深化。"无论你的思想如何反动，只要你是人，绝不能饶恕'皇军'这种违背天理、毫无人性的残暴行为。"④ 于是，梅子姑娘这一形象超越了民族的界

---

① 谢冰莹：《铁窗外的阳光》，《谢冰莹作品选》，湖南人民出版社1985年版，第138—139页。
② 谢冰莹：《平凡的半生》，欧阳湜编《独白：中国名人自画像》，中央编译出版社1995年版，第424页。
③ 谢冰莹：《梅子姑娘》，新中国文化出版社1941年版，第116页。
④ 同上书，第113—114页。

限，从人类的良知和人性的角度扛起了反对日本军阀的大旗。所以，与其说她是一位普通的日本女子，不如说她是一名站在中国立场上的日本反战勇士。

谢冰莹在梅子姑娘这一"他者"形象上寄托的憧憬，是属于中日两国人民的。作品写于1941年，中国正遭受着日本帝国主义的侵略。在这样的时代背景下，作者却能深切理解日本民族为自己国家所发动的侵略战争承受着苦难，这种视野无疑有着历史的深远意味。大后方抗战文学中出现这样的乌托邦式的他者形象，无疑是谢冰莹超越国家、民族界限的国际主义理想的文学化尝试，是战时中国人一种美好的憧憬。

大后方抗战文学中投身反战的日本女性形象，还有老舍《四世同堂》中的日本老太婆。老舍在该长篇巨著中对日本及日本文化有诸多贬抑，他以全盘否定日本文化的方式来表达个人对日本的仇恨。但是在魔鬼兽兵的日军群像和意识形态型的日本平民形象之间，他点缀出了一个良知的闪光点，塑造出了一个乌托邦型的日本老太婆形象。

这位日本老太婆住在北京小羊圈胡同里。她的两个侄子被征调去战场当炮灰。孤儿寡母送家里的男人出征，老太婆最后出来。她弯着腰向自己的侄子鞠躬，向胡同里的中国邻居瑞宣鞠躬，甚至为日本民族在侵略战争中所犯下的罪行向瑞宣道歉。

对于这位有着超越视野的日本老太婆，作者反复强调她不是完全意义上的日本人："她走路的样子改了，不像个日本妇人了。她挺着身，扬着脸，不再像平日那么团团着了。""她的英语很流利正确，不像是由一个日本人口中说出来。""她的口气与动作都像个西洋人，特别是她的指法，不用食指，而用大指。"[1] "她是看过全世界的，而日本，在她心中，不过是世界的一小部分。"[2] 老太婆自己也说："我不是平常的日本人。我

---

[1] 老舍：《四世同堂·偷生》，《老舍文集》第5卷，人民文学出版社1983年版，第443—444页。

[2] 老舍：《四世同堂·饥荒》，《老舍文集》第6卷，人民文学出版社1984年版，第122页。

生在坎拿大，长在美国，后来随着我的父亲在伦敦为商。我看见过世界，知道日本人的错误。""我是日本人，可是当我用日本语讲话的时候，我永远不能说我的心腹话。我的话，一千个日本人里大概只有一个能听得懂。"①

　　紧接着，日本老妇人对瑞宣道出了她的心腹话："我只须告诉你一句老实话：日本人必败！没有另一个日本人敢说这句话。我——从一个意义来说——并不是日本人。我不能因为我的国籍，而忘了人类与世界。自然，我凭良心说，我也不能希望日本人因为他们的罪恶而被别人杀尽。杀戮与横暴是日本人的罪恶，我不愿别人以杀戮惩罚杀戮。对于你，我只愿说出：日本必败。对于日本人，我只愿他们因失败而悔悟，把他们的聪明与努力都换个方向，用到造福于人类的事情上去。我不是对你说预言，我的判断是由我对世界的认识与日本的认识提取出来的。……不要忧虑，不要悲观；你的敌人早晚必失败！"②

　　老舍塑造了日本老太婆这个异国形象作为理想，但她并不能作为这一民族和国家的代表，而是全人类都应朝之努力奋斗的方向。作者消解了日本老太婆的民族身份认同感，进而将其塑造成一位有着全人类宏大视野的理想形象。这位超越了民族中心主义的日本老太婆形象，寄托着老舍心目中的理想和乌托邦想象。老舍将自身对于战争的仇恨、对于和平的憧憬及对于美好人性的追求都体现在了这样一个异国形象身上。

　　这种抛开自身民族意识的狭隘偏见、携手为全人类谋福利的理想型人格，正是同时期其他抗战文学作品中所罕见的。有学者曾经对老舍所塑造的这个日本老太婆形象做过很高的评论："这一笔，价值无穷。《四世同堂》是一本揭露和控诉日本军国主义罪行的书，但是，这一笔，把日本人民和日本军国主义者划分得清清楚楚。"③

----

① 老舍：《四世同堂·偷生》，《老舍文集》第 5 卷，人民文学出版社 1983 年版，第444 页。

② 同上书，第 444—445 页。

③ 胡絜青、舒乙：《破镜重圆》，北京十月文艺出版社 2008 年版，第 10 页。

综上所述，在大后方抗战文学中，这类投身反战的日本女性形象几乎都背叛了自己的国家选择了正义。形塑者对这类异国女性形象普遍持高度赞扬的态度，其所塑造的异国形象无疑是乌托邦型的想象。抗战时期塑造日本女性形象的文学作品都极少，因此像谢冰莹《梅子姑娘》这类专门从他者——一个普通日本女性视角来塑造异国女性形象的作品更显得难能可贵。这也是为什么这类日本女性形象一出现就显得极为亮眼，在艺术造诣上超越了诸多类型化、模式化的日本军人形象。

二　双重身份的日本贤妻形象

在战时状态下，有些中国作家把关注的焦点落在了一些中国人娶的日本妻子身上。在战争状态下，这些由中日民族组成的家庭关系不可避免地遭遇到了前所未有的困境。在这种尴尬处境下的诺亚方舟，究竟该何去何从呢？夏衍的戏剧《法西斯细菌》和金满成的小说《中日关系的另一角》为我们提供了思考的文本，分别塑造了两位具有双重身份的日本贤妻形象——静子和有岛芳子。作为中国人之妻的她们，在战时中日关系交恶的情况下最终放弃了对自己民族身份的认同，转而站在了中国的立场上来。

《法西斯细菌》是夏衍抗战时期的一部力作。在中日战争和太平洋战争的背景下，剧中主人公俞实夫和日本妻子静子以及女儿寿美子度过了从1931年到1942年这段离乱的岁月。他们经历了一次次的迁徙，从东京到上海，又转走香港，最后逃难至桂林。

静子是一个典型的日本女子。她温文静婉，恭顺安忍，对丈夫无比的信赖和支持。在日本东京时，夫妇俩安于清贫，同心协力地建立起一个温馨的小家庭。中日交恶之后，俞实夫带着妻女接受了日本人办的"上海自然科学研究所"的聘请，举家回到上海。战争让静子处在了一个难堪的境地中。她爱丈夫，把丈夫的祖国视为第二祖国，但她也爱日本，更有作为一个日本人的民族尊严感。在这位东瀛女子的心中，她希望中日人民能够世代友好，但现实却是两国处在血与火的仇恨中。那每天传来的对日本法西斯的诅咒、控诉，使她的民族自尊感不断地受到伤害，她像一个默默地为自己祖国背着十字架的圣母一样，她的心灵每天在受到有形、无形的冲击。静子，只因为她是日本人，她受到中国普通百姓的仇视，就连家里的保姆张妈也因为女主人是日本人而多次要求辞职。这甚至拖累到她的女儿寿美子。当寿美子因被邻居小朋友们唤作"小东洋"而生气时，她并没有谅解母亲，而是余怒未息地推开了母亲。这时，静子再也抑制不住自己那激动的感情，流下了茫然而痛苦的眼泪。

俞实夫夫妇再次迁徙，来到了尚未卷入战火的香港。"静子三十一岁，穿着贫素的旗袍。已经完全是一个中年的中国主妇了，眉目隐现出清贫与劳苦所累积起来的苍老。"① 在香港时的静子，已经完全中国化了，可她仍然未能摆脱良心的重负。朋友安慰她说在香港并没有人知道她是日本人，但静子本人仍然感觉不安心。尽管她自我感觉"已经是个中国人了"，但"听人讲起中国和日本，讲到日本人的残暴"时，她总觉得非常的难受。② 人们诅咒日本军阀和日本帝国主义的声音，在已经中国化了的静子耳朵里依然是那么的刺耳，令她心神不宁。两难抉择中的静子犹豫不定，不知自己究竟该归属何方。

太平洋战争的炮火，使香港陷于一片火海之中。一群日本匪徒冲进俞实夫的实验室，不但毒打了俞实夫，侮辱了静子，而且还抢走了显微镜。为此，俞实夫的忘年交钱裕献出了年轻的生命。此时的静子突然凄厉地哭诉道："他们侮辱了你，打死了他，那已经够惨了，可是，更使我痛苦的是，我亲自看见了我的同胞，日本人，公然的抢劫，奸淫，屠杀，做一切非人的事情……我听得很多了，可是，我总希望那不是事实，现在，我看见了……"③ 法西斯的暴行使得静子完全站到中国人民的立场上。

《法西斯细菌》中描述的中日家庭关系，在中国大后方抗战文学中并

① 夏衍：《法西斯细菌》，人民文学出版社 1959 年版，第 77 页。
② 同上书，第 85—86 页。
③ 同上书，第 133—134 页。

非少数。那些娶日本女性为妻的中国人，他们在中日交恶的状态下究竟该何去何从呢？是像俞实夫那样小心翼翼地维持着家庭的关系，不去触及那撕心裂肺的伤疤呢？还是选择抛家弃子，与日本人划清一切界限呢？

金满成的小说《中日关系的另一角》为读者提供了后一种模式。中日关系的交恶，让中国男人章知和原本和睦的家庭最终支离破碎，妻离子散。尽管文体和叙述的方式不同，但这部小说所揭示出来的问题，与夏衍的《法西斯细菌》有着异曲同工之妙。小说所塑造的日本女性形象——有岛芳子，是一个比静子更彻底中国化的东瀛女子。她放弃了自己的民族身份，喊出了"我是中国女人"的呼声。

《中日关系的另一角》的主人公章知和，因为娶了一个日本妻子和会说日语而备受旁人的歧视和侮辱，被人蒙上了汉奸的嫌疑。这对于并不是汉奸且有一腔爱国热情的章知和来说，无疑是哑巴吃黄连——有苦说不出，窝了一肚子的火。他想把自己受的气转移到妻子的身上，却又被妻子的柔媚征服了。重压让他喘不过气来，他只好给妻子留下一封休书后离家出去，希望这样能逼迫妻子跟随其他侨民回日本去。然而，有岛芳子却选择了留在中国，陪伴在丈夫身边。

丈夫的休书深深地伤害了有岛芳子的内心，所以等到第二天上午丈夫回家后，她的情感爆发了："……我虽是一个日本女人，但我留在中国于中国有什么妨害，我是你妻，你深知道日本女人的性格，我嫁了一个中国人，我的生命就由这一个中国人支配，难道我还有什么想谋害中国的么？假如你怕我再同日本人往来，我可以同他们断绝关系，除了死，我断不能分开，你不要当我是日本女人，我是中国女人了，我今后不再回我们的国土、我永远跟你在中国任何地方。"① 有岛芳子说这番话时楚楚动人，惹人可怜，这不禁让章知和的心一时软了下来。

但是，章知和随后还是决意抛妻弃子，彻底解散这个家庭，于是便以失踪的方式离开了这一切。他原本准备隐姓埋名到北方参加抗战，但

① 金满成：《中日关系的另一角》，《中国抗日战争时期大后方文学书系·第三编·小说》，重庆出版社1989年版，第1855页。

临时改变主意，加入了上海的抗日宣传工作。他亲笔写了很多反战的日文标语，还在深夜冒险闯入日本防线区域内贴标语，结果惨死在敌人的枪口之下。

在章知和离家出走的第二天，有岛芳子碰到了日本兵大检查。她以自己是日本人的身份请求他们免检查，但日本兵得知了她是章知和之妻的身份后，便开始百般盘问起她丈夫的去向。当芳子无法说出丈夫的具体行踪时，日本兵以为她在撒谎，就四处搜查并把家里所有的东西都打砸坏了。还是无法找到章知和，日本兵开始辱骂有岛芳子，并准备把母子俩都带走。日本兵的辱骂引起了芳子情绪的失控，悲剧也随之发生。一个和睦的家庭自此支离破碎，唯独活下来的孤儿也不知去向！

章知和因娶了日本妻子有岛芳子而蒙上了汉奸的嫌疑，外界的压力迫使他抛妻弃子。走上抗日救国之路的章知和，最终如愿地死在了战场上。但他却未曾知道，正当他四处奔走贴反战的标语时，他的日本妻子——有岛芳子，却因为他是抗敌后援委员会的委员被日本士兵怀疑为奸细，惨死在自己同胞的枪下。

如果说，在《法西斯细菌》中，俞实夫和静子这家庭的成员，尚能决定自己选择未来的方向；那么，《中日关系的另一角》中的这个家庭悲剧，则完全不是其家庭成员所能选择的，他们被战争无情地卷入到中日关系的纷争之中，结果却因为对方而彼此付出了生命的代价。

当战时的中日关系进入一个家庭时，家就宛如一叶孤舟漂浮在狂风大作的海面上。那么对于这孤舟上的人们来说，风雨何时才是个尽头？路又究竟在何方呢？《法西斯细菌》和《中日关系的另一角》为我们提供了思考的空间，也为我们塑造了两位具有双重身份的日本贤妻形象。在战时特殊的时代背景下，她们都把丈夫的祖国——中国，当成了自己的故乡。静子在两难的抉择之中最终站到了中国的立场上；而有岛芳子则从她嫁给中国人的那刻起，就把自己当成了一个中国女人。在关键的时刻，她们都选择了留在丈夫的故土上，永远也不再回日本国去。像这样能够真正皈依到另一个民族和国家的日本女子，在现实中毕竟太少见，所以这类异国形象洋溢着浓郁的乌托邦色彩。

三　温顺服从的日本女子形象

大后方抗战文学中也出现了诸多温顺服从的日本女子形象。她们没有思想，没有地位，只有温顺和服从，是男人永远的"奴隶"。对于这类日本女人，老舍在《四世同堂》里曾有过这样的描述："公园，北海，天坛，万牲园，在星期日，完全是日本人的世界。日本女的，那些永远含笑的小磁娃娃，都打扮得顶漂亮，抱着或背着小孩，提着酒瓶与食盒；日本男人，那些永远用眼角撩人的家伙，也打扮起来，或故意不打扮起来，空着手，带着他们永远做奴隶的女人，和跳跳钻钻的男孩子，成群打伙的去到各处公园，占据着风景或花木最好的地方，表现他们的侵略力量。"[1] 由此可见，老舍把日本女人喻为"磁娃娃"，温顺服从是她们的天性。

小羊圈里的两个日本女人就属于这类异国形象。即使在自己的儿子面前，她们也只能永远保持微笑。就算儿子在外面打架打得头破血流，也只能客气地安慰而不敢加以丝毫的斥责。在送丈夫出征时，"她们的眼是干的，她们的脸上没有任何表情，她们的全身上都表示出服从与由服从中产生的骄傲。……她们服从，为是由服从而得到光荣。她们不言不语的向那毒恶的战神深深的鞠躬，鼓励她们的男人去横杀乱砍"[2]。在迎接丈夫骨灰的时候，两个女人各自捧着一个骨灰盒，面无表情地走进了家门。

老舍眼中的"磁娃娃"是可怜的，她们的命运永远掌握在别人手中，任人摆布。一方面，作家认识到"磁娃娃"是异域文化的产物："她们不过是日本的教育与文化制成的磁娃娃，不能不服从，不忍受。她们自幼吃了教育的药，不会出声，而只会微笑。"[3] 但另一方面，他痛恨她们以

---

① 老舍：《四世同堂·偷生》，《老舍文集》第5卷，人民文学出版社1983年版，第97页。
② 同上书，第442页。
③ 同上书，第442—443页。

默许的姿态助长了日本军国主义分子的嚣张气焰与侵略战争的残酷。"正是因为她们吃了那种哑药，所以便正好与日本的全盘机构相配备。她们的沉默与绝对服从正好完成了她们男人的侵略与屠杀。从这个事实——这的确是事实——来看，她们就是她们男人的帮凶。假如他不能原谅日本男人，他也不便轻易地饶恕她们。"① 于是，在男人阵亡后不久，两个"磁娃娃"都被军队调去充当了营妓，同样成了战争的受害者。

日本女人对男人的绝对服从，源于日本文化的影响。日本是一个绝对的男权社会，女子无任何地位。三从四德贤妻良母之类的道德标准在日本严格地行使着，女子对于丈夫绝对服从，绝对恭顺。女子对男子绝对服从的条件与回报是男子对于女子的绝对保护。爱护弱者是武士道精神的具体体现之一，在男女之间尤其显得亲切。因此，日本女人的温柔和顺从实际上是对男人绝对爱护的一种感恩，一种爱的交换，"具备威严的保护爱和具备同情的体谅爱在很巧妙的组织下面调和着"②，而非老舍所想象的那样，是男人永远的"奴隶"。

只是在怀着国仇家恨的中国人眼中，既然日本男人是侵略中国领土，杀害中国百姓的魔鬼，那么日本女人对日本男人的绝对服从就是助纣为虐，是帮凶，都是不可饶恕的对象。因而老舍笔下这类温顺服从的日本女人形象，无疑是意识形态型的异国形象。

谢冰莹在《梅子姑娘》中也塑造了两位温顺服从的日本女子形象——绢枝子和美田子。与梅子同住一室的绢枝子，虽然她也抱怨非人的营妓生活，但是为了取悦男人她还是不得不涂脂抹粉。她对中条知义一片痴情，却落花有意流水无情，中条和梅子的热恋引起了她极强的妒忌心。当她无意间偷听到这对幸福情侣的反战密语后，她赶紧报告了犬养队长，并奉命担任起了监视梅子的任务。中条和梅子投诚以后，他们突然失踪的消息传遍了附近一带的"皇军"。同样奉命负责监视中条的横

---

① 老舍：《四世同堂·偷生》，《老舍文集》第 5 卷，人民文学出版社 1983 年版，第 443 页。

② 戴季陶：《日本论》，九州出版社 2005 年版，第 164 页。

漱，因不小心泄露了两人的失踪实际是向中国军队投诚的秘密后，便被犬养队长杀人灭了口。同样知道实情的绢枝子也未能逃脱犬养的魔掌，她被当成谋杀横漱的嫌疑犯送进了拘留所。

而美田子，作者对其着墨并不多，只有寥寥数笔。当她听到梅子和绢枝子的抱怨之后，便在隔壁责怪起来了："随'皇军'做慰劳队，是何等光荣的事，难道精神上还有什么不愉快吗?"① 这个非常风骚的妓女说这话时，怀里还躺着一个鼾声如雷的像笨猪的小队长。

绢枝子、美田子这类形象，可以说是战时日本成千上万慰安妇的缩影。她们被作家置于否定的地位，从形象学的角度来分析，这类形象属于意识形态型的异国形象。事实上，这些随军的日本慰安妇并非都是被强迫而走上战场的，更多的是出于对"天皇"的忠心而自愿加入了慰安妇行列。在日本军国主义的疯狂鼓动下，她们把效忠天皇、献身战场作为一种荣耀，男人既能在战争上牺牲性命，她们就有义务奉献肉体，她们甚至认为这是一种神圣的义务。因此，几乎有日军驻扎的地方就可以看见日本慰安妇的身影。

四　阴险诡秘的日本女间谍形象

大后方抗战文学中不乏阴险诡秘的日本女间谍身影，其中又以徐訏《风萧萧》中的宫间美子为代表。1943 年风靡大后方的长篇小说《风萧萧》是一部爱情与间谍、舞姿与乐韵融汇的力作。小说以青年哲学研究者"我"与多位女性的交往为主线，展现了一场惊心动魄的间谍战，塑造了几位栩栩如生的女间谍形象——国民党间谍白苹、美国间谍梅瀛子和日本间谍宫间美子。

相对于大后方抗战文学中大多数作品对日本侵略者描述的概念化、脸谱化甚至"鬼化"，《风萧萧》显然比较具体地描写了日本女间谍宫间美子。然而它还是不可避免地陷入"鬼化"的泥淖。"鬼化"使日本侵略

---

① 谢冰莹：《梅子姑娘》，新中国文化出版社 1941 年版，第 107 页。

者变成了跟鬼一样的东西，它们的存在是虚幻的，面目是不清晰的。所有的鬼都是诡秘的，没有真实的面容，更不用说人所具有的那些特征。尽管作品描述了宫间美子的容貌和性格，但这位女间谍的阴险诡秘却如同女鬼一般，最后被美国间谍梅瀛子毒杀而身亡。

宫间美子的首次登场是在小说的第四十六章。当"我"应邀前往日本巨商本佐次郎家吃饭的时候，碰巧遇到了静娴幽秀、沉默寡言的宫间美子姑娘。女主人对宫间美子小姐的格外恭敬引起了"我"对她的特别关注："宫间小姐个子不矮，坐在那里更不比我低多少，我从她衣领看上去，觉得正是图画中所见的日本美人，可是脸庞完全是属于孩子的活泼的典型，古典气氛并不浓厚。这样的脸庞应当有谈笑嫣然的风韵，可是她竟是始终沉静庄严，当她去夹在左面的菜时，我注意她的眼睛，睫毛很长，但眼睛永远像俯视似的下垂着，这印象，正如有许多照相师把人像的眼珠反光修去了的照相所给我的一样，是一种肃穆，也可以说是有点神秘。"① 这位初次会面的东瀛美女，给"我"留下了肃穆和神秘的感觉。这也为下文叙述她的神秘行动埋下了伏笔。

她的第二次出场犹如幽灵鬼魂般飘逸而诡异，故事发生在日本军官梅武少将的密室里。正当"我"溜进密室准备下手窃取保险柜里的军事密件时，突然听见有人在推门，于是"我"灵机一动，赶紧躲到了房中的圆桌下面。透过台布的缝隙，"我"在暗中默默地注视着从密室门口滑进来的神秘女子。这位女子身穿白色晚礼服，戴着银色的面具，手中还拿着一包白色的东西。她持着手电筒向密室四周一照，很快就照到了保险箱。"她缓步过来，于是像下弦月一样，她身躯慢慢地被台布吞蚀，最后我只能看到她白色的衣裙在我桌前驶过……"② "我"看见她用钥匙打开了保险箱的门，转动里面的密码取出了箱内的密件后放在写字台上，又从自己带来的白包内取出一件黑物放进保险箱。随后她就关好保险箱门，拿起写字台上的密件悄然离去。

---

① 徐訏：《风萧萧》，花城出版社 1996 年版，第 363 页。
② 同上书，第 373 页。

　　"我"直觉地感受到神秘女子安放进去的是炸弹，于是在她准备离开密室时竭尽所能地在其身上留下了特殊的印记。"她轻步过来，我看她的衣裙慢慢地驶近了我所蛰居的桌子，我拿出我身上的墨水笔，那是一支旧式的派克，我旋转笔套与笔尾，把两个盖套纳入袋内，就在她驶过我的面前时，我放足了勇气伸手出去，把我笔管的墨水射在她曳在地上的衣裙上面。……她旋开弹簧锁又旋开门钮，拉开门，轻盈婀娜的身躯就在那门隐处出去……"① 在这一连串的描述中，黑暗中突然出现的神秘女子完全具备了"鬼"的一些特性：带着银色面具，穿着白色礼服，走路毫无声息，动作轻盈飘逸等，这些都会让人不由自主地联想起幽灵和鬼魂。似乎也只有这样的"鬼化"才能消解国人对于日本人的憎恨和厌恶。这位幽灵般的神秘女子，让"我"窃取军事密件的行动无功而返。

　　"我"的失手而归让美国间谍梅瀛子大失所望。当"我"担心花园中的那些人会发现我们时，梅瀛子笑着说："伊甸园中，亚当与夏娃外，自然都是天使。"但是"我"却有一种凄凉不祥的预感，意识中冒出了可怕的阴影，不禁打了个寒战："但是天使以外还有魔鬼。"梅瀛子低声告诉"我"，那魔鬼便是蛇——"就是沾着你的墨水的那位。"② 在这段对话中，作者以《圣经》典故为叙事模型，借梅瀛子之口把那位沾着墨水的神秘女子喻为蛇，一种类似魔鬼撒旦般的邪恶形象。在《圣经》里，正是因为蛇的引诱，亚当和夏娃被上帝逐出伊甸园，开始了人间的苦难历程。由伊甸园的这一幕所引发的对蛇的邪恶象征的界定，是这一形象最基本的象征。

　　"我"留在神秘女子身上的那串墨渍成为揭开谜底的唯一线索。那墨渍是一个特殊的符号："没有隔多少时候．就看到左首一个女子衣裙上的墨渍，很小，七八点像虚线似的，像……一条小蛇，不知怎么，我打了一个寒噤；……我注意她的面部，在银色面具下，她所透露的下颐似乎

---

① 徐訏：《风萧萧》，花城出版社 1996 年版，第 375 页。
② 同上书，第 378 页。

是属于很温柔的一类脸型，怎么她在干这一个勾当？我几乎不相信刚才在房内所见的女子就是她了。"① 这位神秘女子被幻化为蛇意象，这样的"兽化"意味着她有蛇的阴险歹毒、邪恶善变等种种特性。

当"我"逮到这位神秘女子并特意邀请她跳舞时，她自称朝村登水子，来上海前曾在满洲呆过十年。随后"我"多次与其共舞，希望能打探到更多的信息，但她却始终忍耐与缄默，不露丝毫的情感与声色。作者竭力想看清楚"鬼"的真实面目，"我借着较亮的灯光，从面具的眼孔，看她乌黑的眼睛，再从面具的下面，望她温柔的下颐，我觉得她一定是很美的女子"②，此时她却又变回到了人的形象。

当假面舞会的所有人都撤掉面具后，"我"迫不及待地在舞池里寻找着神秘女子的踪迹。"我立刻在她衣裙上看到蓝色的墨渍，我急于细看她的脸。我挤过去，啊，果然是一个温柔的脸庞，嘴角似乎始终有悲悯的表情，下颐有可掬的和蔼，但是我忽然与她的视线接触了，我顿悟到我曾在什么地方见过她，我在思想中探索，但怎么也想不出来。"③ 打听到她就是宫间美子时，我大吃一惊："宫间美子！简直不能相信，她怎么会说上好的国语，又改叫朝村登水子。是那样一个古典闺秀般羞涩的姑娘，会就是房中干这样可怕勾当的女子，而又是具有这样温柔的脸庞与悲悯的嘴角的朝村登水子？但是这毋庸我怀疑，蓝色的墨渍明明在她的衣裙上，而她操着纯熟的国语，告诉我她是朝村登水子的声音，也明明在我的耳畔，人间真是这样的可怕与不可测么？我整个的心灵在那上面战栗起来。"④

从舞会回家后的"我"做了一个可怕的梦："我发现我在圆桌底下隐伏，好像是月光从窗口照射进来，我忽然看见一条蓝色的蛇在桌边游过。"这蛇突然把头伸进桌下对"我"说："我知道你在那里躲着，我都

---

① 徐訏:《风萧萧》，花城出版社 1996 年版，第 381 页。
② 同上书，第 383—384 页。
③ 同上书，第 385 页。
④ 同上书，第 385—386 页。

看见。"① "我"在密室里的那段梦魇般的经历，最大的担心莫过于被人发现，而关键时刻这神秘女子突然像蛇一般的溜进来。尽管现实中"我"躲在桌子下并没有被发现，但这种担心和恐慌已经进入"我"的潜意识中，在梦境中以被发现的方式呈现出来。这出色的梦境描写，充分地挖掘了人物的潜意识心理。

为了打探到宫间美子更多的信息，"我"前去找日本巨商本佐次郎，不料在他家里与宫间美子不期而遇。"我"自然是格外地注意起她来：

在我第一个印象，她有一颗孩子气活泼的面庞；后来我发觉她有柔和的下颐与悲悯的嘴角；现在我觉得这两种观察完全没有错，只因为她始终保持着沉静与庄严，使她的面庞，竟调和了两种不同的美点。这就是说这样的脸庞如果太多嫣笑与表情，一定失之于轻佻；如果不是这样的脸庞，那么她的沉静与庄严就会失之于死板。我现在觉得我意料中她的年龄是很正确的，因为从这脸庞来猜，我可以少猜几岁，但从她这沉静与庄严来猜，我可以多猜几岁，而我现在所猜的只正是二者的调和，我猜她是二十二岁，今天她又穿和服，我觉得比穿晚礼服要年轻。

就在我们随便谈话之中，我同她的视线接触。她避开了我的视线，我发现她面部的特点还是在眼睛，她的眼睛瘦长，似乎嫌小，但她睫毛很浓，而又略略上斜，因此我觉得所有她具有的神秘，就在那里面无疑，而这也凭空增加了她脸庞的高贵成分。昨夜在饭桌上所见到她面上的漪涟，今天一点也不曾透露，而我所发现她嘴角悲悯的意味，则似乎在首肯一种意见时常常浮起。②

在大后方抗战文学里，如此具体细腻地描写日本人形象的作品实属罕见。这样一位东瀛美女蛇，究竟是何方神圣呢？作者刻意地探到

① 徐訏：《风萧萧》，花城出版社1996年版，第388页。
② 同上书，第395页。

了她零星的信息：她从东京来了才几月，她只是来游历的，其伯父是报道的部长，就住在她伯父的地方，在愚园路，等等。"我"在送她回家后的归途中，"始终想不出宫间美子给我的印象里的异常之点。她今天在车上的谈话，还是用不很纯粹的国语，处处把话说得缓慢或者省略，以掩盖她对于中国话的拙劣。假如她有朝村登水子的国语修养，这样伪作的确是奇迹，她如果将纯粹'会'装作纯粹'不会'，可以不难，而装作半会半不会，则的确使我很惊奇，除此以外，我并不觉得她有特殊的魔力。我似乎很有把握来对待这个敌手，所以在自恃中得到了宽慰。"①

看来这日本女间谍的确有很强的迷惑性，她竟然让主人公反省起自己对她的判断是个可怕的误会。正当"我"自信满满地认为很有把握对付这个敌人时，她那神秘的面纱却在美方谍报人员的密信中揭开了。这"鬼"背后的真实面目竟然吓得美国间谍梅瀛子花容失色，一副萎靡颓唐的样子。宫间美子即郎第仪，正如梅瀛子所判断，她绝非一个无能的敌人。在随后的谍报大战中，急于获取密件的国民党间谍白苹中了宫间美子的埋伏而命丧九泉。仗义的梅瀛子替白苹报了仇，她设计用毒酒害死了宫间美子后便埋名隐姓。"我"也踏上了去大后方的旅途，去从事"属于战争的、民族的"工作。

由此可见，《风萧萧》作为为数不多的直接描写日本人的小说，徐訏算是非常具体地刻画了东瀛女间谍形象——宫间美子的容貌和性格。比起那些概念化、脸谱化和"鬼化"的日本侵略者形象，宫间美子的形象显得要生动得多，但却是个半人半鬼。她终究逃脱不了被"鬼化""兽化"的泥淖，是大后方抗战文学中不可多得的日本女间谍形象。

在日本军国主义疯狂侵略中国、中华民族面临生死存亡的年代，中国作家创作了大量与"社会集体想象物"相适应的文学作品，乃是情理

---

① 徐訏:《风萧萧》, 花城出版社 1996 年版, 第 399 页。

之中的事情。这类阴险诡秘的日本女间谍形象是作者在中华民族集体无意识的影响下，按照本社会模式、使用本社会话语重塑出来的异国间谍形象。它符合了当时中国人对日本间谍的集体想象，无疑是一个意识形态型的异国形象。

黄瀛日语诗歌中的西南书写[*]

——以《跳六笙》与《望乡》为例

刘　黎[**]

内容提要： 出生于重庆的现代诗诗人黄瀛，以抒情性与写实性交织的象征诗、清新的诗风，广为日本诗坛所知。其一生创作了大量以描写中国各地风物为题材的日语诗歌，并在日本的各大文艺杂志发表，如：少年时代居留日本期间，所创作的中国北方风物诗；青年时代回国参加抗战时期，所创作的军旅诗等。1930 年年末，黄瀛结束在日本的留学生活，归国从戎。1935 年 7 月—1946 年 6 月，黄瀛的日语诗歌发表因战争中断了十余年之久。在此之间，他因军务辗转各地，创作了以中国西南地区风土人情为题材的诗歌，并于 1946 年 6 月之后陆续发表。本文结合中国、日本所藏资料，以黄瀛的《跳六笙》与《望乡》两诗文本为例，对其诗歌创作中的西南书写特征进行分析。

关键词： 黄瀛；日语诗歌；区域文化；西南书写

黄瀛（1906 年 10 月 4 日—2005 年 7 月 30 日[①]，日本现代诗诗人[②]，

---

　*［基金项目］日本爱知大学 ICCS 国际中国学研究中心 2018 年度青年研究人员研究助成项目 "知日派詩人黄瀛の活動史"。

　**［作者简介］刘黎，日本爱知大学博士生，主要从事中日比较文学、日中关系史研究。

　①　安藤元雄·大岡信·中村稔監修、大塚常樹·勝原晴希·國生雅子·澤正宏など編『現代詩大事典』、東京：三省堂、2008 年 2 月、229 頁。

　②　据笔者目前所调查到的资料统计，日本方面出版的《全日本诗集》（文书堂，1929 版）、《现代日本诗集》（诗人时代社，1933 年版）、《现代日本诗大系》（河出书房，1951 年版）等，共计 20 余种丛书将黄瀛作为现代诗人的代表，并收录了其诗作。

原四川外语学院教授、民革成员、民主党派人士），出生于四川重庆，父亲为清代拔贡黄泽民[①]，母亲为曾任教于巴县女学堂的日本教习太田喜智[②]。黄瀛幼年丧父后，随母赴日，曾先后于日本的正则中学校、文化学院、陆军士官学校等各校就读。少年时代开始诗歌创作，居留日本期间，曾在《日本诗人》《诗神》《诗人时代》等诸多文艺杂志发表诗作，并有第一诗集《景星》与第二诗集《瑞枝》在日刊行。

一　诗歌的发表、中断与再开

1925 年 2 月，黄瀛以《清晨的展望》一诗，勇夺《日本诗人》杂志"第二新诗人号"设立的"诗话会赏"第一席之桂冠。同时，其作为《铜锣》《学校》《历程》等文艺杂志的同人，交友遍及日本诗坛，曾与高村光太郎[③]、草野心平[④]、宫泽贤治[⑤]等诗人开展了广泛的文艺交流活动。1930 年 12 月，黄瀛从日本归国从戎，历任国民政府参谋本部参谋、军政部特种通信教导队队长等职。至 1935 年 7 月，其创作了以军旅生活等为题材的近七十首日语诗歌，于日本各大文艺杂志发表。1934 年 1 月，日本文艺杂志《诗人时代》第 4 卷第 1 号，揭载了《现代诗人住所录》，发表了包含黄瀛在内的数名现代诗人的住址。彼时黄瀛虽已归国从戎，但仍以其出色的诗才位居现代诗诗人之列。

伴随中日关系的起伏跌宕，黄瀛在日本诗坛的诗歌发表曾一度沉寂。

---

① 重庆市渝北区地方志办公室整理：《江北厅乡土志》，2015 年，第 60 页。
② 「外国官庁ニ於ケ本邦人雇入雑件」、日本外交史料館所蔵 3 門 8 類 4 項 16—2—2。
③ 高村光太郎（1883—1956），日本文学史上具有代表性的近现代诗人，雕刻家、画家，诗作《道程》代表了大正口语自由诗新诗风。曾与黄瀛共同活跃于《铜锣》《历程》等文艺杂志，并以黄瀛作为模特，创作了名为"黄瀛之首"的雕刻作品。
④ 草野心平（1903—1988），日本诗人，代表诗集《定本蛙》《第百阶级》等。青年时代在位于广州的岭南大学留学期间，与黄瀛开始书信往来，并邀请黄瀛作为同人，参与了文艺杂志《铜锣》的创刊。
⑤ 宫泽贤治（1896—1933），日本诗人、童话作家、宗教思想家。有享誉世界的诗集《春与修罗》、童话集《银河铁道之夜》等。黄瀛青年时代的诗友，曾与黄瀛共同活跃于《铜锣》等文艺杂志。1929 年春，黄瀛于陆军士官学校毕业旅行之际，前往岩手县花卷拜访了病床之上的宫泽贤治。1933 年 9 月，宫泽贤治逝去。翌年，黄瀛在日语文集《宫泽贤治追悼》中发表《自南京》一文悼念宫泽贤治。

1935 年华北事变发生。同年 7 月，黄瀛的诗歌发表中断。1937 年 7 月卢沟桥战火燃起，全面抗战爆发。1937 年 9 月，日本的《中国新闻》报①误报了黄瀛遭到枪杀的新闻，在日本诗坛引起了震动。得知该消息的日本友人，均通过各种方法去确认其安危，但种种搜寻终告无果。误以为其已逝去的友人们，纷纷发表追悼诗文表达了哀思。

　　黄瀛从日本诗坛隐去的这段时间正值抗日战争时期，其间，他曾担任国民党陆军通信兵学校特种通信教导队队长，先后驻于贵州、重庆两地，从事国军的通信兵训练工作，并在军旅生活中创作了以西南地区风物为题材的诗歌，描绘了黔渝两地独具特色的风土人情。抗日战争胜利之后，黄瀛的日语诗歌发表再开，这些具有西南书写特色的诗歌相继在各杂志揭载。其中，创办于上海的日文杂志《改造评论》，首先刊发了黄瀛的日语诗歌《跳六笙》②与《山里来的男子》③。另一方面，战后黄瀛与昔日诗友草野心平在南京重会，并委托草野将其诗歌携至日本发表。黄瀛尚在人世的消息以及其诗歌的重现，再次给日本诗坛带去了震动。《艺林间步》《历程》《日本未来派》《至上律》等多家杂志陆续刊登了黄瀛的诗作。以下首先以《改造评论》揭载的黄瀛诗作《跳六笙》为例，分析其诗歌中的西南书写。

二　《跳六笙》中的西南书写

　　《改造评论》是 1946 年 6 月 1 日，由改造日报社在上海汤恩路一号创刊的日文杂志。该杂志作为面向日本战俘及侨民的宣传刊物，与改造日报社创办的《改造日报》④《改造周报》等有着密切的联系，并延续了

---

　　① 日本广岛的中国新闻社所创办的报纸。
　　② 黄瀛「跳六笙」、『改造評論』創刊号、上海：改造日報館、1946 年 6 月 1 日、193 頁。
　　③ 黄瀛「山から来た男」、『改造評論』創刊号、上海：改造日報館、1946 年 6 月 1 日、195 頁。
　　④ 《改造日报》于 1945 年 10 月 5 日在上海创刊，社长为陆久之，该社从事编辑工作的人员中，不乏日本共产党党员，如岛田正雄、中尾胜男等日本人。创立之初即定位为针对滞留上海等待遣送回国的日本战俘及日侨进行思想改造的日文报纸。该社同时还出版有日文周刊杂志《改造周刊》，该刊于 1945 年 5 月发行第 17 号后终刊，与《改造评论》合并。（1.「編集後記」，前揭『改造評論』創刊号。2. 中共上海市委党史研究室《中共上海党史大典》，上海教育出版社 2001 年版，第 633 页。）

《改造日报》在战后对在留日本人进行思想改造的宗旨。《改造评论》在创刊之初，便发表了"为了让战败后的日本从军国主义的噩梦中觉醒；为了从灰烬与饥饿的旋涡中站起来的新生民主日本的进步；为了在将日本帝国主义侵略者驱逐并赢得光荣胜利之后，实现战后中国的复兴与民族统一；为了刻不容缓的中国的发展"① 之创刊宣言。

　　《改造评论》创刊号提出"进步、民主、和平"的创刊词，刊发了中日两国具有代表性的评论人所书写的《对日箴言》，并揭载了黄瀛、郭沫若、夏衍等人的作品。其中，黄瀛的日语诗歌《跳六笙》与《山里来的男子》在同号的诗歌专栏中刊发。以下试以《跳六笙》为例进行分析。

表 1　　　　　　　　　　　《跳六笙》及其译诗

跳六笙② 黄瀛	跳六笙③ 黄瀛
白き花かざしたる娘等は	头戴白花的姑娘们
六笙ならせば	随着芦笙调响起
圓舞の手舞ひ、足舞ひ	围成圆圈 手舞足蹈
貴州の春は	贵州的春天
新興大和繪の山々	新兴大和绘里的群山
里に花が華やかな生きた花	盛放于乡间绚烂的鲜花
六笙は天にとゞろく	芦笙在天际轰鸣
足なみそろへた苗族の娘等	苗族姑娘们踩着整齐的步伐
銀の鈴と飾りは光る、	装饰着银铃的头饰 闪闪发光
ヂヤラヂヤラと	叮当作响
川の川原の一踊り	河滩的欢舞
お馬にのつた見物人のたのしさ	乘马观众的喜悦
山ん中のたのしみ	这山里的快乐
一年一ペンの踊り	一年一次的舞蹈
さあさあどの娘が色氣ついてる	来来来，看看哪位姑娘最有风韵
太陽は人々を平等に、健康に	太阳将平等与健康赋予众生
落日のくるめき	落日的余晖
勤労の後の大衆共通の一點心!	勤劳大众相通的一点心!
あゝ、赤い刺繍の足なみよいや。	啊，足踏红色绣花鞋的优美舞步

----

　　① 『改造評論』創刊号、上海：改造日報館、1946 年 6 月 1 日、裏表紙。原文为"本誌の創刊は、敗戦の結果軍國主義の悪夢より醒め、灰燼と飢餓の渦中から立ち上らんとする新生民主日本の進歩の爲めと日本帝國主義侵略者を駆逐して名誉ある戰勝をかち得て後も、戰後復興と民族統一完成の爲に一刻の底止もなく努力し續けてゐる中國の發展の爲にささげられたものである"。

　　② 黄瀛「跳六笙」、『改造評論』創刊号、上海：改造日報館、1946 年 6 月 1 日、193—194 頁。

　　③ 该诗为笔者翻译。

　　《跳六笙》是一首描写贵州苗族芦笙舞盛大场景的诗歌。抗战爆发后，国民党陆军通信兵学校迁至贵州麻江。1938 年 7 月至 1944 年冬，黄瀛因担任陆军通信兵学校特种通信教导队队长，在麻江驻扎了长达六年。特种通信教导队下辖军鸽、军犬两队，军鸽队驻于麻江下司的禹王宫内，军犬队则设置于下司的玉皇阁①。两队主要针对军鸽与军犬进行特种通信训练。1943 年 3 月，蒋介石还曾经前往麻江对陆军通信兵学校进行了检阅②。

　　《跳六笙》的创作素材，来源于贵州麻江独特的自然及人文环境。该地自古即为多民族杂居地区，其境内有汉族及仡佬、苗、布依等多个民族居住，衍生出形态各异、丰富多样的民俗文化。"六笙"即为"芦笙"③，是苗族人民喜爱吹奏的一种乐器。据《麻江县志》记载，当地有在境内各地举行"芦笙节"的民俗习惯。每当芦笙节之际，"每地会期 2 至 3 天，规模小的三五千人，规模大的逾万人""芦笙堂上，数十、上百支小芦笙和数米高的大芦笙齐鸣，响彻数里。着盛装的姑娘们，伴随芦笙曲调翩翩起舞，尽兴欢乐"④，场景尤为盛大。

　　在这首诗歌中，黄瀛采取了写实与抒情交织的表现手法，生动地再现了苗族姑娘在河滩边跳芦笙的舞蹈场面。诗作从外貌、服饰、动作、姿态等方面对舞者进行了细腻刻画。例如，头上所插白花、装饰着银铃的头饰、红色刺绣的服装、翩翩起舞整齐的步伐、健康的风姿等。这些形象构成了极具少数民族特色的文化符号。为了烘托舞蹈现场的热闹气氛，诗人还描写了乘马前来看舞的观众，也与舞者一起沉浸在芦笙舞的喜悦之中。诗末抒发了诗人在这盛大舞会上快乐陶醉的心情，并将对苗族民俗文化"跳芦笙"的描写升华到了对普通勤劳大众的热情讴歌。

---

　　① 贵州省麻江县志编纂委员会：《麻江县志》，贵州人民出版社 1992 年版，第 337 页。
　　② 《事略稿本—民国三十二年三月》，"国史馆"藏蒋中正文物档案，档号：002—060100—00174—024。
　　③ 黔渝方言中"六"的发音与"芦"相近，黄瀛应是根据当地人的发音，将"芦笙舞"记为"六笙舞"，笔者还将就此作进一步考证。
　　④ 贵州省麻江县志编纂委员会：《麻江县志》，贵州人民出版社 1992 年版，第 164 页。

同时，该诗还凸显了黄瀛日语诗歌创作的越境书写之特征。例如，诗人在对少数民族芦笙舞的场景进行描写时，由"贵州的春天"跨越到了"新兴大和绘里的群山"。"新兴大和绘"是日本大正时期"新兴大和绘会"①的画家们所创作的绘画作品，曾多次入选帝国美术院展览会，广为人知。黄瀛借用了具有典型日本文化特色、为日语作为母语的读者所熟知的"大和绘"的绘画意象，对中国西南贵州的自然风貌进行了刻画。诗歌以越境之笔异中求同，利用了多种文化符号交织描写的手法，唤起异文化读者的联想与共感，使得诗的意境突破地域、时空、语言、文化的隔阂，从而实现了其审美性（如图1）。

图1　新兴大和绘画家岩田正巳画作《夕照》②

承上所述，继 1946 年 6 月《跳六笙》在《改造评论》发表两个月之

---

① 大和绘指从日本平安时代开始的传统绘画形式，相对镰仓时代以描绘中国风土人情为主题的唐绘而言，强调描绘日本的风景与风俗。1921 年，由日本画家岩田正巳、穴山勝堂等结成名为"新兴大和绘会"的绘画同人组织，以"重新审视大和绘，保留传统大和绘将世情与政情等相结合的长处与精华"为主旨，开展了绘画创作活动（日並彩乃「復古大和絵研究史と新興大和絵一歴史画とイデオロギーの変遷をめぐって一」、『東アジア文化交渉研究』第 6 巻、大阪・関西大学大学院東アジア文化研究科、2013 年 3 月 27 日、208 頁）。

② 《夕映え》、長嶋圭哉、「大正・昭和戦前期における岩田正巳の画風変化について新興大和絵会、国画院とのかかわりから」、新潟県立近代美術館研究紀要、2010 年第 9 号、18 頁。

后，由草野心平携带回日本的黄瀛诗作也继之揭载。1946 年 8 月，日本文艺杂志《艺林间步》刊载了黄瀛题为《苗族之舞》① 的诗歌。该杂志编辑兼发行人野田宇太郎，将黄瀛诗歌在日本诗坛的重现，作为《艺林间步》8 月号最为重大之事件，向日本诗坛进行了宣告。"本杂志 8 月号尤其应当大书特书的，是黄瀛氏诗歌的发表。自卢沟桥事件之后，我们对行踪不明的黄瀛深表关心，曾一度到了真的相信他已不在人世。直至战争结束，终于确信其还尚在人间"②。

值得一提的是，上述题为《苗族之舞》的诗歌，与前述《改造评论》揭载的《跳六笙》，除了题目与诗文的少部分出现了差异外，诗歌内容大致相同。详细对照见表 2、表 3 所示。

表 2 　　　　　　　　　　　《跳六笙》与《苗族の踊り》两诗

跳六笙③　黄瀛	苗族の踊り④　黄瀛
白き花かざしたる娘等は 六笙ならせば 圓舞の手舞ひ、足舞ひ 貴州の春は 新興大和繪の山々 里に花が華やかな生きた花 六笙は天にとゞろく 足なみそろへた苗族の娘等 銀の鈴と飾りは光る、ヂヤラヂヤラと 川の川原の一踊り お馬にのつた見物人のたのしさ 山ん中のたのしみ 一年一ペンの踊り さあさあどの娘が色氣ついてる 太陽は人々を平等に、健康に 落日のくるめき 勤労の後の大衆共通の一點心 あゝ、赤い刺繍の足なみよいや	白き花かざしたる娘等は 六笙ならせば 圓舞の手舞ひ、足舞ひ 貴州の春は 新興大和繪の山々 里に花が咲く華やかな生きた花 六笙は天にとゞろく 足なみそろへた苗族の娘等 銀の鈴と飾りは光るヂヤラハと 川の川原の一踊 お馬にのつた土司様の朗らかさ 山ん中のたのしみ 一年一ペンの踊り さあハどの娘が色氣ついてる 落日のくるめきの中の人の波 あゝ、赤い刺繍の足なみよいや

① 『芸林間歩』8 月号、東京：東京出版株式会社、1946 年 8 月 1 日、24 頁。

② 野田宇太郎「編集後記」、前掲『芸林間歩』8 月号、96 頁。原文为："今號で第一に特記すべきことは、黄瀛氏の詩稿が発表出来たことである。支那事変中より黄氏の行方については我々の關心の的であつたし、一度はその死を信ずるに到つた程度であつたが、終戦と同時にその生存はまぎれない事実となつて現れた。"

③ 『改造評論』創刊号、上海：改造日報館、1946 年 6 月 1 日、193—194 頁。

④ 『芸林間歩』8 月号、東京：東京出版株式会社、1946 年 8 月 1 日、24 頁。

表3　　　　　　　　　《跳六笙》与《苗族の踊り》两诗差异对照

诗名	跳六笙	苗族の踊り
题目差异	跳六笙（中译）	苗族之舞（中译）
用词差异	1. 花が華やかな生きた花 2. 一踊り 3. お馬にのつた見物人のたのしさ	1. 花が咲く華やかな生きた花 2. 一踊 3. お馬にのつた土司様の朗らかさ
语句差异	1. 太陽は人々を平等に、健康に 2. 勤労の後の大衆共通の一點心 3. 落日のくるめき	1. 此句无 2. 此句无 3. 落日のくるめきの中の人の波
叠字符号	1. ヂヤラヂヤラと 2. さあさあ	1. ヂヤラハと 2. さあハ

注：以上两诗中的相异之处均以加粗字体标示。

考察上述两诗的区别，可以发现，较之稍前揭载的《跳六笙》，《苗族之舞》一诗除开少数词句、叠字符号有所改变外，具有少数民族特色的文化符号之形象更为鲜明。首先，诗题"苗族之舞"较之"跳六笙"，进行了更为简明的点题：该诗的描写对象为苗族的舞蹈。其次，《苗族之舞》对《跳六笙》中"骑着马的观众"（見物人）的身份进行了明确——"土司大人"（土司様），并以"爽朗"（朗らかさ）一词对"土司"的形象进行了简洁生动的刻画。虽然笔者目前尚未发现有关《跳六笙》及《苗族之舞》之间创作关系的实证性资料，但从两诗的诗面对比可见，《苗族之舞》中被强调的文化符号，凸显了西南少数民族地区的民俗特色。同时，该诗也成为黄瀛在战后重返日本诗坛，以越境之笔对中国地方民俗文化积极进行海外传播的一个典型案例。

三　《望乡》中的还乡情结

除开上述描写贵州少数民族风土人情的诗歌外，黄瀛在战后还发表了刻画故乡四川形象、抒发还乡情结的诗歌。例如，1946年10月，黄瀛的诗歌《望乡》在日本杂志《群像》的创刊号上揭载，对故乡四川进行了独具特色的西南书写见表3所示。

表 4 　　　　　　　　　　　　《望乡》及其译诗

望郷① 黄瀛	望乡③ 黄瀛
山のみかんの赤さ 川は白波立て どんとどんと、岩打つ故郷	山里的柑橘红彤彤 翻滚的江河白茫茫 哗啦哗啦，白浪拍打岩石的故乡
山のみかんが實のれども 不在地主は旅鴉 何處の何處で死ぬるやら	山里的柑橘已成熟 离乡的男儿似旅鸦 明日飘零何处，抑或客死异乡
故郷に残した妻子よ、哀れ 戰商売の男は浮氣 二ケ月三ケ月わからぬたより	远在故乡的妻子啊，满怀悲哀 戎马倥偬的男子啊，居无定所 两月三月，杳无音讯
山のみかんが眼につく冬は 川は白々、霞がかかる 段々畠の白壁の家、家	山里的柑橘映满眼帘的冬天 白浪茫茫，雾霭沉沉 梯田下白墙的家
ああ、四川の故郷 故郷の古老のなつかしや 跑哥②仲間でのむ茶のうまさ	呵，四川的故乡 那古老的令人怀念的故乡 袍哥们茶盏里的馨香
四川男のけはしい氣持ち 旅の情けは唐辛子 今日も夢みる故郷の四川。	四川男儿此刻心情凝重 所幸有这温暖旅途的辣椒 今日也将你思念，故乡四川。

　　在《望乡》一诗中，诗人从自然、人情、风俗等各方面绘就了一幅极具巴渝特色的乡土风情画。诗歌在"柑橘红彤彤，江河白茫茫，白浪拍打岩石"的地域环境中展开。利用"柑橘累累""江河茫茫"之视觉描写与"白浪拍岸"之听觉描写，对"雾""江""山"等标志性地理文化符号进行了再现，并以柑橘之"红"与江水之"白"进行对比，烘托出色彩鲜明的故乡风景。其次，诗人通过"成熟的柑橘"④"盈盏的茶香""温暖的辣椒"等物产文化符号，展示了故乡的丰裕富

---

　　① 黄瀛「望郷」、『群像』創刊号、東京：大日本雄辯会講談社、1946 年 10 月 1 日、80—81 頁。

　　② "跑"与"袍"音近，疑为误字。

　　③ 该诗为笔者翻译。

　　④ 黄瀛的父亲黄泽民为重庆江北人。20 世纪 30 年代末期，江北曾有著名的柑橘集散市场（陈希纯《江北县江北嘴柑橘集散市场调查记》，《建设周讯》1938 年第 4 卷第 12 期，18 页）。黄瀛诗中描写之地应位于江北。

饶。同时，通过刻画"梯田下的家"和守望家中的"妻子"，寄托其思乡之情。全诗通过"红橘、白浪、白墙"之视觉、"浪打岩石"之听觉、"茶盏里的馨香"之嗅觉、"辣椒"之味觉等多方位的感官描写，对江山秀美、物产富饶、人情温暖的"故乡"进行了立体化的塑造。

　　首先，在秀美的故乡画卷中"戎马倥偬"、渐行渐远的"男子"，暗指因战争而背井离乡的诗作者，并体现了黄瀛作为军人，对以自身为代表，征战四方、保家卫国的"四川男儿"形象的塑造。在进行人物形象刻画时，诗人再次使用了越境之笔。例如，"旅鸦"这一意象，在日语语境中，通常用来象征没有固定住所且流浪外乡的人。诗人利用这一异文化意象，生动刻画了征战四方、居无定所的军人形象，并抒发了思乡却不得还乡的块垒。

　　其次，从诗的语言特色上看，诗人特意采用"体言结句法"①的创作技巧，对具有地域特色的"故乡"风物进行了渲染描写。在日语的文法表现中，"体言结句法"具有强调的表意功能，还能以言不尽之技巧产生余韵与余情美的艺术效果。《望乡》全诗6节，每节3行，共18行组成，18行中的11行诗句均采用名词结句。其中，诗人特意将"白浪拍打岩石的故乡""梯田下白墙的家""袍哥们茶盏里的茶香""温暖旅途的辣椒"等意象，以名词结句的方式置于句末进行强调，并以"四川的故乡"与"故乡四川"两句对"故乡"进行反复吟唱。在本诗中，作者以"体言结句法"与复沓的表现技巧，达成了整首诗"余音袅袅、余味无穷"的余韵美与余情美，以"欲言又止"的言说方式，抒发了因战争而浪迹天涯、思归而不得归的还乡情结。

　　纵观《望乡》全诗，字里行间无不透露出浓郁的巴渝乡土风情。贯穿全诗的"雾、山城、江水"是独具重庆地域特色的地理文化符号，"柑橘、茶香、辣椒"则是代表重庆特色的物产文化符号，诗人以饱含深情的思乡之笔渲染出了巴山蜀水之故乡形象。

────────────

　　① 体言结句法（体言止め），是日语文学中一种独特的表现手法，句末采用体言（名词、代名词、数词等）结句。和歌、俳句中常常采用此种表现方式，来达到余情的艺术美效果。

　　最后，尤其值得注意的是《望乡》中呈现出的"故乡"形象的变化。因中日关系的转换更迭，黄瀛一生辗转中日两国各地，但对"故乡"的刻画却一直延续了其诗歌创作的整个生涯。然而，对比其20世纪20年代早期诗作中的"故乡"形象，可见《望乡》中的"故乡"形象显然发生了变化。以下试以其早年诗歌《早春》为例，与《望乡》进行对比分析。

　　黄瀛早年居留日本期间，曾于1926年2月，在《东京朝日新闻》发表了名为《早春（四川·重庆)》的诗歌，描绘了回乡省亲时所见冬日之景见表5所示。

表5　　　　　　　　　　　　　　　《早春》及其译诗

早春① 黄瀛	早春② 黄瀛
荒凉たる冬の禮拜日！ 鐘はなれともこの町中は 山の青さと残の雪の白さのために 健康な少年の眼を眠らせた 陽がさんくと輝やけと この窓からは 一本さみしいポプラの風景と 屋根 屋根 屋根 屋根ばかり見える中部アジアの冬だ 城壁の上から 珍しくものんびりした兵隊のラッパが聞えない と思つたら おゝ　ばかにまつ赤な龍章旗がひらめいてゐる （四川・重慶）	荒凉冬季的礼拜日！ 即便街上响起了钟声 因这青山和残雪 催眠了健康少年的眼 阳光灿烂的日子里 从这窗户向外看去 唯有一株白杨的孤独风景 屋顶 屋顶 屋顶 一眼望去尽是屋顶的中部亚洲的冬日 从这城墙之上 正思量着听不到那难得悠闲自在的军队的喇叭声 啊 只看到鲜红的龙章旗在随风飘扬 （四川・重庆）

　　在《早春》一诗中，诗人以"青山与残雪""孤独挺立的白杨""单调的屋顶"等意象建构了"荒凉冬日"的故乡风景。黄瀛幼年丧父随母离渝赴日，儿时曾居留过的故乡重庆在其记忆中依稀模糊，在其笔下也呈现出线条单调、色彩单一、苍凉孤独的"远去之乡"的形象。自1930年年末结束在日本的留学生活归国从戎，直至抗日战争结束，黄瀛因军

---

　　①　黄瀛「早春」、『東京朝日新聞』、1926年2月21日、7頁。
　　②　刘黎：《黄瀛和文化学院》，黄贤全、邹芙都主编《中国史跨学科博士生论坛文集》，社会出版社2018年版，第350页。

务辗转南北、戎马生涯，其思乡之情经过战火与岁月的积淀愈渐转浓，青年时代诗歌《早春》中的"远去之乡"形象转变为了中年时代诗歌《望乡》中柑橘累累、茶香袅袅、江山秀美、人情温暖，并寄托着诗人厚重思念的"思归之乡"。

综上所述，黄瀛日语诗歌的发表在战后重开，并呈现出鲜明的西南书写特色。其以独具特色的越境之笔，创作了具有中国西南区域文化特色的诗篇，陆续在日本各文艺杂志发表，对中国地方文化、民俗文化进行了积极的传播。

黄瀛在诗歌的西南书写中所体现出的越境特征，与主客两方面的原因相关。主观原因源于诗人本身强烈的艺术创作意识以及将乡土民俗文化进行海外传播的愿望。客观原因则有两点。一是因为其作为中日两国的混血儿，自幼辗转各地，受到多种文化的影响与熏陶；二是因为诗人的创作常与其所处的历史及时代背景密切相关，黄瀛的人生经历因中日关系的转换几经浮沉，孕育其诗歌产生的创作环境也随之流转变化，铸就了其具有多样性的越境之笔。

黄瀛曾在《给妹妹的信》一诗中直抒胸臆："再也没有比国境线更让我着迷的东西。"① 诚如黄瀛本人所述，其将超越国境、语言、文化的书写方式贯穿至其整个诗歌创作生涯之中，以越境的多样性成就了其诗歌独特的魅力。正如黄瀛的诗友木下杢太郎②在其第二诗集《瑞枝》序言中对其诗的评价："全然无法想象，这么多美妙的诗句，在语言相异的你的笔下盛放。这里有方言、来自乡土的和声、消失于一瞬的光影以及再难忆起的气息"③。生于中日两个祖国之间的诗人黄瀛，娴熟地利用父国与

---

① 黄瀛「妹への手紙」(2)、黄瀛詩集『瑞枝』復刻版、東京：蒼土舎、1982 年 9 月 10 日、92 頁。原文为："国境ほど私を惹くものはない"。
② 木下杢太郎（1885—1945）日本诗人、剧作家。
③ 木下杢太郎「詩集「瑞枝」の序に代へて　作者黄瀛君に呈する詩」、前揭黄瀛詩集『瑞枝』復刻版。原文为："まるで考えられないことだ、こんなにも美しい詩の數數が言語を殊にするあなたの指先から咲き出でようとは。ここに方言、ここに郷土の倍音、一瞬に消える影、二度と想ひ出せぬ匂。"

母国的语言，以越境之技巧将多种文化巧妙地融合为和谐美妙之诗篇，向在战争创伤中缓缓复苏的世界，展示了一幅幅疗愈伤痕、独具魅力的中国西南风物画。

少数民族抗战诗歌中的国家形象与
国家认同重建[*]

杨华荣[**]

内容提要：在 1931—1945 年的抗战文学谱系中，少数民族抗战诗歌因其质朴率真的表达，奇幻多姿的诗风，神秘而充满异域色彩的书写而自成一体。在民族生死存亡的特定历史语境下，这些少数民族诗歌创作大多采用现实主义的表现手法，集中表达了对民族意识、国家意识的高度认同，成为中国现当代少数民族诗歌史以及中国抗战文学中一个不可或缺的重要组成部分。

关键词：少数民族抗战诗歌；国家形象；民族意识；国家认同重建

在华夏民族光辉而漫长的历史演进中，战争作为人类社会发展史上不可回避的历史痼疾，始终如影随形，狂暴地破坏着人类社会的和谐与宁静。古今中外，关于战争的书写总是集中反映着一个民族的精神高度与生命维度。1937 年，随着日本法西斯悍然入侵我中华大地，抗日战争全面爆发，抗战文艺救亡运动由此拉开序幕，抗战文艺作品大量涌现。少数民族抗战诗歌成为其中的独特组成部分，或衷心礼赞浴血奋战的抗

* ［基金项目］国家社科基金重大项目"抗战大后方史料数据库建设研究"（16ZDA191）。
** ［作者简介］杨华荣（1978— ），女，重庆师范大学助理研究员，海南师范大学博士研究生，主要从事抗战文学研究。

日英雄，或勇敢揭露日寇的恐怖凶残，或深切关注祖国的前途与命运。这些创作丰富和拓展了近现代抗战文学的表现领域，促成了民族启蒙与救亡图存的高度融合。

一 少数民族抗战诗歌创作的基本概况

抗日战争的爆发，救亡运动的兴起，激发了来自不同地域，不同族群的少数民族作家的创作活力，期间涌现了一大批以满族作家老舍、满族诗人金剑啸、维吾尔族诗人黎·穆塔里甫、白族诗人赵式铭、藏族诗人格达活佛、蒙古族诗人纳·赛音朝克图等为代表的少数民族诗歌创作群体，他们同汉族诗人一道，集结于抗日救亡的战旗之下，为抗战文艺谱写出许多不朽的诗篇。

这些少数民族诗人来自不同的族群，成长于不同的民族文化背景，也因此其诗歌创作都带有各自民族独有的地域特色、叙述风格和文化印记，在诗歌表达上诗人们自觉或不自觉的展现着原乡故土的回忆。蒙古族诗人牛汉《鄂尔多斯草原》中的牧歌草原，《北中国歌》里的塞北沙漠，纳西族诗人李寒谷的《丽江吟》，满族诗人金剑啸的《兴安岭风雪》，毫无例外都是以各自故乡为创作主体。另一方面，不同民族所独有的宗教习俗、谚语典故也在诗人的诗里被大量运用，维吾尔族诗人黎·穆塔里甫有一首诗叫《关于诗人的对句诗》，其中有这样几句："辛勤的劳动永远是创作随身的伴侣，灵感是赛乃姆，你便做追求她的艾里甫"①，诗句中的"艾里甫""赛乃姆"是维吾尔族古代爱情传说里的男女主人公。诸如此类，不胜枚举。这些充满鲜活民族特色和异域风格的作品赋予少数民族抗战诗歌独有的风貌，使其呈现出有别于汉族诗人创作的艺术特色。

总体而言，少数民族抗战诗歌的主题表达集中表现为三大类别：第一，对侵略者暴行的深刻揭露。揭露日军泯灭人性的屠杀与暴行是抗战

---

① 黎·穆塔里甫：《黎·穆塔里甫诗文选》，新疆人民出版社 1987 年版，第 58 页。

诗歌表现最多的主题。穆塔里甫的长诗《爱与恨》就真实再现了暴行与屠杀，刻画出鬼影重重的人间地狱。"不可胜数的尸体/堆成了一座座山丘/村里村外遍地是血/汇成了一条条血的河流/黑夜已经深透。"① 老舍写于 1939 年的长篇叙事诗《剑北篇》也同样描绘了日军铁蹄之下的中国城市化为一片废墟的惨景。"血与火造成了鬼境/微风吹布着屠杀的血腥/焦树残垣倚着月明！/鬼手布置下这地域的外景，/也只有魔鬼管烧杀唤作和平！"《潼关》一篇，老舍以写实的笔触再现了日军大轰炸后的重庆。"看，十万人家瓦砾纵横，/不断的炮火把桥梁街道扫平。"② 第二，对战斗英雄的讴歌礼敬。时代需要英雄，颂扬壮举、赞美英雄同样是少数民族抗战诗歌集中表现的主题。满族诗人金剑啸最负盛名的叙事长诗《兴安岭的风雪》讲述了一群年轻的抗联战士浴血疆场的故事。"死与死的撕拼，/刀与刀的相啃，/肉与肉的残杀，/声与声的相混。"③ 回族诗人沙蕾《在火药味中我们诞生》一诗也同样歌颂着英雄的诞生："我们不再梦想，/我们的行程/只有一个方向，/我们要将汹涌的血/奔腾的生命/注射于垂毙的家邦。/忍着阵阵的剧痛啊，/别让我们的意志下沉！/在弥天的炮火中，/瞧，一个独立的，自由的/东方巨人在诞生！"④ 第三，身处绝境对希望的不放弃。抗战诗歌普遍存在着压抑与绝望的情绪。值得注意的是，少数民族诗人却往往能够顺畅地将战争的阴霾和凄凉的气氛转换成昂扬的乐观和必胜的明朗。蒙古族诗人纳·赛音朝克图有一首小诗《压在笆苫下的小草》，抒发了诗人对光明与希望的坚定："支离破碎的笆苫你身形虽然庞大，/但在世界上你已失去了作用。/我虽然弱小却是新的生命，/看吧，我将怎样穿透你的胸膛。"⑤ 金剑啸的《兴安岭的风雪》

---

① 黎·穆塔里甫：《爱与恨》，《黎·穆塔里甫诗文选》，新疆人民出版社 1987 年版，第 76 页。

② 老舍：《剑北篇》，《老舍文集》第 13 卷，人民文学出版社 2008 年版，第 210—211 页。

③ 金剑啸：《兴安岭的风雪》，《金剑啸集》，黑龙江大学出版社 2011 年版，第 9 页。

④ 沙蕾：《在火药味中我们诞生》，《时间之歌》，宁夏人民出版社 1987 年版，第 15 页。

⑤ 纳·赛音朝克图：《压在笆苫下的小草》，《幸福和友谊》，作家出版社 1956 年版，第 71—72 页。

也有同样斗志昂扬的诗句："冲过了雪的统治，／又见到了春天的明媚。／看着树生了绿又成了荫。"① 也传达出一样坚定的信念。这样的诗作还有很多，老舍的《雪中行军》，一开篇就是这样的诗行："银妆的世界／破碎的山河／流不尽的英雄血／向前／向前／今朝誓把倭寇灭。"② 奠定了悲壮激昂的格调，传达出中华儿女无惧牺牲，前仆后继的英雄主义情怀以及必胜的决心与信心。

此外，还有一些创作主题主要表达对投降派尖锐的批判与指责；为苦难中国发出痛苦的哀鸣以及对光明未来矢志不渝的坚信。这些为民族危亡而呐喊的诗篇，在今天读来，仍如洪钟大吕，千古回声。

二 少数民族抗战诗歌创作中的"国家形象"

十四年抗战是中国近现代史上最苦难深重的一段历史。1945 年中国抗战的胜利具有非凡的意义。这个意义不仅在于中华全民族抗战开辟了世界上第一个大规模反法西斯的东方战场，更是构建起一个以爱国主义为核心的共同抗战的中华民族的民族精神，构建起具有现代意义的国家认同与民族认同。历史学家刘大年就曾指出，抗日战争最伟大的功绩是促成了民族空前的团结与觉醒，也就是"把中国国家、中华民族统一起来了"③，让不同党派、不同宗教、不同种族、不同地域在某种程度上构建起一个休戚相关、利害与共的新的中国，为中国重新走上独立发展的道路创造了可能性。

在中国几千年的发展史上，始终推行汉族中心主义，少数民族的资源利益与生存空间不断被挤压。各民族因其所处的不同的经济、政治、文化、地域条件，其心理习惯、情感好恶难免有所差异，在历史上民族对抗在所难免，民族摩擦常有发生。特别是在抗战发生之前，各民族间的心理隔阂长期存在，在西南、东北、西北等广大地区，少数民族大多

---

① 金剑啸：《兴安岭的风雪》，《金剑啸集》，黑龙江大学出版社 2011 年版，第 12 页。
② 老舍：《老舍文集》第 13 卷，人民文学出版社 2008 年版，第 444 页。
③ 刘大年：《抗日战争和中华民族的统一》，《抗日战争研究》1992 年第 2 期，第 1 页。

以本民族自居,对国家普遍缺乏归宿感与认同感。随着抗日战争形势的不断发展,国家与民族陷入生死存亡的危难之际,一部分先进的少数民族诗人率先发声,他们不再刻意追求民族的自我认同,而是把诗歌创作置于抗战的宏大叙事中,始终保持着高度的民族认同感,把国家利益置于最重要的位置,逐渐构建、发展起中国国家的整体概念。也因此,"国家形象"成为这一时期少数民族抗战诗歌中最突出的书写。国家形象被化用成母亲形象,用赤子对母亲的挚爱来比喻诗人的爱国情怀。

1. 祖国母亲形象

以母亲喻中国是少数民族抗战诗歌中化用最多的意象。诗人们打破族群的隔阂,把对故土家园的深重忧患转换成赤子对于母亲的真挚情感。被誉为"抗日斗争的英雄歌手"的维吾尔族诗人黎·穆塔里甫,就在他的诗里热情洋溢的赞美道:"中国! 中国/你就是我的故乡!/因为我们成千成万的人民,/生长在你那温暖的,/纯洁的怀抱里。"① "祖国就是我的命脉,/它比啥都亲,/比啥都贵!/祖国就是我的母亲,/让你爱情的火焰,/像等她一样为她放射光芒。"② 另一位年轻的壮族诗人黄青也同穆塔里甫一样,写下了不少赞美祖国母亲的诗章: "我的青春/我生命的闪电,/在战斗的道路上,/去战死,/或死战中生,/都是火花下的影子——/用血肉保卫我的国土,/用枪炮声振奋我的民族。"③

2. 重生的中国形象

重生的中国形象也是诗人们使用较多的表现方式。淞沪会战之后,作家茅盾满怀悲愤,写下了《炮火的洗礼》:"让不断的炮火洗净了我们民族数千年来专制政治下所造成的缺点,也让不断的炮火洗净了我们民族百年来所受帝国主义的侮辱。古老的伟大的中华民族,需要在炮火里

---

① 黎·穆塔里甫:《中国》,《黎·穆塔里甫诗文选》,新疆人民出版社 1987 年版,第24 页。

② 黎·穆塔里甫:《爱与恨》,《黎·穆塔里甫诗文选》,新疆人民出版社 1987 年版,第76 页。

③ 黄青:《来到祖国的南方》,《山河声浪》,漓江出版社 1984 年版,第 123 页。

洗一个澡！""在炮火的洗礼中，中国民族就重生了！"① 这是抗战文学史上第一次郑重其事的思考着中国的重生问题。此后，诗人们不再局限于哀痛山河破碎、苦难流离，而是更深入地思考着中国未来的方向与命运，深切期盼着中华民族在苦难中获得新生。黎·穆塔里甫同样表达过重建国家的呼声，要以强烈的责任感和献身精神，去抗击敌人，埋葬黑暗，扭转乾坤。他疾声呐喊："作一名祖国大家庭的优秀儿子。/迈开大步走向幸福的明天，/为祖国，为人民勇敢的向前。/为被压迫者打通幸福的道路，/使他们也同享人类的春天。"②

三　少数民族抗战诗歌研究的意义与价值

文学是塑造国家形象的重要而独特的实践领域，任何一种文学现象的出现均与其特定时代的历史条件，政治变革紧密相连，从而决定这一时代文学的兴衰沉浮、潮涨潮落。中国现当代文学与中国一起走过风雨兼程的一百年，其中，抗战文学以其独特的审美方式生动地再现了中华民族重建与复兴的艰辛历程。对抗战文学中国家形象的创建与变迁做历史性回顾十分必要。当我们以少数民族诗人为观照主体这一视角切入，则更能窥见一个多民族、多元价值体系但却万众一心、同仇敌忾的新中国国家形象，是如何从疏离到凝聚，从对抗到认同，并逐步建构与确立起国家认同、民族认同的逻辑规律。

1. 民族意识的重建

在中国广袤的土地上生活着若干民族。在漫长的历史进程中，各民族之间有冲突，也有交流与融合。由于历史所形成的"汉族中心主义"意识的长期存在，诸少数民族对中华民族普遍缺乏认同。民族意识并非生而有之，而是在后天环境中逐渐萌芽、明晰、不断变化。"民族主义思想的本质既是注重自我的体认与认同，一般而言，这种自我意识感受最

---

① 茅盾：《炮火的洗礼》，《救亡日报》第 1 号，1937 年 8 月 24 日。

② 黎·穆塔里甫：《致人民》，《黎·穆塔里甫诗文选》，新疆人民出版社 1987 年版，第 1—2 页。

强烈时，常在一个民族遭受外来压迫，其生存感到莫大威胁时。"①

十四年抗战，普遍增强了各族人民对国家和中华民族的认同。1939年，孙伏园在《中华民族之形成》一文中写道："中华民族这个词儿，我们最近几年才用。家传户诵的《义勇军进行曲》里有一句'中华民族到了最危险的时候'，再往上计算，也不会早过'九一八'前后。这就是说，一直到了全民族被外寇侵略的时候，我们才更清清楚楚的自觉，我们实在是一个民族。"② 从这个意义上来看，中华民族这一民族身份，在民族危机空前高涨之际，经由各种抗日救亡活动和抗战话语的传播、扩散，化解了由来已久的民族认同危机，促进了各民族的整体性认同，并逐渐成为全体中国人的普遍共识。

2. 爱国意识的觉醒

1912 年，中华民国建立，宣称各民族平等。但实际上，西南、西北、东北等诸少数民族仍然长期被"遗弃于共和之外"。在当时，西南地区的少数民族代表曾于战前上书请求国民政府在政治上对西南各少数民族予以承认，却毫无结果。由此引发少数民族上层人士和知识分子的强烈不满，在这样的政治环境中，少数民族对国家的认同意识自然难以形成，爱国意识也相当淡漠。日本侵略战争制造了中华民族最深重的危机，抗日战争成为各少数民族重构集体记忆和凝聚国家认同的重要环境，促成了各少数民族爱国意识的觉醒。全面抗战初期，各少数民族自发取得了一致对外的共识，"团结一致、抗日爱国"成为当时各种社会舆论、报纸杂志和政治演讲中积极宣扬的社会主题，在特定的历史语境下，潜移默化中被各少数民族的不同阶层所接受，他们不再置身事外，以"他族"自居，而是充分认可"中华民族是由我汉满蒙回藏及其他各个民族而成的整个大国族"③ 这一观念。随着爱国主义的觉醒和国家认同的强化，全

① 李国祁：《满清的认同与否定：中国近代汉民族主义思想的演变》，"中研院"近代史研究所编《认同与国家：近代中西历史的比较》，1994 年，第 93 页。
② 孙伏园：《中华民族之形成》，《碧湖》第 30 期，1939 年 9 月 15 日。
③ 《康藏民众代表慰劳前线将士书》，《新华日报》1938 年 7 月 12 日第 3 版。

民族同仇敌忾，万众一心，才最终取得抗战的胜利，中华民族也才能够从绝境中走向新生。

当前，对少数民族抗战诗歌的整理研究工作相对比较薄弱，特别是针对不同时期少数民族抗战诗歌是如何增强民族认同、国家认同的研究几乎是空白。从少数民族抗战诗歌入手，可以深入分析民族意识、国家意识在抗战各时期是如何内化为中国各民族的普遍共识，把握其发展轨迹与发展规律，对于研究新时期国家认同与民族凝聚等相关问题具有重要的实践意义。

论《孙行者》中的家庭关系与
权力空间[*]

陈富瑞[**]

内容提要：1989 年出版的《孙行者》是汤亭亭第一部纯虚构小说，出版后因思想的跳跃性与故事的新奇性引起热议。小说的最后，唐娜抛出了"我们谁是妻子"的问题，引起了笔者关注。惠特曼·阿新和唐娜这对中美结合的夫妻的婚姻充满了偶然性因素，也存在必然的矛盾。"我们谁是妻子"问题的提出既是对妻子伦理身份的挑战，也是二人性别错位家庭关系的体现；惠特曼一直致力于构建自由平等的家庭关系，最后在"独角戏"中向观众坦白了自我对婚姻的观点，并有力地回答了"我们谁是妻子"这一问题。论文结合权利空间和女权主义批评等方法来阐释"我们谁是妻子"的内涵及其文化隐喻。

关键词：汤亭亭；《孙行者》；伦理身份；家庭关系；文化隐喻

继《女勇士》和《中国佬》之后，汤亭亭的《孙行者》发表于1989 年，推出后舆论界一片哗然。作品风格的转换，后现代主义创作

---

　* ［基金项目］国家社科基金项目"21 世纪华裔美国文学中的中国形象研究"（17CWW002）。

　** ［作者简介］陈富瑞（1982—　　），女，文学博士，重庆师范大学文学院副教授，主要研究美国华裔文学与比较文学。

技巧的使用等，引起了热议。作为汤亭亭的第一部纯虚构小说，《孙行者》写了美国华裔青年惠特曼·阿新的漫游经历。惠特曼经历了寻找女友、失业、公车奇遇、聚会、结婚、建立西方梨园等一系列事件。在建构西方梨园的同时，引发了关于家庭关系的思考。唐娜提出"我们谁是妻子"，挑战了传统夫妻伦理关系，这一富含挑战性的问题也引起了译者和出版社的关注，中文译本将这段对话印在了封底。这一问题搏得了众人眼球，但针对这一问题展开的研究却并不多。本文拟从问题的提出与回答、产生的效果及其原因、文化隐喻等角度展开，探讨这一提问的内涵及其意义。

一　伦理身份的挑战：问题的提出与回答

《孙行者》主要讲述了惠特曼·阿新漫游之后创建西方梨园的故事。为了筹备演出事宜，惠特曼电话邀请各路朋友前来支援，也准备邀请妻子唐娜参加演出。惠特曼打电话给妻子，在他开口说演出的事情之前，唐娜率先占据了话语主动权，并抛出了一个很棘手的问题——"谁来做妻子"，这个问题让惠特曼措手不及。

> "我的确想嫁给你，但我不想做妻子。惠特曼，我觉得彼此把婚姻的看法告诉对方，这很重要。我想听一个男人的求婚。他将爱我，并且非常理解我。他会说：'唐娜，让我做你的妻子吧。'我被你迷住了，惠特曼，忘记了问你，我们谁是妻子。"
>
> "你要我做你的妻子?!"
>
> "我可没想到你的求婚会用这种腔调讲出来，惠特曼。不过，你说得对，我要你做我的妻子。"
>
> "等等，我们轮流做妻子。你知道，有时我也想要个老婆。"
>
> "你向我求了婚，可我还没向你求婚。我可不想做一个等着男人求婚的女人。有件事我从未做过，我从未求谁和我结婚。我想将来

试一试。我会单膝跪下，伸出我的手并拿出戒指。"①

　　唐娜平静地告诉了惠特曼她对婚姻的看法，在惠特曼还没来得及表达自己的观点之前。但是，唐娜平静语气下抛出的问题却极具杀伤力，出其不意，令惠特曼和读者措手不及。二人是通过电话聊天，表情无从得知。但从行文来看，在唐娜的每句话之后，作家用的都是句号②，唐娜似乎在说一个结论，整场谈话中她的态度都是平静、淡定和从容不迫；惠特曼的回答相对比较简短，充满震惊与反问，充斥着妥协与协商。电话是惠特曼打来的，他却在对话中丧失了话语主动权，现在只有"招架之功"，没有"还手之力"了。从句末标点来看，"谁来做妻子"是一个非常具有挑战性的问题，作家却用了"句号"来结尾，即在唐娜和作家看来这并不是一个问题，只是一个观点的陈述。敏感如惠特曼，也未曾思考过这个不是问题的问题——在男婚女嫁的传统婚姻中，夫妻双方"谁为妻？谁为夫？"本是确定无疑的，被唐娜重新提出，惠特曼不得不在特定的语境中重新审视。惠特曼的反应也在情理之中，除了震惊还有震惊之后的疑问，作家连用了两个标点符号③——一个问号一个感叹号——才足以表达惠特曼此时此刻的心境。

　　这场谈话打破了惠特曼的惯常思维，他也不能立即给出满意回答，他的第一反应是"等等，我们轮流做妻子"，采用身份协商策略，显然，惠特曼对这一答案也并不满意。一直到小说最后一节"独角戏"，惠特曼才明确回答这个问题。"唐娜，……我懂了，你可以不做家庭主妇。我要做主妇的一半工作，但是你不能称我为你的妻子。你也可以不是妻子。知道我多么爱你吗？但不浪漫。"④ 在众人面前，惠特曼坦白了自己的观

---

　　① ［美］汤亭亭：《孙行者》，赵伏柱、赵文书译，漓江出版社1998年版，第302页。
　　② 英文原文为："I got carried away with you, Wittman, and forgot to ask which one of us would be the wife." Maxine Hong Kingston, *Tripmaster Monkey: His Fake Book*, New York: Random House, 1989, p. 272.
　　③ 惠特曼这句话的原文为"you want me to be your wife?!"
　　④ ［美］汤亭亭：《孙行者》，赵伏柱、赵文书译，漓江出版社1998年版，第376页。

点，站在自我和唐娜的角度进行双向阐释。一方面，褪却传统大男子主义的身份立场（要求唐娜必须做妻子，必须做全部的家务），从自我在婚姻中的身份出发，惠特曼主动表示愿意承担家务，做家庭主妇的一半工作。婚姻的"价值本质上与'家务'功能无关，但却与两个配偶之间的一种关系方式有关。在这种关系中，男人必须不仅从地位、特权和家务作用出发，而且从相对于妻子的'角色'出发，规范自己的行为"①。也正是站在婚姻的角度，惠特曼从相对于妻子的角色出发，主动承担一部分家务。需要注意的是，他说做"主妇"的一半工作，并没有说做"妻子"的工作，惠特曼要分担的只是妻子的工作——家务，而不是妻子的身份；另一方面，从唐娜的角度出发，"你可以不做家庭主妇"，"你也可以不是妻子"，"但是你不能称我为你的妻子"，两人的平等并不是以一方伦理身份的丧失为前提的，唐娜可以主动放弃自己的妻子身份，但是不能把妻子的身份强加到惠特曼身上。在和唐娜的谈话中，唯有这一次，惠特曼的态度坚决而干脆。

从之前"轮流做妻子"的妥协与退让到现在的"谁都可以不做妻子"的肯定回答，惠特曼的思考经历了一个过程。那妻子的伦理身份代表什么呢？"独角戏"中作家让惠特曼进行了充分的自我表达，唐娜没有再继续发言，而是作为新婚妻子的身份与惠特曼站在一起，默默地接受了众人的祝福，读者可以看作她对这一结果表示了默认。为何会有这样的问题与答案，需要回到文本，分析二人的家庭关系及其权利空间的建构。

二　性别错位的家庭关系

惠特曼和唐娜在兰斯家的聚会上认识，之后为了帮助惠特曼逃避服兵役，二人闪电般结婚，可以说这段婚姻具有很多偶然性因素。相处中，唐娜每次表现都很主动，这让惠特曼很被动，并为此感到非常沮丧；相对唐娜，惠特曼的诉求总要慢一拍，但是他却非常敏感。唐娜作为女性

---

① ［美］米歇尔·福柯：《性经验史》，佘碧平译，上海人民出版社 2005 年版，第 359 页。

的主动与热情和惠特曼作为男性的被动与敏感导致了家庭关系的性别错位。

（一）主动出击的唐娜

与惠特曼交往中，唐娜选择了主动出击，主动进攻赢得爱情，主动出击获得婚姻，主动询问对婚姻的看法等，随时掌握两人感情进展的主动权，而惠特曼总是处于被动地位。

在聚会上，唐娜首先找到了惠特曼。小说中的观音叙述者①提示读者，"唐娜，这位正在热烈追求中的漂亮姑娘走过来了"，朦胧月色下闪亮登场，热情告白大获全胜。面对唐娜的主动出击，惠特曼被征服了。当加贝牧师建议惠特曼可以通过结婚来逃避服兵役的时候，读者似乎都在替惠特曼酝酿一篇长篇大论，以征得唐娜的意见或请求唐娜答应这样的要求，唐娜却快人一步，主动提出"我很愿意帮助你免服兵役"②，没有丝毫的迟疑与犹豫。就这样，惠特曼和唐娜闪婚了。当他们到雷诺的沃斯霍县法院前面时，"'想离婚吗？'唐娜问。她又向他主动进攻了，'现在你的机会来了。'她又比他领先了几分"③。对话虽然简单，但唐娜和惠特曼此时的心理凸显无疑。唐娜咄咄逼人，居高临下，惠特曼看似有选择的主动权，实则骑虎难下。惠特曼自认聪明地将球踢了回去，可是心生胆怯，觉得是因为开车技术不好才导致唐娜提出离婚的念头。此外，在电话中，也是唐娜主动要求惠特曼说"我爱你"，观音叙述者及时评价"她打电话讲话也很大胆"④。"主动"成了唐娜主要的性格特征。在惠特曼迟疑是不是要带唐娜回家时，唐娜率先提出："你不想回家吗？""把我带回家，为难你吗？家中有什么人吗？"⑤唐娜的直率犀利与咄咄逼人让惠特曼无处可逃。

---

① Paul Skenazy and Tera Martin. Eds. , *Conversations with Maxine Hong Kingston*, Jackson：Mississippi UP，1998，p. 82. 在访谈中，作家汤亭亭谈到了观音叙述者。
② ［美］汤亭亭：《孙行者》，赵伏柱、赵文书译，漓江出版社1998年版，第178页。
③ 同上书，第230页。
④ 同上书，第302页。
⑤ 同上书，第191页。

是否结婚也好，是否离婚也罢，都是唐娜主动提出的。唐娜具有白人女性的典型性格，热情奔放，大胆主动，敢于表达自己的情感，持有自由的婚姻态度，并拥有婚姻中的主动权。这导致惠特曼始终处于被动的位置。唐娜每次提出的问题都非常及时，而且富含挑战性，每一个问题都推动了二人关系的进一步发展，"谁来做妻子"问题的提出再次挑战了惠特曼。

（二）敏感的惠特曼

惠特曼的性格非常"敏感"，这种敏感无处不在，无论是在与唐娜讲话时，还是在一些问题的处理上，抑或只是他自己的内心活动，无不体现其"敏感"。表现有三：

其一，缺乏安全感。在机械博物馆，叙述者描述了惠特曼微妙的心理活动："唐娜搂着他的腰，两人走向另一个展馆。他不应该害怕。假如她比他强壮高大，他是否就不会这么紧张了呢？女人是男人们的保护人。除了硝烟弥漫的战场，没什么可怕的。到时再恐慌吧。"① 为什么两人观看展馆时，惠特曼感到害怕呢？作为男人，惠特曼为什么会渴望得到唐娜的保护？观音叙述者委婉地对此进行了批评——"他不应该害怕"；从两个人走路的姿势来看，确实是唐娜在保护惠特曼——"唐娜搂着他的腰"。唐娜曾帮助惠特曼免除了兵役，保护他不用上战场，在战场之外，他仍然渴望得到唐娜的保护，体现了婚姻中惠特曼对唐娜的依赖。从二人的行为举止和夹叙夹议的叙述来看，唐娜犹如大丈夫所为，而惠特曼的担心与敏感犹如妻子所为。二人关系显得比较微妙，为下文"谁来做妻子"的挑战埋下了伏笔。

其二，惠特曼小心翼翼的表现与唐娜的换位思考。带唐娜回家时，惠特曼敏锐地发现，唐娜在以白人的身份和眼睛观察他的家庭，"他很清楚，她是站在另一个世界上来审视这个家庭的"。② 正因为此，为避免因一面之缘而产生的刻板印象，离开父母时，惠特曼都做了看似多余的解

---

① ［美］汤亭亭：《孙行者》，赵伏柱、赵文书译，漓江出版社 1998 年版，第 182 页。
② 同上书，第 208 页。

释。面对母亲和阿姨们沉迷于麻将，惠特曼对此感到厌烦，但对唐娜说了一段像是自我批评又像是为她们辩解的话："她们也曾有过她们喜欢的工作。而今，她们这些无所事事的主妇只好整日围在一起打麻将，等死。这很可悲。"① 对此，唐娜并不在意，相反，她认为打麻将没什么可悲的，她有自己思考问题的方式。"麻将能使她们呆在家里过日子，她们并未去促使我们在东南亚的行动升级。"② 唐娜的解释不仅体现了她的和平思想，也为阿姨们的娱乐找到了很好的注脚。因为父亲没有像美国人一样拥抱吻别，惠特曼也以道歉的口吻告诉唐娜其实"父亲并不坏"，在唐娜看来，这些她都能理解，并不以为奇，而敏感的惠特曼却要为自己多余的担心，一次又一次地小心翼翼地做出解释。

其三，惠特曼的敏感使得他时刻处在提防的状态，那把"剑"就是最好的例证。在唐娜家里，准备休息之际，惠特曼从墙上取下一把钝头剑给唐娜，让唐娜刺他在身上画的心脏。很快唐娜就刺中了，之后就躺了下去，把"剑放在了他和她的中间"。唐娜无意间放下的剑，放下就结束了，这却让惠特曼很纠结，究竟该不该拿走这把剑？观音叙述者评议，"他是否该拿走剑，怕老婆似的钻进被窝呢?"③ 唐娜假装睡着了，对这番心理活动毫不知情，也许她对此并不在意，但这把剑放在惠特曼心中，二人的关系犹如这把悬在心中的剑一样。这主要是由于惠特曼的敏感造成的，当他将这把剑拿走之后，他就可以安然入睡了。作为实体的剑虽然属于唐娜，是唐娜放置的，但是惠特曼心中的无形之剑还需要他自己拿开，只有这样，生活才可以继续。惠特曼的不安全意识也是家庭中性别错位的重要表现之一。传统婚姻中，男性处于强势地位，处于弱势的女性总是会在婚姻中寻求安全感。为什么和唐娜在一起，惠特曼会感到不安全呢？小说中的这些细节，表面上是由惠特曼的敏感所造成的，实际上体现了二人夫妻关系的性别错位，唐娜的主动进攻与不拘小节，与

① [美] 汤亭亭：《孙行者》，赵伏柱、赵文书译，漓江出版社 1998 年版，第 208 页。
② 同上。
③ 同上书，第 244 页。

惠特曼的时时敏感、处处小心形成了对照。

　　小说结尾，惠特曼的敏感气质得以优势转换，他利用自我的敏感气质敏锐地感受、发现、解决现实中的问题。"独角戏"中，惠特曼讲了一故事，并对大家认为"他太敏感了"的结论予以反击，"不是我过分敏感，你们也该觉得难受的。你们迟钝死了，这正是他们所希望的。"① 惠特曼发挥了他性格中的敏感优势，从对个人生活的观察出发，进而拓展到对所处社会特别是美国华裔社会的观察，敏锐地嗅到了其中的种族歧视和不平等现象。惠特曼的敏锐的洞察力，不同于其他华人迟钝的感受，在华裔追寻自我身份的建构时也是必不可少的。

三　惠特曼：构建家庭关系中的权力空间

　　家庭是社会的基本单位，家庭关系不仅是家庭内部的问题，同时也是一社会问题。"家庭具有复杂的政治功能，是经济政治文化权利的发源地。""家庭作为权力机构以及权力生成母体，还具有向家庭以外扩展的能力，从而对社会的其他组织成员产生影响。"② 惠特曼和唐娜处在性别错位的家庭关系之中，确实存在"谁来做妻子"的挑战，但这不是惠特曼的本意。要建立怎样的家庭关系，如何分配家庭中的权利空间，无论是在结婚前还是结婚后，惠特曼一直都在观察在思考，并积极践行着。

　　结婚前，惠特曼是"自由的精灵"。在兰斯与明妮家的聚会上，惠特曼就思考婚后两个人该怎样相处，"怎样才能既保持忠贞，又能参加聚会呢？生龙活虎的他这一代人为什么想不出怎样在晚会上安置妻子的办法呢？"③ 这时，惠特曼尚未结婚，已经产生了对婚姻的焦虑感，聚会上妻子的在场使得他感到不自在，并得出结论："不管他们是忠诚还是不忠，在家庭中生活一次对任何人来说都足够了。"④ 惠特曼对婚姻非常悲观，

---

　　① ［美］汤亭亭：《孙行者》，赵伏柱、赵文书译，漓江出版社 1998 年版，第 354 页。
　　② 王福民：《家庭：作为生活主体存在空间之价值论旨趣》，《哲学研究》2015 年第 4 期，第 26 页。
　　③ ［美］汤亭亭：《孙行者》，赵伏柱、赵文书译，漓江出版社 1998 年版，第 97 页。
　　④ 同上书，第 87 页。

对他人婚姻的观察所产生的焦虑影响了他对婚姻的看法。结婚后，惠特曼在给兰斯的电话里，再次感受到了婚姻对个人的束缚。在邀请兰斯参加剧团演出时，他必须要在电话中同时与夫妻两个人交谈，而且担心如果只要邀请其中一个人，会导致兰斯二人婚姻关系的破裂。这种隐忧使得他自己暗下决心，不能因为婚姻而失去自由。此时，他已和唐娜结婚，如何处理两人在婚姻中的关系，如何经营婚姻，惠特曼一直在思考。

　　小说还有一个细节，公证结婚后，惠特曼曾指着一片"驰名世界的公共游览胜地"，对唐娜说："这是我送给你的结婚礼物。"[1] 从空间的角度来讲，惠特曼将一片开阔的公共游览胜地送给唐娜作为结婚礼物，表明了二人的婚姻呈现开放性，夫妻双方随时可以出入其中，不再是传统的"围城式婚姻"。这与唐娜提出的在婚姻中"我们随时可以离开"[2] 的观点是一致的。

　　从婚前婚后的这些例子可以得知，同唐娜一样，惠特曼也希望建立一种平等的家庭关系，在家庭的权利空间中，夫妻双方可以平等对话，可以各自独立发展。事实上，在唐娜的推动下，惠特曼也实现了构建这种家庭关系的设想。作为妻子，唐娜非常理解惠特曼，在表达诉求时，她总能说出惠特曼想说而还没有说的话。此外，唐娜总能猜透惠特曼的心思。比如在"西方梨园"一节，演出结束后，惠特曼站在南希面前浮想联翩，唐娜主动提出："我们可以送你，我们有辆车。"唐娜了解惠特曼的心思，并且主动为其解围；观音叙述者及时评论道："是唐娜，他的妻子。说话时，她表情坦诚"[3]，再次强调了唐娜的妻子身份与做事情的态度。当惠特曼希望听到南希的感激时，是唐娜又一次率先说出了"我喜欢这出戏"，之后才引出了南希的那句"我也喜欢"；唐娜总是能在适当时机体悟到惠特曼的心思，能够说出他想听的话；接着，当惠特曼浮想联翩，幻想南希会说出"我也喜欢你"的时候，又是唐娜说出了"'我

---

① ［美］汤亭亭：《孙行者》，赵伏柱、赵文书译，漓江出版社 1998 年版，第 185 页。
② 同上书，第 167 页。
③ 同上书，第 317 页。

也喜欢你'。唐娜边说，边把自己的胳膊伸进他的臂弯中"①。这就是主动出击又善解人意的唐娜，她让惠特曼爱的欲罢不能。唐娜的这些心有灵犀的举动就像她是住在惠特曼心中的精灵一样，能时刻洞察惠特曼的所思所想；有时更像是观音叙述者在文本中的化身，可以时刻掌握惠特曼的思想动向。

事实上，惠特曼和唐娜一共举行了三次婚礼，每一次都是在唐娜话语的推动下完成的。第一次是为了逃脱兵役，由加贝牧师主持，在唐娜提出"我可以帮你服兵役"之后；第二次是在雷诺的教堂内举行的，在唐娜提出"想离婚吗"之后；最后一次就是"西方梨园"，是在唐娜提出"谁来做妻子"的问题之后，众声喧哗的戏剧结尾，成了惠特曼和唐娜的婚礼庆典。每次婚礼的意义都不一样，第一次是临时倡议，符合华裔嬉皮士②的做法；第二次是遵从基督徒的做法，在教堂完成了婚礼的各种仪式；第三次是按照中国传统婚礼的做法，亲友、香槟、爆竹等一应俱全。但无论哪一次婚礼，之前都没有经过认真筹备，都是顺其自然，水到渠成的过程，但表面上的顺其自然其实是在唐娜问题的一步步推动之下向前推进的。唐娜提出这些问题的出发点可能有两个，一是对女性权利尤其是平等地位的维护与要求，一是对惠特曼表现的失望。"独角戏"中，惠特曼回答了唐娜"谁来做妻子"的问题，二人的家庭关系由之前的性别错位到确定双方的伦理身份，平等关系的建立，表明二人的家庭关系逐步走向正常。这是惠特曼一直渴望并努力构建的家庭关系。

四　"谁来做妻子"的文化隐喻

小说没有花费太多笔墨来描写惠特曼与唐娜婚后的生活，关于婚姻和家庭关系的思考也是融合在西方梨园的构建过程中。"婚姻实质上是伦

---

① ［美］汤亭亭：《孙行者》，赵伏柱、赵文书译，漓江出版社 1998 年版，第 318 页。
② 关于华裔嬉皮士的观点，参见方红《在路上的华裔嬉皮士——论汤亭亭在〈孙行者〉中的戏仿》，《当代外国文学》2004 年第 4 期，第 136—141 页。

理关系"①，妻子，本是婚姻关系中特定的伦理身份，"婚姻生活的特点一直是以补充的方式分配各种任务和行为。男人需要做女人无法完成的事情，而女人则要完成不属于她的丈夫分内的工作"②，这是社会分工使然，而恩格斯认为，最早的分工是性的分工，是从家庭开始的。即使是在女权主义运动浪潮中，也未曾逾越性别关系，挑战妻子的伦理身份。唐娜通过陈述提出的这一问题就具有极强的文化隐喻。

从唐娜出发，"谁来做妻子"可以看作一种女权主义的宣战，出发点是为了追求婚姻中的平等。婚姻关系中，毫无争议唐娜的身份应该是妻子，那么放弃妻子身份，对她而言意味着什么？唐娜是位具有自由思想的女性，不受所谓的传统束缚。这一问题符合她的性格，也符合女权主义的观点，"谁来做妻子"的简短对话，其实是唐娜在向惠特曼"坦白"她对婚姻的理解。福柯认为："坦白是一种话语的仪式，其中说话主体与叙述内容的主题是一致的。"③ 唐娜通过"坦白"这种话语仪式表达了自己对婚姻的理解，挑战了传统的伦理身份，但她没有明确说她想做男性，只是说想做男性要做的事情，比如向所爱的人求婚；挑战传统社会中的男女分工，女性要成为强者，占据家庭的主导地位，拥有话语权和家务的分配权；挑战惠特曼在婚姻中的地位与权威。面对惠特曼最后"你也可以不是妻子"的回答，唐娜的沉默表明她的这一问题是在推动惠特曼成长，她并非绝对的女权主义者。同时，唐娜抛出的问题，提醒惠特曼思考和正视自我在身份认同与寻找的道路上所面临的新挑战。

"谁来做妻子"具有极强的文化隐喻，这与华裔男性在美国的社会地位有关。从惠特曼出发，"谁来做妻子"伦理身份的挑战，实际上是一种性别倒置。从小说的叙述视角和叙述声音来看，惠特曼确实一直处在被女性化的状态。作家设置了全知全能的观音叙述者，时时提醒惠特曼该

① [德] 黑格尔：《法哲学原理》，商务印书馆1961年版，第177页。
② [法] 米歇尔·福柯：《性经验史》，佘碧平译，上海人民出版社2005年版，第414页。
③ 同上书，第41页。

如何去做，有时候还会提着他的一个耳朵教导他。有评论指出，作品是由女作家撰写，又设置了女性的叙事声音，某种程度上，这导致惠特曼作为男性不仅处于劣势地位，而且还处于失语状态。唐娜提出这一问题，也是对惠特曼男性性别的又一轮挑战。联想美国华裔的移民史，华裔男性在美国从事洗衣等传统女性的工作，犹如《中国佬》开篇在"女儿国"被"阉割"的唐敖一样，男性被女性化了。唐娜，作为白人女性，作为美国文化的代表，她提出的这一问题具有双重性，既是对惠特曼男性身份的挑战，也是西方文化对东方文化的挑战。由此看来，惠特曼挑战新型的家庭关系，不仅在维护家庭中男性的地位，也是在维护美国华裔社会里男性的地位与尊严。华裔男性并非如美国主流社会所认为的已被女性化，如果早期华人因为各种原因像唐敖一样被迫女性化，现在的格局已全然改变。小说结尾，惠特曼很好地回答了这一问题，"我要做主妇的一半工作，但是你不能称我为你的妻子"。惠特曼身上虽然具有抹不去的东方文化特质，但这并不代表他被女性化，并不影响他的美国身份。

"独角戏"一节中，惠特曼也采用了"坦白"的方式在舞台上向众人表达了自己的观点，可谓是对这一问题的有力反击。坦白"是一种在权利关系中展现自身的仪式，因为我们坦白时至少要有一位说话对象"①，"独角戏"是惠特曼一个人在舞台上的独白，在这次"坦白的仪式"中，惠特曼找到了群体作为说话对象，更能体现他在这场权力关系中的发言权；通过坦白以及自我审视，惠特曼看清了华裔群体在美国生存所存在的一些问题，并一一指出了西方人贴给华人的种种标签；明确了家庭关系中的权利空间，回答了唐娜提出的问题。福柯认为，婚姻中"对自我的关注和对两人生活的关心是密切相关的"②。只有通过关注自我，才能在婚姻中找到自己的位置。通过坦白，惠特曼获得了自我身份认同和文化认同。惠特曼拒绝做妻子，首先是男性的本质使然，也是维护男性身份与男性权利的表现。其次，从夫妻间的一场私人谈话，

---

① ［法］米歇尔·福柯：《性经验史》，佘碧平译，上海人民出版社 2005 年版，第 41 页。
② 同上书，第 417 页。

到舞台的公开坦白，空间发生了极大转变。私人问题的公开化，一方面说明惠特曼面对这一含有文化隐喻的挑战的勇气，另一方面也是华裔对美国社会的有力回击。

从作家的创作角度出发，唐娜的独特身份与犀利提问也反映了作家开阔的创作视域。"女权主义者认为，在父权制社会中，支配群体通过控制言论来控制现实，他们剥夺了妇女的发言权，使她们长期处于沉默的状态。妇女没有自己的话语，因而也没有能力按照自己的体验重新解释这个世界。"① 正是由于这个原因，女性作家在作品中注重通过女性话语来建构女性的身份，来认识和体验世界，汤亭亭的创作也是从家庭空间出发，从建构女性话语开始。创作之初，汤亭亭从书写自我出发，写作《女勇士》的时候写着写着，忍不住在作品中大声疾呼，"要离开家，""要回中国看看"，甚至忍不住质问历史、质问传统等，因此《女勇士》也一直存在自传与非自传的争论。正如伍尔夫在评论夏洛蒂·勃朗特时所写，"本该行文冷静之处，下笔却带了怒火。本该笔藏机锋，却写的愚蠢可笑。本该塑造角色，却把自己写了出来。她在与命运抗争"，所以她"永远无法把自己的才华完整而充分地表达出来"②，汤亭亭也面临着同样的写作困境。身份的寻找与写作的成功为汤亭亭奠定了未来的写作之路，关于《孙行者》，评论界完全不再有关于小说与非小说的争论。在这部纯虚构的小说中，她游刃有余，惠特曼在美国的漫游；唐娜的犀利提问，问题在小说中的嵌入；惠特曼的思考与回答，"独白"的巧妙设置，观音叙述者的耳提面命，跳跃的思想与新奇的故事等都展现了小说家的创作才华。与此同时，汤亭亭的创作指向已经超越了华裔女性作家为华裔女性发声的自身诉求，她关注的不仅仅是华裔女性，还有白人女性唐娜对身份和平等的诉求。"我相信个人想象力的跨时间性和普遍性。这不仅是一本有关家庭的书，或是美国书，或是出自女人之手的书，它是一本世

---

① 康正果：《女权主义与文学》，中国社会科学出版社1994年版，第134页。

② ［英］弗吉尼亚·伍尔夫：《一间自己的房子》，吴晓雷译，陕西师范大学出版社2014年版，第84页。

界之书，同时也是我的书。"① 她的关注点从华裔个体到族裔群体，从家庭空间到越战老兵，进而关注世界和平，提出"世界小说"的写作方向。无论是创作视野还是写作高度，汤亭亭的小说都突破了少数族裔女性的创作藩篱，将美国华裔文学推向了一个新的高度。

---

① Maxine Hong Kingston, "Curtual Mis-understanding by American Reviewers", *Critical Essays on Maxine Hong Kingston*, New York: G. K. Hall & Co., 1998, p. 102.

西部文化与区域文学研究

主持人：王昌忠

主持人语：

"一方水土养一方人"，而"文学是人学"，说"一方水土养一方'文'"似乎就合情合理、自然而然了。在中华民族的广袤版图上，西部无疑是一个大区域，其中可以划分出西北、西南、华西等局部区域，局部中又可以划分出更局部的区域。不过，既然同属于西部，无论其中哪个局部区域都会染上通约性的西部色彩。"一方水土"中的"水土"除了指自然，更指人与自然交汇、化约而成的文化。西部文化即西部这一自然环境中的文化形态，所谓西部色彩主要也就是西部文化濡染于西部社会生活的色彩。文学是社会文化的反映，也是社会文化的组成部分。一个区域的文学造就于又作用于这个区域的文化。西部文化与西部区域文学之间存在着事实上的共生互动关系，就此而言，将西部文化与西部文学作并置性与关联性观照、言说，具有学理上的逻辑自洽性。

本组所选论文数量不算多，仅有四篇，但论述对象既有西北区域的文学，也有西南区域的文学，因而对于"西部文学与区域文学研究"而言，具有一定的说服力和代表性。蓝国华、刘雅君的《略论西藏当代文学的边疆性与地域性》采取历史和逻辑相结合的态度和方法，在较为宏阔的视野中对西藏当代文学的"边疆性"与"地域性"进行了指认、评析。论文的意旨不在于把捉、发现具体文学事实的题材内容、艺术风格的边疆性、地域性，而在于立足文学语境，从文学政治、文学机制等层面探究西藏当代文学的"边疆性"与"地域性"的发生、存在特征及其意义。钟海波的《乡土叙事　神性讴歌》以传统的内容、形式二分法，在较为细致的文本解读基础上，阐述了张宗涛的乡土小说《地丁花开》《秃驴那些风流事》对西北部北极塬地域文化的发掘、彰显。以"地方性"为切口，张建锋、张映竹的《蒋蓝：在"深描"中寻求"地方性"》，不仅精准意识到了蒋蓝散文对于巴蜀"地方性知识"的"考古"，而且敏锐察觉到了对于巴蜀"地方"的"重构"。这于深化区域文学研究，尤其是于具有现代性的区域文学的研究，展现出了开拓价值。李红秀《报告文学的新闻性和民生视角》在分析李燕燕报告文学的新闻性、民生视角时，通过关注作品的"本土化风格""来自身边"等特征，揭示了重庆区域文化在作品中的反映状况，并以此说明李燕燕报告文学具备的区域文学品格。

区域、区域文化、区域文学之间的关系复杂、多维，这为从事相关研究提供了广阔空间。就区域文化与区域文学的关系而论，除了研究文学如何书写文化，还有文化怎样作用、制约文学；就文学的区域文化特征来说，除了研究文学书写了怎样的区域文化、运用了怎样的区域性艺术语言，还有文学的区域化艺术风貌、美学精神。本组四篇文章中，尽管上述方面都有所涉及，但在文化怎样作用、制约文学方面，在文学的区域化艺术风貌、美学精神方面，尚可以进一步加强、深化。

略论西藏当代文学的边疆性与地域性

刘雅君　蓝国华*

内容提要：边疆性对于西藏当代文学的影响，主要在于边疆与中心、边缘与主流之间矛盾的存现。其中，除了可能具有的先锋性外，还有着浓烈的理想主义和英雄情结及浓郁的家国意识与边缘意识。自然和人文地理等原因造成的地域间的差异，文学事业的行政体制和地域流动迁移及稳定的相对性，则造成了西藏当代文学地域性的一些特殊表现。西藏当代文学地域性的表征，绝不是对西藏的模山范水，而是审视其描写西藏的生活有无其地域的合理性，即是否能在西藏的环境下符合逻辑地产生并发展。

关键词：西藏当代文学；边疆性；地域性

西藏当代文学作为西藏当代社会的当下呈现，一方面是对人们当前思想状态的反映及西藏当下社会发展脉络的把握，包含着众多可资参见的信息素；另一方面作为人类精神文明及文学整体构成的一部分，无疑也提供了有别于其他地域文学的审美参照经验。由此，在西藏当代文学史的叙述当中，我们还应关注其在促进先进文化建设及中华民族文化的融合与发扬光大方面所具有的特殊价值。而这种特殊价值的体现，重要的并不在于其

---

* ［作者简介］刘雅君（1983—　），女，山西榆次人，西藏大学文学院讲师，主要从事西藏当代汉语文学研究；蓝国华（1979—　），男，江西南康人，西藏社科院科研处处长，主要从事文艺理论与批评及西藏当代文学研究。

与其他地域文学相比较中可能呈现出来的不同以及其是否就应当是现代文明发展的最佳选择，而在于其揭示了人们惯常经验之外的另一种现实境遇的真实存在，展现了基于自然地理特征、高原农牧生产方式之上而又有别于其他地区的一种发展样态，并因其存在和存在中的困境，使得现代文明发展本身的丰富性和多样性得以敞开和呈现，而这，也即西藏当代文学总体性质——当代视域下的边疆民族的地域性体现。

一　西藏当代文学的边疆性

边疆性实际上与地域性是相关的，或者说包含在地域性这一概念之内，是地域性的特殊表现，但显然二者又具有不同的指向。地域性更多是自然地理和人文地理的特征，具有一定的自足性，而边疆性则是相对而言的，特别是相对于内地或中心而言的，为此，我们将之单列开来。边疆——顾名思义即靠处国家边界的那部分领土①。在现代政治的意义范围之内，国家的建立是其形成的唯一要素。无国家，也就无所谓边疆。我们之所以将"西藏当代文学"看作为边疆文学，首先就是从这个意义出发的，因此，"西藏当代文学"理所当然地是我国边疆文学的一部分，其边疆性是显而易见的。

边疆给人的最初印象就是落后和艰苦。而恰恰又是因为落后和艰苦的这种"误差性"认识，使得本就人烟稀少的边疆地区更加不为人熟知，并由此涂抹上可能意义上的荒凉、偏僻、贫瘠等"蛮荒"未开化的神秘色彩②。一方面，物质上的匮乏（生产力相对落后），使人们对边疆自然

---

① 本文的"边疆"主要是指具有一定空间区位的传统意义上的边疆，不更多地涉及目前学术界新的边疆观和边疆理论或边疆学讨论意义上的边疆。

② 当然，在政治局势有保证的稳定的情况下，随着社会经济的发展、边境贸易和各种交往的展开，许多边疆地区的经济也会呈现出生机勃勃的繁荣景象。在某些条件充分的城镇，其发展并无不同于中心地区，甚至在某些方面的人均指标还要略高于一些内地地区——我们可以看到在西藏这片土地上不少城镇及边境地区的社会经济文化等正日益全面发展的可喜景象——但同时这也往往暗示着边疆地区这些成绩的取得要比普通情境下付出加倍努力的类似潜台词。由于在目前的情况下，我国大部分边境地区尚处于欠发达状态，尤其是西藏独特的高原缺氧等自然地理环境，使我们有理由将西藏视为艰难困苦地区，并且在总体意义上来说，个别城镇和边境地区的发展，当下也并不足以改变边疆地区整体的状态。

环境的未人化或半人化状态的认识异常醒目；另一方面，这种自然环境的未人化或半人化状态，又使得边疆物质的匮乏（生产力的相对落后）现象更加突出①。这就使得在接触其表面的外来人们心中，自然形成一种惊叹，一种可以俯视的优越感，一种矫情的艺术思维，并衍生出自由淳厚、粗犷高峻、阔大辽远和苍凉古劲的原始的力的质美感。而这种质美感正是对习惯了紧张浮躁、细腻精致、小巧玲珑和奢靡纤弱的都市人的机械性审美的反拨。

西藏当代文学的边疆性首先体现在其中某一时期或阶段的"集体性"异常地突出。这种集体性表现在两个方面，一是表层的"圈子"现象；二是内在的集体意识。

关于"圈子"，可以有两种理解，一种是包括人际关系融洽相亲在内的由在藏生活经历所凝成的"西藏情结"；一种是因兴趣志向类似而有意识地聚合。关于前者，我们可以从这样一种现象中得到认识，即许多曾在西藏工作生活过的人，都有这样的心态，他们中的许多人虽然调返内地生活了多年，但是只要听到或见到有关西藏的人及事物乃至一些与之相关的新闻报道和街谈巷语，都有一种情不自禁的关注冲动，并产生亲切感和认同感。至于第二种"圈子"情况，我们可以从西藏人一般的生活情况中得到认识。比如，有人曾说："'西藏人'的生活有个特点，往往根据兴趣爱好形成若干个'圈子'；或以棋会友、或文人相亲、或共逐山水之乐而乐、或酒场之上皆兄弟，等等。西藏的地域很广，生活的'圈子'却很小。"② 实际上，无论是有意识还是无意识，也无论是较明显还是不那么明显，历来的文人中就有"圈子"，只不过这个现象在西藏

---

① 这里的"未人化"及"半人化"都是相对意义的。事实上，对于人来说，不存在任何"未人化"的属地，任何"未人化"的领域都不具有现实的意义，比如外太空；而当我们具体指涉外太空，如某个星球时，虽然它还不具有直接的关涉，但我们一旦提出和关注到它的存在，它已经不是完全的"未人化"了，这就不要说还可能通过某些具体的工具对之进行一定的科学观察。而"半人化"，也不是严格意义上的数与量的区别，它更多的是依据现有的文明对对象的一种直观的当下模糊判断。

② 苦樵：《放牧世界屋脊》，云南人民出版社 1999 年版，第 4 页。

因为人们生活范围的相对狭小，人口居住又相对集中，因此在某一时段显得特别突出而已。

我们以上所说的"西藏情结"或"圈子"现象是较为表层的，对于我们理解西藏当代文学中的边疆性，其意义并不是那么的鲜明。不过，其以英雄主义和理想主义情结为外在特征的内在"集体意识"，有助于我们把这个问题看得明朗深刻一些。对于集体意识和英雄主义及理想主义的张扬来说，边疆显然是最适合的表现地。边疆本身的国土安全维系，也特别需要人们这种英雄主义式的集体意识。所谓守土安边，视保卫土地如保卫生命、保卫荣誉的强烈责任感、使命感，历来就被具有志在四方豪气的好男儿作为建树功名的标准与尺度。以西藏的情况来说，当时许多从内地来到西藏的人，也无不具有这种英雄主义和理想主义的群体意识。且不说早期以18军为代表的入藏人员，就是后来的一些由高校毕业或其他领域入藏的知识分子们，也大都具有这样的情怀。有文章指出："虽然有了退路，进藏仍是一项艰难的选择。一所学校一年能有一两个学生申请进藏或去边疆，已很不错，值得学校隆重欢送一番；若是那么三五个人进藏，学校准会激动起来。送别的仪式越是隆重，进藏人越是感到一股悲壮之情油然而生。选择那片颇为陌生而神秘兮兮的高原、蛮荒之地，壮士此去，西出阳关无故人。与家人、同学、亲友挥泪相别，带着一种'自我放逐的满足感'、'遗世独立的失落感'和'渴望未来的沧桑感'，踏上西行之路。"[①]

其实，上面所谓的"自我放逐的满足感""遗世独立的失落感"和"渴望未来的沧桑感"，现在看来，实质还是一种英雄主义和理想主义的表现。至于有人说道的："西藏，是一片处女地，为大学生提供了用武之地。但是，西藏社会的发育程度与部分进藏大学生的意识、理想发生冲突，寻找英雄梦的大学生们便用自己的方式，证明着自己的价值与存在。"[②] 更是从反面论证了人们英雄与理想情结的集体性存在，而这一切

---

① 苦樵：《放牧世界屋脊》，云南人民出版社1999年版，第2—3页。
② 参见西藏人民出版社编《内地人在西藏》，西藏人民出版社1996年版，第129页。

恰恰又是与边疆的需要相吻合的。

关于西藏当代文学中的边疆性，我们还可以从另外一个方面得到认识，那就是军旅文学的勃兴。这一点李佳俊曾经说道："高原的土地，好象蕴含着滋生枪杆诗的特殊基因和土壤；藏族人民，似乎对部队歌者有着某种偏爱。解放三十多年来，一代接一代，许多穿着军装的诗人在这里留下了深深的脚印：高平、杨星火、顾工、纪鹏、周良沛、凌行正、杨泽明……"① 其他如詹仕华、蔡椿芳、曾有情、杨剑冰的诗作，巴桑罗布、李小渭、薛晓康、许明扬、张晓儒、蒙毅、张甲利、裴亚红、吉柚权的小说，赵乐斌、郭中朝的散文，祝平的电影文学，包括新世纪来西藏文坛比较突出的冉启培、凌仕江、唐再、郑勇、陈茂兴、史映红、罗洪忠等，这些都让我们看到了西藏军旅文学在西藏当代文学中具有重要地位的事实，而这与我们谈论的边疆性也是有关联的。

边疆地区除了一定意义上可能具有"落后与封闭"之意外，也包括"纷争""冲突"等矛盾的结合。而"纷争""冲突"，同时也就意味着可能存在一定意义上的交流及前沿性。因此，边疆地区虽然处于某个中心的边缘，但相对于这一中心腹地的其他地区而言，它又较为接近另一个中心的辐射，从而呈现出交叉影响的复杂现象。虽然，某时段的某种交叉并不一定来自相邻的某个中心，但在事实上不断发生的相邻交叉的历史积淀的影响下，边疆地区较之其他地区更容易接受或选择外来事物，这就更不用说那些本就是外来进入边疆地区的人们，其自身就经常处于"移动"的状态。不断调整自身以适应外界的变化，是其自身不稳定生活经历造成的恐慌及长期动荡生活积成的本能。西藏当代文学中的"魔幻现实主义"的风行即与边疆性的这种交叉有关——"边缘性"产生的漂泊不安的惶惑与强烈的归属感相互并存，"前沿"式的先锋性造就的必然包容与刻意创新彼此激荡，寻根认同的向心追溯和"拿来主义"的对外开放左右徘徊——这是西藏当代文学中"魔幻现实主义"借助异域色彩

---

① 李佳俊：《战士的情怀和诗人的个性——读杨晓敏组诗〈巡逻在世界屋脊〉》，《文学，民族的形象》，西藏人民出版社1989年版，第277页。

和本土神性，在人文指向和民族性塑造上边疆性的显著表现。

由于边疆地区尚未被人熟知的自然和社会风情、生活条件的异常艰苦、偏离中心的边缘化状态及交叉影响的前沿角色，生活于其中的人们具有非常突出的初民性质，而这种初民性在与外来影响的碰撞中，又容易分化成互相对立的矛盾体。如极端的保守性和开放性、自卑意识和自傲心理、时常内省和频频外观、自然熏陶的质朴本真和人生历练的机巧圆熟、勇敢进取的坚强独立和思乡念亲的恋土情怀、建设边疆的壮志豪情和落魄逃避的孤独无依，等等。其给作家造成的突出影响，除了可能具有的先锋性外，主要在于英雄情结和边缘意识。其中，英雄情结除了作家个人的性格因素外，主要来自边疆地区生活条件的艰苦及边疆工作的重要与艰巨。边缘意识，则主要是因边疆地区的边缘性而产生。相对于内地和中心或主流与大众，边疆地区的边缘性是客观存在的。以文学来说，虽然边疆作家及其作品，在一定条件下，也会成为主流主动关注的中心，但这种关注是不长久的或非常态的。其相对中心与主流而言，始终是偏离的或容易被漠视的，在大众中的影响是不突出的。由此，这也使得西藏作家在具有一种潜在的压抑感、紧迫感、危机感的同时，又总是夹着一丝被冷落感、被旁观感，并表现出某种看似"闲适自安""坚持固守"，实是"形影自怜"的姿态。而其创作中，虽然不乏对英雄主义理想的坚守，却又不时地顾盼并期盼着"主流"的风向。它的发展整体上来说是被动的。一方面，边疆地区的一些特质固然是其显著的特色；但另一方面除了这种显著特色外，其在其他方面的表现，又鲜为主流文坛所关注或认可。这种似乎矛盾的表现是西藏当代文学风景的一种底色。

二　西藏当代文学的地域性

在探讨文学流派时，吴奔星曾经指出，过去的评论家，往往以作家所在地划分文学流派。如北宋的诗有江西诗派，明末的散文有公安派和竟陵派，清朝的散文有桐城派和阳湖派等。至于中国历史上的文学流派为何以代表作家的籍贯来命名，现当代文学的文学流派是否仍应如此，他认为：

> 第一，当是由于代表作家在创作上取得了辉煌的成就，为人所尊崇，他的籍贯变成了"地望"，因以命名。第二，当是由于交通不甚发达，文人交往不多，文风的影响受到空间条件的限制，有一定的局限性。但是，随着交通的日益发达，以地区命名的文学流派也开始突破……在现、当代文学中，全国各地都有代表作家，是不是也要以作家的籍贯作为文学流派的名称呢？从交通发达、作家来往密切、以及从中央到各省市的作家协会等方面的情况看，似无必要再以作家所在地区来称呼文学流派。从山西省讨论"山药蛋派"，河北省讨论"荷花淀派"的情形看，似乎并未出现非一省（市）一个文学流派不可的理由……各个省市的刊物都是立足本地面向全国的，有无必要、有无可能出现以地区为核心的文学流派，是值得大家认真思考的问题。①

就文学流派而言，单纯的地域性总结及命名，显然是不足以涵盖尽文学本身所有的丰富性的。

众所周知，当代科学技术的迅猛发展，一方面改变了人们的生活方式，另一方面也影响着人们对科技本身的认识。从信息交通方面来说，便捷的信息交通使得"地球村"成为可能。人们可以在短时间内获得远距离之外的信息，也可以很方便地从这一地方到达另一地方，大大缩短了人与人之间的空间距离。按理说，现代化的发展是打破了地域性划分的经济基础的。但事实上，事物的发展总是螺旋上升，现代的科技文明一方面破除了人们之间有形的地域划分，但地区经济发展的不平衡及个人社会权力和资源占有的不同，又加紧了人们之间无形的地域划分。以文学创作为例，当前文学创作集中向城市化发展，乡村受到普遍的冷落。

---

① 吴奔星：《关于识别文学流派的几个问题》，《社会科学战线》1983 年第 3 期。

这不但表现在题材选择上，而且表现在人员流动上。都市化的发展必然使作家日益涌向城市。而现代所谓的乡土作家，从来就没有几个是真正意义上居住在乡村的。这也就造成了乡村题材的相对没落。而城市作家与乡村作家的分野即文学地域性的突出表现之一。另外，像东部作家与西部作家、北方作家与南方作家的区分也是客观的存在。由于地理上的优势（这种优势最终是由历史和经济造成的），西部作家尤其是边疆少数民族地区的作家较之位于政治、经济、文化中心地区的作家而言，无论是在出版资源，还是传播媒介方面都远远不如。即便是开作品讨论会、参与各类大奖赛及拓宽读者反馈渠道等方面，也没那么便利。这些外在的因素也客观地显示出了地域性文学的差异。

从作家本身来说，任何作家的创作都是反映自己接触并经历过的生活，也就是作家认识到了的生活。虽然交通的便利使作家不再局限于狭小的地域范围之内，足迹可以遍布祖国各地甚至世界各地，但像余秋雨那样可以"千禧之年""潇洒走一回"的作家毕竟是少数，而且无论怎样的游历经验，都不能够使作家在创作中不表现出一定的侧重。即以李白、杜甫这样有着丰富游历经验的大诗人，他们的作品也是有着地域性特征的反映，或有所侧重于某一时段内某一个或几个地域范围的。通常我们所说的作家描写自己所熟悉的生活，实际上也有地域性的表现。即作家只有在特定区域生活长久了并有意识地去发现，才能够熟悉和深入这一地区，而这样产生的作品就一定会表现出特定的地域性特征。

另外，从我国的文艺体制来看，文学组织及作家的体制化，也一定程度上促使了文学地域性的形成。1949 年以后，党中央对于文艺工作的领导，通常经由中共中央宣传部来执行。至于文学团体的组织在新中国成立初期，主要是由全国文联、文协（后分别改称"中国文联"和"中国作协"）和大区、省、市、自治区文联、文协构成。各地作家协会在五六十年代以驻会作家的方式，在新时期以创作部、文学院的方式，集中吸纳了一批小说家、散文家、报告文学家和诗人，使这些人成为名副其实的专业作家。他们的工资收入、福利待遇，均由作家协会代表政府发给，他们也要以完成作家协会制定或认定的创作计划为创作任务，并定期参加作协组织的政治学习、业务深造和深入生活、挂职锻炼等活动。可以说，各级作家协会的专门化，各类作家的体制化在我国当代文学艺术的发展道路中，曾扮演着重要的角色。

虽然随着改革开放的发展，在文学进入20世纪80年代之后，这种统一性、计划性的文学创作运行模式，因旧有因素的变异和新因素的介入，开始被逐步打破，在一体化之外有了民间化，在计划性之外又有了市场性，从而使文学创作的运作方式由一元状态渐次走向多元状态。但是，新情况的出现，并不足以取消地方作协的存在对于文学区域性的凸显。而且就实际情况来说，地方领导还往往出于对本地经济文化建设的考虑，给辖区内的一些文学团体组织提出结合本地实际的创作要求。这种行政性干预的客观存在也使得文学的地域性得到彰显，甚至一定范围内还非常突出。以西藏当代文学来说，其中有些作家的作品就是由于行政组织而临时到西藏进行采风创作的。如早期青藏公路、川藏公路（康藏公路）的修筑过程中及其通车时，西藏自治区筹备成立及各种纪念活动期间，通过有组织有计划地进入西藏，或在入藏沿途进行采风和体验生活的作家就不在少数，而由西藏地方政府组织的类似采风活动也很多，比如青藏铁路通车等。在这些作家和作品当中，尤其是在早期的采风活动中，有些人的籍贯和工作单位归属并不是西藏，有些作品反映的行政区划也不在西藏之内，如反映川藏公路（康藏公路）修筑过程的一些作品，但这些作家的作品，无不在具体的行政组织下，将其文学反映对象最终指向西藏，而这些早期入藏作家的创作也在事实上成为西藏当代文学重要的组成部分。

由此可见，包括行政在内的诸多外部因素，确实极大地影响了文学地域性的形成和发展。当然，我们需要指出的是，我们之所以强调行政组织在西藏文学创作，尤其是早期入藏作家创作中的作用，并不是说西藏文学创作只有这一方面，而是指特定的文学事业体制，在特定的文学地域性的形成中具有不可忽视的作用。那种从片面的民族性或语言文字方面认为当时并无真正的西藏文学，是十分错误的。民族性并不是固定不变的，也不可能存在万世不变的民族性，以语言文字为依据的识别也仅仅是民族文学的一种判断标识，并不是其唯一的或充要的条件。就历史来说，西藏就存在汉语言文字的写作和其他民族用藏语言的写作；就事实来讲，历史和现实已经使得西藏在 20 世纪 50 年代必然发生划时代的变化，西藏当代文学的诞生不是我们主观认为其诞生，而是事实它已经如此诞生。对于西藏当代文学的地域性理解，我们必须承认这是一个不争的事实。

另外，我们还应注意西藏军旅文学在文学地域性当中所表现出的一定的特殊性。如除了少数转业安置到驻地周围的作家外，大部分军旅作家在地域的稳定性方面都是暂时性的，其流动迁移性是经常的。当然，其他一些行政事业单位和从事商业行为的人员也是如此，新时期后"藏漂文学"的勃兴也有这方面的表现。对于这种情况，我们主要应根据西藏当代文学不同的发展时期，从其不同时段的创作来区分其地域归属。一般来说，在西藏当代文学发展早期，特别是开创期以及个别艺术门类，如影视文学创作，虽然一部分作家的地域暂时性相当明显，但这部分人对于西藏的创作，尤其是在西藏期间的创作，对于西藏当代文学的发展，无疑具有率先示范的作用。因此，在对这一时段和个别门类的西藏当代文学考察当中，我们应对其有更多的关注，否则我们就根本不能理解何以西藏当代文学会呈现那样的总体面貌，以及西藏当代文学是在怎样的文学背景当中诞生和发展的。

以上，我们主要从文学事业的行政体制和地域流动迁移及稳定的相对性谈了西藏当代文学地域性的一些特殊表现。其实，自然和人文地理等原因造成的地域间的差异，也决定了文学地域性特征的表现。

例如，同为古文大家，韩愈的古文和欧阳修的古文，就因各自所接受的人文地理方面的影响不一样，而在文风方面表现出不一样。再如，《诗经》和《楚辞》因产生地域不同，其各自蕴含的文化意蕴和审美形态也就判然有别。至于同是汉赋名家，为什么司马相如和扬雄的赋那样恢宏和瑰丽，而班固和张衡的赋却那样质朴和典雅？也都可从不同的地域性特征作出某个方面的解释①。

就西藏文学的地域性而言，独特的地理环境及其文化传统对文学创作有着一定的影响，而其内部差别也是较为显著的。如有人曾把西藏的文化细分为"青稞文化""牦牛文化""喜马拉雅山文化""藏东文化""象雄—古格文化"等。如西藏腹心地区的拉萨、日喀则、山南一带为"青稞文化"；康区横断山、金沙江一带为"藏东文化"；平均海拔5000米，面积为60万平方公里的藏北高原为"牦牛文化"；有西藏"上方"之称，山之巅、水之源的西部阿里高原为"象雄—古格文化"；门巴族、珞巴族、僜人、夏尔巴人聚居区的青藏高原南部边缘地带的喜马拉雅山麓两侧为"喜马拉雅山文化"②。姑且不论以上划分是否合理，至少说明即算是在西藏内部，不同地域的特征也是相当明显的。

由此，我们在这里讨论西藏当代文学的地域性时，除了总体上认为西藏当代文学具有高原的一般特征外，在其内部还存在着很大的不同。这一点在西藏拉萨作家、那曲作家和林芝、山南作家以及阿里地区的作家创作中都有所表现。最典型的是那曲和林芝地区作家之间的差异，比如李双焰的作品和蔡椿芳的作品就有很大的不同。在那曲作家群中，由于作者们生活在平均海拔高约5000米、面积广为60万平方公里的藏北高原，荒漠、半荒漠的砾石奢侈地占据着此地，气候寒冷，草场贫瘠，宽而有力的西风带一年有半地经过，自然灾害频繁，故而那曲作家的作品大都粗犷而有力，而林芝地区由于受惠于印度洋温暖湿润的季风，山清水秀，气候宜人，素有"西藏之江南"称誉，故林芝作家的作品大都温情秀丽而细腻。

当然，这也就是一般情况而论。实际上，我们讨论文学的地域性目

---

① 当然，就以上所举的各种区别，地域性作用并不是唯一原因，而且，也并不是所有作家之间不同的比较，都能通过地域文化的影响分析来得以圆满的解决。因此，一味强调文学的地域性特征，甚至是机械地进行地域解读，是有害于对文学的理解和其创作的。

② 闫振中：《赫赫我祖，来自昆仑——西部开发与西部文化谈》，《西藏日报》2001年9月27日第6版；马丽华：《雪域文化与西藏文学》，湖南教育出版社1998年版。

的，并不是要指出他们之间有什么不同，而是探讨为什么不同以及地域性给文学创作带来了什么。

关于第一个问题的回答，可以借用泰纳关于环境对文学影响解说的模式，如其所说："人在世界上不是孤立的；自然界环绕着他，人类环绕着他；偶然性的和第二性的倾向掩盖了他的原始的倾向，并且物质环境或社会环境在影响事物的本质时，起了干扰或凝固作用。"① 泰纳所指的环境包括地理环境（气候条件）和社会环境两个部分。而我们这里在谈论地域性的影响时，主要谈论的是地理环境的影响，即气候和土壤的影响。泰纳认为由于居住条件的差异而出现民族性格的差异，住在寒冷潮湿的地带，濒临惊涛骇浪的海岸，人们为忧郁或过激的感觉所缠绕，倾向狂醉贪食，喜欢流血的战斗生活。住在可爱的风景区，光明愉快的海岸上，人们向往航海与商业，没有强大的食欲，而倾向于发展精神方面的事业，如雄辩术、科学发明、文学艺术的创造等。

对于西藏来讲，高寒缺氧的恶劣环境、强烈的日照、肆虐的狂风，再加上蓝天、白云、雪山、牛羊、草场等开阔明净的自然环境，使得西藏文学创作，总体上表现出纯真质朴的粗粝、高远辽阔的坦荡、昂扬向上的进取精神和激情乐观的浪漫情愫。

当然，地域性不独指地理环境，也包括经济发展、政治局面、社会形势、宗教信仰、民风民俗等，这方面所给予文学的影响相对于地理环境来说是内在的、潜伏的，而地理环境和社会环境相结合产生的、并长期凝聚下来的那种只属于本地的地域性，则是文学创作中应当努力把握的，这也是强调文学地域性的重要原因之一。比如，同是北方城市，天津和北京就不同；同是商业大都市，广州和上海也不同；而同是草原上的牧民抗争，嘎达梅林的呈现方式可能发生在内蒙古草原，但很难出现在西藏的土地上。这种"很难"，就是特定的地域性所决定的。再比如扎西达娃的《西藏，隐秘的岁月》《世纪之邀》《风马之耀》等作品，尽管

---

① ［法］泰纳：《英国文学史·序言》，章安祺编《西方文艺理论史精读文献》，中国人民大学出版社 1996 年版，第 590 页。

有时空的转换，但是如果使其空间地点完全挪移到陕北的黄土高坡或者江南的烟雨小镇，那么，读者大概也是难以接受这样的魔幻或将产生其他的想象的。

总的来说，文学的地域性不在于自然风光的描绘，而是事件和人物是否能按可能的逻辑在特定的地理环境中自然地发展下去。我们决不主张西藏当代文学的创作必然是对西藏的模山范水，而是审视其描写西藏的生活有无其地域的合理性，即是否能在西藏的环境下符合逻辑地产生并发展。

乡土叙事　神性讴歌[*]
——论张宗涛乡土小说《地丁花开》
《秃驴那些风流事》

钟海波[**]

内容提要： 张宗涛小说主要叙述关中西北部北极塬上半个世纪的历史变迁、人事沧桑。作者以悲天悯人的情怀叙述这片土地上发生的各种灾难，以及各种灾难造成的饥荒给乡民带来无尽的痛苦与折磨。小说中的梁栿、秃驴形象颇具文化内涵。作者通过小说艺术弘扬人性的善美（神性），鞭笞人性的丑恶（兽性）。张宗涛小说描写关中风情，具有浓郁的民间和地域文化色彩。张宗涛小说在那看似轻松幽默的文字表象下，潜藏着一种沉重的忧患意识。

关键词： 陕西文学；地域文学；乡土叙事；人性

张宗涛厚积薄发，在短短两年内井喷似地推出《红岨招凤》《桂花年年香》《地丁花开》《秃驴那些风流事》《打眼》《樱花雨》《风过了无痕》等六部中篇、一部长篇小说，其勤奋与高产令人惊叹。张宗涛系列小说的问世为陕西文坛增添一道别样的风景。就内容与风格而言，他的

---

　* ［基金项目］陕西省社会科学基金项目"延安文艺对北方民间文艺的创造性转化创新性发展研究"（2017J003）。

　** ［作者简介］钟海波（1965—　　），男，文学博士，陕西师范大学文学院副教授，硕士生导师，主要从事中国现当代小说研究。

小说基本可以划分为三组，其中的《地丁花开》和《秃驴那些风流事》在内容及风格上十分接近，是一组。两部作品以关中西北部泾河流域乡村历史为题材，描写世态人情、风俗习惯，乡土气息浓郁，内涵丰富，艺术精湛。

一　乡村历史

张宗涛热爱自己的家乡、热爱生活在这里的人们。他要为故乡写作，写出故乡发生的故事，写出时代的风云变幻，写出人世间的悲欢离合，写出特殊年月的苦难。《地丁花开》和《秃驴那些风流事》叙述了关中西北部北极塬的历史变迁、人事沧桑。当然，北极塬上发生的重大历史事件并非直接呈现，它作为一种背景出现在作品中。

小说叙述了 20 世纪这片土地上发生的各种灾难，比如旱灾、洪灾、雹灾……以及各种灾难造成的饥荒与饥饿。民国十八年，一场自然灾害引发的饥荒夺走北方八省一千三百余万条生命，史称民国十八年年馑。彬县县志记载：十八年（1929）春，上年荒旱异常，是年春荒更甚。《地丁花开》中写道：民国十八年，梁桃一家接近断顿。梁桃爹为了节省口粮保住梁桃弟兄三人性命，吊死在柿子树上。梁桃他娘饿得肚皮薄得像张纸，死时肚子里面花花绿绿的肠子都能看得清。《秃驴那些风流事》中写道：那是一场大饥馑，人把树叶树皮吃完了，就挖草根，草根树根吃完了，就挖观音土吃。有的地方甚至吃饿死了的人。人人瘦得皮包骨头，肚子耷拉着……人一个一个地死，一户一户地绝，大多村子十室九空。

作者以悲天悯人的情怀叙述了人间苦难，真可谓："悲凉之雾，遍被华林"。

二　神性讴歌

古希腊哲学家普罗提诺说："我们肯定被要求把人类作为宇宙的精选成员，最智慧的存在！但是事实上人类处于神与禽兽之间，时而倾向一类，时而倾向另一类；有些人日益神圣，有些人变成野兽，大部分人保持中庸。人一半是天使，一半是魔鬼。"① 张宗涛在创作谈中也说："人心里既供奉着一尊神，也蛰伏着一只兽。"在小说中，他塑造了众多的人物形象，他用杂取种种人合成一个的典型化手法塑造的梁桄、秃驴形象颇具文化内涵。作者通过小说艺术弘扬人性的善美（神性），鞭笞人性的丑恶（兽性）。

　　梁桄是《地丁花开》中的主人公，他自幼身单力薄，人矬，精瘦，皮实，担得事，吃得亏。弟兄三人，他是家中老大。身为长子，他有强烈的责任感。他牢记母亲临终前的遗嘱：照顾好两个兄弟。为养活两个兄弟，他乞讨；为了拉扯兄弟，他牵上驴跟人赶脚，驮盐、驮煤、驮药材、驮布匹，风里雨里几十年。他让二弟志成拜师学木匠，供老三志正上私塾识了字，又先后各给他们建了五间厦房，娶了婆娘，自己却一直打着光棍。赶脚途中救了一个外乡来的女灾民侉子，才成了家。侉子丈夫死了，有三个女儿。得知侉子的家乡遭灾，梁桄不顾兄弟的强烈反对，把三个前家女儿接来养活。他疼爱侄儿蹦娃，过继自己门下，供他上学，给他盖房，希望他出人头地，光宗耀祖。战争中，蹦娃失踪了，老梁桄精神崩溃。他二弟细木匠觊觎他的新瓦房，他把钥匙给了二兄弟。土改时划成分，村民觉得细木匠应是富农。梁桄为保护兄弟把细木匠名下的房产、田地揽在自己名下。他替兄弟戴上"富农"成分的帽子，从此每逢批斗会总要被拉出去批斗一番。二侄儿有孩子了要离婚，还在襁褓中的久娃亲妈不要爷爷奶奶不管。梁桄和侉子承担起抚育侄孙久娃的重任。为赚钱养活侄孙子，他操起为人所轻贱的"营生"：收死孩。为此，他受尽别人的冷眼。周围亲戚邻居害怕不吉利和沾染晦气，见了他躲之唯恐不及。年景不好时，他四周乞讨，吃百家饭。年景好了，他为乡亲做点事，不收费，以酬答乡亲的恩情。他说："人不能忘本！本是个啥？本就是记恩、行善、不诓人。树没本就活不成。人要忘了本，迟早是个害。"

---

　　① ［古罗马］普罗提诺：《九章集》（上），石敏敏译，中国社会科学出版社 2009 年版，第 230—231 页。

他虽然身份低贱，却得到了乡亲的尊敬。他死后德高望重的安先生送来挽幛，上面赫然写着"仁义堪铭"斗大四个字。这是乡间对梁桃最真诚的评价和褒奖。

梁桃虽是乡村世界一个像泥土一样平凡的普通人，但他身上显示出人的神性光辉。他凡事为别人想得多，为自己想得少，他像路边开出的地丁花，虽不如牡丹一样名贵，但芬芳迷人；他的精神亦如烛火，尽管微弱，但给黑暗中的人们温暖与光明。

秃驴是《秃驴那些风流事》中塑造的人物形象，他有点阿Q相，在肉身与人格两方面都具有缺陷。因为身体残疾，不能从事生产劳动，只以乞讨为生。他下流、无赖、懒馋。他被人欺凌、嘲笑、挤兑、轻贱，又欺凌、嘲笑、挤兑、轻贱别人。受虐而虐人。强过他的，他巴结；不如他的，他作践。他经常对仇恨的人"明里暗里地做手脚使绊子。烟囱里塞几块砖，柴草中埋几颗炮，窑院里排洪的水眼填一团乱柴，饮用的水窖里倒几锨牛粪……"他心中没有非与善恶观念，在被挤压的生存环境中形成畸形而阴冷的性格。他的性格映射出乡村文化丑陋的一面。然而，即使是这样的人，他的心灵一隅，依然有着饱满的善意和良知。这是人性荒原上星星点点的花朵。心灵深处的爱与善需要爱与善来点燃。当他遇到一个名叫"粉莲"的女人，他头一回被当作一个男人获得了敬重，他人性里的那些光华璀璨地闪耀了出来。有了女人，他的生活完全改观："整整齐齐的窑屋里，被子叠得四楞四正，褥子铺得平平展展，炕边叠放着几件换洗衣裤，浆得熨熨帖帖，缝补得密密实实。"得到女人的关爱后，他的内心被暖化了。"自小……没有享过一丁点世间温情。如今，忽然间有了这么个女人，好看得跟天仙一样，软声软语嘘寒问暖，笑眉笑眼知疼知热，他心里的那份温情和感动，是超常的。"他终于能像人一样有尊严得活着了，他承担起一家之主的责任。为了疼爱这个女人和她的两个孩子，秃驴不怕吃苦，不怕受罪，更不怕遭人作践。他四处乞讨，用行乞讨来的食物养活粉莲和她的两个孩子。一次，秃驴要满一裆裢吃食往回赶，遇上泾河发大水，他着急死了。小说写道："要搁过去，秃驴不会这么胆怯，就被狼叼了，狗啃了，豹子撕了，也没啥可怕！把人活得猪狗都不如了，人见人嫌，狗见狗厌，还有啥可留恋的？可如今不一样了，秃驴心里装了个人，满满当当的都是些牵怜。他在自个并不能负重的肩膀上，放了一些担子，正是这些担子，让他滋生出了男人的责任感。男人一有了责任感，他就会脱胎换骨。"秃驴彻底变了。他照样去跟事，但去了就帮人忙这忙那，眼又尖，腿又勤。事情办完，他会帮主人打扫摊子，尔后离去。北极塬人感到惊奇，说："狗日的秃驴，变得这仁义的?!"

可是他所处的生存环境，没有给他做人的机会。"粉莲""秋叶"和"冬生"被强行从他的生活里夺走，同时也剥夺了他作为人的那些温良，他又跌回了他的畸形和阴暗里。秃驴重新走上跟事的老路。谁都不敢惹他。把他得罪了会怎样？那你家正长得肥大的葫芦，会一地稀巴烂；水窖会漂着牛屎；半夜里麦秸垛会冒起几丈高的火焰。可是比如葫芦，一旦有花开过，即便结不出果来，都会留个花蒂，秃驴的心里，终究多了一份被激活的温情，并带着他的那点温情走向生命终点。遭受社会、人生以及自我认同三重捏弄的秃驴走了，雁过无声，长天一派深邃。秃驴的身后，日月仍在流续。

《秃驴那些风流事》在写秃驴的性格痼疾时，也极力开掘秃驴身上人性的善与美，同时也揭示了这些闪光精神最终熄灭的原因：外在落后、愚昧、冷酷的社会文化环境。作家在呼唤人性善美的同时，也呼唤一个文明的、充满人性温暖的社会环境。只要人人献出一点爱，世界将变得更加美好。诚哉斯言。

三　关中风情

张宗涛小说描写关中风情，具有浓郁的民间和地域色彩。小说提及许多当地山川河流的名字以及地名，地域特征十分明显。小说中出现较多的河流名字是泾河，还有渭河，写到泾河北岸的北极塬、龙高塬、邠州（彬县）、以及邠州南边的咸阳、东边的西安、渭南、潼关及西边的庆阳、平凉；写到这里的名胜古迹：龙高塬的公刘墓、炭店塬的姜嫄墓、太山庙、邠州城菩萨巷的福音堂、西中街的天主教堂及大佛寺；写到地貌特征：泾河北岸的北极塬畔，塬面破碎，沟深坡陡，进门钻窑洞，出门便爬坡；写到饮食：麦馍、高粱面、汤泡馍、羊杂汤、夹馍、湖汤……；写到这个地方特殊的"营生"：收死娃、跟事乞讨、赶脚、劁猪匠；建筑：窑洞；服饰、发型（三七分头）、炊具（甑箅）。写到民风与民情：乡下人日子苦焦，人们排遣烦闷、自娱自乐的日常途径，就是嚼人笑料，闲话是非。即便妯娌、兄弟之间甚至父子之间，也不例外。乡下孩子，从小就学会了用戏谑他人滋养快乐。普通的庄稼人只知道下苦出力，一门心思刨土窝窝，斤多两少地争地畔畔，攒粮攒钱，娶媳妇盖房。写到风俗"顶门"。"顶门"是指在同一家族内两个家庭之间因一方无男婴而对另一方之子进行过继。《地丁花开》中写道：梁桃没有子嗣，他的两个兄弟细木匠和二先生争着让自己的儿子给长兄"顶门"。地方民俗：有钱人抽旱烟，烟具十分讲究。《地丁花开》描写了二先生抽旱烟的情景：二先生把面前的烟匣拉开，取出黄铜锅头、湘妃竹管、红玛瑙嘴的短烟锅，一揉一揉慢吞吞装满烟，火镰一撇，引媒上冒出一缕青烟……这段描写的民俗价值较高，从中可以知道民国时期的民间风尚及生活方式。民间观念：家中有事，非人力可以解决，便求诸神佛。梁三老汉发现儿子发育不正常时，心里毛了，他和老婆慌慌张张四处烧香拜佛，求神问卦。"炭塬人叫娘娘庙的姜嫄墓，他们去上过香，化过纸。龙高塬上被称作人祖坟的公刘墓，他们也磕过头，许过了愿。就连邠州城菩萨巷里的福音堂，西中街的天主堂，他们都去求过了"（《秃驴那些风流事》）。民间价值观：村民认为人活一世，为的是香火不断、子嗣连绵。供孩子求学读书为的是求功名，出人头地，骑洋马做大官，显亲扬名。农民辛苦劳作、攒钱目的在于实现自己的梦想，那就是有吃有穿，再能盖上几间大瓦房，然后娶儿媳妇、抱孙子（《地丁花开》）。迷信：叫魂。乡下鬼神信仰观念比较浓重。人生病严重往往被看作魂丢了。《地丁花开》描写梁桃在给他顶门的蹦娃失踪以后，精神崩溃，不吃不喝，心如死灰。梁桄的女人偻子带她的女儿为梁桄叫魂。她们提个竹篮，里面装上针、剪、菜刀和一叠黄表纸、一把香，再带上梁桄的贴身衣服，从他走过的地方起呼唤他，"某某回来！"跟在后面的人应答："回来了——"

风俗禁忌描写是张宗涛小说的重点。小说描写了各种礼俗，婚礼、葬礼、上梁礼。北极塬的婚礼讲究排场。一般酒席要上八碟子八碗子（重八席）或十碟子十碗子（十全席）的肉和菜，招待参加婚礼的宾朋。席上大家行令猜拳、吃菜喝酒，事主家进来敬烟敬酒，司仪则要做各种说唱、吆喝。事情上讲平顺、吉利，最忌讳出岔子，惹是非。热闹一天后，至晚上，则要耍新媳妇闹洞房。葬礼，在乡村为去世的老人办丧事是十分隆重的事。家境富裕的人家总要把事情办得风光体面。《秃驴那些风流事》有这样的叙述：北极塬人很看重丧事的格局和规模，并以此作为尽孝心、传孝道、睦亲邻、显族声、壮家威的一场仪式，讲究的是不失礼，不失仪，不抠索，不潦草。大家富户自不待说，即就小家穷户，便是赊欠或拆借，也得把老丧办得红火热闹，隆重体面。民间十分重视"上梁礼"。房屋即将建成，主人大宴宾客，请人写诗作赋赞美，在梁上抛撒钱币食物庆贺。明徐师曾在《文体明辨》中记载："世俗营宫室，必择吉上梁，亲宾裹面，杂他物称庆，而因以犒匠人。于是匠人之长，以面抛梁而诵此文以祝之。"[1]《地丁花开》描写梁桄盖起五间菴房和两间厦房，要举行"上梁"庆典，他从城里买来烟酒糖茶，请来村坊邻居、亲戚朋友，放鞭炮、敬天地、告祖先、入席。禁忌：乡间忌讳死于非命的人，一般不愿他进村。秃驴死于跟事的路上，村里没人愿意收尸，村长只好带队干部去把尸首拉回来，到村口被阖村人挡住了，说是孤魂野鬼，大不吉祥，会冲撞气脉，破坏风水，死活不让进村，连警察出动也没有办法，最后只好在村边一片荒地草草埋了（《秃驴那些风流事》）。小说也写了秦地文化。秦腔是三秦父老喜欢的地方戏曲。小说写到这里的人们常常通过吼唱几句秦腔表达内心的喜悦或忧愁的感情：

---

① 参见高国藩《敦煌俗文化学》，上海三联书店1999年版，第219页。

> 他大舅他二舅都是他舅，
>
> 高桌子低板凳都是木头。
>
> 金疙瘩银疙瘩还嫌不够，
>
> 天在上地在下你甭牛。
>
> 走一步退一步等于没走，
>
> 一头驴两头牛都是牲口……

小说写出乡村世界的方方面面，角角落落，把关中西北部的风土人情表现得淋漓尽致。

四　朴素艺术

张宗涛的小说没有现代主义的夸张、变形，没有后现代主义的黑色幽默、反讽。他的小说运用第三人称全知视角，从不同角度展开叙述。小说描写了典型环境下的典型人物，成功塑造出一系列"熟悉的陌生人"。由于作家在继承本民族文学传统的基础上，主要运用现实主义手法叙述乡土历史、人物命运，内容与形式和谐统一，作品呈现自然朴素的美学风格。艺术形式的特点主要如下。

注重细节、动作描写。张宗涛小说重视细节与动作描写。《地丁花开》中有这样一段描写：

> 就在梁柷把他两条罗圈腿盘上椅子的一刻，蹦娃从院外嗖的一声扑进来，说："伯，你给我带来啥没？""带了带了，咋能没我蹦娃的。"他从怀里掏出一包油纸，"琼锅糖，又甜又香！"蹦娃一把抓过油纸包，又嗖的一声跑出去。梁柷粘在蹦娃身上笑眯眯的目光，被噌地扯断。

这段情境描写把伯父对侄子的疼爱和小男孩儿的顽皮写得淋漓尽致，

细节与动作描写十分出色。

心理刻画细腻。发生了自然灾害，庄稼绝收。家里粮食吃光了。老梁桄盯上了那只老癞皮狗，此时，他的心揪成一疙瘩，人也缩成了一团……老梁桄过去，腿一弯跪在地上，把它搂进怀里，紧紧抱住，说："老伙计，下辈子，你托生成我，我托生成你。"他把狗吊起来时，他觉得自个儿的心，被那些爪子撕得血辣辣地疼。《地丁花开》中这段心理描写十分感人。

超现实主义（魔幻手法）。《地丁花开》在现实主义手法中融入魔幻手法。小说开篇写道：老梁桄死了多年。他坟头的荒草一人高了，可他的阴魂不散，堡子里只要起了大雾，就会飘出他若有若无的"嘿啾！嘿啾！"的声音。有人甚至说下沟挑水时，影影绰绰看见他吆喝着狗，胳膊下夹着一捆甘草，去收死孩。

小说第12节亲人之间精神相通。毛女死时，亲人不在跟前，她的灵魂给亲人传话。

> 侉子挑着担子正呼哧呼哧呵白气，忽然隐隐约约听到一声唤："妈！"她一惊，疑疑惑惑四下望，只有寒风飕飕……"妈，娃！"侉子再次真真切切听到了毛女的叫声。可是那声音却不是毛女现在的声音，是她做女儿时的声音，与此同时，梁桄的那条癞皮狗也来报信，于是，梁桄和侉子跌跌撞撞往回跑。

这段描写看似神神秘秘，但又是民间信仰的产物。在乡村，鬼神信仰普遍存在，类似的传说时有耳闻，这是民间信仰与观念的反映。张宗涛小说的这种写法与《红楼梦》《封神演义》《聊斋志异》等传统小说手法是相通的。

张宗涛小说作品结构单纯、紧凑，主线清晰，围绕主线，展开情节，不枝不蔓，故事有头有尾，讲究完整性。《地丁花开》中灿烂的地丁花作为一种象征性意象反复出现，构成主旋律，贯穿小说始终。这是话本小说常用的情节结构特点。这一特点体现了小说的民族性特征。

口语化的语言特点。作家熟悉生活，能够娴熟运用地方语言，但是，他的小说语言又并非原生态的民间语言，它是在口语基础上提纯的书面化语言。这种语言充满生活气息、地域色彩、雅俗共赏，亲切而幽默。小说随处可见方言词汇：咥（饭）、嫽咋了、碨畔、圪蹴、八成、羞先人、戳祖坟、谝闲传、盘算、烂人、甬、溏土、（日子）恓惶、（日子）熬煎、（日子）苦焦、惆怅、鸡鹆仗、洋火、断顿、叼空、日怪、停当、打挺、一挂（车）、咋了（？）、得是（？）……小说穿插有大量俗语、谚语、歇后语：尿泡再大，无斤两。秤砣虽小，压千斤。龙生一个定乾坤，猪生一窝拱墙根。好汉眼里火出来，孬汉眼里尿出来。人善人欺，马善人骑。打黄牛惊黑牛。死猪不怕开水烫。站着说话不嫌腰疼。活人还能让尿憋死？过河都想尻子渠渠夹点水。人活脸，树活皮。人不亲土还亲，河不亲水还亲。隔夜的金子不如到手的铜。庄稼一枝花，全靠粪当家。腰里别老鼠——装打猎的。骑驴看唱本——走着瞧。大量使用叠词：影影绰绰、叽叽喳喳、急急火火、服服帖帖、空空荡荡、疙疙瘩瘩、窝窝囊囊、亮亮堂堂、温温吞吞、蹦蹦跳跳、鬼鬼怪怪、客客气气、干干净净、沟沟洼洼、邪邪乎乎、真真切切、里里外外、疯疯癫癫、疑疑惑惑、汤汤水水、零零星星、吹吹打打……

仅在《地丁花开》中就用到40多个AABB结构的叠词。

张宗涛小说语言通过对日常语言的变异改造，产生陌生化效果，从而增强艺术表现力。

> 侉子妈的吼声，像山崾的南玉寺里那口古钟敲出的响声，震得他腔子里都嗡嗡颤，那声音尖、锐、响、亮，从窄窄崾岘两面的陡坡上，咔咔啦滚下去，又磕嘟嘟爬上来，把个沟沟洼洼弄出来一片山响"（《地丁花开》）。

这段文字把无形的声音意象转化成可视的意象，语言有声有色极具表现力。

> 梁桃转身出门，头也不回地走了，细木匠僵在稍门楼子下，看老梁桃吆喝着他那条瘦狗，把个直路撇得扭七歪八，把个平路颠得坑坑洼洼。

这段文字从细木匠的视角，放大了老梁桃走路的姿势特点，打破常规语言表现习惯，用别致的语言表现方式，使得文字产生出一种视觉效果和强烈的画面感，给读者一种新鲜、异样的审美感觉。

小说艺术对于对话要求极高。对话很大程度上影响小说的艺术效果。鲁迅很重视小说的对话，他说："高尔基很惊服巴尔扎克小说写对话的巧妙，以为并不描写人物的模样，却能使读者看了对话，便好像目睹了说话的那些人"，"中国还没有那样好手段的小说家，但《水浒传》《红楼梦》的有些地方，是能使读者由说话看出人来的"①。张宗涛小说的对话提炼得十分精彩，通过一段对话可以使人物形神毕现。《地丁花开》中写梁桃的两个兄弟为梁桃收养了三个女儿的事展开的对话，把两个自私但性格各异的兄弟写得活灵活现。二先生正寻思怎么和细木匠联手，细木匠沉不住气去找二先生。

> "听说没有？马鸿逵的队伍，黑压压的，正从县城边上过呢，都一天一夜了，还没见着尾！"二先生说。
>
> 细木匠黑着脸说："自家事都管不了，管球人家那事。"
>
> "咋了？谁吃了豹子胆，敢惹你？"二先生装糊涂说。
>
> "你真没听说？羞先人哩，戳祖坟么！"细木匠暴跳说。
>
> "啥事，这么严重的？"二先生说。
>
> "大掌柜的把侉子的那三个赔钱货，接过来养呀！这羞先人哩，

---

① 鲁迅：《鲁迅全集》第5卷，人民文学出版社2005年版，第559页。

戳祖坟么！"

"你这人，总沉不住气。"二先生嘲笑说。

……

张宗涛自幼生活在农村，读完大学留校任教，长期执教大学文学系，此前经常在报刊发表散文。他是在经过长期的生活积累和艺术准备之后，开始小说创作的，真可谓厚积薄发。读其小说总可以感觉到在那看似轻松幽默的文字表象下，潜藏着一种沉重的忧患意识。无疑，作者在警示人们应居安思危，不能忘却历史。面对物质昌明精神滑坡的现实环境，他要发挥小说惩恶扬善，呼唤真善美，鞭笞假丑恶的功能，寓教于乐。他要通过正面人物感染人，教育人，鼓舞人。小说涉及重建民族精神家园的问题，这与百年前五四先驱持有的启蒙思想遥相呼应。

蒋蓝：在"深描"中寻求"地方性"

张建锋　张映竹*

内容提要：在全球化语境下，蒋蓝漫游于西部的山岳河谷之间，奔走在巴蜀的田间地头，执着于文学田野考察。蒋蓝传承了蜀人崇史的文化血脉，聚焦本土，以非虚构写作"深描"地方，"地方性知识"的"考古"与个人体验式的描写相结合，编织成华丽的四川大绸，或者说散文的《华阳国志》。蒋蓝的作品以其个性、地方性和普适性的辩证统一，彰显出自身的艺术追求和独特价值。

关键词：蒋蓝；深描；文学田野考察；非虚构写作；地方性知识

蒋蓝以"非非主义"诗人出道，以散文、随笔备受注目，是朱自清散文奖、人民文学奖、中国西部文学奖、四川文学奖、中国新闻奖副刊金奖、中国报人散文奖、布老虎散文奖得主。蒋蓝是一位名副其实的多产作家，相继出版了《凝固的华章：正在消失的建筑》《清贫的诗意：正在消失的游戏》《身体传奇》《鞋的风化史》《玄学兽》《哲学兽》《思想存档》《折骨为刀》《动物论语》《稻城：香格里拉精神史》《春熙路史记》《人迹霜语录》《复仇之书》《爱与欲望》《寂寞中的自我指认》《倒读与反写》《一个晚清提督的踪迹史》《梼杌之书》《媚骨之书》《读情

---

*　[作者简介] 张建锋（1965—　），重庆人，成都大学文学与新闻传播学院教授，硕士，主要研究现当代巴蜀文学与文化；张映竹（1990—　），成都人，澳门城市大学硕士研究生。

录》《极端动物笔记》《极端人物笔记》《中国古代刺客小史》《豹典》《蜀地笔记》《成都笔记》等作品集，作品书写的题材广阔，万象缤纷。阅读他的作品如同参观一座博物馆，让人目不暇接，叹为观止。

蒋蓝对"地方"的"深描"及其对"地方性知识"的"考古"，在当下可谓蔚然壮观。邱华栋在评说当下的"新散文"时，将蒋蓝与祝勇、周晓枫、张锐锋并列，认为四个人的创作几乎就是当下新散文的高峰，并特别强调蒋蓝的独特性："蒋蓝是诗人，散文呈现出浓郁的西南地域性，'地方性知识'与诗人的个人经验相结合，另外还具有学者性的考据功夫，淬就出一种极具个人化的叙述。"① "地方性知识"是美国文化人类学家克利福德·吉尔兹提出的著名理论②。它的提出目的是想"拯救"人类在现代化、全球化进程中出现的"文化灾难"。在后工业时代、后现代社会，强势的西方文化冲击甚至毁灭着人类文明的多样形态，给世界文化带来了灾难性的后果，"地方性知识"成为对抗全球化的"文化利器"。在全球化语境下，蒋蓝长期漫游于西部的山岳河谷之间，奔走在巴蜀的田间地头，执着于"文学田野考察"。蒋蓝传承了蜀人"崇史"的文化血脉，聚焦本土，以"非虚构写作""深描"地方，"地方性知识"的"考古"与"个人体验式"的描写、想象相结合，编织出华丽的"四川大绸"，或者说散文的《华阳国志》。蒋蓝的作品以其个性、地方性和普适性的辩证统一，彰显出自身的艺术追求和独特价值。

一　蒋蓝书写"地方"的文化血脉

蒋蓝在评述画家邱光平时说："邱光平是我同乡，南人北相，络腮胡黑亮，更亮的是如猫科动物的眼神，拥有川南丘陵的跌宕与红壤的血力。"③ 这可以移来作蒋蓝的自画像。蒋蓝来自四川盐都——自贡滏溪河

---

① 邱华栋：《随笔二题·我心目中的"新散文"》，《四川文学》2015年第10期。
② ［美］克利福德·吉尔兹：《地方性知识：阐释人类学论文集》，王海龙、张家瑄译，中央编译出版社2004年版。
③ 蒋蓝：《豹典》，东方出版社2016年版，第311页。

畔，天生与地方文化结缘。民间早有谚语曰："富顺才子内江官"。那时的富顺包括今天自贡的自流井区、大安区、沿滩区及贡井区的小溪镇。蒋蓝1960年代出生于自流井东兴寺，过了而立之年才离开自贡到成都。可以说，他是生于自贡，长于自贡，是"自贡土著"。作家钟鸣说："蒋蓝和我一样是蜀人，而且祖籍至少三代都在盐都自贡，那里有两件物事世人皆知，就是恐龙和食盐。就物理而论，一则躯体庞大，一则微末细腻，况蜀人尚滋味，且口重，嗜辛辣，都一并体现在他行文的风格中。"①蒋蓝的文风与地方的文化血脉是一脉相承的关系。盐都自贡的"地方"生活，是蒋蓝恒久的记忆，铸造了他书写"地方"的格调。长篇非虚构散文《梼杌叙事——一个关于暴乱、缺失、颠踬以及挥霍青春的札记》带有自叙传性质，写的是1970—1980年的自贡往事。这既是蒋蓝的地方书写，又是蒋蓝与地方关系的言说。从《流沙叙事》《火焰叙事》中，我们可以看到，少年、青年时代的人生体验对蒋蓝的"地方"书写产生了极大的影响。

笔者认为"崇文""崇史"与"崇道"是巴蜀文化的三个传统，书写"地方"是巴蜀文人的"文化遗传"。② 巴蜀文人历来扎根自己脚下的土地，关注自身的历史与文化，素有编撰地方志、人物志、风土志、民俗志的传统。据四川省图书馆1982年编印的《四川省地方志联合目录》统计，从明代到编书时，有地方志书792种，如果加上明代以前的，总数超过千种，数量之大，在全国数一数二。巴蜀文人编撰地方志肇始于汉代，代代有传人。汉晋之际有扬雄《蜀王本纪》、谯周《蜀本纪》《三巴记》《益州志》《巴蜀异物志》、陈寿《三国志》《益部耆旧传》、常璩《华阳国志》、来敏《本蜀记》、李膺《益州记》。其中的《华阳国志》堪称中国地方志的笔祖。宋代在"国史馆"修史的川籍人士多达134人，《宋史·艺文志》所录私修别史、杂史、史评的川籍人士有63人。尤为引人注目的是地方史、志的撰修，计有李攸《西山图经》《九域志》、张

① 蒋蓝：《梼杌之书》，东方出版社2014年版，封底钟鸣推荐语。
② 张建锋：《川味的凸现：现代巴蜀的文学风景》，中国戏剧出版社2007年版。

唐英《蜀梼杌》、郭允韬《蜀鉴》、虞刚简《永康军图志》、宇文绍奕《临邛志》、句台符《青城山方物志》、孙汝听《成都古今前后记》《眉州志》、罗畴《蓬山志》、宋如愚《剑南须知》、句延庆《锦里耆旧传》、张绪《锦里耆旧续传》、黄休复《益州名画录》、孙汝聪《梓潼古今记》、刘甲《新潼川志》等。元明清之际，费著《岁华纪丽谱》《笺纸谱》《蜀锦谱》《氏族谱》《器物谱》《钱币谱》《楮币谱》《蜀名画记》、彭遵泗《蜀碧》《蜀故》、费密《荒书》、周询《蜀海丛谈》、傅崇矩《成都通览》、张邦伸《锦里新编》、黄慎祥《蜀事碎语》，都是关于巴蜀地理风土、人文风情、历史掌故的“志书”。而杨慎辑存《全蜀艺文志》，李调元辑存《函海》《蜀雅》，体现出蜀人对地方文献的爱惜、珍视和保护。总之，蜀中文人爱“寻根”，地方史志灿烂如花。

　　“崇史”的文化传统深深地影响着巴蜀人尤其是巴蜀文人及其文学创作。郭沫若回忆说，他15岁到乐山县城进入高等小学，易曙辉先生教了一些乡土志。“他把嘉定城附近的名胜沿革很详细地教授了我们，同时还征引了一些历史文人的吟咏作为教材。这虽然是一种变格的教法，但于我们，特别是我自己，却有很大的影响。”① 现代巴蜀作家似乎都具有“历史情结”，总是以小说形式“讲史”，以地方志笔法书写。巴金的《家》《春》《秋》《憩园》是成都大家族的春秋史。李劼人的《死水微澜》《暴风雨前》《大波》是小说的近代史，至少是小说的近代《华阳国志》。沙汀的《淘金记》《困兽记》《还乡记》《青枫坡》《木鱼山》《红石滩》组合成川西北乡镇社会的历史画卷。王余杞的《自流井》、陈铨的《天问》、李锐的《旧址》《银城故事》以民国时期川南富荣盐场为背景，时代的变迁、盐商家族的兴衰与蜀南山水、民俗风物交融，录存了自流井的盐业生产风景和盐都生活风情，是难得的盐都地方史。艾芜的《端午节》是川西坝子的风俗记。郭沫若的《我的童年》、艾芜的《我的幼年时代》等“自叙传”作品，记录大量的故乡风土民俗，处处流露出乡土

---

① 郭沫若：《我的童年》，《郭沫若全集·文学编》第11卷，人民文学出版社1992年版，第71页。

之情。这些作品记录了巴蜀的历史沿革、名胜风物、民情习俗、典章制度、饮食游乐、建筑、交通、服饰……成为社会风俗史、地方志、风土志、民俗志，文学与史传、方志交叉，呈现出历史化的特性，具有史诗的品格。

　　蒋蓝具有"崇史"的文化倾向，延续着蜀人书写"地方"的文化血脉。他对记者说："历史本身是我写作之余的阅读兴趣，从常规的历史学著作到具体的地方志，特别是四川的地方志看得非常多，原来是无逻辑的浏览。民国时期开始的历史学家任乃强、蒙文通、徐中舒、邓少琴这一批历史巨擘的书我基本都有，看了之后也慢慢有了自己的心得和研究。"① 正因为如此，蒋蓝的写作一直带有"史"的品性。2007 年祝勇在为蒋蓝的思想随笔集《思想存档》所写的序中认为："他拥有为一切琐碎的事物建立历史的能力，在这之上，他最终建立了自己的文学世界。"② 的确，蒋蓝具有自觉的"崇史"意识，创作中自觉呈现出"建构"历史的特性和价值取向。他的一系列作品都以"史""记"命名，如《春熙路史记》《稻城：香格里拉精神史》《一个晚清提督的踪迹史》《褴褛时代的火焰凌霄——刘文彩三姨太凌君如的断代史》《伤口的纯光迫使黑暗显形——国画大师陈子庄的成都断代史》《死亡的字型演变史》《有关警报的发声史》《鞋的风化史》《中国古代刺客小史》《成都武担山石头记》《瓦屋山甪端记》《豹与华南虎在四川的消匿史》《西南地区拐枣的流变史》《燊海井的历史经线》等。而像"正在消失的词语""正在消失的建筑""正在消失的职业""正在消失的游戏"等系列作品，都具有"存史"的意味。《思想存档》《人迹霜语录》《读情录》《极端植物笔记》《极端动物笔记》《梼杌之书》《媚骨之书》《复仇之书》《爱与欲望》《寂寞中的自我指认》《倒读与反写》等作品集中的诸多作品也表现出对"史"的捕捉，"存档"也好，"录"也好，"笔记"也好，"书"也好，都体现出"存史"的价值指向。2016 年出版的《豹典》是蒋蓝为豹子书

---

① 曾祥惠、济铭：《蒋蓝：十年踪迹十年心》，《中华读书报》2015 年 9 月 16 日第 7 版。
② 祝勇：《序》，蒋蓝《思想存档》，中国工人出版社 2007 年版，第 4 页。

写的历史。这部历史不只是豹子作为动物的"踪迹史"，更是豹子作为一种隐喻的"精神史"。蒋蓝在动物、植物、人物、事物身上捕捉历史的痕迹，书写动物、植物、人物、事物的"风土志"，或者说是巴尔扎克式的"风俗史"。在某种程度上可以说，蒋蓝是当代四川以散文书写地方史志的大家。

二　"深描"或重构"地方世界"

什么是"地方"？这是人文地理学最基本的概念之一，是人们熟悉而又不知其详的概念。美国威尔斯大学社会与文化地理学教授蒂姆·克瑞斯威尔（Tim Cresswell）说："当大家谈论地方时，没有人确实明白他们到底在说什么。地方并不是专门的学术用语，而是我们英语世界中日常使用的字眼。它是个包裹于常识里的字眼。"[①] 由于"地方"一词众所周知，极为常见，我们自认为知道它的意义是什么，这使得我们很难超越常识层面去深入理解它。英国文化人类学家迈克·克朗在《文化地理学》中认为："地方不仅仅是地球上的一些地点，每一个地方代表的是一整套的文化。它不仅表明你住在哪儿，你来自何方，而且说明你是谁。……地方为人们提供了一个系物桩，拴住的是这个地区的人与时间连续体之间所共有的经历。随着时间的堆积，空间成了地区，它们有着过去和将来，把人们捆在它的周围。"[②] 照此看来，"地方"既是空间概念，又是时间概念；既是地理概念，又是文化概念。"地方"书写不是简单的空间、地理的描画，而是时空并存的历史书写和文化书写。在《林徽因的李庄时代》开篇，蒋蓝写道："很多地方，不就是因为一个人的足迹，或者仅仅是一个人名就被人们铭记一生的么？""江山也要文人捧"，自然的魅力、风景的魅力、"地方"的魅力就在于它们的"人文"附加值。

---

①　Tim Cresswell：《地方：记忆、想像与认同》，徐苔玲、王志弘译，群学出版社有限公司2006年版，第1—2页。

②　[英]迈克·克朗：《文化地理学》，杨淑华等译，南京大学出版社2003年版，第131页。

　　敬文东在为蒋蓝《豹典》所写的序言中说："将近十五万字的《豹诗典》模仿词典的编纂体例，像《词源》一样追根溯源，回旋往复，针脚细密，对每一个被提到的语词都极尽'厚描'（thick description）之能事，以致于每一个语词的各个侧面都得到了详尽的打整。"① 加了引号的"厚描"的英文 thick description 在此之前是被译为"深描"的，与"浅描"（thin description）相对。这两个概念都源自英国哲学家吉尔伯特·赖尔。赖尔通过细致分析两个男孩眨眼睛的行为，来说明细微的行为背后都包含着复杂的社会文化内涵。美国文化人类学家克利福德·格尔茨（也译为克利福德·吉尔兹）在此基础上，提出了"文化的解释理论""深描说"。"深描"最突出的特征是以小见大的微观性研究，是从最简单的表情、动作、行为、话语、细节入手，探寻其中包蕴的复杂内涵，进而揭示其社会基础和深层含义②。蒋蓝对"地方"的书写可以说是"深描"。他的文集《爱与欲望》有一个副标题叫"小历史的蕾丝花边"。所谓"小"，是相对于过往的"大而全"说的，蒋蓝不是要书写人物的"大传""全传"，而是书写人物鸡零狗碎的细节、琐事、片断，是一个人人生那面墙里的某块瓦片、某匹断砖，或者像历史这个小姑娘的蕾丝花边。这就是蒋蓝说的"盐工打井"，在一个小空间里深挖，以此完成对"地方"的"深描"。

　　蒋蓝"深描""地方"的价值取向，可以借用他的书名《倒读与反写》来指称。"倒读"与"反写"正是蒋蓝书写"地方"的旨意所在。所谓"倒读"，蒋蓝自己说是"乱翻书"的意思，"倒""乱""反"都指向"非常规""非系统""非常识"的阅读与书写，对历史的理解、阐释和价值判断自然与众不同。他自己说："作为一个作家，我重视的是在空洞、抽象的历史记载里面，让文学把所有能够复现的细节全部复现。""我的做法是让纸上材料回到现实中的事件发生地，在其中增加了个人的意识。我绝不仅仅满足我是一个'讲故事的人'，在历史故事复原真相的

---

① 敬文东：《蒋蓝〈豹典〉序言》，蒋蓝《豹典》，东方出版社 2016 年版，第 3 页。
② ［美］克利福德·格尔兹：《文化的解释》，韩莉译，译林出版社 1999 年版。

过程中，必须提出自己对历史的看法和判断，这也是跟一般历史写作不同之处。"① 也就是说，蒋蓝对"地方"的"深描"，不仅是在还原历史，还原人、事、物的形态，更是在发现历史背后的东西，"以小见大"重构历史，某种意义上说，也是在解构历史。

蒋蓝书写"地方"，是以"非虚构写作"方式来呈现的，而他坚守的"文学田野考察法"成为"非虚构"落地的基石。蒋蓝对记者说："'文学田野考察'可以说是我独创的一种写作方法，它最大的特点就是极度真实性。这也是我坚持'非虚构写作'的要素。"② 通常意义上的地方历史书写，无论是史学还是文学，往往凭借文献史料、考古资料，做的是"纸上文章"，推演的是线性的"因果律"，呈现的是单一的"必然性"，缺少历史语境、历史情境的真实再现和具体细节的真实还原。"时代对书写者提出了更高的要求，需要集书斋和田野考察一体化、文史哲一体化的高素质全能型作家，需要一种走出象牙塔的非虚构写作。"③ 蒋蓝佩戴着"非非诗人"的符标"入世"，后来的记者生涯让他成为时代呼唤的历史书写者。他以新闻记者的身份去进行历史"考古"，完成了考古工作者的"现场"发掘和"文物"复原。田野调查的过程有时候比创作还要长，工作还要细，还要花功夫。为了写刘文彩的三姨太凌君如，蒋蓝先后七次到宜宾，采访了很多匪夷所思的人，亲临凌君如居住的老房子……而这是独居"象牙塔"的舞文弄墨者们完全不具备的"质素"。蒋蓝以"在场"的方式书写历史，最大程度地真实呈现了特定历史语境中的人、事、物的形态，"地方"的现场感成为其书写的个性与特色。

《一个晚清提督的踪迹史》是别开生面的"地方"史，它以清朝光绪年间四川提督唐友耕为主线，书写的是唐友耕与石达开、骆秉章、王闿运、丁葆桢等人交错的历史。蒋蓝书写的不是通常的历史人物传记，也不是一个人的生平事迹、丰功伟绩，而是将历史记载还诸大地的写作方

①　曾祥惠、济铭：《蒋蓝：十年踪迹十年心》，《中华读书报》2015年9月16日第7版。
②　吴亦铮：《蒋蓝：君子豹变的人生》，《成都日报》2016年5月16日第9版。
③　张杰：《散文蒋蓝君子豹变》，《华西都市报》2016年9月11日第A06版。

式，巨量的田野考察和文献考据，历史的人、事、物都被蒋蓝"归位"，锁定在特定的时空坐标上，具有历史语境的"现场感"。他说："踪迹大于人迹、史迹；又因为踪迹里灌注了太多的细节，它也因此高于人迹、史迹。这并不意味着以往的人迹、史迹里缺乏细节呈现，而是对细节与过程的标举从来没有像今天的历史文本里得到如此的重视与爬梳。真正的意义恰在于历史细节与过程中所蕴含的特质。"①"对细节与过程的标举"，与庙堂之高相对的民间立场，让蒋蓝的文本呈现出繁复殊异的地方历史景观。正是这些"细节与过程"展现了晚清巴蜀的历史景观，还原了晚清巴蜀的历史现场。蒋蓝不仅四处搜集、阅读涉事区县的地方志（比如《蒙寇志略》《蜀燹死事者略传》《贼复至记略》《名雅遭贼记》、民国《大关县志》《邛崃县志》《崇庆县志》《富顺县志》、嘉庆《宜宾县志》《高县县志》《筠连县志》《叙永永宁厅县合志》《庆符县志》、道光《新津县志》《乐山市志》《乐山市中区志》《五通桥区志》《犍为县志》《续修涪州志》《巴县志》、光绪版《名山县志》、民国版《名山县新志》《越巂厅全志》等），而且实地考察，一线采访，深入不毛之地，足迹遍布宜宾、江安、长宁、高县、兴文、水富、盐津、大关、名山、雅安、汉源、石棉、西昌、眉山、青神、洪雅、丹棱、乐山、犍为等地，把"纸上历史"予以"现实对位"，追寻唐友耕的"踪迹"，复原那段波诡云谲的历史，不仅把李蓝起义失败、石达开入川、云南回民起义等宏大事件串联了起来，而且"连锁"带出了晚清巴蜀的政治、军事、官场、草莽、民生、文化、交通、风情、物产、风景等情况。追踪一个人的"踪迹史"，展现了晚清巴蜀的执政史、官场史、军事史、战争史、民俗史、风物史、道路史、城建史乃至风化史。"纳历史考据入文学叙事，把人文地理与自然地理同思考结合起来，形成一种跨文体的变奏叙事。"②这体现了以田野考察为主，以案头历史资料考据为辅的"新历史写作"

---

① 蒋蓝：《非虚构写作与踪迹史》，《作家》2013 年第 10 期。

② 蒋蓝：《有些事，可遇而不可求》，《一个晚清提督的踪迹史》，云南人民出版社 2014 年版，第 447 页。

的特点："重视历史逻辑而又不拘于史料细节；忠于文学想象而又不为历史细部所掣肘。"① 蒋蓝以"非虚构写作"的方式促使历史写作的转型，体现了自身追求的艺术价值。

蒋蓝还从被人遗忘的历史角落里"打捞"出历史人物甚至是现当代人物的"踪迹"，以"小历史"对话"大历史"。他书写了一系列巴蜀本土或入蜀人物的"断代史"，收在《人迹霜语录》《爱与欲望》《寂寞中的自我指认》《梼杌之书》《蜀地笔记》《成都笔记》等文集里。蒋蓝书写的本土人物有"陈情"一表动天下的李密，铁血硬汉彭家珍，"厚黑教主"李宗吾，国画大师陈子庄，诗人、作家何洁与流沙河，警官、摄影爱好者朱林，聚焦成都街头、茶馆的历史学家王笛，刘文彩的三姨太凌君如以及蒋蓝的老师、父亲和自己。入蜀人物有在成都被凌迟处死的石达开，入主成都尊经书院的王闿运，成都度假的朱自清，李庄时代的林徽因，荷兰汉学家柯雷等。这些作品时间跨度大，人物涉及朝廷大员，市井小民，文官武将，五行八作，三教九流。值得玩味的是，在中国走向现代化的进程中，"地方"似乎还停留在一个"半人半兽"的蛮性十足的世界，一个"梼杌"的世界。这也许就是蒋蓝"深描"或重构的"地方性知识"的一个侧面。石达开被"凌迟"处死的血腥过程，自然表现出晚清时的野蛮，而凌友臣、凌君如被"批斗"的场景再现，同样表现出现代人的"兽性"。历史已经进入现代，但人们的思想与意识并没有随之"进化"，反而因为"革命的迷狂"变本加厉。阿Q在"革命狂想曲"中要把秀才娘子的宁式床搬到自己的土谷祠，还说周七嫂的女儿过两年再说，甚至嫌弃自己曾经"求爱"的吴妈"脚太大"！"革命"就是"据为己有"和满足欲望的思想意识在一个叫大椿子的地方的人身上同样存在，而时间已经过去将近半个世纪了。从这些地方不难看出蒋蓝书写"地方"的叙事策略。正是通过这样的叙事方式，蒋蓝"深描"出巴蜀乡土的地方性经验，从而艺术地构建了巴蜀乡土的"地方性知识"。

---

① 蒋蓝：《〈独立文丛〉总序》，《寂寞中的自我指认》，北京工人大学出版社2012年版，第5页。

三　以诗性烛照"地方性知识"

在中国的学术传统中，文史哲向来是不分家的。蒋蓝认为司马迁的《史记》是"最伟大的中国历史叙述法"，他的书写追求的就是文史哲一体的境界。蒋蓝认为："在现存汉语写作谱系下，诗性大于诗意，诗性高于诗格。诗性是诗、思、人的三位一体。"① 蒋蓝以民间的立场和个人的言路，从诗学、史学、地志学、哲学的视野书写"地方"，文学的温度、历史的厚度与哲学的深度三者融为一体。抽象的哲思、冰冷的历史文献、汪洋大海般的"地方性知识"，在诗性的烛照下温暖起来，"文学田野考察""历史知识考古"与个人价值判断的融合，点燃了"地方"的文学性。蒋蓝的文学书写与"地方性知识"的无缝对接，完成了上通历史、近连现实、远指未来的艺术指归。

蒋蓝以"非虚构写作"的方式"深描"地方。"非虚构"必然要涉及大量的历史文献、史料，蒋蓝当然是大量涉猎了的。除了官方的正史叙述，蒋蓝更关注民间记录与口述，哪怕是局部的、破碎的、片断的、碎片的，甚至是真假混杂的。更重要的是，蒋蓝采用"文学田野考察"法，去实地"还原"历史场景，引领读者"回到"历史现场，去揭示历史的隐秘和事物的真相，进而凸现"地方性知识"。《一个晚清提督的踪迹史》杂糅官方正史、稗官野史、民间口述和"田野访谈"，"在尽量坐实人物的历史时空坐标之余，更为关注其行踪涉及的自然地理、人文地理以及与之相交错的人际兴衰、风物枯荣"。② 文学、历史和哲学融为一体，个人化的视觉和文学叙事彰显出蒋蓝的书写特色。蒋蓝叙写被"宏大叙事"或"遗忘"或"遮蔽"或"封存"的历史场景、片段和细节，用细节发声，用细节彰显历史的本质和事物的特性。比如在井研之战中，

---

① 蒋蓝：《〈独立文丛〉总序》，《寂寞中的自我指认》，北京工人大学出版社 2012 年版，第 2 页。

② 蒋蓝：《我在踪迹中辨认碎骨与刀痕》，《一个晚清提督的踪迹史》，云南人民出版社 2014 年版，第 5 页。

守城士兵谢吉超缒绳下城与攻城起义军哥们"摆龙门阵"并互赠礼物的"战地浪漫曲"；大户人家的小妾李吴氏"委身"起义军头目；冒着生命危险化装成难民，凑到城边为起义军头目购买鸦片烟，顺便打探城内守备情况的"英雄美女事"。这些是引人深思的"情意"现象，折射出刀光剑影下的人性光斑，更让人反思农民起义战争交战双方的复杂关系，战争与人的命运的休戚相关。"细节的威力就是历史的斗拱。"①"细节的威力就是散文的斗拱。"② 无数鲜为人知的历史细节，被正史"忽略"的片断，成为呈现真相的"斗拱"，由此"深描"或重构了历史。

在叙写历史风云的间隙，蒋蓝随时插入"现场画外音"，这些地方更能体现出蒋蓝自觉的历史厚度与思想深度的追求。在叙写犍为之战时，蒋蓝穿插自己踏访战争遗迹的见闻和感受："我发现，越是来到所谓城乡一体化如强弩之末的区域，那里的农业仍然保持着固有的淳朴与一眼即可辨识的舒缓。一如美国人类学家高登维瑟曾经提到的一个词'内卷'：当某种文化的发展达到定型这种最终形态后，它趋于稳定以至于无法进行刷新。但地力赋予了农民一种希望，他们不指望跨越式的横财，他们只希望获得汗水点化的收获。"③ 历史与现实的碰撞，地理与文化的对接，战争与和平的交锋，都闪现在这段文字里。类似的片断在蒋蓝的"地方"书写中随时可见。经济的繁荣和现代化进程加速了城乡的巨变，大都市与小县城大同小异，乡村越来越城市化，因不同的地理、经济、历史、宗教、文化、教育等因素形成的各自的"地方"特点正在加速消逝。蒋蓝对"地方性知识"的书写，是从文学的角度来"深描"或重构"地方"。

不时出现在蒋蓝创作中的"闲笔"，更是"地方性"的凸现。在《一个晚清提督的踪迹史》中，"地方性知识"无处不在。牛皮寨、豆沙

---

① 蒋蓝：《梼杌之书》，东方出版社 2014 年版，第 341 页。
② 蒋蓝：《〈独立文丛〉总序》，《寂寞中的自我指认》，北京工人大学出版社 2012 年版，第 5 页。
③ 蒋蓝：《一个晚清提督的踪迹史》，云南人民出版社 2014 年版，第 103 页。

关、洼岩腔、大石包、梅花镇、横江镇、老鸦漩、紫打地的地理景观、杜鹃鸟、桐花风的异事，大渡河的"飍"，老鸹山的"鸹"，川南丘陵的枯叶蝶，石门子的兰花，大山坡与狮子山的藿麻，一品场的川戏，"大坝高装"，关河美女……特定时空下的人、事、物、景，凸现出一种"透心的古朴"和"纵贯古今的气场"。这是房顶延伸出来的电线、新近种植的绿化带这些"现代文明"也不能遮掩的"地方性"。蒋蓝回到事件发生地的"田野考察"，其身临其境的现场感，物是人非的沧桑感，时运多舛的漂泊感，时时敲击成声，在字里行间回响，引人深思。

蒋蓝说："人的命运给了我很多忧患意识，写动物植物器物，最后写的关键字实际是人，因为一切历史都是根据人的命运得出的结论。人就是历史的动词，人的忧患自然与历史有关。"① 因此，不管是蒋蓝的动物书写、植物书写，还是器物书写、人物书写，都是对历史的书写和对人的思考。诗性的"阳光"撒满"地方"的每一个角落，让"地方性知识"获得了艺术的呈现。《豹典》是汉语里第一部关于豹子的词典式散文，与之前的"动物系列"相比，感性认知适度，理性因素更为突出。《豹典》以词典条目的形式呈现了关于豹子的知识、神话、传说、寓言、故事，从"考古学""隐喻学"和"人文镜像"三个层面"阐释"每个词条，从中探究人类文明中被忽略的文化现象。正如王川所说："蒋蓝写豹子，就把它放在了独特的文化视野中来聚焦、审视、阅读、品味。这个过程是蒋蓝重新发现或定位豹子精神镜像和品质属性的过程。在文化遗存的条分缕析中，蒋蓝试图总结出豹子身上的独特诗性，这不是文化的'乱码'，而是文化与豹子的本质重叠后在蒋蓝眼里浮现的'精神镜像'，这镜像属于诗歌所要展示的东西，是本质穿过诗人眼睛的诉说。"② 在《豹典》里，蒋蓝把豹子的"地方性"推向了普适性。

深广的博物兴趣和独立的田野考察，成为蒋蓝的"文学地标"。蒋蓝成为真正"接地气"的作家。他游走于地理与文化之间，历史与现实之

---

① 曾祥惠、济铭：《蒋蓝：十年踪迹十年心》，《中华读书报》2015 年 9 月 16 日第 7 版。
② 王川：《隐匿于动物部落的人间诗学》，《华西都市报》2015 年 11 月 8 日第 A10 版。

间，立足在"地方"，放眼于现代与世界。蒋蓝构筑的地方史，表层是地理志、文化志，内在成为思想史、精神史。"蒋蓝随笔的特征在于铺叙。他放任恣肆的风格，酷似司马相如，俨然是后者的直系后裔。这是一种仅属于古蜀国的历史性聒噪。"① 蒋蓝传承了蜀人的书写天性，本土性鲜明，以"崇史"的姿态"深描"地方，"地方性知识"的"考古"与"个人体验式"的描写、想象组合，编织出华丽的"四川大绸"，或者说散文的《华阳国志》。

---

① 曾祥惠、济铭：《蒋蓝：十年踪迹十年心》，《中华读书报》2015 年 9 月 16 日第 7 版。

报告文学的新闻性和民生视角[*]
——兼论重庆青年作家李燕燕的非虚构写作

李红秀[**]

内容提要： 报告文学是新闻性与文学性相结合的产物，新闻性是报告文学的首要特征，主要包括真实性、现实性和时效性三个方面的内容。重庆青年作家李燕燕长期致力于报告文学创作，其作品就有比较强的新闻性。本文认为，报告文学与民生新闻之间有相同相通之处，李燕燕创作的许多报告文学作品就具有民生新闻的写作视角，既有比较浓郁的人文情怀，又有明显的本土化风格。李燕燕称她创作的作品是非虚构写作，她所写的人物都来自身边的真实人物，同时，她的介入式的叙事方式使作品风格特色鲜明。

关键词： 报告文学；新闻性；民生新闻；非虚构写作

众所周知，报告文学是新闻性与文学性相结合的产物，"新闻为体，文学为用"是对其特征的准确概括。但是，学术界对报告文学的研究却有失偏颇。笔者查阅中国知网发现，从文学性角度研究报告文学的文章有两千多篇，而从新闻性角度研究报告文学的仅十篇左右。究其原因，

---

  * ［基金项目］重庆市社科规划重点智库项目"发挥新媒体舆论作用提升重庆城市形象传播研究"（2018ZDZK28）。

  ** ［作者简介］李红秀，文学博士，重庆交通大学文学院教授，主要从事新媒体传播和融媒体新闻研究。

报告文学的研究者绝大多数是来自文学领域，他们很少关注报告文学的新闻性；而从事新闻传播学研究的学者几乎不研究报告文学。因此，报告文学的新闻性长期处于被忽视和被冷落的状态。基于这种背景，笔者拟以重庆青年作家李燕燕的报告文学创作为对象，研究报告文学中所蕴含的新闻性价值。

一　新闻性是报告文学的根本特征

茅盾先生在论及报告文学的产生原因时指出："每一时代产生了它的特性文学。'报告'是我们这匆忙而多变化的时代所产生的特性的文学样式。读者大众急不可耐地要求知道生活在昨天所起的变化，作家迫切地要将社会上最新发生的现象（而这差不多天天都有的）解释给读者大众看，刊物要有敏锐的时代感……这都是'报告'所由产生而且风靡的根因。"①

"最新发生的现象"就是对报告文学新闻性的生动描述。英国《简明牛津辞典》对报告文学的解释就更为明确："报告文学是给报刊报道事件的典型文体，是专门给报刊写的，不是一般的著述；报告文学所写的应该是已经查清楚了的事实，应该是有新闻价值的。"② 这充分说明，报告文学的"新闻价值"是最重要的根本特征。

在报告文学的新闻性与文学性的关系中，新闻性是居于首位的。我国过去很长时间里，报告文学一直就叫"报告"，1978 年以后才改称"报告文学"。正因为如此，郭文君才指出："在报告文学中，'报告'即新闻性是第一位的，占着基础的位置。"③ 准确地说，报告文学脱胎于新闻通讯，其物质基础是近代工业的伴生物新闻业，因此，报告文学与新闻有着天然的血亲关系，在它的文体基因中"天

---

① 茅盾：《关于报告文学》，《中流》第 1 卷第 11 期。
② 郭文君：《"报告"在报告文学中的位置——浅谈报告文学的新闻性》，《山西大学学报》1989 年第 4 期。
③ 同上。

然"地存有新闻性的特点。有学者明确认为："报告文学是新闻与文学相结合的产物。新闻性是第一的，绝对的，文学性是第二的，相对的。"①

报告文学的新闻性特征包括三个方面的内容：真实性、现实性和时效性。真实性是报告文学的生命所在。报告文学报道的事实和社会现象，不仅可以教育读者，甚至可以作为现实的真实情况加以研究。现实性应该包括报告文学的敏感度、干预作用和社会效应的三个因素。"所谓敏感度，就是必须抓住时机，应当保持正当的新闻新奇性。"② 干预作用，主要是指动员社会舆论干预，而社会效应是指报告文学的社会反应和反馈作用。时效性容易理解，当代社会中的重要人物和重要事件要求迅速报道。

长期致力于报告文学创作的重庆青年作家李燕燕，本身就有从事新闻写作的工作背景，她最近几年创作的报告文学就有很强的新闻性。《青藏线 60 年》（发表于《中国报告文学》2015 年第 3 期）就是 2014 年作者去青藏公路的采访纪实。当年，习近平总书记就川藏公路和青藏公路通车 60 周年做出了重要批示，提出了"一不怕苦、二不怕死，顽强拼搏、甘当路石，军民一家、民族团结"的"两路"精神③。《中国援利医疗队》（发表于《中国报告文学》2015 年第 3 期）是针对 2014 年第三军医大学医护人员参与利比里亚埃博拉病毒防治而进行的专访，当时埃博拉病毒在西非国家蔓延，引起全世界的关注，也是当时世界新闻报道的重点。《印记，2002—2017——来自一位女军人离队之际的讲述》（发表于《红岩》2018 年第 5 期）根据作者自身的经历和所见所闻，讲述军队干部在转业时的复杂心态。这些报告文学作品不但真实，而且题材重大，在国内外新闻中都是报道的重点，李燕燕以新闻记者的敏感性把当时发

---

① 朱留范：《真实准确，新鲜及时——浅谈报告文学的新闻性》，《徐州师范学院学报》（哲学社会科学版）1982 年第 2 期。

② 冯月：《报告文学的新闻性特征分析》，《东方企业文化》2012 年第 11 期。

③ 常雪梅、程宏毅：《习近平就川藏青藏公路建成通车 60 周年作出重要批示：强调要弘扬"两路"精神，助推西藏发展》，《人民日报》2014 年 8 月 7 日。

生的事件进行了及时采访，以报告文学的形式发表出来，体现了作品极强的新闻性特征。

二　民生新闻与报告文学

民生新闻近年来在新闻传播学领域研究和讨论得比较热烈，关于其内涵的讨论，众说纷纭、莫衷一是。"民生"一词最早出现在《左传》："民生在勤，勤则不匮。"在这里，民生一词的意思是"人民百姓的生计生活"。今天所讲的民生新闻，就是以平民化的视角和叙事方法讲述老百姓生存状态的一种新闻表现形式，简言之，就是关注老百姓生活问题的新闻。陈龙对民生新闻总结了四个特点："一是讲述真实的故事，二是讲述老百姓的故事，三是公平、公正地讲述各方面故事，四是及时地讲述正在发生的故事。"① 这四点概括对我们理解和把握民生新闻的本质特征很有帮助。

我国民生新闻发端于20世纪90年代，晚报、都市报上的都市社会新闻、市井新闻作为民生新闻的雏形，已经小有影响了。而在电视荧屏上，1995年北京电视台的《点点工作室》（1998年改名为《元元说话》，1999年至今叫《第七日》），基本上带有了民生新闻的品质。1999年成都电视台推出的《今晚800》，也呈现出了典型的民生新闻特质。2002年，江苏电视台城市频道推出了《南京零距离》，被认为是开创了大时段城市民生电视新闻节目的先河。之后，南京地区陆续开播了《直播南京》《绝对现场》《法治现场》《标点》《服务到家》《1860新闻眼》等民生新闻栏目。随后，全国各地的电视台都开设了民生新闻栏目，比如，辽宁电视台开办的《新北方》，重庆电视台开办的《天天630》，陕西电视台开办的《直播西安》等，公开打出"民生新闻"的旗号，成为各省市非常有影响力的新闻栏目。

表面上看，民生新闻和报告文学之间相隔较远，实际上，二者之间

---

① 陈龙：《新闻本位、舆论监督、人文关怀：民生新闻的公信力要件》，《中国电视》2004年第6期。

有相同相通之处。报告文学既可以写重大题材和重要事件，也有反映老百姓普通生活的经典之作。著名的报告文学家瞿秋白1923年出版的《俄乡纪程》和《赤都心史》，是中国报告文学的滥觞，其写作的视角是立足于苏联老百姓的普通生活。30年代，夏衍的《包身工》、宋之的的《一九三六年春在太原》、萧乾的《流民图》，都真实及时地反映了这一时期劳动人民的悲惨生活和革命斗争情况。抗日战争时期，刘白羽的《游击中间》、沙汀的《随军散记》、丁玲的《陕北风光》等报告文学，都是从老百姓的视角来抒写真实的社会生活。1960年，山西平陆县发生了61名筑路民工食物中毒事件，《中国青年报》的记者王石、房树民采写了报告文学《为了六十一个阶级弟兄》，感人至深。这些经典的报告文学作品，如果以今天的标准来考量，实际上就是民生新闻，因为这些作品反映的都是普通老百姓的喜怒哀乐。

李燕燕创作的许多报告文学作品就具有民生新闻的写作视角。《天使PK魔鬼》（发表于《北京文学》2016年第1期）讲述的是患癌症的蕾蕾从得病到死亡的生命历程和令人感动的抗癌故事。《山城不可见的故事》（发表于《北京文学》2017年第1期）是一组重庆普通人的生活写实。女商人罗姐表面风光无限，身价过亿，其背后却有着心酸和屈辱的人生经历，最终导致终身未婚的现实。棒棒老王为了照顾患精神病的妻子，不得不放弃待遇更好的保安工作，20年对妻子不离不弃的守护，在芸芸众生中看出了一个底层男子的担当和付出。从事家政服务的夫妻以可贵的孝道，照顾继母，获得小面秘方，开起了小面馆而发家致富。《当我老了——关于"50"父母生存状况的几段口述》（发表于《山西文学》2018年第6期和第7期）讲述的是几家父母与儿女之间的感情纠葛，这些父母或者儿女都与作家李燕燕之间有着千丝万缕的关系。这些故事背景要么发生在重庆，要么发生在成都（李燕燕是成都人），既真实可信，又相当平凡，与民生新闻的家长里短、吃喝拉撒的琐碎事件如出一辙。民生新闻关注平凡的生命，如《天使PK魔鬼》中的蕾蕾；记录百姓的生存状态和生活空间，如《山城不可见的故事》中的罗姐和棒棒老王；透视普通人的情感世界，如《当我老了——关于"50"父母生存状况的几段口述》中的顾阿姨、罗维、罗维父母、罗维干妈、王萌萌、王月晓、王月晓表弟。每一个普通的人，他的基本生存的权利、生活的权利、对物质和精神需求的权利都应该得到他人的理解和尊重，这正是李燕燕报告文学创作的重要特色。

三 平民视角中的人文情怀

当代文学有一句著名的话："文学是人学。"这个判断当然也包括了报告文学。"人学"的具体表现就是人文关怀、人文情怀、以人为本。

人文情怀一词最早起源于文艺复兴时期所提供的人文主义。当时所提出的人文主义是相对于神本主义来说的，强调以人为核心，以理性为基础，通过"人"这一个体来观察认知世界，是对生存状况的关心，也是对人的尊严和符合人性生活条件的肯定。与今日我们所说的人文精神是一致的。

在西方的新闻传播中，人文情怀非常常见。在20世纪的60年代，当生活类报纸开始盛行时，大批新闻工作人员就有了人文情怀的理念。而在中国，人文关怀体现在新闻传播中是这些年才出现的，尤其是民生新闻的出现，才使人文情怀得以更广泛地运用于新闻传播实践之中。在新闻报道中，"平民视角＋本土风格＝人文情怀的技巧"。① 具体而言，人文情怀是以以人为本作为基本观，以平民视角为报道基础，尊重并理解人，注重受众群体的本位性，增加对弱势群体的人文关怀。

李燕燕的作品就有比较浓郁的人文情怀。她的很多报告文学作品反映了老百姓生活中的各类问题。在反映这些问题的时候，她不是居高临下的，也不是无动于衷的旁观者，而是在民本意识的基础上，以平民的视角来叙述主人公的人生历程和情感故事。在《天使 PK 魔鬼》中，李燕燕前后陪伴生病的蕾蕾一年多时间，给蕾蕾买海鲜，带

---

① 李玫：《人文情怀：电视民生新闻发展新突破——以厦门电视台、广州电视台民生新闻报道为例》，《今传媒》2011 年第 6 期。

蕾蕾的父母去旅游，帮助化解蕾蕾的家庭矛盾，作者俨然成了蕾蕾的姐姐，成了蕾蕾家中的一个成员。在《山城不可见的故事》中，李燕燕与商人罗姐同居一室，推心置腹地讲述隐藏多年的屈辱；在与棒棒老王的交往中，李燕燕请老王吃牛肉面，去老王阴暗潮湿的出租屋做客，两人从陌生人变成了朋友。在《当我老了——关于"50"父母生存状况的几段口述》中，其中的主人公是李燕燕的邻居和朋友，他们是身边普通老百姓，他们的人生经历和家庭内部的情感纠葛牵动着李燕燕的心。在《第 22 万次拥抱》（发表于《军事故事会》2017 年第 3 期）中，小盈照顾在抗美援朝战争中而高位截瘫的丈夫王顺儿 60 多年，一个没有文化的农村妇女，用青春和生命来爱着残疾丈夫，这是多么伟大的情怀！

　　本土化风格是民生新闻的报道特点，在李燕燕作品中也是非常突出的特色。她写的是周围的人，身边的事，本土气息浓厚。《天使 PK 魔鬼》《山城不可见的故事》充满浓郁的山城味道，无论是对重庆气候和饮食习惯的描写，还是对重庆人豪爽、粗犷、坚韧性格的展示，甚至重庆方言土语的运用，都充分体现了重庆的地域特色。而《当我老了——关于"50"父母生存状况的几段口述》这部报告文学，描写的对象是成都人，采用的是主人公第一人称的叙述视角，成都人情感的细腻，兄弟姊妹之间几十年相互帮助的亲情，父母与儿女之间忍而不发的情感矛盾，很好地展示了成都人的性格和独特地域文化气息。

四　非虚构写作的独特价值

　　李燕燕多次声称，她创作的作品是非虚构写作，她说："非虚构扎根于现实，'地域性'令其更加鲜活。对于今天从事非虚构写作的中国作家来说，生逢其时。"①

　　其实，"非虚构写作"（non-fiction writing）的概念是一个舶来品。

---

① 罗晓红：《重庆作家李燕燕走进沙区文艺家活动中心谈对"非虚构"的认知》，华龙网 2018 年 02 月 08 日，http：//news. sina. com. cn/c/2018 – 02 –08/doc-ifyrkzqq9927976. shtml。

非虚构写作可以追溯到西方的新新闻主义（New Journalism）。新新闻主义是 20 世纪 50 年代初起源于美国的一种新的新闻写作主张，它将文学创作与新闻写作相结合，把文学的写作手法应用于新闻报道，这类作品被称为"新新闻报道"，或者是"非虚构小说"。①从新闻学的角度看，这类作品带有明显的文学和主观色彩，不符合传统的新闻报道的定义；而从文学的角度看，它的新闻性很强，又有文学创作的痕迹，偏向于纪实性小说。

20 世纪 60 年代，非虚构写作大量进入美国公众视野，年轻人主体意识开始觉醒，他们希望能够展现个人风格并开始质疑新闻报道的客观性。著名媒介社会学学者迈克尔·舒德森（Michael Schudson）认为，反对客观性的原因一部分源于文学传统："文学传统在新闻界根深蒂固，它鼓励记者撰写精彩的故事，而不是四平八稳地客观报道，要求文采飞扬、感人至深。"②然而，非虚构写作在美国发展并不顺利。尤其是在新闻实践中，时时受到"新闻客观性"准则的制约。直到 1978 年，普利策评奖委员会增设特稿写作奖，其用意也正是要对非虚构或短故事式的流派给予认可。2015 年 10 月 8 日，瑞典学院将当年的诺贝尔文学奖颁给了白俄罗斯女作家、记者 S. A. 阿列克谢耶维奇，以表彰她对这个时代苦难与勇气的书写。至此，非虚构写作才没有了合法性的隐忧，作家可以一心一意地书写这个世界。

我国的非虚构写作起源于改革开放之后的报告文学。徐迟的《哥德巴赫猜想》（1978）、理由的《扬眉剑出鞘》（1978）、黄宗英的《大雁情》（1980）、姚远方的《日本小姑娘，你在哪里?》（1980）等报告文学作品作为这种非虚构写作新闻实践肇始的重要表征。"进入新时期以后，'文革'的积习一度抑制了新闻界的活力与创造力，记者的文体实

---

① 范以锦、匡骏：《新闻领域非虚构写作：新闻文体创新发展的探索》，《新闻大学》2017 年第 3 期。

② ［美］迈克尔·舒德森：《发掘新闻——美国报业的社会史》，陈昌凤、常江译，北京大学出版社 2009 年，第 170 页。

践从观念到写法都严重落后于时代。其时的报告文学代替新闻担负起了寻求真相、记录历史的职责。"① 进入 90 年代以后，各大报纸开始以特稿的形式进行非虚构写作实践。1995 年 1 月，《中国青年报》首先推出《冰点》专栏，记者开始运用特稿形式记录小人物的命运；1996 年《华西都市报》成立特稿部；2003 年《南方周末》将记者李海鹏所写的《举重冠军之死》认定是报史上第一篇特稿，并在之后设立了特稿版，从此全面开启了非虚构写作的新闻实践。② 不仅是传统的报纸，电视媒体也开始仿效实践，中央电视台的《焦点访谈》《新闻调查》都深受特稿写作形式的影响。

　　不过，"非虚构写作"的概念正式进入文学领域是在 2010 年。当年，《人民文学》杂志社特别开辟"非虚构"栏目，刊出《词典：南方工业生活》《中国，少了一味药》《梁庄》等作品，并举办"非虚构：新的文学可能性"研讨会，发起"行动者"非虚构写作计划。其后，一些高校还开设了非虚构文学写作课程，文学界掀起了一股非虚构写作的热潮③。

　　李燕燕的非虚构写作包含了她的报告文学和散文创作，并且初步形成了她独有的叙述风格。她自己认为，非虚构写作应该"高门槛"，写作者必须进行小说和散文的相关修炼，实现"小说语言特质、散文内涵气韵与真实"的"三结合"④。

　　李燕燕非虚构写作的独特性首先体现在人物的真实可感。李燕燕写作的人物形象众多，但都来源于身边的真实人物，除了姓名之外，人物

---

① 刘勇：《新闻与文学的交响与变奏：基于对"非虚构写作"的历时性考察》，《现代传播》2017 年第 8 期。

② 周逵、顾小雨：《非虚构写作的新闻实践与叙事特点》，《新闻与写作》2016 年第 12 期。

③ 范以锦、匡骏：《新闻领域非虚构写作：新闻文体创新发展的探索》，《新闻大学》2017 年第 3 期。

④ 罗晓红：《重庆作家李燕燕走进沙区文艺家活动中心谈对"非虚构"的认知》，华龙网 2018 年 02 月 08 日，http://news. sina. com. cn/c/2018－02－08/doc-ifyrkzqq9927976. shtml。

的故事几乎没有虚构的痕迹。归纳起来，她写作了三类真实人物。第一类是工作中的同事，比如，《中国援利医疗队》《印记，2002—2017——来自一位女军人离队之际的讲述》等作品，讲述的人物是她工作的第三军医大学（现更名为陆军军医大学）中的同事，前者是利比里亚抗击埃博拉病毒的第三军医大学的医护人员，后者是转业时心情复杂的战友。第二类是亲朋好友，比如，《凤凰城的晃哥》（发表于《光明日报》2017年3月10日第14版）中的晃哥是作者的亲戚，《他们的荣光》（发表于《人民日报》2018年11月26日第24版）中的罗叔罗婶是作者小时候的邻居，《当我老了——关于"50"父母生存状况的几段口述》是作者成都的邻居和亲戚。这些人物有的自小就熟悉，有的在工作中经常交往，因此写来得心应手，给人以真实可信之感。第三类是采访中形成的朋友，比如，《天使PK魔鬼》中的蕾蕾，《山城不可见的故事》中的商人罗姐和棒棒老王，都是因为李燕燕对他们故事的持续追踪，在采访和交往中逐渐形成了相互信任的朋友关系。无论是身边的同事，还是亲戚朋友，抑或是交往中结识的新朋友，都是来自当下社会的真实人物，李燕燕用非虚构写作方式，如实记录他们的一言一行，呈现在读者面前的人物形象生动，个性鲜明。

其次，介入式的叙事方式使作品风格特色鲜明。李燕燕的许多作品都是第一人称的叙述视角，但又不是简单的第一人称叙述。很多第一人称叙述作品中的"我"，仅仅是作品中的叙事线索，"我"是主人公的旁观者，常常置身于故事情节之外。而李燕燕作品的第一人称是介入式的视角叙事。所谓介入式叙事，是指作者把自身的人生经历、主观情感、日常行为充分融入作品主人公的生活之中，与主人公的生活形成相互呼应的紧密关系。在《天使PK魔鬼》中，作者先后与主人公蕾蕾及其家人交往了一年多时间，她不但经常给蕾蕾买海鲜和水果，还帮蕾蕾处理夫妻矛盾。当蕾蕾在微博中骂丈夫对她不理不问时，作者劝蕾蕾要理解丈夫的苦衷和压力。当蕾蕾去世后，作者带蕾蕾父母去贵州旅游，劝他们放弃争夺蕾蕾与丈夫按揭的一套住房。更深入的情感介入是，作者把自己的失败婚姻与蕾蕾的癌症病痛形成对比，对前夫的仇恨变成了理解与包容。在《山城不可见的故事》中，作者把从成都到重庆的经历、爷爷在重庆工作和病逝、父亲的人生坎坷，都比较详细地写入作品中，与作品中其他主人公的经历形成了呼应关系，为作者与商人罗姐和棒棒老王的交往变得真实可信。这种介入式的非虚构写作，通过对作者自身故事的真实描绘，让读者与作者、读者与主人公、作者与主人公之间产生共鸣，并引导着故事的发展和走向。

结　语

真实是新闻的基础，也是报告文学的灵魂。报告文学的人物和故事首先必须来源于真实的生活，然后对真实人物和真实故事进行文学化的加工和艺术化的表达。因此，新闻性始终是报告文学的首要特征。刘孝存强调："'新闻性'和'新闻价值'，是报告文学的生命。失去'新闻性'和'新闻价值'，报告文学也将失去或减弱它的时代气息和典型意义。"[①] 李燕燕在谈她的报告文学创作时认为，要写好"人民创造历史"这篇文章，所写对象的命运一定与国家命运"同拍"，这样的"中国故事"更容易是"好故事"。[②] 她创作的《青藏线 60 年》《中国援利医疗队》就有着很强的新闻性和时代性。《天使 PK 魔鬼》中的蕾蕾、《山城不可见的故事》中的棒棒老王，虽然都是"小人物"，但是，前者与国家的医疗卫生事业相关，后者涉及脱贫攻坚问题，背景中包含着"国家命运"，通过小人物的生活故事昭示时代变迁和社会转型发展。

新闻故事不仅是报告文学的写作对象，更是所有艺术的源泉。

---

① 刘孝存：《简议报告文学的新闻性》，《新闻与写作》1987 年第 10 期。

② 罗晓红：《重庆作家李燕燕走进沙区文艺家活动中心谈对"非虚构"的认知》，华龙网 2018 年 02 月 08 日，http：//news. sina. com. cn/c/2018 - 02 - 08/doc-ifyrkzqq9927976. shtml。

最近几年，新闻故事不仅仅是新闻记者报道的领域，而且成为影视艺术追逐的题材，比如《湄公河行动》《红海行动》等高票房电影，就是根据真实的新闻事件改编的。因此，报告文学在挖掘新闻故事的基础上，如何借助影视媒体和网络新媒体的翅膀，实现更大和更快的传播，满足更多受众的精神需求，依然是需要进一步探索的问题。

会议综述

区域文化与文学研究的新议题与新趋势

——全国第五届"区域文化与文学"学术研讨会综述

熊飞宇　范国富　王昌忠

2018 年 12 月 21—23 日，全国第五届"区域文化与文学"学术研讨会在重庆隆重召开。会议由《中国现代文学研究丛刊》编辑部、中国当代文学研究会区域文学委员会、重庆师范大学文学院联合主办。中国当代文学研究会会长白烨、中国现代文学研究会常务副会长刘勇、中国当代文学研究会副会长兼秘书长陈福民、中国文学地理学会副会长刘川鄂、《中国现代文学研究丛刊》编辑部代表王秀涛等分别致辞。来自中国社会科学院、北京师范大学、南京大学、四川大学、华东师范大学、陕西师范大学、重庆大学、西南大学、湖北大学等五十余家高校和机构的学者近一百人出席会议。

会议主要围绕以下内容展开。

一　区域文化与文学史的写作

区域文学史的写作目前正方兴未艾。刘勇（北京师范大学文学院）从"京派"到"大京派"，畅论京津冀的文脉共生与文化互动。他认为文学上的"京派"是一个内涵丰富、底蕴深厚的流派，其地域性与超地域性诠释了北京文化的包容与博大，彰显了京津冀文脉的丰厚与复杂，也指向"大京派"学术体系建构的可能性与必然性。

陈子善（华东师范大学中文系）以《海上文学百家文库》的编选为例，谈到入选作家许多并非上海人，但在上海生活，从事文学创作，具有鲜明的地域属性，应该纳入区域文学研究的范畴。

张光芒（南京大学文学院）通过《南京百年文学史（1912—2017）》的《绪言》，强调把脉南京百年文学史，既离不开对南京源远流长的区域文化传统与审美气质的发掘，也要注重对百年来南京文化与审美精神现代性转型过程的追踪。

刘川鄂（湖北大学文学院）以《湖北文学通史》"当代卷"主编身份回顾其编写经过，及其对当代中国区域文学史写作的尝试与思考，认为区域文学史的行政区域意义大于文学风格含义。地方"文化名片"不是越"特"越好，而是越优越好。徐汉晖（凯里学院人文学院）也认为，《湖北文学通史》的编撰，以高度的理论自觉、严谨的治史精神及丰厚的实践实绩，开创了湖北文学研究的新高度，堪称当代区域文学史研究的又一奠基之作与典范力作。

周晓风（重庆师范大学文学院）基于《20世纪重庆文学史》的编写，认为区域文学史写作已成为文学研究的热点，并就区域文学史写作的逻辑起点、区域文学史写作的界限等问题发表了意见。

张武军（西南大学文学院）则就十四年抗战史观与中国现代文学三十年阐述框架提出新的见解。他认为，在民族国家历史文化形态下，需要摆脱现代性和纯文学的迷思，以国家与革命为主线，建构大文学观，以新革命史观和新抗战史观为指引，重新探究辛亥革命文学、五卅革命文学和九一八抗战文学的文学史节点意义，借此突破旧有的现代文学三十年阐述框架，进而彻底重叙中国现代文学的历史。

针对区域文化与文学的理论建构，部分学者也多有阐发。贾玮（重庆师范大学文学院）认为文学与文化之间曾经明确的界限已然模糊不明，然后从"表层一致所掩盖的内在分离""文学与文化区分的可能"等层面，尝试对区域文学与文化的边界作出划分与界定。

王昌忠（重庆师范大学文学院）从"地域中的诗歌""地域性的"

"地域化的"三个方面，深入辨析了"地域诗歌"概念的诗学内涵，认为从美学风格上来说，诗人的写作与其生活的地域密切相关。

二　区域视域下的抗战文学与文化

从区域视域考察抗战文学与文化，成为本次会议的一个重点。具体而言，有下述方面：

其一，是对以重庆为中心的抗战大后方文学的考察。

郝明工（重庆师范大学重庆市抗战文史研究基地）的《陪都文化简论》认为，随着抗战的全面爆发，国民政府迁往重庆，催生了陪都文化，代表着战时中国文化区域发展的主流与方向。陪都文化的出现，不仅表明区域文化可以引领战时中国文化的现代发展，而且更证明区域文化只有在全面发展的前提下，才能引领战时中国文化的现代发展。

杨华丽（重庆师范大学文学院）以战时重庆"下江人"的内蕴之变为中心，考察此一时期上下江人的区域文化冲突，认为这段历史，可为促进大后方尤其是重庆区域文化研究，丰富大后方尤其是重庆抗战文学研究、下江文人研究、上江文人研究等，提供"新契机"。

陈广根（重庆城市管理职业学院）认为，作为战时首都，重庆汇聚了来自全国各地众多作家，他们通过小说文本呈现出丰富的民国重庆经济叙事，包括民国重庆苦难叙事、民国重庆经商叙事、民国重庆资本叙事等，体现出独特的叙事美学。

重庆大轰炸不仅是历史事件，更是居住在重庆的作家们共同的亲身经历。防空洞是重庆民众躲避空袭的主要场所。黄菊（西南大学图书馆）认为从文学作品中关于防空洞的书写出发考察重庆大轰炸，剖析战时重庆社会和人们心境，可为了解重庆大轰炸提供更多层面更生动的解读。

就作家个体而言，1938—1946 年，老舍在重庆创作发表了旧体诗近五十首，主要以赠答诗、乡居诗和思乡诗等为主，且大多围绕抗战主题展开，形成其个人生命中的一次旧体诗创作高潮。付冬生（重庆师范大学文学院）认为，这些旧体诗在诗情、诗艺上都达到了很高的水准，有着独特的价值和意义。

抗战时期，冰心一家寓居重庆近五年半。熊飞宇（重庆师范大学重庆市抗战文史研究基地）从公开出版的名人日记六种，摘录其中有关记载，借以展现冰心一家的行止与交游，进而从日常生活层面丰富了重庆时期的冰心研究。

《一路福星》是张恨水一部观察和思考西部地区都市化问题的小说。作者非常敏感地建立了一种"上海/南京/北平—重庆—贵阳—小集市—小山村"认知和感受模式，将中国的发展置于现代化线性发展的历史叙述中。朱周斌（四川外国语大学中文系）认为对这种小说的阅读和思考，有助于理解抗战与都市化的关系，理解今日西部区域问题是百年都市化问题的一种延伸。

方敬是中国现当代诗歌史上成就较为突出的诗人。熊辉（西南大学中国新诗研究所）认为其抗战诗歌立足于大后方，是对抗战大后方民众抗战激情的书写，承担着双重历史使命，一是积极争取民族的独立与解放，二是面对黑暗现实而抱定解放底层人民的伟大理想。

20 世纪 40 年代中后期沙鸥等人的方言诗为重庆版《新华日报》集中登载后，形成了当时大后方颇为注目的方言诗创作潮流。邱域埕（西南交通大学人文学院）以此为中心，勾勒出方言诗从大众文艺到人民文艺的进路。

瞿亚先是与李广田共同流亡及居住的同事，邬冬梅（绵阳师范学院文史学院）通过梳理其遗稿《忆李广田二三事》及对与李广田合作的歌曲的回忆稿，阐发了两者在抗战文化活动及李广田研究领域的史料价值。

抗战时期，戏剧文学曾繁盛一时。针对中国现代戏剧节的演出机制，梅琳（西南大学文学院）进行了深入考察。在她看来，会演、献演以及茶话会是现代戏剧节的三种演出模式；纪念大会的相对稳定性，则与演出模式的更迭形成冲突与调和。二者既保证戏剧节与时代、政治要求相适应，也保证戏剧节的规范性、仪式性和相对独立性，为现代演剧制度的转变奠定了一定基础。马晶（长江师范学院文学院）则从旅渝剧作家的城市空间体验出发，探讨了陪都戏剧文学中文学地理景观的建构。她认为居住空间的拥挤感和政治空间的压抑感、不自由感乃至疏离感，融入剧作家的作品中，出现了大量狭窄、拥挤、阴暗的人居景观，而不同阶层人物地理感的强烈对比，使人居景观亦浮现出意识形态色彩。

其二，是对抗战时期其他区域文学的考察。

抗战时期福建省政府内迁永安后，促进了永安抗战文艺的繁荣，使之成为战时东南地区的文艺中心。徐纪阳、付雪丽（闽南师范大学文学院）认为考察抗战时期永安文坛的形成、其复杂的内部状况及独特的外部文化交流，有助于进一步拓展中国抗战文艺研究的空间。

作为最早创刊并发行于上海"孤岛"的抗战文化刊物之一，《孤岛》周刊刊发了大量的战时人物通信，李文平和蔺玉娇（重庆师范大学文学院）对其"丰富多样的战时人物速写"加以分析，认为其在宣传抗战、激励民众、打击敌人方面起到了积极作用，也为巩固抗日民族统一战线，争取抗战的最后胜利，做出了不可磨灭的贡献。

麻治金（宜春学院文学与新闻传播学院）则对李健吾从孤岛到沦陷区时期的文学批评展开研究，指出面对商业和抗战的现实处境，"力之激荡""反抗""新现实主义""武器"构成了《咀华二集》中新的文学批评话语群落，显示出国家意识已成为其思想活动的主要内容。

伪满时期，文坛曾盛行密话·秘话·谜话小说，其中以"满洲"大密林探险活动为主的博物探险题材较多。王劲松（重庆师范大学重庆市抗战文史研究基地）借助文化人类学理论，深入考辨伪满山林秘话小说的存在语境，通过对其神话原型的批评，揭示了当年日本殖民者对"满洲"的经济蚕食及其文化侵略意图。

其三，是对抗战时期边疆及少数民族文学的考察。

抗战期间顾颉刚、马鹤天等人关于"中华民族是一个"的边疆民族言说，与战前内蒙古自治运动及伪蒙疆政权的具体历史情境密切相关。妥佳宁（四川大学文学与新闻学院）通过对其抗战前后边疆民族言说内在联系的考察，揭示出抗战研究中一个"不应忽视的绥蒙维度"。

与此同时，由于边疆建设得到重视、文化中心位移等多方面原因，抗战时期少数民族题材的文学作品大量出现，王学振（海南师范大学文学院）分析指出，这些作品具备了不同于战前同类作品的新质，即由呈现异质性的他者审视叙事、强调对立冲突的阶级叙事向表现国家认同、忠诚的民族国家叙事转变。

杨华荣（重庆师范大学发展规划处）则着重考察了1931—1945年抗战文学谱系中的少数民族抗战诗歌，认为这些作品在民族生死存亡的特定历史语境下，集中表达了对民族意识、国家意识的高度认同，成为中国现当代少数民族诗歌史以及中国抗战文学不可或缺的重要组成部分。

其四，是对战时跨区域文学互动的考察。

作家战地访问团，是"文协"于1939年6月在"文章下乡，文章入伍"口号下派出的第一支"笔部队"。李笑（西南大学文学院）的《作家战地访问团重考》认为，作家战地访问团虽为"文协"赢得更多文艺工作者的认同，但王礼锡之死也让我们重新思考中国现代作家如何应对战争的问题。

蒋登科和许金琼（西南大学中国新诗研究所）从"遵命"与"变通"两个角度，探讨了《在延安文艺座谈会上的讲话》影响下的《新华日报》诗歌。该报在遵从"讲话"基本精神的前提下，又根据国统区实际情形进行变通，从而使其所刊诗歌既相似于解放区文学又有着自己的独特之处。

郑鹏飞（宁夏师范学院文学院）以石怀池《评〈一个人的烦恼〉》为例，说明主要活跃于1940年代国统区的七月派多位评论家，其批评视野并未囿于个人所处特定区域，而是将目光投向了延安根据地（解放区）。

三　区域文化与古今文学

区域文化对文学的影响，就时间维度而言，则是纵贯古今。杨宗红

（重庆师范大学文学院）从《夷坚志》出发，对宋代湖北民间信仰加以考察。湖北处于宋金交战地带及亚热带季风气候区，兵乱与各种灾害众多，促进了各种民间信仰神灵及信仰行为的流行，而官吏及广大民众的参与，直接影响到民间信仰的传播。同时，湖北的佛道信仰状况、巫风信仰，以及落后的教育，令《夷坚志》所记载的神异故事具有明显的地域特色。

　　肖魁伟（闽南师范大学文学院）主要考察了清代宦游文人眼中的台湾少数民族形象变迁，即在台湾回归之初，夸张的"他者"想象；到了治理中后期，开始从"他者"向"自我"过渡；后期则已不再将其视为"他者"。

　　所谓"巴县"，学界一般是指民国以前今重庆市区附近县域，其版图屡有变迁。陶春林（长江师范学院文学院）本着还原历史的原则，以经史子集丛为纲，时间先后为序，对相关著述详加搜集、考订，蔚成大观。

　　自 1906 年至 1920 年，云南近代小说留下八百余部作品，其中不乏针对清末民初重大历史政治事件的"革命叙事"。孟丽（西南林业大学文法学院）通过考察小说中袁世凯这一历史人物的文学形象，揭示了民国机制下云南地方文学对袁世凯文学形象定型所起到的独特作用。

　　陈啸（中南民族大学文学与新闻传播学院）重在阐发海派散文的文学文化史意义，认为它的发生与近现代上海的都市化进程相始终，质属于工商文化的精神造型。其所宣叙的普通市民的人生感受与普遍心态，是近现代上海都市文化因内而符外的主体性表现，同时也标识着近现代中国工商化的进程。

　　凌孟华（重庆师范大学文学院）则着眼于 1947 年由新疆省文化运动委员会创刊的非文学期刊《瀚海潮》，其汉文沪版在上海南京路出版，有着明确的区域文化取向与鲜明的区域文化特色，可谓跨区域互动的一朵奇葩。

　　康斌（西南民族大学文学与新闻传播学院）通过梳理小说《红岩》及样板戏改编文本的细节性过程，力求呈现地方性因素如何影响特殊时期激进文化力量对《红岩》的征用和改编。

黄群英（西南科技大学文学与艺术学院）的《巴蜀文化视野中的康巴作家创作研究》指出，巴蜀文化影响下的康巴作家，其创作既有浓郁的巴蜀文化特质，又融入了鲜明丰厚的康巴文化，呈现出新的审美境界和新的文化格局。

彭超（西南民族大学文学与新闻传播学院）的论文认为，当代藏族女性散文的故乡书写，一方面富有浪漫的诗意之美，另一方面又有厚重的历史沧桑与切实的现实关怀。历史转型期间，由于现代性进程带来生态危机、人文危机，导致对历史的回溯重构与现实批判成为藏地故乡书写的两大主题，显示出原乡依恋与现实文明的冲突。

尹顺民（西北师范大学知行学院）从华夏文明传承创新的视域去考察"甘肃小说八骏"文化品牌的整合与传播。他认为，"甘肃小说八骏"的特色文化品牌是甘肃特有的文化产业在自身构建和发展过程中品牌化运行的结果，由此在国内小说界乃至国内文化界凸显了自己的魅力。

蒋林欣（西华大学人文学院）的视角独特而新颖。在她看来，研究河流文学，讨论河流与文学的关系，应该注重文学对河流空间的想象与重构。文学通过艺术性的虚构、想象，富于诗性地重塑了河流景观，使之从纯粹的自然景观上升到历史的、文化的、社会的景观。

四　区域文化与作家个体

区域文化对作家创作的影响、作家创作对区域文化的呈现，二者的互动，成为贯穿此一领域的主脉。

杜甫诗歌有直接言及端午节的诗篇两首，同时，与杜甫端午诗篇相关的言及楚地风物的诗篇，数量更多。张思齐（武汉大学文学院）的论文《杜甫的端午诗篇与楚地风物》认为，在众多的楚地风物中，杜甫主要描绘了楚宫、楚王台和屈原宅，三者均具有丰富的历史内涵，而杜甫最看重屈原宅的神格意义。这反映了杜甫对端午节俗、楚地风物和屈原人格的深刻认识。

在区域视角的观照之下，鲁迅研究也呈现出别样风貌。鲁迅早期旧体诗作共 17 首，前后跨度 13 年。旧体诗承载和体现了青年鲁迅艰辛的内心求索。丁晓妮（重庆工商大学社会与公共管理学院）以此作为研究对象，讨论青年鲁迅的自我意识。《阿金》是鲁迅后期创作中最具代表性的作品之一，杨姿（重庆师范大学文学院）认为，《阿金》的产生，是鲁迅在 30 年代深入思考无产阶级理论中革命力量构成的反映，对于文中出现的"我"与"阿金"颇具张力的关系处理，更是暴露出鲁迅在上海这个特殊的革命场域对无产阶级运动的判断。"导师"作为鲁迅形象的重要标签，一直为世人所认同。追溯其来源，则与抗战时期的鲁迅纪念不无关系。黄轶斓（重庆师范大学教育科学学院）认为，抗战时期青少年刊物曾以专刊、特辑等方式，全面参与鲁迅导师形象的建构，呈现出鲁迅"战斗导师"主体形象之下被遮蔽的"人""神"形象之辩、导师资格之问以及"斗士"内涵之争等多重话语。

　　沈从文与区域文化的关系，同样是与会者讨论的热点。罗义华（中南民族大学文学与新闻传播学院）认为，黑与白的对峙，是沈从文小说中一个极富象征意味的存在。二者其实是城与乡空间意识的象征。沈从文创作的奥妙之一，就是以"黑白辩证"的方式来寻求一种妥协，实现城与乡的链接，而张兆和作为一个"完全"的特殊纽带，则为这种链接提供了可能。武斌斌（太原师范学院文学院）以《萧萧》为例，分析、比较其从 1930 年到 1957 年三个版本的差异，以此窥视沈从文对湘西文化的态度变迁，即由最初的对原始生命力的张扬，到中期的对现实命运沉沦的担忧，再到 1949 年之后的"扭曲"附和。邓伟（重庆工商大学文学与新闻学院）通过对沈从文、艾芜的个案分析，看到五四白话文所具有的社会意义层面上的"脱域"功能。正是在区域以及不同区域的互动之中，无数中国现代作家确立了自己的主体。就此意义而言，区域完全能够成为中国现代文学研究视域之下"人"的一种重要的存在维度。

　　"被文学史忽视的四川边缘作家陈铨"也得到极大的关注。李金凤（西南大学文学院）认为，作为战国策派最具争议的核心成员，陈铨长期被人误解和曲解，也长期缺席于文学史。究其原因，既有历史的纠缠、政治的牵扯，也有理念的分歧、作家的个性等诸多因素。陈思广、徐家盈（四川大学文学与新闻学院）则着重考察"作为哲学家的陈铨的长篇小说"。陈铨对叔本华哲学和尼采哲学的深刻理解，使他形成了悲观主义的人生观，并从尼采哲学的角度看待世界。陈铨不仅以其哲理玄思填补了中国长篇哲学小说的空白，也以精巧的结构艺术为现代长篇小说结构艺术的发展做出了重要贡献。

关学发展到近现代也体现出强烈的参政意识和兼容开放的特征。寿凤玲（咸阳师范学院文学与传播学院）认为，从幼年到少年时期的关学启蒙教育，影响吴宓极大；而对于关学不同层面文化特质的吸收，也形成了吴宓性格的多面性和矛盾性。同样是陕西作家的张宗涛，其小说描写关中风情，具有浓郁的民间和地域文化色彩。钟海波（陕西师范大学文学院）通过对《地丁花开》《秃驴那些风流事》的分析，指出张宗涛小说在看似轻松幽默的文字表象下，潜藏着一种沉重的忧患意识。

其他区域的作家，也纷纷进入研究者的视野。高博涵（重庆师范大学初等教育学院）关注的是诗人徐訏。她认为，徐訏渴望"生活定型"，却始终"游离"其外。"游离"成为徐訏诗歌的元叙事，从中表达出一种吊诡的体验状态：最鲜活的体验感最终获取的却是最缺失体验的人生。

郭帅（西南大学文学院）以赵树理的农业合作化小说为考察对象，认为赵树理对中国农业合作化运动的认识，就是他对晋东南农业合作化运动的认识。两者一致时，其认识便具有整体性和全局性。两者不一致时，则呈现出很强的地域性和特殊性。其"地域性"形成了对"史诗性"的消解和反讽。

孙健忠是土家族文学的奠基者，第一次把不为人所知的土家族生活和文化整体比较全面地带进中国文坛，填补了土家族书面文学的空白。伍志恒（湖北大学文学院）以长篇小说《醉乡》为个案，探讨其创作中的乡土气息和民族特色。肖太云、郭发远（长江师范学院重庆当代作家研究中心）则聚焦于土家族作家田永红，认为其小说主要是从现实的观察与历史的反思两方面来表现乌江土家族的前世今生。现实与历史并重的叙事策略，体现的是作家的现实人文情怀和历史寻根意识。

陶凤（内江师范学院文学院）立足于靳明全原创小说《啊！职称》中的女教授形象，"透过哈哈镜看高校教授的职称评定"，反思如何建立完善一个更合理健全的高校职称评定新体系。

李红秀（重庆交通大学人文学院）从报告文学的新闻性和民生视角，探讨重庆青年作家李燕燕的非虚构写作，认为李燕燕的许多报告文学作品，兼具民生新闻的写作视角和介入式的叙事方式，既有比较浓郁的人文情怀，又有明显的本土化风格。

张建锋、张映竹（成都大学文学与新闻传播学院）的研究对象为四川作家蒋蓝，指出在全球化语境下，蒋蓝执着于文学田野考察，以非虚构写作"深描"地方。其作品以个性、地方性和普适性的辩证统一，彰显出自身的艺术追求和独特价值。

五　区域文化与影视文学

区域文化不但作用于传统的文学样式，对于影视作品，亦有深刻的影响。董广（重庆师范大学文学院）首先考察的是抗战大后方的电影，认为大后方电影承袭 20 世纪 20 年代以来的"革命叙事"经验，将视角转向女性叙事，通过影像建构了一个个"民族寓言"，使影像、性别与政治成为大后方电影的三重奏，同时被赋予了"新工具理性"的蕴含。

李丽（怀化学院文学与新闻传播学院）则对新世纪抗战题材电视剧的战争暴力叙事展开研究，指出此类电视剧虽然取得了一定成就，但也存在系列问题，进而要求创作者应该具有强烈的时代担当感，以消除战争维护和平为作品创作的终极价值取向。

最后，金哲（哈尔滨师范大学文学院）以现代性的视角重新审视龙江地域的百年电影文化发展史，追寻西方现代性与中国本土文化的交流、对抗、合作直至融合的历史轨迹，深刻挖掘中国现代性的龙江区域文化的内涵，为中国现代性面向未来的发展提供参考。

六 区域文化与世界文学

区域文学的发展，或将经由国家文学而走向世界文学。刘黎（日本爱知大学）以《跳六筜》与《望乡》为例，探讨黄瀛日语诗歌中的西南书写。战后，黄瀛创作的具有鲜明西南地域特色的日语诗歌，使得西南地区的形象再次为世界所知，并以诗歌的方式与世界文学发生联系。其中所体现的越境特征，成就了黄瀛诗歌独特的魅力。

金安利（重庆师范大学文学院）从比较文学形象学角度来探讨大后方抗战文学中的日本女性形象，分析归纳出四大类型：一是投身反战的日本女性形象，二是双重身份的日本贤妻形象，三是温顺服从的日本女子形象，四是阴险诡秘的日本女间谍形象。

李雪梅（重庆师范大学文学院）则从斯芬克斯的源头——埃及狮身人面出发，探寻其名称来源，进而探讨斯芬克斯在近代欧洲和现代文学、艺术中的形象演变。

区域文化与文学研究是当下文学研究的一个学术热点，在国家区域协调发展战略中也发挥着积极的助推作用。重庆师范大学长期致力于区域文化与文学的研究，此前已主办全国性的学术研讨会四届，出版会议论文集《区域文化与文学》及《区域文化与文学研究集刊》四辑，编辑"区域文化与文学研究丛书"七种。而此次会议的召开，既是近年来有关研究成果的集中展示，也为推进区域文化与文学的研究，提供了新的动力。

稿　约

《区域文化与文学研究集刊》诚约稿件

　　《区域文化与文学研究集刊》是一本专门研究区域文化与文学的纯学术刊物（书代刊）。本刊以"区域"为理论视角来审视文学及文化的构成和发展，以展示和推介相关研究成果；以促进文化学术的繁荣为宗旨，为当下的文学与文化研究提供新思维和新方向；坚持"双百方针"，强调社会责任，为学术服务，并为区域经济文化建设和当代人文学术服务。本刊暂定一年两期，由中国社会科学出版社出版，全国发行。

　　为此，本刊向学界同仁诚约稿件，欢迎选题独特精当、内容充实、思想深刻、观点新颖、具有前沿性和前瞻性的学术论文。为方便联系和技术处理，敬请学界同仁留意如下事项：

　　（一）论文篇幅最好不超过 15000 字；书评最好不超过 3500 字。

　　（二）论文若系课题的阶段性成果，请在论文标题后添加脚注，说明课题来源、名称及编号。

　　（三）作者名后请以脚注方式添加作者简介，说明作者姓名、职称（或学位）、研究方向及工作单位。

　　（四）正文前请附 300 字以内的中文提要，并附 3—5 个中文关键词。

　　（五）论文正文注释格式及规范

　　1. 一律采用脚注，注释序号用①②③格式标示，每页重新编号。

　　2. 中文注释具体格式如下列例子：

　　例 1：

　　余东华：《论智慧》，中国社会科学出版社 2005 年版，第 35 页。

同上书，第 37 页。

同上。

《马克思恩格斯选集》第 2 卷上册，人民出版社 1972 年版，第 25 页。

刘少奇：《论共产党员的修养》，人民出版社 1962 年第 2 版，第 76 页。

例 2：

［美］弗朗西斯·福山：《历史的终结及最后之人》，黄胜强等译，中国社会科学出版社 2003 年版，第 7 页。

例 3：

刘民权等：《地区间发展不平衡与农村地区资金外流的关系分析》，载姚洋《转轨中国：审视社会公正和平等》，中国人民大学出版社 2004 年版，第 138—139 页。

例 4：

茅盾：《记"孩子剧团"》，《少年先锋》第 1 卷第 2 期，1938 年 3 月 5 日。

袁连生：《我国义务教育财政不公平探讨》，《教育与经济》2001 年第 4 期。

杨侠：《品牌房企两级分化中小企业"危""机"并存》，《参考消息》2009 年 4 月 3 日第 8 版。

例 5：

费孝通：《城乡和边区发展的思考》，转引自魏宏聚《偏失与匡正——义务教育经费投入政策失真现象研究》，中国社会科学出版社 2008 年版，第 44 页。

参见江帆《生态民俗学》，黑龙江人民出版社 2003 年版，第 60 页。

例 6：

赵可：《市政改革与城市发展》，博士学位论文，四川大学，2000 年，第 21 页。

任东来：《对国际体制和国际制度的理解和翻译》，全球化与亚太区域化国际研讨会论文，天津，2006 年 6 月，第 9 页。

《汉口各街市行道树报告》，1929 年，武汉市档案馆藏，资料号：Bb1122/3。

例 7：

陈旭阳：《关于区域旅游产业发展环境及其战略的研究》，http：//www. cnki. net/index. htm，2003 年 11 月。

李向平：《大寨造大庙，信仰大转型》，http//xschina. org/show. php? id = 10672。

例 8：

《太平寰宇记》卷 36《关西道·夏州》，清金陵书局线装本。

姚际恒：《古今伪书考》卷 3，光绪三年苏州文学山房活字本，第 9 页 a（指 a 面）。

（汉）班固：《汉书》，中华书局 1983 年标点本，第 xx 页。

《太平御览》卷 690《服章部七》引《魏台访议》，中华书局 1985 年影印本，第 3 册，第 3080 页下栏。

乾隆《嘉定县志》卷 12《风俗》，第 7 页 b。

《旧唐书》卷 9《玄宗纪下》，中华书局 1975 年标点本，第 233 页。

《清德宗实录》卷 435，光绪二十四年十二月上，中华书局 1987 年影印本，第 6 册，第 727 页。

3. 外文注释如下列例子：

例 1：

Seymou Matin Lipset and Cay Maks, *It Didn't Happen Hee：Why Socialism Failed in the United States*, New York：W. W. Norton & Company, 2000, p. 266.

例 2：

Christophe Roux-Dufort, "Is Crisis Management（Only）a Management of Exceptions?", *Journal of Contingencies and Crisis Management*, Vol. 15,

No. 2，June 2007.

（6）来稿一律采用电子版，并在文末注明作者姓名、出生年月、籍贯、学历、职称、联系电话、电子邮件、详细通信地址及邮编，以便联系有关事宜。

来稿一经采用，即付薄酬，并寄样刊二册。

本刊地址：重庆市沙坪坝区大学城重庆师范大学文学院《区域文化与文学研究集刊》编辑部

邮政编码：401331

电子邮箱：qywxjk@163.com

重庆师范大学区域文化与文学研究中心

《区域文化与文学研究集刊》编辑部

后　　记

编辑本期刊物的过程中，我体会到了艰辛。基于这种体验，我对以周晓风教授为核心的区域文化与文学研究团队更增加了几分敬意。细究起来，重庆师大文学院对抗战时期特殊的区域——大后方尤其是陪都重庆的文学与文化研究，早在20世纪七八十年代就已经开始，而正式成立校级人文社科重点研究基地"重庆师范学院区域文化与文学研究中心"，则是20世纪90年代的事儿。从那时至今，在周晓风教授的带领下，重师文学院的区域文化与文学研究持续开展，逐渐成为我院中国语言文学专业鲜明而独特的学科优势，成为我院一以贯之的学术传统，成为我院长足发展的重要且可依靠的资源和平台之一。在这孜孜矻矻前行的20年里，值得记取的，既有中国当代文学研究会区域文学委员会于2009年11月在我院的挂牌，也有五届全国区域文化与文学学术研讨会在重庆的先后召开（时间依次为：2002年4月24—26日、2009年11月14—16日、2011年11月19—21日、2013年11月4—6日、2018年12月21—23日）；既有2009年至今"区域文化与文学研究丛书"中7部专著的出版（周晓风教授主编），也有2010年至今五辑《区域文化与文学研究集刊》的面世（出版时间依次为：2010年9月、2012年7月、2015年7月、2016年11月、2019年3月）。今夜，面对着校阅后的文稿，我禁不住透过这厚重的一辑回望过往，那二十年漫长而崎岖的攀登路上矢志不渝、一路走来的周老师等，怎能不让我不油然而生敬佩之情？

编辑本期刊物的过程中，我体会到了感动。这感动，不仅来自文学院一如既往地支持大型区域文化与文学研究会议的召开，而且来自文学院加大支持我们出版《区域文化与文学研究集刊》的力度的举措（让刊物从不定期变为定期，从最多一年一期变为一年两期）。这感动，不仅来自第五届区域文化与文学学术研讨会上专家学者们的精彩发声，而且来自他们在得知我们今年将出版第二辑刊物时，毫无保留地将精心打磨后的会议论文给予我们刊载。这感动，不仅来自区域文化与文学研究团队中老前辈的倾情相授与全力支持，而且来自格局变动后，我院中国现当代文学、中国古代文学、文艺学、比较文学与世界文学学科的同仁们共度时艰的大局理念与切实行动。这感动，不仅来自中国社会科学出版社一如既往的鼎力相助，而且来自其文学艺术与新闻传播出版中心郭晓鸿老师、慈明亮老师的敬业精神与专业化建议。学院领导、专家学者、学院同仁、出版社编辑们对这片土地的热爱，体现在一言一行上，体现在一点一滴中。今夜的我，一页一页文字、一篇一篇文稿读下来，心间的感动逐渐凝聚而至于升腾起来。我知道，未来的攀登路依然漫长而崎岖，但我们可以选择意气风发地走下去，因为，我们的过去有各位的参与，我们的未来，依然会有矢志不渝地帮助、扶持我们的你们的存在！

编辑本期刊物的过程中，我产生了热望。我希望有更多的专家学者加入区域文化与文学研究的队伍，在这一领域深耕细作，从宏观与微观、文化与文学等向度上，将研究向深层次推进。我希望有更多的专家学者，在《区域文化与文学研究集刊》这个开放的平台上发表研究心得，形成多重对话，一如我们在历届全国区域文化与文学学术研讨会上那样，热切地发声，热烈地碰撞，然后，共同行走在希望的旷野上。

杨华丽

2019 年 10 月 12 日